SUPERBESTSELLER

849

Della stessa autrice

LA SAGA DEI FARRELL
IL GIARDINO CHE BRUCIA
AL DI LÀ DEL FIUME
LA COPPA D'ORO
L'ARAZZO
PIÙ FORTE DEL TEMPO
NEL SOLE DELLA VITA
I TESORI DEL TEMPO
L'ALBA DI UN GIORNO NUOVO
IL SILENZIO DI UNA DONNA
UN INCONTRO, UNA SVOLTA
UN COLPO DI FORTUNA
UNA FINESTRA SUL DOMANI
I NOSTRI ANNI MIGLIORI
SOLO PER AMORE

BELVA PLAIN

LA GIOSTRA D'ARGENTO

SPERLING
PAPERBACK

Traduzione di Silvia Bianchi
A cura di Guado - Milano
The Carousel

I edizione «Superbestseller» Paperback giugno 2001

ISBN 88-8274-241-5
86-I-05

II EDIZIONE

Visitate il sito www.sperling.it

Su un tavolo al centro del soggiorno al primo piano c'era la giostra. Alta come una torta nuziale, di puro argento, attirava a sé tutti i raggi che si dipartivano dal lampadario, proiettandoli amplificati e splendenti negli angoli più bui della stanza. Era un capolavoro di oreficeria. I cavalli procedevano altezzosi; i bambini che li montavano indossavano cappelli ornati da nastri; le bandierine sulla balaustra in cima al tetto sembravano volare sospinte dal vento; l'intera giostra era costituita da una serie di cornicette, filigrana e decorazioni in stile rococò.

Un giocattolo bizzarro e stravagante. Tuttavia era stato legato agli eventi principali di una vita. La nascita dell'amore. La sofferenza. E ora, l'omicidio...

1

Marzo 1990

NON era ancora pronta a tornare a casa, non si sentiva pronta ad affrontare nessuno, né la bambina di cinque ánni né la neonata, non era neppure preparata a rispondere al telefono o a dire anche una sola parola dopo quello che aveva appena vissuto. Mai Sally Grey si era sentita tanto distrutta, tanto piccola, mentre sedeva rannicchiata dietro il volante dell'auto e si lasciava alle spalle la città.

Sul primo pianoro della catena montuosa che si estendeva verso il Canada era stato realizzato un punto panoramico. molto probabilmente destinato ai turisti. In quel tardo pomeriggio ventoso era deserto, così Sally si fermò. Sotto c'era Scythia, una vecchia cittadina, con piccoli stabilimenti industriali attorniati da schiere di piccole case nuove e di autostrade; a est, ovest e sud si estendevano le fattorie. A nord, le scure montagne.

Qui e là si intravedevano sporadiche luci, mentre alla sinistra di Sally, in corrispondenza della sede centrale della Grey's Foods, la luce formava una lunga macchia continua e indicava il luogo a cui un quarto della popolazione era legato, o perché lavorava presso la società o perché era imparentato con qualcuno che lo faceva. Del resto, anche gli altri tre quarti di Scythia erano stati toccati dalla generosità della famiglia Grey: la biblioteca, l'ospedale, le piscine dei vari quartieri, erano tutti doni dei Grey.

«Sta pensando che cose simili non accadono in famiglie come la sua. La capisco», le aveva detto quella donna, la dottoressa.

No, aveva pensato Sally, tu non mi capisci. Sei convinta che mi senta superiore, al di sopra dei difetti della gente comune, che pecchi di stupido snobismo. Invece, stavo semplicemente riflettendo su quanto siamo stati felici, a quanto è stata pura la nostra vita. *Pura.* Che parola vittoriana! Tuttavia, era così. Fino a quel momento, non c'era stato nulla di sporco nelle loro vite.

In quel preciso istante, perso nella massa compatta di luce, Dan stava lavorando alla scrivania, ignaro. Quella sera avrebbe dovuto sapere, pensò. E se fosse stato vero, no, ovviamente non poteva essere vero, certo che no, ne sarebbe rimasto sconvolto. La sua piccola! La sua dolce Tina.

«No, non ho alcun dubbio. La sua Tina è stata molestata. Ha subito un abuso sessuale.»

La dottoressa Lisle si era dilungata in spiegazioni, mentre Sally si era limitata a fissarla in silenzio. Aveva il volto semplice e squadrato, e si era comportata piuttosto freddamente. Quella donna, sebbene non fosse più vecchia di Sally, era rivestita di autorità, sostenuta dalla conoscenza professionale.

Mi sta rimproverando, ecco qual è la mia impressione, aveva pensato ancora Sally, mi sta trattando come una scolaretta e non come una donna che ha vissuto le proprie esperienze, che ha viaggiato in tutto il mondo in pace e in guerra con le macchine fotografiche, scattando foto pubblicate in ogni paese. Be', forse la verità è che non ci piacciamo. Che razza di sciocchezze mi sta raccontando?

Come per cercare aiuto, Sally aveva osservato quello studio spoglio e semplice. La scrivania e le sedie chiaramente economiche erano nuove. I diplomi e i certificati erano recenti. Le finestre davano sul retro di un cadente edificio commerciale a tre piani nello squallido centro cittadino. Era un luogo sgradevole e deprimente che non offriva nulla a cui aggrapparsi. Gli avevano parlato così bene di quella dottoressa!

«È incredibile», aveva replicato Sally in tono brusco.

«No, è credibile.»

«Non le credo. Non ho intenzione di crederle. Come può mai pensare una cosa simile?»

«È normale che lei opponga resistenza. Quale genitore sarebbe pronto a crederci?»

«È incredibile.»

«È credibile, signora Grey.»

«Io vivo con Tina! Le faccio il bagno e non ho mai visto un segno di...»

«Non è necessario che ci sia penetrazione. Come lei sa, ci sono anche altri modi.»

Aveva visto passare davanti ai suoi occhi una serie di immagini ripugnanti. Aveva avuto quasi l'impressione che quelle scene divampassero, scoppiassero nel suo cervello.

«Sì, lo so. Ho letto. Ma come può esserne tanto sicura? Tina le ha detto qualcosa?»

«Non direttamente o con tante parole. È raro che i bambini lo facciano. Sono troppo spaventati.»

«E allora, le chiedo, come fa a saperlo?»

«Ci sono molti sistemi. Per esempio, le bambine giocano con le bambole. Le mie bambole sono perfette dal punto di vista anatomico. Io osservo la piccola, le parlo, e inoltre la ascolto mentre chiacchiera da sola.»

«Voglio sapere che cosa dice Tina. Mi dica esattamente ciò che ricorda.»

La dottoressa aveva infilato gli occhiali per leggere. Il tempo da lei impiegato per rovistare nella valigetta e inforcare gli occhiali era sembrato interminabile. Stare a guardare era stata una tortura.

Ora, in auto, mentre stava ricordando e stava riprendendo coraggio, Sally sentì che la testa cominciava a dolerle.

«Ecco. Venerdì 10, la penultima visita. Cito: 'Ora togli le mutandine, poi metti quella cosa...'»

«Oh, no!»

«'Poi appoggia la bocca...'»

«Oh, no!»

«Poi ha preso la bambola e l'ha gettata all'altro capo della stanza, scoppiando a piangere. Si sente bene, signora Grey? Posso smettere, se lo desidera.»

«Sì, smetta. Ho capito.»

Era stato in quel momento che era insorto il panico, un improvviso dolore lancinante al petto, mentre le mani umide si erano contorte l'una nell'altra fino a far penetrare l'anello nella carne. Era stato in quel momento che Sally si era raddrizzata sulla sedia perché, se si fosse lasciata andare, sarebbe soffocata.

Con fare risoluto aveva affermato: «Tina non sta mai in compagnia di estranei. È molto controllata, da me quando sono a casa e da una tata eccezionale, una signora dolce e materna che mi aiuta a prendermi cura di Susannah, la più piccola, e si occupa di tutto mentre io sono lontana per lavoro. Sono fotografa, ricorda. Tuttavia non mi assento mai per più di due giorni. No, non può essere, dottoressa. È curioso. La sua diagnosi deve essere errata».

«Mi dica, allora, in che modo spiega il discorso di Tina alla bambola, per esempio.»

«Be', a quell'età i bambini stanno giusto cominciando a scoprire il mondo, esatto? Sono certa che a scuola ci sono bambini con fratelli più grandi che hanno parlato loro del sesso. Dio sa quanto se ne vede in televisione. Noi non permettiamo a Tina di guardare molta televisione, ma altri genitori lo fanno e questo si ripercuote sul resto dei bambini.»

La dottoressa era rimasta in attesa. Le avevano insegnato a osservare, ad ascoltare ciò che la gente non diceva. Sally lo sapeva così si era raddrizzata ancora di più sulla sedia.

«Come sono andate le cose questa settimana?» aveva chiesto la dottoressa.

Sì, aveva pensato Sally, torniamo alla realtà, lascia che ti spieghi i semplici fatti e poi, se ci riesci, dimmi come devo comportarmi. Fatti, non fantasie.

Così, onestamente aveva risposto: «Come al solito. Né meglio né peggio. Talvolta è la tipica bambina di cinque anni, altre volte no».

«Mi parli di queste 'altre volte no'.»

«Be', mi è stato detto che ogni tanto a scuola picchia e morde. A casa, c'è stato qualche episodio di stizza. Inoltre, tutte le notti bagna il letto. Continua a chiedermi quando riporteremo Susannah in ospedale. Per quanto glielo spieghi con attenzione, non smette mai di pormi la stessa domanda. A mio parere, dottoressa, è questo il motivo di tutti i nostri problemi.»

«Così semplice? Quello che le ho detto non l'ha colpita in alcun modo?»

«Sto con Tina tutto il tempo, sono sua madre! A casa gioca con le bambole, non avrei quindi dovuto notare qualcosa di strano anch'io? Senza dubbio, me l'avrebbe detto se qualcuno avesse… le avesse fatto qualcosa.»

«Le ho già spiegato che questo non avviene sempre. Anzi, sarebbe normale che non glielo dicesse. In un certo senso, una bambina può sentirsi colpevole. Sa che c'è qualcosa di sbagliato, sebbene non sia in grado di spiegarlo. Può sempre pensare di tradire la persona che ha abusato di lei. In qualche modo, è persino possibile che questa persona le sia piaciuta. Non è tutto così semplice, signora Grey.»

Sally era rimasta in silenzio. Quindi la dottoressa, cambiando improvvisamente atteggiamento, aveva continuato in tono gentile: «Dovrebbe davvero considerare quanto le ho detto, e con molta serietà. Se non è ancora convinta, posso leggerle qualcos'altro dal registro».

«No. La prego, no», aveva risposto Sally alzando una mano.

«Lei ha paura, signora Grey.»

«Dottoressa Lisle, la prego di credermi, io rispetto la sua conoscenza, ma gli errori… persino lei, mi scusi, chiunque può commettere errori… e in questo caso, lei si sbaglia. Dato il modo in cui viviamo, è impossibile.»

«Tutti credono che sia così a meno che non vedano qualcosa con i loro occhi.»

«Tutto è andato liscio fino all'arrivo di Susannah. Non c'erano problemi a casa, nessuno. Forse potrà sembrarle un'esagerazione se le dico che Dan e io abbiamo vissuto una vita di sogno. Probabilmente la gente dice cose simili per nascondere la verità. Ma sarebbe stupido. Per quale ragione dovrei venire qui a chiedere aiuto per poi mentirle? Abbiamo una splendida casa, mi creda. Sarebbe davvero bello se tutti i bambini del mondo potessero avere una casa come la nostra, e un padre come Dan. Alla domenica cuciniamo insieme, Dan è orgoglioso del mio lavoro, ci amiamo. È stata una casa davvero felice e senza dubbio Tina ha percepito questa felicità. Tutti dicevano che era una bambina solare...»

Aveva parlato a vanvera. Ora, sola sull'auto, era sicura di aver fatto la figura della stupida. Ma aveva quasi perso il controllo. Quella posa risoluta e decisa era stata tutta una messa in scena.

Mentre lei parlava, la dottoressa l'aveva guardata con aria solenne. Affrontare quello sguardo l'aveva fatta sentire a disagio, ma evitarlo non era stato semplice, così era passata più volte da quello sguardo al sudicio magazzino oltre la strada e viceversa. La voce le si era spenta lentamente senza che ci fosse stato alcun commento. Devo andarmene, aveva pensato. Domani troveremo un altro dottore. Questa donna, nonostante tutte le raccomandazioni, assomiglia a un chirurgo, un allarmista che ti dà solo un mese di vita se ti rifiuti di sottoporti a un intervento immediato. Era scandaloso.

«Ciò che ho deciso», aveva ripreso, «è che per un po' dovrò rifiutare qualsiasi nuovo incarico. Almeno finché Tina non sarà tornata alla normalità. Sì, ecco cosa farò. In fondo, Tina sta bene, ne sono certa.»

«Con tutti quei sintomi lei sostiene che sta 'bene'? Il fatto che picchi e che morda e tutte le altre cose che mi ha raccontato prima, il fatto che si rifiuti di lasciarsi abbracciare da lei, che abbia paura di lasciarla uscire di casa...»

«Volevo dire... be', senza dubbio non sta bene, è evidente. Ecco perché l'ho portata qui. Sento però che ha bisogno di maggior attenzione da parte mia fino a quando non avrà accettato la piccola e io ho tutte le intenzioni di... »

«Sta compiendo un grave errore, signora Grey.»

Sembrava una condanna. E la sentenza si fondava su

prove scarne, supposizioni e teoria imparata sui libri di testo. E per questo motivo Sally si era alzata e aveva infilato il cappotto.

«Mi dica, allora», aveva concluso, «che cosa mi consiglia di fare.»

«A mio parere dovrebbe portare qui per un po' Tina in cura, oppure, se non si sente tranquilla con me, si rivolga a qualcun altro. Senza dubbio, io le consiglio di analizzare con molta attenzione i particolari della sua vita. La bambina ha subito un abuso, signora Grey.»

Faceva freddo all'interno dell'auto con il motore spento, così Sally si avvolse la sciarpa attorno al collo e incrociò le braccia.

Un abuso. Una cosa terribile.

Ma poteva essere vero? si chiese. E in questo caso, chi avrebbe potuto commettere un atto simile? Qualche padre in una delle case dove Tina andava a giocare? Scorse mentalmente l'elenco, i possibili contatti. Quell'uomo ritardato che abitava nella stradina di campagna vicino alla casa dei suoi genitori qualche mese prima? Ovviamente no. La nonna era fin troppo prudente. No. Non era vero. Non era possibile.

Ma la dottoressa era così sicura. Poteva trattarsi di un errore clamoroso? Certo. Fatti simili si leggevano sui giornali. Tuttavia, non erano cose che accadevano ogni giorno.

Ora doveva farsi forza e tornare a casa. Più sotto, nella città, si erano accese migliaia di luci, una miriade di puntini nella notte ormai imminente. Era tardi. Girò la chiave dell'accensione e riprese la salita.

Su entrambi i lati, la strada era costeggiata da vecchi abeti e altre conifere. Di tanto in tanto dei vuoti in quelle pareti naturali rivelavano cancelli, lunghi vialetti e, più raramente, qualche bella casa. In prossimità di una curva, sulla sinistra, si ergeva l'imponente cancello di Hawthorne, la grande casa di famiglia dei Grey. Era lì che si era trasferito Dan, a sette anni, assieme ai parenti dopo la morte dei genitori in un incidente aereo. Dietro la casa, a qualche centinaio di metri e nascosto alla vista, iniziava un territorio selvaggio, ottomila acri incontaminati e preziosi che appartenevаno ai Grey e che tuttavia, per volontà di questi ultimi, erano aperti a tutti purché la zona non venisse rovinata, non fossero tagliati alberi o feriti animali. Era sempre stato così, Sally non ricordava più da quante generazioni, e così era ancora. Una famiglia davvero straordinaria, quella dei Grey.

Al centro di una radura erbosa pochi chilometri più avanti, si innalzava una casa bianca dalle persiane verdi, caratterizzata da quella austera semplicità tipica del New England: era la casa di Sally. Entrando nell'autorimessa Sally pensò, come le capitava spesso di fare, che ben difficilmente quella casa avrebbe potuto essere diversa da Hawthorne, o da qualsiasi altra casa di famiglia dei Grey. Ma lei era una figlia del Maine, e Dan non era il classico Grey, e per questo la casa era davvero come entrambi l'avevano desiderata. Il cane, un goffo terranova, era seduto sugli scalini d'ingresso. La sua presenza conferiva alla scena un aspetto piuttosto stereotipato: la tipica casa da libro illustrato con il cane di famiglia, pensò Sally in maniera sarcastica, mancava solo una bambina seduta accanto all'animale, che lo abbracciava teneramente.

A dire il vero, quello era proprio l'atteggiamento che ogni tanto assumeva Tina. Il cane era l'unica «persona» che lei abbracciava. Quell'incantevole ragazzina con i volant e le trecce abbellite da nastri non era quasi mai affabile o affettuosa. Quelle esternazioni che in passato tutti avevano ricercato venivano ora vissute con trepidazione poiché era impossibile prevedere come si sarebbe comportata Tina. Solo alla sera, quando finalmente la piccola dormiva, era possibile leggere o chiacchierare con tranquillità... sebbene non in pace. Che cos'era successo a quella famiglia da libro illustrato? Che cosa non andava in quella ragazzina che era un tempo così incantevole?

È possibile che mi rifiuti di credere a quanto mi ha detto quella dottoressa perché non siamo riuscite a entrare in sintonia? si domandò Sally. Sarebbe una ragione davvero stupida. Non so...

Tina era in cucina e stava terminando la cena con la signora Dugan, quella che tutti chiamavano la «tata».

«Ciao, tesoro. Ehi, quel budino sembra delizioso.»

Tina aggrottò la fronte. «Non lo è. Mangialo tu.»

«Vorrei poterlo fare, ma papà e io andiamo fuori a cena. È il compleanno di zio Oliver.»

«Uscite sempre.»

«No, amore. Questa settimana non siamo mai usciti», rispose Sally, cingendole le spalle con un braccio e dandole un bacio sul capo.

«Non farlo. Non voglio che mi abbracci.»

Lo sguardo confuso della tata incontrò quello angosciato di Sally.

«Ma perché? Alle mamme piace abbracciare le loro figlie.»

«Non m'importa. Quando riporterai Susannah in ospedale?» Non passava giorno senza che Tina ponesse almeno una volta la solita domanda petulante.

«Ti ho già detto che noi non riportiamo indietro i bambini», rispose Sally con dolcezza. «Con te non l'abbiamo fatto. Noi amiamo i nostri piccoli.»

«Io non la amo. Non è la mia bambina. Voglio che tu la riporti indietro domani.»

«Oh, ecco il signor Grey», disse la tata, che nel frattempo era rimasta accanto alla finestra.

«Santo cielo, non sono ancora pronta. Devo correre di sopra a cambiarmi, Tina.»

«Riportala indietro domani», continuò Tina, «assieme alla culla, alla coperta e a tutti i suoi giocattoli.»

Non era giusto mentire o fuggire e raramente Sally lo faceva, ma questa volta era diverso. Non aveva più energie, così si precipitò di sopra, lasciando che fosse la tata a occuparsi di Tina. Ecco qual è il problema, pensò nuovamente. Sta tutto in questo: semplice gelosia, nulla di più. Quale prova migliore potrei chiedere? In Tina la reazione è esagerata solo perché la piccola è sensibile. Con il tempo, e con tanto aiuto, passerà.

Eppure, rifletté, quella donna dallo sguardo severo era così sicura...

2

Marzo 1990

«Sì, sì», disse Oliver Grey, seduto a capotavola. «Ricordo molto bene quando mio padre fece costruire quella finestra a balcone. Avevo circa cinque anni, quindi deve essere stato nel 1932. O giù di lì», aggiunse precisando. «Per il nonno fu un sacrilegio. Avrebbe voluto conservare tutto come ai tempi di suo padre. Se avesse potuto, avrebbe mantenuto in città anche le carrozze a cavalli e persino le luci a gas. Era quello che si dice un 'personaggio'.»

Dritto e sottile, con capelli grigi che, come quelli dei suoi antenati, si sarebbero trasformati in una folta chioma bianca. Non sembrava avere sessantatré anni.

Il gruppetto riunito in sala da pranzo ascoltava con rispetto quei ricordi familiari. Ian e Clive, i figli, Dan, il nipote, le mogli di Dan e di Ian, tutti tenevano il viso rivolto verso il capostipite.

«Sì, amava questa casa, Hawthorne. Ogni anno piantava un altro biancospino. Ormai il più vecchio deve avere più di ottant'anni e come vedete, fioriscono ancora tutti ogni estate. Spero che quando me ne sarò andato voi continuerete a piantarne altri.»

Stava vivendo l'emozione di un compleanno. A questo contribuiva anche lo champagne, dato che non era un bevitore abituale, ciononostante tutti sapevano che quell'uomo stava parlando loro con amore genuino. Il gruppo seguì lo sguardo del festeggiato fino alla parete, sopra il camino, dove c'era il ritratto della moglie, Lucille, dipinto poco prima che lei morisse in un incidente d'auto. Il suo sorriso ben si adattava alla posa regale in abito da sera; tuttavia qualcuno aveva osservato, piuttosto stupidamente, che appariva afflitta, come se avesse potuto prevedere in che modo sarebbe morta.

Effettivamente, Oliver aveva provato grande dolore. Forse questo contribuiva a spiegare il suo comportamento da filantropo, che andava ben oltre il firmare ingenti assegni, cosa che poteva benissimo permettersi, e comprendeva la realizzazione di un campo montano per i ragazzi di città o l'acquisto di sedie a rotelle per lo splendido giardino della sua casa per anziani.

Con sorriso sicuro, Oliver guardò i giovani familiari, quindi osservò la stanza e la finestra a balcone riparata da pesanti tende in seta rossa. Era evidente che quella scena gli piaceva: il mazzo di rose color lavanda sul tavolo, le sottili candele sui candelabri d'argento, e persino la coppia di pointer tedeschi color cioccolato ubbidientemente distesi sul vecchio tappeto nell'angolo. Nulla in quella splendida stanza appariva eccessivo, ciascuno aveva la propria dignità.

«Sì, sì», riprese, «molto tempo prima che un luogo simile fosse anche solo immaginabile, i Grey erano poveri agricoltori provenienti dai bassopiani scozzesi. Non ho idea di cosa li abbia indotti a trasferirsi nello stato di New York, a meno che non credessero di trovarvi un luogo simile a casa. Tuttavia credo che in Scozia non ci siano inverni come i nostri. In ogni caso, beviamo al loro ricordo, al loro coraggio e alle loro oneste fatiche.»

Mentre tutti sollevavano i bicchieri, Dan pensò che succedeva sempre così; coloro che non si sarebbero mai vantati di essersi lasciati alle spalle la povertà erano sempre orgogliosissimi delle fatiche dei propri avi! Era divertente, un'innocua eccentricità di Oliver, come la cortesia vecchio stampo, che senza dubbio aveva il suo fascino.

Doveva tantissimo a Oliver, a quello zio, a quel suo secondo padre! Quando i suoi genitori erano rimasti uccisi in seguito alla caduta di un elicottero da turismo, lui, che a quel tempo aveva sette anni, assieme a sua sorella Amanda, di dodici, era stato portato ad Hawthorne e quella era stata la sua casa finché aveva sposato Sally.

La vista della mano della moglie appoggiata sul tavolo lo fece sorridere. L'anello, l'unico gioiello che lei indossava oltre a due piccoli orecchini di diamanti, era stato un'idea di Oliver.

«Il suo anello di fidanzamento deve essere importante come quello di Happy», aveva insistito. «Altrimenti non andrà bene.»

E così Dan, tutt'altro che a malincuore, si era piegato ai principi di ordine e uguaglianza di Oliver. Era certo che Sally non ci avrebbe fatto caso e probabilmente lo stesso sarebbe accaduto con Elizabeth, vale a dire Happy.

Alla luce delle candele, quell'anello «importante» scintillava. Bisbigliando: «Sei molto silenziosa», Dan accarezzò la mano della moglie.

«Non proprio. Sono stata impegnata a mangiare.»

«Sei splendida con quel vestito. Sei in tono perfetto con il rosso delle tende.»

«Non è davvero meravigliosa?» chiese Happy che lo aveva sentito.

Happy Grey era una donna dall'ossatura grande, bionda, di carnagione rosea, generosa e di buon cuore. Era troppo intelligente per condurre la vita oziosa dei country club e poiché, con suo grande dispiacere, non aveva avuto figli, aveva istituito un asilo e ora lavorava sodo per farne la scuola materna più rinomata della zona.

«Devi essere stanco per tutti i viaggi compiuti in queste ultime settimane, Dan.» Gli occhi svelti di Oliver non perdevano nulla. «Credo ti farebbe piacere tornare a casa presto. Quindi, quando lo desideri, ritieniti pure libero.»

«Grazie, ma sto bene. Dormo anche sugli aerei.»

«È andato tutto bene, si vede, altrimenti non saresti certamente così allegro.»

«Sì, sì.» Dan aveva ereditato le stesse maniere di Oliver. «Sì, sì. Il nuovo dirigente a Bruxelles è il migliore che io abbia mai avuto. È giovane, dinamico e disposto ad accettare suggerimenti. Non si potrebbe pretendere di più.»

Oliver annuì. «Sono fortunato ad avere anch'io tre uomini giovani, dinamici e volonterosi. Ora che gli affari sono nelle vostre mani, posso rilassarmi e oziare.»

«Non direi proprio oziare», ribatté Ian, «con la Fondazione Grey e con quanti comitati di beneficenza? Undici, se non erro.»

I suoi occhi ben distanziati erano svegli come quelli di Oliver e Ian era altrettanto attraente; ma Ian era anche deciso – mentre suo padre era arrendevole –, energico più che moderato. Da ragazzo il suo temperamento era stato un problema e lui era stato espulso da due licei per aver raccontato delle sciocchezze. Poi si era raddrizzato, diventando membro dell'élite di Yale, dove avevano studiato anche Oliver, Clive e Dan; infine si era sposato e ora viveva normalmente, tranne per il fatto di spendere tantissimo, «come un rajah», diceva Oliver tollerante. Inoltre, amava scommettere su qualsiasi cosa tra Montecarlo e Las Vegas.

Mai due fratelli avrebbero potuto essere più diversi. Clive non raggiungeva il metro e sessanta. A causa della passione per i dolci, la sua faccia rotonda era già segnata dal doppio mento. Fumava sigarette. Soffriva... di lui si diceva che avrebbe dovuto insegnare matematica in qualche università. Invece, veniva amorevolmente chiamato il «computer vivente» della Grey's Foods, colui che controllava sempre due volte il lavoro degli impiegati esterni, vigilava sugli investimenti esteri della società, capiva i titoli assicurativi e le fluttuazioni valutarie.

Durante il tempo libero trascorso nel comodo ufficio, per divertirsi lavorava su astruse equazioni, trasferendosi nel regno dei numeri. I numeri, essendo impersonali, potevano essere dominati anche da qualcuno che per il resto era in grado di dominare ben poco, tranne i cavalli. Era diventato un abile cavallerizzo. In groppa a un cavallo, un uomo può anche sembrare alto.

Dopo essere rimasto in silenzio per tutta la cena, Clive prese la parola. «Ho preparato il regalo di compleanno per Tina. È un pony, un piccolo shetland molto docile e io le insegnerò a cavalcarlo. Mi avevate detto che non ci sarebbero stati problemi», ricordò a Sally e a Dan.

«Sarai un bravo insegnante», osservò Oliver con affetto. «Se non sapessi come è andata realmente, direi che sei nato sulla groppa di un cavallo. A proposito, peccato che non ci sia Tina. Avreste dovuto portarla stasera.»

«Dimentichi che ha solo cinque anni», ribatté Dan. «Ormai a quest'ora starà dormendo tranquilla.»

«Allora dovete portarle una fetta della torta di compleanno. Ah, ecco che arriva.»

Erano necessarie due paia di mani per sostenere l'enorme edificio bianco costellato di candeline che sovrastava la torta formando una distesa di fiammelle. All'interno, come tutti già sapevano, c'erano strati di cioccolato fondente alternati a fragole e panna montata. Era il dolce tradizionale della famiglia Grey; nessun compleanno, nessuna festa veniva osservata degnamente senza questa torta, o senza che qualcuno si lamentasse per le calorie, oppure senza qualche bonaria battuta sulla capacità di Clive di mangiarne due porzioni, battute a cui Clive era solito rispondere con una risatina infantile.

«Non muoverti, papà!» disse Sally, recuperando la sua Leica da sotto la sedia. «Guardami e poi spegni le candele. Non preoccuparti dei movimenti. Questa macchina è rapidissima.»

Tutto questo faceva parte del rito, proprio come l'osservazione benigna e conclusiva di Oliver sulla pace e sull'armonia.

«Ecco qual è il succo della vita, una famiglia riunita in pace e armonia.» Scostò la sedia. «Vogliamo entrare?» disse, dirigendosi verso la biblioteca, dove sarebbero stati serviti i liquori, nonostante ormai quasi nessuno bevesse liquori; inoltre, era lì che venivano aperti i regali. Come tutte le stanze della grande casa, la biblioteca era ampia e includeva un caminetto. Quella sera l'ambiente era rallegrato da un fuoco accogliente. Di fronte al camino erano stati disposti a semicerchio alcune sedie e due sofà, mentre su un tavolino di legno scintillava il servizio da caffè in argento. All'estremità della stanza, appoggiato alla curva del piano, c'era il regalo di tutta la famiglia.

Happy disse: «Sally, aprilo tu per papà. È stata una tua idea e hai pensato a tutto, quindi meriti questo onore».

Sally scosse il capo. «Non merito niente più di chiunque altro. Fai tu, Happy.»

Quando Dan guardò Sally, sulla fronte gli si formarono due linee verticali di ansia, ma non disse nulla. Happy tagliò il nastro e la carta cadde lentamente a terra rivelando un dipinto di una grande casa in legno, un lussuoso «campo» sugli Adirondack.

«Red Hill durante il periodo più bello dell'anno! Tutte quelle querce e quei sommacchi, è meraviglioso!» esclamò Oliver.

«Abbiamo pensato», spiegò Ian, «che forse ti avrebbe fatto piacere ricordare la casa quando sei lontano, tanto più che a Red Hill hai un quadro di Hawthorne.»

«Perfetto. Un regalo stupendo, grazie a tutti di cuore. Ho intenzione di appenderlo nello studio al piano di sopra.»

Il fuoco scoppiettava. Fuori il vento di marzo fischiava rendendo la stanza ancora più calda e luminosa per contrasto. Le fila di libri che occupavano gli scaffali dal pavimento al soffitto creavano un mosaico di tenui colori. Altri libri giacevano su tavoli ben lucidati. Sugli scaffali, sui tavoli e nelle vetrine facevano bella mostra di sé raccolte e rarità, monete romane, miniature in smalto del diciottesimo secolo, ditali incastonati di gemme, un ventaglio giapponese in seta nera, un antico mappamondo con i colori della pergamena e una giostra d'argento.

Clive, che adorava la bambina, disse a Sally e Dan: «Tina va pazza per la giostra».

Dan appoggiò una mano sulla spalla della moglie, mentre sul suo volto si intravedeva ancora la preoccupazione. «Pensa. Se non fosse stato per il gemello di questo oggetto, stasera non saremmo qui insieme.»

«Il tuo giorno fortunato, Dan», disse Ian, avvicinandosi.

I suoi occhi sembravano sempre guardare in basso, non tanto apertamente da insultare la moglie del cugino, ma in maniera tale da metterla in imbarazzo, considerandola come un oggetto sessuale. Poi, Ian era solito sollevare il capo a livello di Sally e aprire leggermente gli occhi con un'aria di cospirazione.

«È stato anche il mio giorno fortunato», replicò Sally, un po' troppo bruscamente.

Durante le feste, sempre con discrezione, Ian era solito fare il galletto, persino con le giovani cameriere che servivano gli antipasti. Sally era quasi certa di averlo visto, qualche anno prima, abbordare una donna al banco delle insalate mentre Happy era seduta al tavolo. Questo nonostante Happy lo adorasse! Era possibile che non se ne accorgesse? Forse non voleva vedere. Le tornò alla mente un vecchio proverbio, forse francese, secondo il quale esiste sempre uno che ama e uno che viene amato. Una volta l'aveva detto a Dan e lui aveva ribattuto che non sempre le cose andavano in quel modo e loro ne erano una prova.

Sally si sentì pervadere da un improvviso senso di pietà per Happy, così si alzò e andò a sedersi accanto a lei, dicendo: «Tina ha apprezzato moltissimo l'abitino giallo. Sei così carina a ricordarti sempre di lei».

«Non riesco a resistere quando mi trovo nel reparto bambini. Me la sono immaginata vestita di giallo con le trecce nere. Inoltre, da quando è arrivata la sorellina, ha bisogno di qualche sorpresa, di qualche attenzione in più.»

«Sì», rispose Sally.

«Con questo non voglio dire che tu e Dan non lo facciate già.» Happy stava servendo il caffè. «Siediti, Clive e prendi qualche dolcetto. So che lo desideri e agli altri non deve importare, sono esclusivamente affari tuoi», disse con fare deciso, quindi aggiunse rivolgendosi al resto del gruppo: «Per favore, nessun commento».

Una persona da compatire, stava pensando Clive mentre addentava un biscotto alle mandorle, ecco che cosa era diventato. O così era sempre stato. Ovviamente, il monito di

Happy era rivolto a Ian. Una volta Oliver, non accorgendosi che Clive era tanto vicino da udire, si era rivolto a Ian chiedendogli «di essere più gentile con il fratello».

Ian aveva risposto: «Sono gentile con lui. È lui che si sente costantemente disprezzato». Dopodiché Oliver, mio padre, che mi ama e che io amo, rifletté Clive con amarezza, si era limitato a sospirare più volte dicendo: «Lo so».

Forse, pensò ancora Clive prendendo un altro biscotto, mi sento disprezzato anche quando non è così; ci si fa l'abitudine. In fondo, sono tutti così gentili, così prodighi di complimenti. Non sono forse il genio della matematica? «Genio»! Che ne sanno loro delle meraviglie dei numeri, di quei giochetti così onesti e puliti; non c'è nulla di ambiguo nei numeri; non mentono, non adulano. Quegli impiegati tanto rispettosi non sanno che ho scoperto come mi chiamano: la mezza pinta, mentre Ian è il gallone.

Perché provo questi moti di... ammettiamolo, odio nei confronti di Ian? si domandò Clive. E perché non sento la stessa cosa per Dan, dato che anche lui ha tutto ciò che invece a me manca? Ian se ne sta seduto laggiù a chiacchierare con nostro padre, con le lunghe gambe incrociate, del tutto a suo agio; probabilmente, in questo momento sta gustando il ricordo della sua ultima donna. Non potrò mai dimostrare nulla, ma lo so. Per me, una donna pagata di tanto in tanto, e mi odio per questa azione, mentre tutte le sue donne sono belle, e perché non dovrebbero esserlo? Guardatelo! Ditemi, a quale maledetto avo devo il mio corpo? Sto anche diventando calvo.

Clive tornò a osservare. Non era forse questo il suo ruolo in qualsiasi situazione sociale, che altro poteva fare se non analizzare e osservare? Gli sfuggiva ben poco. Quella sera notò che Sally era chiusa in se stessa, con lo sguardo perso nel nulla. Non era tipico di Sally. Era una donna affascinante, dalla pelle immacolata e con i capelli neri come l'ebano, un carattere vivace, sempre pronta a raccontare aneddoti brillanti su persone e luoghi incontrati in compagnia della macchina fotografica. Clive si chiese quale fosse il problema quella sera, che cosa vedesse Sally nell'aria vuota.

In realtà, Sally non aveva lo sguardo perso nel vuoto, ma stava osservando la giostra d'argento. Dopo lo choc di quel giorno, era stata sopraffatta da una sorta di malinconia nostalgica...

La donna del negozio di antiquariato aveva detto: «È in argento massiccio, sa, un oggetto del diciannovesimo secolo realizzato da un famoso gioielliere di corte a Vienna. Un raro tesoro».

«E un prezzo altrettanto raro», aveva ribattuto il giovanotto. «No, sto osservando questa giostra solo perché ne abbiamo una identica a casa. Mio zio la acquistò a Vienna anni fa.»

«Questa suona *Voci di primavera.*»

«La nostra il valzer *Sul bel Danubio blu.*»

Era stato proprio allora che i loro occhi si erano incontrati; Sally era abituata a essere osservata e sapeva come allontanarsi. Quella volta, però, non si era allontanata e i due erano usciti insieme.

Si trovavano a Parigi. La luce pomeridiana stava trasformando il cielo nuvoloso da blu a verde opalescente. Il giovanotto le aveva chiesto come si chiamava. Lei aveva esitato. Sembrava una persona per bene con quell'abito blu scuro, cravatta a righe e scarpe lucide. Era alto e muscoloso, con i capelli di un biondo rossiccio e il volto abbronzato e allegro. Ciononostante, lei si era mantenuta diffidente.

«Che domanda stupida. Perché dovrebbe dirmi il suo nome? Non dovrebbe farlo. In ogni caso, le dirò il mio. Ecco il mio bigliettino.»

Daniel R. Grey, aveva letto Sally e più sotto: *Grey's Foods, rapporti con l'estero*. «È lei? Caffè, pizza e conservanti?»

Lui aveva annuito. «Mi trovo in Francia per acquistare un'azienda produttrice di cioccolato. Deliziosi cioccolatini ripieni di marroni, liquori e altre buone cose.»

Ovviamente, chiunque avrebbe potuto raccogliere un biglietto da visita. E tuttavia, in quell'uomo c'era qualcosa che sembrava dire «credimi».

«Io sono Sally Morrow. Fotografa. Mi occupo di celebrità e di autori per le copertine dei libri, cose di questo genere. Mi sono appena concessa una settimana di vacanza a Parigi.»

«Pensa di potersi concedere un'ora per bere un caffè in mia compagnia? Conosco un posto incantevole sull'Ile de la Cité. Possiamo sederci al sole e osservare la gente.»

Un abbordaggio, aveva pensato, ecco di che cosa si tratta, e tuttavia, che cosa c'era di male nel sedersi all'aperto in una zona pubblica?

Nulla. Sei mesi dopo, si erano sposati...

Dan si alzò e attraversò la stanza avvicinandosi a Sally. «Che cosa succede? Hai l'aria assente. Sembri triste.»

Avrebbe voluto alzarsi e gettargli le braccia al collo, avrebbe voluto dirgli ti amo, ti sono infinitamente grata, sono spaventata e non voglio scaricare tutte le mie paure su di te.

Invece, si limitò a dire: «Stavo semplicemente ricordando, immaginavo la giostra sullo scaffale».

«E questo ti ha reso triste.»

«Ma non sono triste. Davvero. Sul serio.» Fece un ampio sorriso, sforzandosi di sembrare allegra.

«Ho detto», gridò Ian, «ho detto, Dan...»

Dan sbatté gli occhi. «Scusa. Non stavo prestando attenzione.»

«Oggi ho ricevuto un'altra telefonata da quel consorzio svedese.»

Attento, Dan disse: «Credevo che questo affare fosse sfumato».

«Sembrava così, ma c'è stato un risveglio. Alcuni capitali ingenti, inglesi e olandesi, hanno intenzione di partecipare. Vogliono riavviare le trattative.»

Dan scosse il capo. «Non ho intenzione di trattare, Ian. Non ho cambiato idea.»

«Ma non hai sentito la loro offerta. Ventotto milioni.» Aspettandosi una reazione e non ricevendone nessuna, Ian aggiunse: «Questo se liquidiamo tutto, e non vedo perché non dovremmo farlo».

Allora Dan rispose, spazientito: «Ti ho già esposto un'infinità di ragioni un anno e mezzo fa, quando era sorta per la prima volta la questione».

«Non avevamo un'offerta simile allora.»

«Se anche fosse dieci volte più alta, risponderei sempre di no.»

Ian non era più a proprio agio, bensì teso, e protendendosi verso Dan domandò: «Sei ancora preoccupato per gli alberi e gli uccelli?»

Se fosse stato rimproverato, Ian l'avrebbe definita una battuta bonaria. Di norma, una simile domanda non avrebbe infastidito Sally. Erano tutti abituati ai modi di Ian, sempre schietti e talvolta addirittura bruschi. Ma quella sera, con i nervi a fior di pelle, Sally si sentì offesa.

«Certo che lo sono. Li stiamo sterminando entrambi, a destra e sinistra. E molto di più.»

«Francamente, io mi preoccupo delle persone, Dan.»

«Anch'io penso a loro, Ian. Penso a quelli che passeggiano o che si limitano a stare seduti e ad apprezzare la natura che li circonda.»

«Sei un sentimentale.»

«Non credo. Penso di essere molto pratico. Tu costruisci la tua 'nuova città', sistemi laggiù trentamila abitanti, non è quello che mi hai detto l'anno scorso? E in questo modo distruggerai le scorte d'acqua Dio solo sa fin dove. Io non sono un tecnico, non sono in grado di fornirti le cifre esatte, so solo, come sai anche tu, che le foreste sono la copertura naturale di una riserva d'acqua. Ma che senso ha ricominciare a discutere tutto da capo?»

«Ammetti di non essere un tecnico, quindi perché non lasci l'acqua e tutto il resto ai tecnici? Ascolta, Dan, ascolta, tu vorresti fermare il progresso, ma non è possibile. Ricorda che siamo nel ventesimo secolo.»

Il volto di Dan si fece malinconico. «Lo so benissimo.»

«Bene, allora saprai anche che la popolazione sta crescendo. La gente ha bisogno di un tetto sulla testa. Questo gruppo di cui ti sto parlando ha un progetto eccezionale, una comunità ben pianificata, non uno sviluppo disordinato.»

Dan lo interruppe. «Un tetto sulla testa! Prima di inquinare le montagne, costringendo la gente ad abitare a chilometri di distanza dal luogo di lavoro, perché non abbatti gli stabilimenti e i magazzini cadenti nel cuore della città? Ricostruisci la città erigendo quelle belle case che la gente può permettersi.»

«D'accordo, facciamo anche questo. Sono favorevole. Ma una cosa non esclude l'altra. Tu non vuoi abbattere gli alberi, ma questo sta già avvenendo in tutto il mondo. Queste poche piante non faranno la differenza. Perché dobbiamo essere tanto santi? A mio parere, se non accettiamo questa proposta dobbiamo farci visitare da uno psichiatra. Chiedi a chiunque incontri per strada se rifiuterebbe una simile offerta e sarai deriso per il semplice fatto di aver posto la domanda. 'Prendi i soldi e scappa', ti direbbe. E avrebbe ragione.»

«Questa è la tua opinione, non la mia.»

«Ascoltami. Pensa al modo in cui lavoriamo, con te che viaggi per tutto il pianeta per far funzionare le cose... Più ci penso, più sono tentato di godermi la vita mentre sono giovane, liberarmi della terra, liquidare l'impresa e trovare qualcosa di più semplice da fare. Dammi una buona ragione.»

«Posso dartene un'infinità. Mi lasci senza parole.» La voce di Dan tremava. «Perché questa terra appartiene a questa famiglia... Da quante generazioni, Oliver?»

All'improvviso, Oliver sembrò vecchio. Aveva una voce stanca. «All'inizio, nel diciottesimo secolo, c'era la fattoria nella valle, e giungeva fino ai piedi delle colline. Poi, quando la famiglia raccolse un po' di denaro, acquistò la zona di montagna per un paio di penny ad acro, penso.» Fece una breve risata, anche questa stanca, poi proseguì. «Durante la prima guerra mondiale, mio nonno ampliò la proprietà semplicemente perché gli piacevano i luoghi selvaggi, credo. Da allora, l'abbiamo sempre conservata.»

«Amata», ripeté Dan con ancora maggiore enfasi. «Sì, sì. Un'eredità, un patrimonio. E ora noi ce ne stiamo qui seduti, dopo due secoli, dico due secoli, e parliamo di rovinare tutto, di svendere la nostra terra per un mucchio di biglietti da mille dollari.»

«Fai pure biglietti da un milione di dollari», rispose Ian.

«Non importa!» disse Dan alzando la voce, tanto che uno dei cani, percependone l'eco, si mosse e appoggiò la testa sul ginocchio di Oliver. «No, lasciatemi finire. Mi hai chiesto di darti delle ragioni. Liquidare l'attività, hai detto. La Grey's Foods. Quattro generazioni di fatica. Viti a ovest, meli a est. Fattorie, venditori, imballatori, inscatolatori, fornai, camionisti, imbottigliatori, perché una famiglia su quattro in ben tre contee ha o ha avuto un proprio membro che lavora per i Grey. Parla con queste persone e scopri cosa provano. Vogliono il loro impiego, vogliono conservare questo ambiente familiare. Siamo un'istituzione, Ian, un'altra eredità. Non so cosa diavolo possa passarti per la testa.»

Ian rise. «Soldi.»

Dan rimase ammutolito. Nessuno si mosse. Happy teneva lo sguardo fisso sul fuoco morente, Sally osservava con ansia il marito, Clive studiava le proprie dita macchiate dalla nicotina e Oliver accarezzava meccanicamente la testa del cane.

Poco dopo, Dan chiese allo zio: «Desideri dire qualcosa, Oliver?»

«Per me è molto difficile, Dan. Non credo sia necessario spiegarti che cosa provo per l'azienda e la terra. Ma ora appartengono a voi, a voi giovani, spetta a voi decidere. Ve l'ho detto chiaramente quando vi ho ceduto l'attività. Ho dato le dimissioni. Vi ho detto che non avrei più partecipato ad alcuna decisione e parlavo seriamente.»

Ci fu ancora silenzio. Poi Dan disse pensieroso: «È strano, ma non esiterei a separarmi da parte della terra, non importa quanta parte, se fosse un gruppo ecologista a rilevarla con l'intenzione di tenerla selvaggia per sempre. Questo potrebbe essere un metodo per proteggerla da possibili progetti edilizi di qualche generazione futura».

Ian inarcò le sopracciglia ed esclamò: «Cosa? Presumo che gliela cederesti in cambio di noccioline. Perché non cederla subito?»

«Dimmi, Ian, spiegami perché vuoi più denaro. Non ne hai abbastanza? Mi sembra che tu viva già piuttosto bene.»

«Mostrami qualcuno che ritenga di avere abbastanza soldi. Non esiste nessuno così. Va contro la natura umana.» E ancora una volta, Ian rise, mostrando a tutti la sua sana dentatura. «Che cosa ne pensi, Clive?»

Clive smise di contemplare le proprie dita. «Parlate con me? Perché con me? Io non dovrei pensare. Io so solo calcolare. Sono programmato.»

Detto questo, un'orribile tosse lo soffocò, tanto che, diventando rosso, Clive si piegò su se stesso, con la testa sulle ginocchia. Nessuno si precipitò ad aiutarlo, dato che non c'era nulla da fare se non osservarlo tossire, uscire di volata dalla stanza e tornare, ancora rosso in viso, ma calmo. Episodi di questo tipo si ripetevano almeno una volta al giorno.

«Bene», continuò Ian, «stai andando sempre meglio, vero? Continua a fumare, Clive, continua pure. Un bell'enfisema.»

Dan rispose subito: «Sono sicuro che Clive ha provato a smettere, ma è la dipendenza. È come il gioco».

Essendo stato da poco a Montecarlo, Ian non riuscì a replicare prontamente; fu Happy a parlare per lui.

«Ian è un maniaco del lavoro. Di tanto in tanto ha bisogno di svagarsi.»

«Queste sono le parole di una moglie fedele», osservò Oliver. «Non importa. So che mio figlio è un viveur e lo perdono. Giusto, Ian?»

«'Viveur.' Spiegami, papà, non capisco», chiese Ian, rifiutando la gentilezza.

«È solo un'altra delle mie espressioni arcaiche. *Viveur* è francese e questa parola viene utilizzata per riferirsi a coloro che amano godersi la vita.»

«Peccatori. Mi fai sentire come un criminale.»

«Non capisco che cosa stia accadendo», si lamentò Oliver. «A tavola eravamo tutti di buon umore e ora stiamo litigando. Non voglio che succeda in questa casa.» Stava ancora accarezzando la testa del cane. «Anche Napoleon è irritato. Non è abituato a queste cose. Ho ragione, Happy?»

«È colpa mia, papà. Sono stato io a iniziare. Avrei dovuto sapere che Dan e io ci saremmo scornati su questo argomento. Lo sapevo. Il fatto è, ormai tanto vale dirlo, visto il punto a cui siamo arrivati, che ho avuto un paio di giornatacce. Ho ricevuto una telefonata da Amanda mentre tu eri via, Dan e, credimi, tua sorella in dieci minuti può rubare a un uomo un anno di vita. Perlomeno, due notti di sonno.»

«Mia sorella? Perché non me l'hai detto? Sono tornato da due giorni.»

«Perché non volevo sollevare questioni prima del compleanno di papà. In ogni caso, ormai l'ho fatto. Mi spiace.»

«Perché ti ha telefonato?»

«Ha chiesto di te, e non sapeva che tu fossi via. Quindi me l'hanno passata.»

«Che cosa voleva?»

«All'inizio, il solito elenco di lamentele. Non fa parte del consiglio perché è una donna. Le ho ripetuto, come le è già stato detto un migliaio di volte, che questo non dipende dal suo essere donna. Ma non è possibile ragionare con queste agguerrite femministe. Non c'è da meravigliarsi che abbia divorziato due volte.»

Dan lo corresse. «Solo una.»

«Be', in ogni caso non sa nulla dell'azienda e non ne saprà mai nulla finché continuerà a vivere a quasi cinquemila chilometri di distanza. Riceve un ottimo reddito dal suo quarto di azioni, quindi che cosa vuole? Secondo lei non è giusto che noi tre uomini guadagnamo di più. Parlo di stipendio. Per l'amor del cielo, lo capirebbe anche un bambino. Lavoriamo otto giorni su sette, non è forse vero? Ora vuole che rileviamo la sua quota in modo da poter investire la somma che ne ricaverà.»

«Rilevare la sua quota?» chiese Dan incredulo.

«Sì, sì. E ascolta questa. Se non lo facciamo, venderà le sue azioni al miglior offerente. Ha già chiesto ad alcune banche d'investimento di valutare le sue azioni.» Ian parlò con rapidità e con eccitazione crescente. «Mi dispiace. L'ho sempre ripetuto e ho sempre parlato al vento, ma è la verità, avremmo dovuto sottoscrivere, come ci hanno consigliato gli avvocati, un accordo per mantenere l'azienda una società di proprietà della famiglia ed evitare che un elemento sciolto come Amanda potesse compiere un'azione simile, svendere. Un subentro, con l'ingresso di uno sconosciuto che avrà potere di voto. Sì, avremmo dovuto stendere un contratto, ma Amanda era contraria e tutti noi abbiamo ceduto. Non posso non ripeterlo, papà, quella donna è sinonimo di guai, buona solo a raccogliere la sua parte e sottoporci a un terzo grado costante per accertarsi che non le abbiamo sottratto neppure un centesimo. E ora pretende una fortuna per qualche dannato progetto.»

«Per le ragazze senza dimora», spiegò Dan. «Ricordo che me ne parlò tempo fa.»

«Sì, ha tentato di farmi la testa come un pallone, ma non glielo ho permesso. A dire il vero sto cominciando a credere che sia pazza.»

«No», lo corresse Dan con tranquillità. «Ammetto che Amanda può essere difficile, complicata e può creare confusione, ma non è pazza. Sono contrario all'uso superficiale di questa parola. Inoltre, un progetto a favore delle ragazze disperate è ben difficilmente...»

«Disperate? Noi saremo disperati se mette in atto la sua minaccia e ci cita.»

«Ci ha minacciati?»

«Sì, se non acquistiamo le sue azioni», rispose Ian, impaziente. «Quale società dispone di liquidità sufficiente per coprire il venticinque per cento del suo valore, ti chiedo. E tuttavia, se non lo facciamo, collocherà i suoi titoli sul mercato e quando tenteremo di bloccarla, finiremo in tribunale con parcelle legali tali da farci soffocare. Per non parlare poi del fatto che potremmo anche perdere. Anzi, probabilmente perderemo. E tutto questo perché voi non l'avete costretta a firmare un accordo anni fa. Era più giovane e non era ancora così stizzosa. Se tu avessi insistito, papà, avrebbe dovuto farlo.»

Con l'intenzione di salvare Oliver dall'attacco, Dan intervenne deciso: «Questo fa parte del passato. È inutile guardare indietro. È acqua passata».

Ian si alzò e a passi lunghi si diresse verso le finestre,

mentre tutti lo osservavano. Nella stanza regnava un pesante silenzio che perdurò finché Ian non tornò al camino.

«Capite che Amanda rappresenta un'altra ragione a favore del consorzio europeo», disse. «Con quel denaro potremmo permetterci di rilevare la sua quota e liberarci di lei.»

«Tu vuoi solo vendere la terra», rispose Dan. «Non c'è altro da dire, Ian. Avevi questa intenzione già più di un anno fa. La richiesta di Amanda risale a due giorni fa.»

«D'accordo. Non lo nego. Sto solo dicendo che ora esiste una ragione in più. È tutto correlato.»

I due uomini erano chiaramente a disagio di fronte a una tale manifestazione di rabbia. Non erano abituati a comportamenti simili. Non era «civile». Tuttavia ora la stizza era palpabile. E Sally, osservando il volto di Dan farsi più rosso, si sentì ancora peggio all'idea del brutto colpo che il marito avrebbe dovuto sopportare quella sera.

Poi, aggrappato allo schienale di una sedia, mantenendo il pieno controllo di sé, Dan disse: «Parlerò con Amanda. Appianerò le cose».

«Buona fortuna», rispose Ian. «Scommetto che non ne ricaverai proprio niente. È inutile ragionare con lei. Non la conosci.»

«Non la conosco? Questo mi sembra davvero strano. È mia sorella.»

«Dan, non la conosci. Nessuno di noi la conosce. Una ragazza che se n'è andata di casa per studiare in California a tredici anni e non ha più fatto ritorno?» Ancora una volta, Ian fece appello a Oliver. «Perché non le parli tu, papà? Tu riesci sempre a ristabilire la pace, a fare da mediatore.»

«Te l'ho già detto, sono fuori. Mi stai chiedendo di decidere tra i figli di mio fratello e i miei, e non ho intenzione di farlo. Dovete accordarvi tra voi, ve l'ho detto. Votate.»

Ian rispose prontamente: «Benissimo. Io sono favorevole alla vendita. Dan no. Amanda sarà favorevole perché in questo modo otterrà ciò che desidera. Ora spetta a Clive decidere l'esito. In questo modo raggiungiamo la maggioranza o cadiamo in un punto morto. Che ne dici, Clive?»

Ci fu una breve interruzione durante la quale Clive ebbe

un leggero attacco di tosse. Ripreso il fiato, disse prudente: «Non rispondo mai in maniera avventata. In ogni caso, questa discussione è prematura. Passerà quasi un anno prima che quella gente riesca a mettere insieme progetto e finanziamento. Per il momento, propongo di aggiornare la questione. Ecco qual è il mio suggerimento».

La risata di Ian era sarcastica. «Allora aggiorniamo Amanda a tra un anno.»

All'improvviso, Oliver assunse un atteggiamento risoluto. Si alzò e questo era il segnale che la serata si era conclusa. «Clive ha ragione. Come sempre», disse con il sorriso incoraggiante rivolto a Clive. «Per quanto riguarda le minacce, spesso la gente esprime minacce che non ha intenzione di mettere in atto. Io vi consiglio di non agire in maniera affrettata. Inoltre, vi consiglio di recarvi in chiesa domani. Raramente perdo una domenica, a prescindere da dove mi trovi. Pregate per la pace, per la pace interiore. Sì, la pace interiore.»

Erano tutti in piedi quando Oliver terminò dicendo: «Nonostante questi disaccordi, è stato un magnifico compleanno e vi ringrazio. Vi voglio bene. Fate un buon ritorno a casa».

Non dovevano andare lontano. Le due auto percorsero il lungo vialetto e superarono il cancello di ferro battuto, la Buick di Dan dietro la Maserati, finché quest'ultima svoltò in un altro vialetto di ghiaia, non lungo come quello di Hawthorne, costeggiato da una doppia fila di lampioni accesi che in fondo rivelavano un'elegante residenza in stile francese.

Preoccupato, Dan chiese: «Sei stata particolarmente silenziosa. Dimmi qual è il problema».

Il cuore di Sally ebbe un tuffo, come se fosse letteralmente affondato nella paura più nera per morire da qualche parte. «È stata davvero un'orribile serata. Mi è spiaciuto per Oliver. Ian non avrebbe dovuto rovinare la sua festa di compleanno. Avrebbe potuto aspettare fino a domani.»

Alla destra dell'auto, attraverso gli alberi, apparve per un attimo la città sottostante. Dan rallentò.

«Guarda là: Scythia, la città della Grey's Foods. Vorrei strozzarlo. Dieci a uno che vorrebbe farlo anche Happy, se ne avesse il coraggio. Forse ce l'ha, per quel che ne sappiamo noi. Non riesco a capire che cosa gli stia succedendo. Durante tutti questi anni siamo sempre andati d'accordo. Pensavo di conoscerlo bene. So che ama il denaro, ma anche così...» Dan s'interruppe, poi proseguì: «Se continua su questa strada, se vende la terra e abbandona l'azienda, come potremmo Clive e io andare avanti senza di lui? Clive è adatto solo a un lavoro d'ufficio. Io non posso pensare al mio lavoro e anche a quello di Ian».

«Mi spiace, caro. Non meriti una cosa simile.»

«Quella di mia sorella è un'altra storia. È sempre stata un enigma fin dalla nascita. Che le è preso? Un quarto dell'attività, santo cielo!»

«Hai sempre detto che era difficile.»

«'Difficile'! Che cosa significa? Che cosa so di lei? Mi dispiace, ma non la conosco davvero. Come puoi conoscere una persona con la quale non hai mai trascorso più di qualche settimana insieme: una visita annuale in California quando stavo ancora crescendo e durante gli ultimi anni solo incontri di qualche ora? Quando vado sulla costa occidentale, mi fermo a San Francisco oppure, se le capita di venire sulla costa orientale, lei si ferma a New York. Non viene mai qui. È ridicolo, è triste e non si sa che altro dire.»

Sally avvertiva il dolore di Dan. In un certo senso, era sempre stata un tipo solitario, contraria alle relazioni intense che si istauravano all'università o anche dopo, e per questo motivo era ancora sorpresa per quanto le era accaduto. Ora, a ventinove anni, dopo sei di matrimonio, senza che avesse perso minimamente la propria identità, sentiva che lei e Dan erano come uniti in un'unica vita. Così, capendo che lui non desiderava più parlare di Amanda, rimase tranquillamente in silenzio.

Poi, nonostante l'oscurità, Sally notò che Dan la stava guardando preoccupato.

«Sally, si tratta di Tina, vero? Hai avuto una giornataccia e non vuoi parlarmene.»

«Oh, qualche capriccio in più del solito, grazie al cielo c'è la tata. Non c'è nulla che la fermi.»

Doveva rimanere vaga, pensò. Aspettare di arrivare a casa, vedere che cosa stava accadendo, poi calmarsi e raccontargli tutto...

La tata stava leggendo il giornale quando Sally entrò e le chiese: «Tutto bene?»

«Tutto bene, non si preoccupi. Abbiamo avuto una piccola discussione sul bagno. Non voleva che la svestissi. Ma abbiamo sistemato tutto e ora dorme tranquilla. Susannah è una favola. Le ho dato il biberon e non l'ho più sentita da quando siete usciti.»

Qualcosa nell'espressione di Sally doveva aver colpito l'anziana signora, dato che con gentilezza aggiunse: «Voi giovani madri vi preoccupate troppo. Io ne ho cresciuti quattro e sono tutti diversi. Qualcuno è più facile, qualcuno è più difficile, ma alla fine crescono tutti bene».

Mentre Dan stava facendosi la doccia, Sally diede un'occhiata alle figlie. La più piccola, profumata di borotalco, dormiva nella culla rosa. Davanti alla porta di Tina, Sally si tolse le scarpe in modo da non fare rumore dato che la bambina aveva sempre avuto il sonno molto leggero. La tenue luce della lampada in corridoio illuminò una striscia sul pavimento e Sally riuscì a individuare una sagoma nel letto.

Strinse i pugni. Serrò i denti. «Se qualcuno ha fatto del male a questa bambina, lo ucciderò», bisbigliò.

Mentre lei era sotto la doccia, Dan si avvicinò alla porta. Sally era chiusa in bagno da almeno dieci minuti e stava rimandando il momento in cui avrebbe dovuto raccontare tutto al marito.

«Forza», disse Dan, «hai intenzione di rimanere sotto la doccia tutta la notte? Esci, ti asciugherò io. E ora sei pronta a raccontarmi che cosa ti succede?»

«Sì», rispose Sally, «sono pronta.»

Quando ebbe terminato il racconto, erano entrambi in camera, seduti sul piccolo divano ai piedi del letto. Dan cingeva Sally con un braccio poiché, nel rivivere quell'orribile pomeriggio, lei aveva ricomiciato a tremare.

Aveva pensato di sconvolgerlo, aveva temuto di leggere il dolore nei suoi occhi, aveva ipotizzato che forse Dan si sarebbe alzato e sarebbe uscito subito dalla stanza in preda all'agitazione. Avrebbe dovuto riflettere di più. Dan era un uomo molto perspicace e la sua prima reazione fu: «Che cosa possiamo fare?»

«È quello che vorrei sapere io. Che cosa possiamo fare? Che cosa dovremmo fare?»

«In primo luogo e soprattutto dovremmo rivolgerci a un altro medico. Per dirti la verità, quella donna non mi ha fatto un'eccezionale impressione. È molto giovane e non ha grande esperienza.»

«Era così sicura, Dan.»

«Doveva esserlo, per fare un'affermazione del genere. Altrimenti non avrebbe ispirato fiducia, non credi?»

«Ma molte delle cose che mi ha detto a proposito di Tina, il fatto che non ci permetta di abbracciarla, che non voglia lasciarci uscire, sono tutte vere. Ricordi come si è comportata Tina quando due settimane fa siamo partiti improvvisamente per Washington?»

«Sally», disse Dan con pazienza, «una volta avevo un cane che si infilava in valigia. Era un piccolo fox terrier, non puro di razza, ma abbastanza furbo da capire quando andavo via. Se ci riesce un cane, che cosa ti aspetteresti da un bambino?»

«Non so…»

«Io sì. Ascolta, analizziamo la cosa. Dove va Tina? Da nessuna parte tranne che all'asilo. E ti dirò che cosa penso. Penso che qualche ragazzino all'asilo sia un po' 'precoce', possiamo dire così? Tutti i bambini giocano con le mutandine. Diavolo, ricordo di averlo fatto anch'io, tu no?»

«Sì, ma… questa volta è diverso.»

Nello studio del medico Sally aveva assunto un atteggiamento di sfida, ora invece stava quasi sostenendo la dottoressa, facendo l'avvocato del diavolo, voleva che Dan continuasse a smentirla. «Happy ce l'ha raccomandata caldamente, non ricordi?»

«So che Happy ci ha raccomandato quel medico e senza dubbio si tratta di una persona qualificata. Tuttavia, mi sentirei meglio con qualcun altro. Domani chiederemo entrambi altri nomi, confronteremo gli appunti e porteremo Tina altrove prima che questo suo comportamento diventi un'abitudine. Ecco di che cosa si tratta, Sally, di una brutta abitudine. È gelosa, vuole attenzione e noi dobbiamo imparare a gestirla. È tutto qui e nulla di più, ne sono certo.»

«Non hai paura che quella donna possa avere ragione?»

«No. Non vedo alcun segno a riprova di quanto quella dottoressa sta affermando. Non è possibile, considerato il modo in cui noi viviamo e il modo in cui la bambina viene accudita e curata. Ascolta. In gran parte le accuse di pedofilia sono esagerate. Certo, era ora che simili atrocità venissero portate davanti all'opinione pubblica. Sono favorevole a questo. Ciononostante, non puoi lasciarti trasportare dalle buone intenzioni. Capisci che cosa voglio dire. La gente tende ormai a mal interpretare atti del tutto innocenti. Di questi tempi alcuni insegnanti hanno persino paura di abbracciare un bambino.»

«Capisco ciò che vuoi dire», bisbigliò Sally. «Spero solo che tu abbia ragione.»

«Bene, quando avremo ottenuto un altro parere, sapremo se ho ragione o meno. Tuttavia, sono così certo di aver ragione da non passare una notte insonne per questo motivo. Anzi, ti dirò una cosa, se anche non dovessi riuscire a dormire, sarà per la questione di cui abbiamo discusso stasera.»

«Ian e tua sorella?»

«Sì e ho paura che la faccenda peggiorerà parecchio prima di migliorare. Avanti, tesoro, adesso andiamo a dormire.»

Fecero l'amore nell'oscurità calda e tranquilla e Sally si rese conto che il sesso non significava solo passione, ma anche conforto. L'unione produsse un effetto risanante. Diede loro forza e fece svanire la paura. Quando aprì gli occhi per osservare la finestra e la notte nera, il mondo le sembrò molto meno ostile di quanto le fosse apparso durante il giorno. In una sorta di miracoloso capovolgimento, ebbe la sensazione che lei e Dan, insieme, avrebbero potuto superare qualsiasi problema, che si trattasse di Tina, di Ian o di Amanda.

Per quanto riguardava Tina, Dan aveva ragione; quella dottoressa l'aveva terrorizzata per nulla. Poi, con le labbra appoggiate alla testa di Dan, Sally si addormentò.

3

Aprile 1990

NELLA valle di Sonoma la terra nuda si estendeva in lunghe strisce dorate tra i filari di viti che correvano regolari come righe tracciate su carta da disegno. In alto, verso Napa, le colline torreggianti erano inondate di verde, verde-blu, verde scuro, verde chiaro, poi, a mano a mano che la luce si perdeva tra enormi cumuli di nubi, ripiombavano nell'oscurità. Uno stormo di anatre era sceso sul laghetto ai piedi della salita dove si trovava Amanda, le scie dei volatili avevano segnato l'acqua come una penna dalla punta d'argento. Aveva piovuto e una foglia scintillante stranamente piatta, che Amanda aveva staccato da un cespuglio, splendeva ora tra le sue mani.

«È fantastico, sembra un dipinto dei mari del Sud», osservò.

Todd stava guardando lei e non la foglia, o lo splendido panorama. Non lo conosceva da molto, solo da alcuni mesi, ma aveva imparato a prevedere quel suo sguardo, quel sorriso leggero e pensieroso che le ricordava vagamente quello del fratello, sebbene i due uomini non si assomigliassero. Todd era più scuro di Dan e non era altrettanto alto. Ciononostante, aveva la stessa calma, nonché un delicato tocco di umorismo negli occhi. Quelli di Todd erano azzurri; anche incorniciati da sottili occhiali di metallo, conservavano il loro colore intenso. Aveva una voce bassa, risonante. Forse era stata la sua voce, udita nella confusione di un party, uno di quegli orribili raduni di massa che anche lui aborriva, ad attrarla.

«Hai la voce di un attore», gli aveva detto.

«Mi spiace deluderti. Sono un avvocato», le aveva risposto l'uomo con finta costernazione. Ma lei non era rimasta delusa...

«Be', che ne pensi?» chiese ora, indicando con la foglia che stringeva in mano la terra sottostante.

«Della sua bellezza? È il paradiso.»

Da buon avvocato, calibrava le parole e Amanda era bravissima a individuare qualsiasi esitazione.

«Cosa c'è che non va, allora?»

«Nulla, tranne il prezzo, Amanda.»

«I miei amici del settore immobiliare mi hanno detto che non è così irragionevole.»

«È vero se desideri una proprietà commerciale, una vigna, per esempio. Il tuo investimento verrebbe ripagato. Dopotutto, questa è la zona delle vigne. Ma per ciò che tu hai in mente, è pura stravaganza.»

«Il mio investimento non sono le viti, sono gli esseri umani. Se tu potessi vedere le ragazze con cui ho lavorato, prostitute di quattordici anni...»

«Sei una donna splendida e il tuo piano è meraviglioso. Ma questo non è il posto adeguato.»

Amanda corrugò la fronte e con un gesto di stizza gettò a terra la foglia.

«Sono delusa», disse.

«Mi hai chiesto di venire a vedere e di dirti che cosa ne pensavo. Penso che dovresti cominciare con qualcosa di più piccolo, molto più piccolo, con una casa costruita su pochi acri in una zona periferica.»

«Non è ciò che voglio.»

Pronunciò quelle parole come se fosse stata seccata e afflitta, come se in qualche modo lui l'avesse tradita. Dato che questa non era stata la sua intenzione, ora si sentiva imbarazzata. Ogni volta che ciò si verificava, vale a dire ogni volta che provava imbarazzo, la pausa che seguiva la faceva infuriare ancora di più.

Todd le disse gentilmente: «Mi sembri in collera».

«No. Sono delusa, te l'ho detto.»

Quando lui tornò all'auto per telefonare, rimase immobile. Osservando la zona, Amanda capì come un pezzo di terra poteva impossessarsi di te, e le sembrò che ogni albero parlasse. Una folata di vento fece aderire la camicia di cotone al suo seno, gonfiandola allo stesso tempo sulla schiena. Sentì l'aria umida e fredda sul volto e sulle braccia nude. Proveniva da nord-ovest, dall'oceano o dall'Alaska? si chiese. Poi tornò a osservare quella terra tanto desiderata, tracciando un quadro mentale: lì, sulla salita, sarebbe sorto l'edificio principale; a sinistra, ad arco, sarebbero stati costruiti i cottage, simili a casette del diciannovesimo secolo, tutti dotati di portico dove le ragazze avrebbero potuto sedersi a studiare o semplicemente riposarsi per un po'. Dentro di sé Amanda gridò: Oh, devo costruire qui e lavorare qui; ho bisogno di questo!

Lo desiderava tanto, e desiderava donare se stessa, sentirsi viva! Volse lo sguardo verso l'auto dove Todd era impegnato al telefono. Notando l'occhiata di Amanda, Todd fece un gesto. Se solo fosse stata certa di non perderlo! rifletté. Ma era più probabile che, come era accaduto altre volte, l'avrebbe perso. Non aveva mai potuto fare affidamento sugli uomini, erano attratti dal suo cervello, dai suoi bei capelli e dalla figura snella che aveva grazie al tennis. Rimanevano per un po', dormivano con lei, poi cominciavano ad allontanarsi, a trovare scuse, a presentarsi meno di frequente e alla fine sparivano.

«Sei fredda», le aveva detto Harold dopo che erano stati sposati per quasi tre anni.

Lei lo aveva amato ma soddisfarlo era stato troppo difficile. Nella sua carriera all'interno di una società d'investimenti, Harold aveva sviluppato standard da perfezionista per qualsiasi cosa: gli amici, il divertimento, l'imbiancatura della casa, il servizio a tavola e gli abiti.

Amanda, che era impegnata in un'opera di volontariato con i nuovi immigrati e stava comiciando un corso di cinese-mandarino, si era all'improvviso ritrovata di fronte a un elenco di doveri: una vita quotidiana con mogli importanti a pranzi di beneficenza e una vita notturna con «contatti» a cene, all'Opera e nei club. Quelle persone erano tutte raffinate, fini e disinvolte, sicure di se stesse e di ciò che stavano facendo. Erano abbastanza corrette, amichevoli nei confronti di Amanda, forse particolarmente desiderose di essere gentili con lei perché Harold aveva detto loro che apparteneva alla famiglia della Grey's Foods. Quale membro di una simile famiglia, Amanda era oggetto di grande attenzione e curiosità.

Odiava quella vita, odiava le ore vuote trascorse acquistando abiti, consultando decoratori e spolverando le crescenti raccolte di porcellane francesi o argenteria inglese troppo preziose per essere affidate al personale di servizio. Quelle raccolte le ricordavano Hawthorne: pareti rivestite da oggetti costosi, da libri ricoperti in cuoio che nessuno leggeva, il ventaglio giapponese in seta nera, la giostra d'argento.

Litigavano spesso. L'intervallo tra una litigata e l'altra si era fatto sempre più breve mentre quello tra un incontro d'amore e l'altro si era fatto sempre più lungo. Il sesso si era trasformato in un atto meccanico, privo di entusiasmo e di gioia. Una notte, alzandosi dal letto, Harold era rimasto in piedi a osservarla.

«Non t'importa davvero se lo facciamo o meno, ho ragione?» le aveva chiesto.

Lei non aveva risposto subito, poiché ammettere la verità sarebbe stato come sancire la fine. Per quanto quel matrimonio potesse essere deludente, in cuor suo lei non voleva che terminasse.

Lui aveva continuato: «Non credo che sia solo perché abbiamo gusti diversi. Le persone si adattano, raggiungono compromessi. Credo che in te manchi qualcosa. E con questo non intendo essere poco gentile, Amanda».

No, non era poco gentile, aveva riflettuto. Era solo così

imponente, così imperioso. I suoi modi, la sua voce, il suo corpo, tutto in lui era imperioso. Forse, se avessero avuto un figlio... Harold sarebbe diventato padre e tutto sarebbe cambiato. Sì, desiderava un figlio, lo desiderava tantissimo!

Ma quando gliene aveva parlato, lui aveva rifiutato. «Non siamo pronti ad averne uno, tu e io. Non si fanno i figli per risolvere i problemi.»

Poco dopo Harold si era trovato un'altra donna. Il loro matrimonio era finito.

La vita sfuggiva dalle mani come acqua corrente e ormai Amanda aveva trentaquattro anni... Sorrise in direzione di Todd.

«In ogni caso, abbiamo fatto una splendida gita. Che ne diresti di un'aragosta per cena? L'ho preparata stamane», disse.

«Era ottima», osservò Todd. «La cena migliore che avrei potuto trovare in tutta la città.»

«Mi piace cucinare. Anche quando sono sola, mangio bene.»

Aveva preparato crostini caldi, patatine novelle, pisellini freschi e una spuma di limone servita con vino francese. Il profumo emanato da una manciata di boccioli di rosa sistemati in una splendida felce si univa alla fragranza del cibo e addolciva l'aria. Il tavolo era vicino alla finestra della sala da pranzo da cui si vedevano Nob Hill e il Golden Gate.

«Sembra una cartolina», disse Amanda con un cenno.

Era felice di quell'appartamento, che aveva decorato di persona, così diverso da qualsiasi altro in città; era una creazione esclusiva di Amanda, dal blu tenue delle pareti e del soffitto, simili a un cielo estivo, al chiaro mobilio svedese, fino ai tappeti orientali rosso scuro.

«Questo luogo ti assomiglia», notò Todd. «Se fossi stato portato qui senza sapere a chi appartenesse, avrei detto che era tuo.»

«Davvero?» Felice, Amanda si spinse oltre. «Perché?»

«Penso di dover ricorrere alla solita parola: 'indefinibile'. È come tentare di spiegare un'attrazione improvvisa. Come spiegare l'amore.» Sorrise. «Comunque, tenterò. Questa stanza ha il suo spirito. Ci si sente liberi come all'esterno. È semplice e senza pretese. Non ci sono cose ammassate. Tuttavia è colma di oggetti molto eleganti. È tutta una sottile contraddizione, come te.»

«Una contraddizione? Sembra una cosa orribile.»

«Oh, no, è stuzzicante, è un enigma. È un complesso lavoro al telaio che, una volta finito, si rivelerà un quadro eccezionale.»

«In pratica, mi stai dicendo che non sono compiuta!» Consapevole del tono canzonatorio adottato, Amanda stava dilungandosi sull'argomento perché provava l'intenso desiderio, del tutto umano, di sentir parlare di sé.

«No, sono io che non ho ancora risolto completamente l'enigma», disse Todd, diventando serio. «Dato che abbiamo iniziato il discorso, ti dispiace se continuo?»

Amanda avvertì una leggera paura scorrerle lungo la spina dorsale. Allo stesso tempo, voleva sentire il resto.

«C'è qualcosa di particolare in te», disse lui. «Forse sono matto, ma spesso ho l'impressione che nonostante tutta la tua competenza e la tua eleganza, tu non ti piaccia.»

«Che cosa diavolo ti porta a pensare una cosa simile?» esclamò Amanda, fingendosi ancora a proprio agio.

«Ti trattieni. C'è qualcosa in te che non vuoi... che non vuole manifestarsi.»

Per un attimo, i loro occhi s'incontrarono sul servizio da caffè in porcellana bianca e blu, una minuscola frazione di tempo durante la quale entrambi fuggirono.

«Lascia stare. Non so neppure io di che cosa stia parlando», disse.

La paura di Amanda svanì. Servì il dolce e riempì nuovamente la tazza di Todd, come se nulla avesse interrotto quella deliziosa cenetta.

Dopo un po' Todd disse: «Quella fotografia di tuo fratello. Non l'avevo mai vista prima».

«L'ho spostata; era in cima allo scaffale.»

«Vi assomigliate. Siete uguali?»

«Non lo conosco molto bene, in realtà, non saprei dire. Probabilmente no.»

«Che cosa ti induce a dire 'probabilmente no'?»

«Lui è ben 'sistemato'», rispose Amanda. «Nella sua nicchia.»

Todd annuì. «In questo non c'è nulla di male, soprattutto per un uomo con moglie e due figli.»

L'espressione «moglie e due figli» le diede fastidio. Era accompagnata da un'eco: *Lui ha delle responsabilità ed è davvero crudele affibbiargli altri pesi*. Quindi, senza rispondere, dato che non era necessaria alcuna risposta, Amanda si alzò e cominciò a sparecchiare.

Todd la aiutò. Dopo aver trasferito i pochi piatti in cucina, si mise a passeggiare per la stanza.

«Hai un museo in miniatura. Questo Bonnard è un vero tesoro, il prato e le siepi e questa piccola natura morta, i grappoli verdi... tutto molto bello, Amanda.»

«Doni non richiesti.»

«Qualche anno fa la Fondazione Grey ha fatto una generosa donazione al museo locale, sei eccezionali opere di primitivi americani.»

«Il meglio di tutto, come sempre», osservò Amanda con tono sarcastico.

«Che cosa mi dici della tua famiglia, Amanda? Continuo a sentire cenni simili, ma nulla di più.»

«Oh, non saprei», rispose lei, nella speranza che Todd ponesse fine a quelle devastanti domande. Alzò leggermente le spalle. «In ogni caso, ho una famiglia, i parenti di mia madre, i cugini di San José. Dove sei venuto a prendermi dopo l'ultimo Ringraziamento. Phyllis e Dick sono stati per me come un vero padre e una vera madre, mi hanno seguito a scuola, mi hanno tenuto con loro durante le vacanze, preoccupandosi di tutto. In estate, quando lui veniva a trovarci, sono stati meravigliosi anche con Dan. Persone dal cuore d'oro.»

«Ma l'altra parte? Non vai mai a trovarli? Neppure tuo fratello?»

«Viene lui. Anni fa, quando mi trasferii sulla costa occidentale, sentii tantissimo la sua mancanza. Ma quando esiste una distanza di migliaia di chilometri, si perdono i contatti. E i sentimenti possono...» esitò per un istante, «raffreddarsi, a volte anche inacidirsi un po'. È triste, ma vero.»

Racchiusi nella cornice di metallo dorata, gli occhi azzurri di Todd esprimevano gentilezza. «Sì, è triste quando i sentimenti si raffreddano e si inaspriscono in una famiglia. Il mondo è un luogo freddo dove tutti hanno bisogno degli altri. A mano a mano che s'invecchia, il bisogno aumenta.»

Sebbene non fosse questa l'intenzione, le parole di Amanda tradirono amarezza. «Me la sono cavata abbastanza bene da sola, credo.»

«Oh, che te la sei cavata è fuori dubbio. Io, però, sto parlando di intimità. Prendi mio fratello, per esempio, siamo diversissimi; litighiamo come disperati sulle questioni politiche e su altre cose, ciononostante siamo vicini come due dita della stessa mano. E quando mia sorella ha ottenuto una borsa di studio per dedicarsi alla scultura a Roma, questo suo successo è stato un trionfo personale anche per me, per quanto possa sembrare stupido. Ma è stato così.»

Stava facendole la predica e questo ad Amanda non piaceva; ovviamente, le sue intenzioni erano buone, ma era la giornata sbagliata e il discorso era partito male fin dall'inizio. Todd continuò.

«I Grey sembrano fare molte cose buone. Mio fratello ha partecipato a un congresso di medicina a New York e mi ha parlato della ricerca sul cancro finanziata dai Grey.»

Amanda sbottò: «Tanto per cambiare potrebbero riversare su di me un po' del loro filantropismo, in modo che anch'io possa essere filantropa! Sai bene quel che faccio. Quella volta che ti sei recato al centro di assistenza sociale, quando avevo raccolto dalla strada quell'esserino, l'hai vista, pesava quaranta chili, zuppa d'acqua, era imbellettata come un pagliaccio, impertinente, villana e spaventata a morte, proveniva da qualche famiglia 'disadattata', come vengono definite. Un vero orrore». Amanda si interruppe.

«Sì, l'ho vista», rispose Todd. «Non era più grande di mia nipote, che frequenta le medie inferiori. Una tragedia.»

«Giusto. 'Viva solo per grazia di Dio' eccetera. Sono necessarie persone che si prendano a cuore il problema tanto da fare qualcosa e risolvere il danno. E, ovviamente, ci vogliono soldi, sempre soldi. Ho imparato moltissimo da quando ho frequentato quel corso, Todd. Non è necessario essere assistenti sociali riconosciuti. Posso servirmi di loro per le cose pratiche mentre io gestisco l'operazione e la finanzio. Ora ci sono sette ragazze che vivono assieme a due educatrici nella casa che ho affittato in centro. Dovresti vedere come sono... come posso dire? Rifiorite? In cinque sono tornate a scuola, una ha trovato lavoro e una sola è tornata sulla strada.»

«Un bel successo, oserei dire.»

«Prima di conoscerti ne ho accompagnate due in vacanza, te l'ho mai raccontato? Le ho portate in campeggio al parco di Yosemite, nella parte alta. Assomigliavano a cani cresciuti legati alla catena. Quando viene loro staccato il guinzaglio non riescono a smettere di correre, osservare e annusare. Credo che siano state sopraffatte dalla meraviglia, solo che mancavano loro le parole per esprimerlo. Di sera, quando mi ritrovavo sola, piangevo. Ecco perché voglio comprare la terra che abbiamo visto oggi.»

«Capisco, Amanda, davvero. Tuttavia ti ripeto che dovrai giungere a un compromesso.»

«Non voglio alcun compromesso! Perché dovrei? Dannazione, i soldi ci sono! Dovresti vedere il posto, Hawthorne. Si parla di aristocrazia britannica, di piccola nobiltà terriera! *Io* non vivo così.»

«Ho l'impressione che tu non voglia neppure farlo, comunque.»

«No, non voglio, ma questo non significa che non dovrei avere i mezzi per farlo se volessi. In realtà, voglio il denaro per uno scopo migliore.»

«Prima di giungere alla fine, avrai bisogno di milioni di dollari. Per acquistare la terra, per edificare e per la manutenzione. Milioni.»

«Benissimo, che rilevino la mia quota. Possiedo un quarto della Grey's Foods, dagli aranceti alle patatine.»

«Ne hai discusso con loro?»

«Il mese scorso, con mio cugino. Mio fratello era assente, ma non avrebbe fatto alcuna differenza. Sono solidali. Ovviamente, la risposta è stata no. La spiegazione? Non dispongono della liquidità necessaria per rilevare la mia parte.»

«Ha senso», rispose Todd. «Dovrebbero avere una liquidità del venticinque per cento e nessuno ce l'ha.»

«Questo è un loro problema. Che la trovino. Altrimenti, venderò le mie azioni al miglior offerente. L'ho già detto a Ian e gli è quasi preso un colpo. L'ho sentito diventare rosso al telefono.»

«Non lo biasimo. L'idea che degli estranei entrino in possesso di un quarto di un'azienda detenuta da una famiglia è più che sufficiente per far salire il sangue alla testa a chiunque.» Todd aveva un'aria pensierosa. «Tuttavia mi sorprende che non abbiano un accordo per impedire a un membro della famiglia di compiere una simile azione.»

«Ah! Volevano stilarne uno quando è subentrata la mia generazione, ma io mi sono rifiutata. Avrebbero potuto mettermi in minoranza, ma non l'hanno fatto. Il vecchio li ha indotti a lasciar perdere. So essere dura quando vengono minacciati i miei diritti. Non mi farò raggirare, Todd, assolutamente!» Amanda ribolliva d'indignazione. «Al momento, i tre uomini, i cugini e Dan... gli uomini ricevono profumati stipendi, mentre io, la donna, che cosa ho?»

«Pari dividendi», rispose Todd prontamente.

«Voglio il mio capitale!»

«Non ti stai comportando in modo molto ragionevole, Amanda.»

Stava osservando l'orologio e quasi non udì le parole di Todd. «Sulla costa orientale sono sette ore indietro. Ora chiamo mio fratello, speriamo che sia in casa. Puoi ascoltare dall'altro telefono.»

«No, preferisco andare a guardare la televisione.»

All'altro capo del continente squillò il telefono. Amanda immaginò una stanza che non aveva mai visto. Probabilmente godeva di una vista sugli Adirondack, quelle case erano state costruite praticamente nel cuore dei monti Adirondack, che in quel periodo, in aprile, cominciavano a colorarsi di verde. Quando qualcuno dall'altra parte sollevò la cornetta, Amanda sentì il grido arrabbiato di un bambino e la voce di Dan, che diceva: «Prendila tu, Sally», e poi: «Pronto».

Amanda andò dritta al sodo. «Senza dubbio sai perché ti sto chiamando, vero?»

«Penso di sì.»

«Bene, oggi sono tornata a visitare quella proprietà. La voglio, Dan. È davvero stupenda.»

«Capisco. Ho letto il prospetto che mi hai inviato assieme alla fotografia.»

«Pensavo che ti saresti fatto sentire. Ti ho lasciato due messaggi in ufficio.»

«Sono passate quasi due settimane, lo so, ma ho avuto qualche problema qui. Mi spiace.»

Il tono tranquillo di Dan non fece che accrescere la sua esasperazione. «Il mio progetto è importante, Dan. Sto cercando di riportare la vita dove c'è solo morte. Ian non ha voluto capirlo. Spero che tu comprenderai.»

«È un'idea splendida. Purtroppo, però, c'è il problema dei costi, come per la maggior parte delle cose. Non possiamo permettercelo, né tu né noi.»

«A dire il vero, io potrei permettermelo se voi mi pagaste quanto mi spetta.»

«Ricevi gli stessi dividendi che riceviamo noi, Amanda.»

«E che mi dici di quei profumati stipendi che avete voi?»

«Lavoriamo sodo per quei soldi.»

«Perché voi siete 'maschi'.» Nell'attimo stesso in cui pronunciò quella parola, capì di avere un tono stizzoso. Tuttavia, dato che aveva cominciato, doveva continuare. «Non credete che io, pur essendo una donna, sia capace di lavorare altrettanto duramente e di guadagnare quanto voi?»

«Certo. Vieni e dimostralo.»

«Non voglio. Ho un obiettivo diverso. Rilevate la mia quota e vi libererete di me.»

Dall'altro capo del filo giunse un sospiro, tuttavia Dan

continuò a parlare conservando la calma. «Nessuno vuole liberarsi di te. Le tue richieste non sono realistiche. Non possiamo permetterci di rilevare la tua quota e questa è la pura verità.»

«Allora ci penserà qualcun altro. Ho chiesto in giro e ho già ricevuto delle valutazioni approssimative da alcune società d'investimento.»

«Amanda, ascolta. Devo implorarti? Davvero avresti il coraggio di inserire degli estranei e distruggere questa vecchia azienda che, dopotutto, ha funzionato così bene anche grazie a te?»

«Non voglio distruggerla, Dan, ma se questo è l'unico sistema per raggiungere il mio scopo, allora lasciamo che le cose vadano così.»

«Amanda, per darti ciò che chiedi dovremmo vendere gran parte della fabbrica. Saremmo un carro con tre ruote. È impossibile.»

«Potete prendere i soldi in prestito.»

«E caricarci di debiti? Mi sento come se mi stessero colpendo contemporaneamente la testa da entrambi i lati. E alla base di tutto c'è sempre l'avidità.»

«Avidità! Io vivo qui in tre stanze, carine, certo, ma non compro quasi nulla per me, butto tutto nel mio progetto, e tu mi definisci 'avida'?»

«Forse sei avida di ammirazione. Perché il tuo progetto deve essere così grandioso?»

«'Grandioso'! Belle parole dette da un fratello. Credevo che mi avresti sostenuto, che non ti saresti mai messo contro di me.»

«Non essere sciocca. Non sono contro di te.»

Dan sospirò di nuovo; la sua pazienza stava sfumando. «Santo cielo!» esclamò. «Tra te che vuoi comprare un pezzo di California che non puoi permetterti e Ian che vuole vendere un pezzo dello stato di New York che è proprietà della famiglia da almeno due secoli, io sto uscendo di senno.»

«Ian vuole vendere?»

«Si è impegnato con un gruppo estero che intende acquistare qualche migliaio di acri della Grey's Woods per costruire una nuova cittadina. È pura distruzione, tutto per riempirsi le tasche di soldi di cui non hanno bisogno.»

«Chi sei tu per dire agli altri di che cosa hanno o non hanno bisogno? Personalmente, non credo che sia un'idea così cattiva, sempre che questo mi consenta di soddisfare le mie necessità.»

«Oh, certo.» Dan era amareggiato. «Più che abbastanza, direi.»

«Bene, allora spero che concluderete l'affare.»

«Strade e case in una foresta centenaria. Alberi abbattuti, un habitat distrutto. Una terra che avrebbe dovuto rimanere inalterata, per lo stato, per il pubblico. Mi aspettavo qualcosa di meglio da te, Amanda.»

«Tu forse ti preoccupi dei cervi, delle volpi e degli alberi, ma io mi preoccupo della gente.»

«Forse hai un obiettivo diverso da quello di Ian, ma ora parli proprio come lui, sebbene per me sia penoso dirti queste parole.»

«Quindi io e Ian abbiamo qualcosa in comune! Sembra che, seppure per ragioni diverse, stiamo dalla stessa parte, lui e io .»

«Mentre Clive e io restiamo con una grande impresa mutilata.»

«E una vagonata di soldi, non scordarlo.»

«Che noi non vogliamo, non dimenticarlo», replicò Dan. «No, non me lo sarei mai aspettato da te.»

«Non l'avrei scelto, credimi, ma devo pensare a me stessa. Se a questo mondo non pensi a te stesso, stai pur tranquillo che non lo farà nessun altro per te, Dan.»

«Non sono d'accordo.»

«Lascia che ti dica...»

«Rimandiamo la discussione a un'altra volta, per favore, Amanda, che ne dici?»

«OK, non ho fretta. La proprietà che desidero fa parte di un possedimento. Passeranno mesi prima che tutto venga regolato. Fino ad allora, godo di un diritto di opzione. Quindi posso aspettare gli sviluppi da parte vostra. A me basta ottenere ciò che voglio, non m'importa come.»

«Adesso devi davvero scusarmi, Amanda. Ci sentiamo», disse Dan.

Quando riattaccò, Todd rientrò nella stanza.

«Hai ascoltato?» gli chiese.

«Ti avevo detto che non l'avrei fatto. Pensi davvero che avrei seguito la telefonata senza farlo sapere a tuo fratello?»

«Scusa, non ci avevo pensato. Talvolta non penso. Probabilmente Dan è furioso con me. Non volevo litigare con mio fratello, per di più la bambina stava facendo i capricci.»

«Se le tue intenzioni non erano quelle di litigare, hai davvero ottenuto un bel risultato. Non ho potuto fare a meno di sentire la tua parte della conversazione e sei stata piuttosto dura.»

Amanda si sentì rimproverata e subito le sgorgarono le lacrime dagli occhi. Notandole, Todd le mise un braccio attorno alle spalle.

«Odio vederti così. Hai lasciato che questa faccenda prendesse il sopravvento su di te, ti ha quasi strangolato. Non ne vale la pena», disse con dolcezza, accarezzandole la nuca. «Inoltre, se distruggi l'impresa, ne rimarrai soffocata, soprattutto se – ti ho sentito dire qualcosa a proposito di un certo Ian e non so chi sia – prendi posizione in qualsiasi controversia esistente laggiù. Non ha senso, Amanda. Ti sei staccata da quelle persone e ora rischi di perdere anche il tuo reddito.»

«Non ne sai nulla», borbottò lei.

«So che tu, per quanto la ragione di base sia nobile, vuoi qualcosa che non puoi permetterti. Sii ragionevole. Non fare la parte dell'estraneo. È triste.»

«L'estranea, vorrai dire», ribatté lei singhiozzando e sollevando il capo. «Sono sempre le donne che devono cedere. Sempre.»

«Non sempre. Forse troppo spesso, ma non questa volta, almeno a mio parere.»

«Ora quello che conta è la mia opinione, però.»

«Ah! Allora ti piace litigare. Avresti dovuto fare l'avvocato», le disse, attirandola a sé con una breve risata.

Amanda capì che Todd intendeva tranquillizzarla e confortarla e lei desiderava il suo conforto, quel calore maschile in grado di rassicurare una donna più di ogni altra cosa. Con il passare dei mesi, aveva imparato a fare affidamento sulla sua presenza; spesso, durante il giorno, si sorprendeva a pensare a lui e a sorridere oppure provava una gioia improvvisa quando lo vedeva comparire in fondo alla via o anche se solo credeva di vederlo comparire: l'errore, in questo caso, serviva a ricordarle che dopo poche ore Todd sarebbe stato di nuovo con lei. Amanda sapeva, sentiva con tutta se stessa, che Todd era diverso da chiunque altro l'avesse preceduto, che era la persona giusta, quella definitiva.

E tuttavia c'erano giornate e notti come questa, quando lui appariva troppo deciso e, per quanto gentile, troppo sicuro di sé, della sua influenza su di lei, privandola così della sua indipendenza.

Todd le sollevò il capo cercandole le labbra, che erano chiuse; premette le proprie, morbide e insistenti, contro quelle di lei, per aprirle. Amanda era bloccata tra la porta e il corpo di Todd. Capì immediatamente quali fossero le sue intenzioni. Il respiro di lui si fece più veloce.

«Vieni di là», bisbigliò. «Dai, Amanda. Tesoro.»

Non aveva voglia. Non ora. Era umiliante, in un momento in cui era tanto agitata con i nervi a fior di pelle. Non era una macchina del piacere, un motore da accendere. Premette le mani contro il suo torace. Girò il volto verso la spalla.

«Non posso, no, Todd. Per favore. Non adesso. No!»

Todd la lasciò andare immediatamente e arretrò, corrugando la fronte.

«Non adesso? Quando, allora, a Natale? O forse è troppo presto per te?»

«Non essere ridicolo, Todd.»

«Non sono ridicolo. Ultimamente non sei stata particolarmente affettuosa.»

Certo. Il suo ego maschile era ferito, rifletté. Non era stata sua intenzione offenderlo, ma proprio non si sentiva dell'umore giusto. Non riusciva a capirlo? Todd si considerava rifiutato così ora lei doveva cercare di tranquillizzarlo, spiegargli quale trambusto avesse dentro di sé.

«Per favore, Todd. Ho la mente piena di tutte queste storie. Mi hai detto tu che quando un uomo è preoccupato non riesce a essere passionale. Lo stesso vale anche per una donna, non credi?»

Un freddo silenzio calò nella stanza. Per alcuni istanti, nessuno fece nulla per infrangerlo. Poi Todd si mosse per raggiungere la finestra.

Aiutami, pensò Amanda, aiutami, Todd. Sono fatta così. Accade all'improvviso. Per favore, Todd, ti amo, aiutami.

C'era qualcosa di triste nel suo atteggiamento, sebbene stesse perfettamente diritto. Forse era quell'immobilità a essere così triste. Istintivamente, Amanda si avvicinò con l'intenzione di toccarlo e gli disse: «Todd, mi spiace. Credimi, è stato solo un problema di umore. Mi capisci, vero? Un'altra volta. Sai che io...»

S'interruppe e Todd si voltò, osservandola con espressione dolce, ma allo stesso tempo preoccupata.

«So che ci provi sempre, ma so anche che non senti nulla. Lo so.»

«Non è vero, non è vero!»

Lui scosse la testa, rifiutando la negazione. «Sei troppo arrabbiata dentro, Amanda, devi imparare oppure qualcuno deve insegnarti», disse Todd con esitazione. «Ti voglio bene ed è per questo che ti sto dicendo queste cose.»

Ancora una volta, le stava facendo la predica, si stava dimostrando più saggio, il consigliere maturo che, per quanto dolce, era anche la figura dominante. Finiva sempre così, sempre. A meno che, per una volta, non fosse lui, qualcun altro, a cedere.

«Mi ami davvero?»

«Lo sai che ti amo.»

«Allora mi aiuterai?»

«Se potrò farlo, lo farò.»

«Occupati di questo caso per me.»

«Quale caso?»

«L'inevitabile causa legale.»

«Non avrai intenzione di citare tuo fratello?»

«L'azienda. Tutti, sempre che non ottenga qualche tipo di soddisfazione prima che questa proprietà venga messa sul mercato e qualcun altro se ne impadronisca.»

Lo stupore di Todd fu per lei una punizione. Poi lui aggiunse: «Sto scoprendo in te un lato poco carino. È duro e non ti si addice».

«'Duro'! Sono forse dura? È strano che venga detta una cosa simile di me, tra tutti.»

«No. Stai sbagliando, Amanda. E alla lunga finirai per distruggerti.»

«Non se il mio avvocato si dimostrerà in gamba.»

«Sto parlando di principi morali. È moralmente sbagliato e se anche ora non lo capisci, prima o poi te ne accorgerai. Sei stata trattata in modo corretto, è mio dovere dirtelo. Non ho nulla su cui basare una causa, assolutamente nulla.»

«Allora non accetti il caso?»

Adesso la sua espressione era estremamente seria, troppo seria. «No, non ho intenzione di accettare questo caso.»

«È questo che intendi quando parli di 'aiutarmi'?»

«Sì, se ci pensi.»

«Ci sto pensando. Potresti accettare il caso anche se non sei d'accordo con me, giusto? Gli avvocati si guadagnano da vivere in questo modo, o sbaglio? Sono certa che tu hai difeso persone che sapevi colpevoli. E io non sono colpevole di nulla.»

«Questa è una ragione stupida. Ti sto solo consigliando di non fare qualcosa di cui potresti pentirti. Sai essere davvero cocciuta, Amanda.»

«Dato che non intendo accettare il tuo consiglio, sono cocciuta. E questo perché sono una donna.»

«Quando cominci con questa storia delle 'donne' diventi ridicola. La causa che intendi portare avanti non ha nulla a che fare con il tuo sesso.»

Todd aveva assunto un'espressione diversa dal solito, teneva le labbra serrate e le palpebre semichiuse. All'improvviso Amanda pensò: Non gli piaccio. Era andato tutto storto. I primi sintomi si erano manifestati già all'inizio della giornata. Erano scivolati lungo il pendio, entrambi, e sebbene in fondo alla china potessero scorgere l'inevitabile catastrofe, non riuscivano a fermarsi. O forse non volevano fermarsi?

A questo punto era necessario essere totalmente onesti, capire le loro posizioni.

«No», disse lei, «credo che tutto questo abbia molto a che fare con il sesso e parlo in senso letterale.»

«Sei troppo intelligente per credere a una cosa simile. E la questione è molto più complessa e io sono confuso.»

Amanda provava un terribile dolore al torace, un dolore reale che le mozzava il fiato.

«È perché poco fa non ho voluto fare l'amore con te. Ecco perché sei arrabbiato, Todd.»

Todd distolse lo sguardo e osservò il Bonnard alla parete, quel paesaggio semplice sotto il cielo vuoto.

«Sì, certo il tuo rifiuto aveva un significato simbolico. Ultimamente abbiamo avuto qualche difficoltà, non credi? Questo devi ammetterlo.»

C'erano quasi, la catastrofe in fondo alla china. E tuttavia Amanda non voleva, non poteva ammetterlo di fronte a lui. Così disse amaramente: «Penso che non abbiamo più niente da dirci, non credi?»

«Se solo tu liberassi quella donna affascinante che tieni chiusa dentro, avremmo molto da dirci. Non puoi provare, Amanda?»

Teneva una mano sulla valigetta che giaceva sulla cassapanca accanto alla porta. Sì, pensò lei, sta aspettando una risposta «femminile», una dolce sottomissione, una richiesta di andarsene o la preghiera di restare. Se solo fosse stata capace di gettargli le braccia al collo, di gridare: *Per favore, non lasciarmi, ti amo.* Ma questo avrebbe significato perdere autonomia, mettere da parte tutto l'orgoglio. Era quello che gli uomini si aspettavano dalle donne...

Inoltre, con ogni probabilità, dopo quanto era accaduto Todd non desiderava davvero restare. È tutto inutile, pensò Amanda. Quando è finita, è finita. Non ha senso prolungare l'agonia.

Fu lui a rispondere al suo silenzio. «Grazie per la cena.»

«Di nulla.»

Giunto alla porta, Todd si voltò e con un'espressione mista di rimprovero e preghiera disse con estrema dolcezza: «Abbi cura di te, Amanda. Non buttarti via». La porta si richiuse con un leggero rumore.

È la prima volta che gli chiedo qualcosa, pensò Amanda, e la sua risposta è stata no; voleva controllarmi. Appena ha capito che non ci sarebbe riuscito, ha girato i tacchi.

Quando la prima ondata di disperati singhiozzi passò, era ormai buio. Non aveva idea di che ora fosse, così Amanda restò ferma accanto alla finestra.

L'aveva perso. Era sicura che non sarebbe tornato. Era evidente che già da tempo aveva dei dubbi, rifletté. Oh, perché mai l'aveva coinvolto in una faccenda che non lo interessava? Dopotutto, quando fosse giunto il momento avrebbe potuto trovare una decina di avvocati disposti a condurre una causa contro la Grey's Foods. Era stata una stupida.

Ma lui l'aveva ferita, l'aveva umiliata con quella affermazione: «Ci provi sempre, ma non senti nulla». Allora l'aveva sempre saputo! Come se n'era accorto? Si era sempre sforzata di mostrare la sua partecipazione...

Alla fine, gli uomini non pensavano ad altro che al sesso. Non volevano conoscere *te*, l'essere umano.

Amanda ripensò alla conversazione con Dan. Non aveva avuto intenzione di ferirlo. Era l'ultima persona al mondo che avrebbe voluto ferire. Era un uomo così dolce! Sebbene chiunque potesse capire al volo quanto fosse sveglio e intelligente, aveva anche quella dolcezza e quell'onestà che a lei sembravano tipiche di un ragazzo. Il suo fratellino, solo pochi anni di differenza che tuttavia erano come anni luce! Fortunata la donna che l'aveva sposato. La mente di Amanda tornò a quella giornata in cui tutto era stato bianco: la chiesa, la sposa al braccio di Dan con quell'abito meraviglioso e il velo mosso da una brezza chiara, profumata di fiori. Fa' che la loro vita sia sempre felice, aveva pensato.

Ma stasera Dan le aveva detto di avere dei problemi. Le

era apparso stanco e dietro di lui aveva sentito la voce della bambina che urlava. Difficoltà a casa… un divorzio! Oh, no, per favore, implorò in silenzio. E la storia della foresta? Grey's Woods, così la chiamavano in città.

Grey's Woods. Chilometri e chilometri di oscurità e il vento solitario che soffiava forte contro le finestre tutta la notte… All'improvviso, Amanda si alzò, facendo scivolare Sheba sul pavimento. Più in basso, in città le luci si stavano facendo rade. E tra tutte quelle luci, non ce n'era una che per lei fosse particolare.

«Fratellino o no», disse ad alta voce, «lotterò per me stessa. Così deve essere. Buonanotte, Sheba.» E all'improvviso ricominciò a piangere.

4

Maggio 1990

Il dottor Vanderwater aveva proprio l'aria di un medico. Quando, uscendo dallo studio dopo la prima visita, Sally aveva espresso questa osservazione, Dan si era mostrato divertito.

«E che aria deve avere un medico?»

«È qualcosa di indefinibile. Forse è solo un modo di fare. Ma mi piace, e a te?»

Dan si era dichiarato d'accordo. «Ero certo che ci sarebbe piaciuto. Quell'uomo ha una solida reputazione, anche se non è anziano ed è ben preparato. Ha buon senso, non è allarmista. Sally, andremo in fondo a questa faccenda e Tina guarirà.»

Ora, seduta davanti all'enorme scrivania di mogano che la separava dal dottor Vanderwater, Sally ricordò quella conversazione. Sulla scrivania c'era una fotografia con la cornice in cuoio di quattro allegri ragazzi, tutti con la capigliatura nera e riccia come quella del medico. Era un padre. Questo significava una visione pratica oltre agli innumerevoli certificati e ai diplomi appesi alle pareti. Tutto ciò era rassicurante, proprio come l'atteggiamento del dottore.

«Come sta Tina questa settimana?»

«È stata una settimana abbastanza buona.»

«Bene, benissimo. È una cara ragazzina. Mia moglie e io ci domandiamo spesso come sarebbe avere in casa una ragazzina», disse, osservando con orgoglio la fotografia. «Dunque, secondo voi c'è stato qualche progresso?»

La stessa parola «progresso» aveva un carattere positivo. Ciononostante, volendo essere precisa, Sally aggiunse: «C'è stata una scena orribile domenica scorsa, quando alcuni amici hanno fatto visita a Susannah. Io la tenevo in braccio e ovviamente tutti mi stavano attorno e parlavano con la piccola come si parla a una neonata. Poi, qualcuno si è ricordato di Tina e le ha rivolto la parola con l'intenzione di lodarla; lei non ha risposto, invece ha cominciato a piangere e si è messa a urlare quando quell'anziano signore le ha accarezzato il capo, giungendo persino a sferrargli un calcio alla caviglia». Sally assunse un'espressione preoccupata. «È stato imbarazzante. Tuttavia penso che non si tratti di una cosa così insolita, vero?»

Il dottore annuì. «No, non è così insolito. Senza dubbio Tina è una bambina irritabile e le sue reazioni tendono a essere piuttosto estreme, sia in positivo sia in negativo. Tuttavia, se osserviamo la popolazione adulta, possiamo notare la stessa cosa in molti di noi. Assistiamo a ogni possibile variazione di umore, non è forse vero?»

«Ci sta dicendo che in qualche modo ci troviamo di fronte a una Tina cresciuta?»

«In un certo senso, sì, ma ovviamente la bambina non si fermerà al livello di cinque anni. Personalmente, dubito che si rivelerà una persona calma e composta, ma in questo non c'è nulla di male. In questo periodo sta vivendo una fase temporanea di grande ansia perché si sente sfidata. Nella sua mente è sopraggiunta la neonata, che ha usurpato quello che era il suo posto nella famiglia. Per questo motivo dobbiamo insegnarle come camminare verso l'accettazione, verso la realtà e la comprensione, aiutarla a riconoscere che il suo posto non è stato usurpato, che c'è abbastanza spazio per lei e per la sorellina. Questo richiederà tempo.»

«Molto?»

«Signora Grey, non ho la sfera di cristallo. La psicoterapia non è la chirurgia ortopedica, dove, dopo l'intervento, o si cammina o non si cammina. Sono sicuro che lei ha già letto molto sulla rivalità tra fratelli, quindi non è il caso che mi dilunghi in spiegazioni.»

Sally riuscì ad abbozzare un sorriso. «Allora aveva ragione mio marito. Devo confessarle che la prima diagnosi non l'aveva convinto. Mio marito è un sostenitore del buon senso.»

Il dottor Vanderwater le restituì il sorriso con un leggero rimprovero. «Purtroppo, avere buon senso non significa sempre essere ragionevoli. In ogni caso, per quanto riguarda Tina, concordo con suo marito. Non so chi abbia formulato la prima diagnosi e non voglio saperlo. Tuttavia, dopo dodici sedute con Tina, ritengo che quella teoria fosse del tutto infondata. A essere sincero, signora Grey, mi spiace che nella mia professione s'incontrino fissazioni. Ora che abbiamo compiuto molti progressi nello scoprire un'infinità di mali che in passato venivano nascosti o negati, talvolta esageriamo nella direzione opposta. Parliamo, per esempio, di molestie nei confronti di un bambino quando in realtà non è accaduto nulla, e in questo modo svegliamo un 'ricordo' di qualcosa verificatosi trent'anni prima... qualcosa che non è accaduto. È un uso errato di un principio molto importante.»

Sally avrebbe voluto ridere. Sentì la gola riempirsi di bollicine impetuose che immediatamente si trasformarono in poche lacrime subito respinte.

«Provo», disse, «una sensazione di sollievo indescrivibile. Mi ha regalato una montagna d'oro, cent'anni di vita.» Fu costretta ad asciugarsi gli occhi. «Per tutta la primavera, ho avuto l'impressione di portare sulle spalle una tonnellata di piombo. Non riuscivo a capire come potesse essersi verificato un orrore simile. Tina sa benissimo dove non deve lasciarsi toccare da nessuno. No. Non riuscivo a capire.»

Il dottore disse gentilmente: «Ora può togliere questo peso anche dalle spalle di suo marito. Torni a casa e viva tranquilla».

«Vuole vedere ancora Tina, dottore?»

«Certo. Me la porti una volta la settimana.»

«E per i miei viaggi? Mi è stato chiesto di recarmi in Messico per un articolo sui lavoratori stagionali che attraversano clandestinamente la frontiera. Secondo lei è meglio che lasci perdere ancora per un po'?»

«Sì, per un po'. Rimanga a casa e continui a fare ciò che sta facendo. È una brava madre, signora Grey.»

Uscendo, Sally pensò a quanto si sentisse meglio rispetto al giorno in cui aveva lasciato l'altro studio. La sicurezza del dottor Vanderwater era contagiosa. Era quello che Dan definiva il tipico «possibilista». Dato che anche lei rientrava in questa categoria, si sentiva bene. Era una sensazione sana, forte. Sulla via del ritorno, Sally accese la radio e continuò a cantare fino a casa.

«Bene, Tina, eccola!» gridò Clive. Un minuscolo pony con il mantello marrone e bianco-crema venne accompagnato fuori dalla stalla. «È arrivata ieri dalla Pennsylvania, un viaggio davvero lungo, ma ne valeva la pena. Non è bella? Che ne dici, Tina? Che cosa ne pensi?» Riusciva appena a contenere l'eccitazione, il piacere che provava nel presentarle un dono così straordinario.

Gli occhi della bimba erano spalancati e, pensò Sally, grandi quasi quanto quelli del pony.

«Forse pensavi che avessi scordato la mia promessa», aggiunse Clive, guardandola per sollecitare una risposta. «È così? Ho ragione?»

Mentre ancora stringeva la mano di Dan, Tina scosse il capo.

«No, certo che no. Sapevi che non l'avrei dimenticato ma dovevo trovare il pony giusto per te. Vieni, ho portato un po' di zucchero e qualche mela perché tu possa darle da mangiare. In questo modo capirà che ti appartiene. Vieni, Tina.»

«Vai. Hai già cavalcato altri pony molte volte. Guarda com'è gentile! Ecco, prendi la mela e avvicinagliela alla bocca», la istruì Dan, sostenendo la mano esitante di Tina. «Guarda me. Senti quanto è morbido il naso.»

«È umido.»
«Giusto. Così deve essere.»
La manina si fece avanti e si ritirò. «Che lingua strana.»
«Sì, è ruvida. La lingua dei pony è così.»
Il pony, avvicinandosi alla mano sospesa di Tina, le diede qualche colpetto poi, all'improvviso, afferrò la mela; fu un gesto tanto improvviso quanto inatteso che indusse Tina a emettere un urlo di gioia.
«Guarda cosa sta facendo! Le piaccio. Vuole che le dia da mangiare.»
Per un attimo, Sally sentì il cuore perdere un colpo. La solita Tina, la Tina che loro conoscevano era tornata, quella incostante era svanita, la loro bambina aveva ritrovato l'entusiasmo caratteristico, l'espressione vivace. Incontrando lo sguardo di Dan, capì che anche lui aveva notato la stessa cosa.
«Certo che le piaci! Ti amerà. Vuoi che ti sistemi sulla groppa? È già sellata e pronta», disse.
La soddisfazione di Clive aumentò ulteriormente. «Ho comprato un cappello per Tina, un cap rigido. Avrei voluto acquistare tutta l'attrezzatura, calzoni alla cavallerizza e giubbino, ma per me le taglie sono un mistero, quindi lascerò la cosa a te, Sally. Che ne dite di una breve cavalcata ora? Due o tre chilometri lungo il sentiero e ritorno?»
«Voglio andare, voglio andare!» gridò Tina.
Dan assentì. «Bene, ti aspetteremo.»
Sally si sedette accanto a lui su una panchina vicino alla parete della stalla, in attesa che Clive ricomparisse e montasse su uno splendido castrato nero. Fuori portata d'orecchio, Sally bisbigliò: «Il suo è un cavallo di lusso. Ha sborsato quindicimila dollari per quell'animale».
Nervosi, nonostante tutti i buoni propositi di non esserlo, Sally e Dan osservarono il cavallo e il pony allontanarsi lentamente con i loro cavalieri. Clive era perfettamente ritto e a proprio agio nei suoi stivali e nel suo costume impeccabile, mentre Tina, altrettanto ritta, trasudava orgoglio con il maglione rosso scuro e il cappellino nuovo in velluto. Dopo che furono scomparsi dietro una curva, Dan rassicurò Sally.

«Non preoccuparti, ne farà una vera amazzone. Era eccitatissima, hai visto? Questa potrebbe essere la cosa giusta; ti aspettavi una simile reazione? Io temevo di dover mettere alla prova tutta la mia pazienza per convincerla. Tuttavia credo che in fondo Tina abbia fegato, proprio come sua madre», disse abbracciando Sally.

Sebbene fosse maggio, la giornata ricordava marzo, dato che il sole si era improvvisamente nascosto dietro nubi bianche e grigie che, simili a tante pecorelle, si stagliavano basse nel cielo. Quel sabato pomeriggio la scuola di equitazione era deserta e il recinto era vuoto. Si erano tutti ritirati all'interno, cavalli e persone.

«Nuvoloso o no, qui fuori è troppo bello per chiuderci tra quattro mura», continuò Dan. «Svelta, Sally, guarda in su. Poiane. Percorrono trecento chilometri al giorno.»

Seguendo la linea del braccio, Sally vide una rapida processione nel cielo. Sollevandosi e riabbassandosi, stava procedendo verso nord.

«Le vedremo da adesso fino a ottobre. Stanno andando a nidificare.» Dan si alzò per osservare meglio quel volo circolare, non chiaramente definito. «Guarda come seguono il vento e le correnti ascensionali. Che vista stupenda!» Poi, voltandosi verso la foresta che stava diventando verde, esclamò: «Per quanto faccia ancora fresco, sento già il profumo dell'estate. Erba e caldo. È nell'aria. Oh, Sally, riesci a immaginare cosa significherebbe abbattere tutto per costruire strade? Solo l'idea di strade e centri commerciali mi fa venire il voltastomaco».

Erano passate alcune settimane da quando Dan aveva parlato del progetto per l'ultima volta e queste parole fecero capire a Sally quanto fosse profondo il suo dolore. Teneva sempre per sé le proprie preoccupazioni maggiori. Sally lo sapeva bene. Inoltre, da psicologa dilettante, Sally capiva anche che, in questo modo, Dan negava l'esistenza del problema.

«Ian ti ha più detto nulla dal compleanno di Oliver?» chiese.

«No, e lo stesso ho fatto io. Ci vogliamo troppo bene, lo

sai, non vogliamo diventare nemici e per questo motivo evitiamo entrambi l'argomento. Lo stiamo rimandando il più possibile. Ma quando le scartoffie saranno pronte e arriverà il momento di firmare sulla linea tratteggiata, o di non firmare, dovremo parlare. E non sarà piacevole», concluse amaramente. «Non ho proprio voglia che giunga quel momento, Sally.»

Sì, davanti a loro si profilava una brutta battaglia. Se anche gli investitori avessero ritirato la loro offerta, sarebbe rimasta comunque Amanda Grey. Dove avrebbero preso i soldi necessari per farla stare tranquilla? Una donna strana, contraddittoria ed eccentrica...

Il giorno del loro matrimonio, era rimasta seduta sui gradini della chiesa ad aspettare che gli sposi uscissero. Per loro era stata una sorpresa: Amanda aveva spedito un prezioso servizio d'argenteria inglese, con un biglietto di scuse in cui spiegava che non avrebbe potuto essere presente.

«Auguri di cuore», aveva detto. «Ho improvvisamente deciso di venire. Sono felice che tu abbia sposato mio fratello, Sally. Quando Dan mi ha scritto, ho esaminato il tuo lavoro e dalle tue foto si capisce che tipo di persona sei. Hai un'anima buona.»

«Ma dove scappi, Amanda? Non vieni con noi al ricevimento?»

«No, no, devo prendere l'aereo. Torno subito a casa Volevo solo vederti.»

Com'era strana...

«Se non c'è un problema c'è l'altro», disse Sally, dispiaciuta per il fatto che Dan fosse tanto afflitto.

Dan si alzò e le sollevò il volto ponendole una mano sotto il mento. «No, non è così, Sally. Si risolve un problema e si affronta quello successivo. La vita è questa. Abbiamo quasi smesso di preoccuparci per Tina, giusto? Pensaci. Quando ho raccontato a Clive che...»

«Che cosa? Hai parlato a Clive di Tina?»

«Gli ho semplicemente detto che avevamo qualche problema con la bambina.»

Nel giro di un secondo, tutta la sua compassione si trasformò in rabbia. «Hai discusso di nostra figlia con Clive? Non riesco a crederlo.»

«Ehi, aspetta un minuto. Ho solo...»

«Hai strombazzato le nostre questioni private. Pensavo fossimo d'accordo di tenere la cosa riservata.» Era davvero furibonda.

«Diavolo, Sally, Happy vede la bambina a scuola. Ti ha parlato. Anche gli altri hanno visto gli sbalzi d'umore di Tina. Dov'è il segreto? Resta tutto in famiglia comunque.»

«Famiglia o no, non sono d'accordo. Ho grande stima di Happy, tuttavia non mi sono confidata con lei. Ma Clive, mio Dio, non gli avrai per caso detto qual era stata la diagnosi del primo medico, di quella donna?»

«Be', non esattamente, ma...»

«Che cosa intendi con 'esattamente'? Sì, l'hai fatto, ho ragione? Si vede che l'hai fatto.»

«Non l'ho fatto, ma se anche fosse, non avrebbe importanza. Lui non rivelerebbe mai a nessuno le mie confidenze. Clive è un uomo di parola.»

«È triste. È uno strano, patetico disadattato.»

Ora toccava a Dan arrabbiarsi. «Questa è un'esagerazione ed è anche sleale. Non sapevo che tu detestassi Clive.»

«Non lo detesto. Ma questo non significa che voglia confidarmi con lui.» Sally fece una pausa, cercando le parole giuste per spiegare una sensazione vaga, indefinita, forse impossibile da descrivere, che fino a un attimo prima non aveva mai preso forma. «È strano, è solitario, ha dei seri problemi.»

Dan la interruppe. «Spero che tu non creda di dire cose sensate, perché non è così. Stai parlando come un'idiota. 'È strano, è solitario, ha dei problemi'», la derise Dan. «Allora dobbiamo evitarlo. A noi piacciono solo le persone alte, di bell'aspetto e allegre, giusto?»

«Non è quello che intendevo dire io e lo sai benissimo, Dan Grey. Sono solo infastidita dal fatto che tu gli abbia raccontato di Tina. Non ne sa nulla di bambini, lui...»

«Sembra cavarsela parecchio bene con questa bambina, comunque», disse Dan bruscamente. «Eccoli che arrivano.»

Il cavallo e il pony emersero dagli alberi con andatura rapida, quasi al trotto. Le trecce di Tina si muovevano al ritmo del cavallo, e il suo faccino rotondo era arrossato dal vento. Stava ridendo.

«Ancora», esclamò subito appena i due animali si fermarono.

Dan la fece scendere. «Allora ti è piaciuto. Sei contenta di avere il tuo pony?»

«Sì, e le abbiamo anche dato un nome. Sapete quale?»

«No. Ditecelo.»

«Dovete indovinare.»

Sally disse prontamente: «Princess».

Poi fu il turno di Dan: «Brownie».

«Whitey.»

«Speedy.»

«Sbagliato. Sono tutti sbagliati», gridò Tina. «Susannah. Si chiama Susannah.»

I due genitori si guardarono sgomenti. Dan fu il primo a obiettare. «No. Questo è il nome di tua sorella, non è il nome giusto per un pony.»

Poi intervenne Sally. «Non possiamo proprio avere due Susannah, cara. Altrimenti nessuno capirebbe mai di quale Susannah si sta parlando.»

«Non ne avremo due», ribatté Tina, «perché voi riporterete indietro l'altra.»

«Ora basta con questa storia», disse Dan, deciso. «Non porteremo la nostra Susannah da nessuna parte. È nostra, te l'abbiamo detto un centinaio di volte, e tu dovrai trovare un altro nome per il pony o non potrai tenerlo.»

«Non prendertela», bisbigliò Sally al marito, appoggiandogli una mano sul braccio. «Tina, ti aiuterò io a trovare un nome molto più bello per il tuo pony.»

«Zio Clive ha detto che posso chiamarla come voglio perché è mia.» Con queste parole, Tina fece il broncio, preparandosi a lacrime di sfida.

«Con questo non mi riferivo al nome di tua sorella», fece notare Clive. «Dai, non piangere. Ecco, cedi le redini.» Era arrivato l'uomo incaricato di condurre gli animali nella stalla. «Torniamo alla grande casa a bere una cioccolata calda e a mangiare cialde. Tante buone cialde. Che ne dici?»

Senza dubbio era riuscito a distrarre Tina e ad accantonare la discussione, ma quello non era il sistema giusto. Per quanto le intenzioni fossero buone, l'interferenza non era gradita e alla fine creava ulteriori complicazioni. Risentita, Sally andò con loro alla grande casa.

Entro breve alla porta della biblioteca sarebbe comparso il carrellino con il tè. Il suo arrivo era preannunciato dal rumore delle ruote in fondo al corridoio, dal tintinnio delle tazze in porcellana. Era come se la cucina distasse chilometri. In questa casa potrebbero benissimo abitare due famiglie numerose, pensò Sally. Deve essere deprimente per Clive vivere in questi spazi echeggianti, soprattutto quando Oliver è assente, come capita spesso.

«Stamattina papà ha telefonato da Washington», disse Clive. «L'hanno inserito nel comitato di un altro museo. Inoltre c'è il progetto di portare l'arte nelle scuole del centro città. Si tratta di quel tipo di iniziative che lui ritiene tanto importanti. Mi è parso abbastanza soddisfatto.»

Clive era seduto su una bassa sedia imbottita che sembrava essere stata ordinata specificamente per lui, in modo che potesse appoggiare i piedi sul pavimento: le chiamavano «poltroncine» e di solito venivano sistemate nelle stanze da letto. Quel portamento eretto e disinvolto che aveva assunto in groppa al cavallo era ormai sparito; ora non solo sembrava fragile come al solito, ma aveva anche l'aria malata, pensò ancora Sally. Era contratto e smunto, come se improvvisamente avesse perso tutto il suo peso.

Prese una sigaretta dalla tasca e, sebbene sapesse quale sarebbe stata la risposta, chiese con gentilezza: «Ti spiace, Sally?» Quando come sempre Sally scosse il capo, Clive accese un fiammifero, inclinò la testa con un movimento quasi voluttuoso e lasciò che il fumo gli uscisse dalle narici.

«Hai la tosse», lo rimproverò con delicatezza Dan. «Pensa ai tuoi polmoni; quando smetterai?»

Clive fece un sorriso enigmatico. «Forse mai. Oppure quando il fumo mi ucciderà.»

«Sei un uomo senza cervello! Forse dovresti insegnare matematica ad Harvard o in qualche altro istituto. Così saresti costretto a portare giacche di velluto con le toppe sui gomiti e a fumare la pipa. Perlomeno la pipa non ti farebbe tanto male quanto le sigarette.»

«State tentando di liberarvi di me, giusto? No, sono soddisfatto così. Più o meno.»

Clive era particolarmente gioviale. Capitava di rado, soprattutto quando era presente anche Ian e in quel caso il suo spirito sembrava ritirarsi in un guscio.

I suoi discorsi laconici erano spesso bruschi. Ora a Sally sembrava di averlo sorpreso mentre la guardava e di aver sentito che Clive nutriva strani pensieri; era impossibile capire se gli andavi o meno a genio.

Non c'erano dubbi invece sul fatto che gli piacesse Tina. Dopo essersi servita per l'ennesima volta da un vassoio pieno di cialde, la bambina ne aveva appena intinta una in una tazza stracolma di cioccolata, poi l'aveva lasciata cadere sul tappeto.

«Tesoro, stai attenta a quello che fai. Resterà la macchia», disse Sally.

«Nessun problema», rispose Clive. «È stato un incidente. Qualcuno provvederà a pulire.»

Sally non era certa che si fosse trattato di un incidente. Tina aveva i propri sistemi per attirare l'attenzione e versare le cose era uno di questi. Tuttavia, non era né il momento né il luogo per farne una questione.

«Ho pensato», disse Clive, «non ricordo se ve ne ho già parlato, di costruirmi una casetta a Red Hill. Disterà solo qualche centinaio di metri dalla casa padronale, ma in questo modo avrò la mia privacy. Sento il bisogno di un luogo tutto mio, dove possa alzarmi alle cinque del mattino senza disturbare papà o gli ospiti per andare a cavallo. D'inverno potrei abitarci saltuariamente e fare il pendolare per il lavoro.»

«È una distanza piuttosto lunga dal luogo di lavoro», osservò Dan, dubbioso.

«Novanta chilometri di strada aperta non sono nulla, e soprattutto al mattino presto. Ne varrà la pena se potrò cavalcare da solo tra i boschi anche d'inverno. Qui al centro di equitazione c'è sempre troppa gente. Mi piace il silenzio dell'inverno laggiù, senza un suono, senza uccelli e nelle giornate tranquille, senza neppure il vento.»

Dan annuì. «Vedo che capisci i miei sentimenti per i boschi. Io non sono un carattere così solitario, tuttavia sono in grado di comprenderti. Certo più di tuo fratello, con i suoi progetti per Grey's Woods.»

La risposta di Clive fu una sorpresa. «Ne risparmierebbe una parte, dopotutto non abbatterebbe gli alberi di tutta l'area.»

«Una parte!» esclamò Dan. «E a te basterebbe?»

Clive alzò le spalle. «Come preferisce papà.»

«Ma papà non ha intenzione di prendere posizione. L'hai sentito anche tu. L'ha già detto il giorno del suo compleanno, qui, in questa stessa stanza. Lascia a noi la decisione.»

Tina aveva cominciato a girovagare, toccando tutto, mentre Sally la teneva sott'occhio per evitare danni ai vari tesori. All'improvviso, balzò in piedi per salvare la giostra d'argento.

«Voglio ascoltarla. Falla suonare», ordinò Tina. Quando Sally rifiutò dicendole che non era un giocattolo, Tina sferrò un calcio alla caviglia della madre.

Questa volta fu Dan a balzare in piedi. «Ascolta, Tina, questo comportamento non è accettabile. Forse sei stanca, sei irritata per qualche motivo ma non devi far del male agli altri. Adesso siediti su quella sedia e resta tranquilla finché saremo pronti ad andarcene.»

«Sei una brava ragazzina. Vieni, siediti sulle mie ginocchia», la coccolò Clive. «Un giorno, se farai davvero la brava, forse potrai avere quella giostra.»

Gli sguardi esasperati di Sally e del marito s'incontrarono, così Dan cominciò: «No, deve imparare».

Ma Tina si era già accomodata in grembo a Clive e ora sedeva con aria trionfante intenta a spargere briciole di biscotto sullo zio e sul pavimento.

Offesa e a disagio, Sally si sedette sul bordo della sedia, desiderosa di andarsene. Ma Dan era caparbio e voleva tornare sull'argomento che tanto lo interessava.

«'Come preferisce papà', hai detto, tuttavia, dato che lui non si è espresso, o perlomeno io non ho sentito nulla, noi come ci collochiamo?»

«Oh, abbastanza al centro», rispose Clive. Stava accarezzando le lunghe trecce di Tina.

Dan insistette: «Al centro della Grey's Woods, intendi dire? Mi sorprende il fatto che tu possa anche solo considerare l'idea di Ian. Soprattutto perché sei spessissimo in disaccordo con lui».

«Non sono io a considerarla. È papà. La settimana scorsa mi ha detto che, dopotutto, potrebbe essere una buona cosa accettare i soldi e dare ad Amanda ciò che chiede. Sarebbe una soluzione più economica rispetto a una costosissima causa.»

«Questo è già stato detto più volte, Clive, e io non sono affatto d'accordo.»

«Era solo un'idea, papà non ne è certo.»

«Non penso che dovremmo arrenderci alle minacce, e questo indipendentemente da chi le faccia.»

«Forse no.» Clive alzò le spalle come faceva ogni volta che si stancava di un argomento.

Quella discussione non avrebbe portato ad alcun risultato, così Sally intervenne. «Avete un sacco di tempo per chiarirvi le idee, tutti. Mesi. Tina non ha fatto il sonnellino, è stata un'intensa giornata e anch'io sono stanca.»

Era irritata e se ne rendeva conto. Le dava fastidio vedere Tina seduta sulle ginocchia di Clive…

Quando i tre si alzarono per andarsene, Clive disse: «Quando la mia casa, la mia casetta sarà pronta, il prossimo autunno, inviterò Tina a stare con me per uscire a cavalcare insieme. Tu porterai il tuo pony, Tina, ma solo se le darai un nome che mamma e papà approveranno. Una volta ho avuto una cavalla che si chiamava Rosalie. Che ne dici?»

«D'accordo», rispose Tina con uno sbadiglio.

«Allora tu e Rosalie potrete farmi visita a Red Hill.»

«Tu e Tina soli?» C'era nervosismo nella voce di Sally. «Sii serio, Clive! Chi si occuperebbe di lei?»

«La moglie del custode è una donna molto responsabile. Non avresti nulla di cui preoccuparti, Sally.»

«Vedremo, l'autunno è ancora lontano.»

A parte il pony, quello non era stato un gran pomeriggio per nessuno, pensò lei. C'erano state anche troppe influenze diverse...

«Non voglio che Tina rimanga sola con Clive al cottage», disse Sally, bisbigliando, sebbene la piccola si fosse già addormentata sul sedile posteriore della station wagon.

«Un paio di giorni di avventura, come la visita che abbiamo fatto ai tuoi genitori, le farebbero bene.»

«Clive non è mia madre. Non è possibile fare paragoni.»

«Che male ci sarebbe? I Merze vivono a Red Hill da anni e hanno persino una nipotina che potrebbe giocare con Tina.»

Sally era disturbata dai propri pensieri. Erano pensieri sordidi e squallidi. Si rese conto che poteva addirittura trattarsi di idee irrazionali. Tuttavia, decise di esprimerle.

«Non mi piace il modo in cui Clive si comporta con Tina.»

«Oh, hai ragione», convenne Dan. «Interferisce troppo e questo mi ha dato fastidio. Ma vedi anche tu quanto le vuole bene. Dato che non ha figli propri, riesco a capirlo e a essere tollerante.»

«Perché non ha figli propri? Il modo in cui vive... È strano, Dan, strano. Non l'avevo mai notato così chiaramente prima di oggi.»

«Non ho visto nulla di diverso in lui oggi. Di che cosa stai parlando?»

«Ti è piaciuto vedere Tina seduta sulle sue ginocchia?»

«Per l'amor del cielo, Sally, dove vuoi arrivare?»

«Non voglio arrivare proprio a niente... non lo so neppure io. Non sta mai assieme a nessuno, né uomini né donne. Dove va? Che cosa fa?»

«Fare? Andare? E che diavolo ne so io? Esce. Non gli chiedo mai dove va.»

«Forse dovresti.»

«Non riesco ancora a capire dove vuoi arrivare, tuttavia è evidente che stai riferendoti a qualcosa di sporco, non ho ragione?»

Sally rimase in silenzio. Le parole non volevano prendere forma nella bocca. Tuttavia, a quel punto, doveva rispondergli.

«Forse. È probabile. Non so.»

«Ascolta, Sally, sei tu che ti comporti in modo sporco parlando così di un uomo rispettabile, o anche solo albergando simili pensieri. Clive non ha nulla che non va. Ha le sue stranezze, ma è a posto. Sono cresciuto con lui e dovrei saperlo.»

«Tu eri un ragazzino mentre lui aveva, quanti? Diciotto anni, quando sei stato portato qui.»

«Clive è a posto, ti ho detto.»

Dan era arrabbiato e ferito. Era un uomo profondamente leale e in questo modo Sally stava offendendo la sua lealtà, sebbene non fosse sua intenzione. Ma non sarebbe riuscita a evitare di esprimere quei pensieri e alla fine trovò le parole.

«Supponi – oh, ascoltami e non essere così furioso con me – che il primo medico, quella dottoressa Lisle, avesse ragione su Tina.»

Dan balzò sul sedile. «Santo cielo, mi hai quasi fatto uscire di strada! Clive? È questo che intendi dire? Allora devi essere matta, Sally.»

La reazione del marito la sorprese. Forse aveva ragione. Quello che aveva appena detto era orribile.

«Mi dispiace. Mi spiace anche solo di averlo pensato. È un'idea che mi è venuta in testa questo pomeriggio, te lo giuro. Un pensiero odioso. Avrei preferito che non fosse accaduto, ma è impossibile fermare i pensieri.»

«Odioso è la parola giusta, accusare un uomo rispettabile, anche solo con il pensiero . Ascolta, hai ricevuto tutte le risposte da una persona competente, dal dottor Vanderwater. Dimentica una buona volta quella donna e le sue dannate teorie. Dimentica tutta questa storia. Caspita, povero Clive, tra tutti quelli che ci sono!»

Sally ci pensò, poi disse: «È stato un attimo di irrazionalità. Dimentica ciò che ti ho detto, d'accordo?»

«Certo, certo che lo farò.»

«Tregua?»

«Dai, Sally, l'ho già dimenticato. Siamo tutti a posto.»

Un attimo di irrazionalità, sì. Pensieri folli. Sally stava persino cominciando a vergognarsi di sé. Non aveva nulla di realmente tangibile su cui basarsi. Non realmente. Non avrebbe più detto nulla.

Ciononostante, in silenzio e nel segreto del suo cuore, avrebbe fatto il possibile per impedire a Tina di restare con Clive a Red Hill. Era decisa. Poteva essere un'idea completamente assurda e forse lo era; tuttavia, questa era la sua decisione. Era la madre della bambina e doveva prendere posizione. Talvolta una donna doveva nascondere qualcosa al proprio marito, persino a un marito saggio, buono e amato come Dan.

5

Maggio 1990

A CIRCA ottanta chilometri da Scythia procedendo lungo la strada statale, per poi girare a sinistra e quindi a nord su una strada asfaltata a due corsie, al limitare di una squallida cittadina si ergeva un sudicio gruppo di strutture marroni: una baracca dove si vendevano panini, un distributore di benzina e l'*Happy Hours Motel*. Nel parcheggio, un fascio di luce proteggeva le due auto presenti e attraversando le persiane raggiungeva il letto su cui dormiva Ian Grey.

Si ridestò alle dieci, appena la sveglia dell'orologio da polso cominciò a suonare. Non aveva goduto di un sonno profondo, sebbene di solito, dopo aver fatto l'amore, dormisse come un sasso. Ma questo era dipeso dal luogo. L'anno prima al *Las Vegas* con Roxanne, oppure durante quel fine settimana trascorso al *Waldorf* di New York, non aveva dovuto preoccuparsi di tornare a casa a un'ora plausibile prima di mezzanotte.

Avrebbe fatto meglio a svegliarla, sebbene gli sembrasse un vero peccato disturbare tanta pace. Una guancia e una mano erano coperte dai capelli castani sparsi sul cuscino. Quanto gli piaceva affondare il volto in quella chioma! L'altro braccio era appoggiato sulla coperta e, nel fascio di luce che entrava dalla finestra, si intravedeva una coppia di braccialetti scintillanti in oro e diamanti, i doni dell'anno precedente e dell'anno in corso, un braccialetto all'anno da quando si erano incontrati. La nuova pelliccia di visone era piegata su una sedia. Ian era certo che Roxanne l'avrebbe indossata fino a quando le notti fresche le avessero offerto una scusa. Ridacchiò senza fare rumore. Quella piccola avida! Tuttavia lo amava. Lo amava davvero! La conosceva benissimo. Conosceva tutta la storia patetica della morte della madre, dell'immediato matrimonio del padre con una donna di solo sei anni più vecchia di Roxanne, dei due figli che si erano aggiunti e del vecchio nonno, costretto a vivere in quella misera casa sovraffollata. Sapeva quanto si preoccupasse della sorellina, che frequentava ancora il liceo. Per curiosità, era andato a vedere quella casa. Aveva il portico rotto e un serio bisogno di essere verniciata, inoltre era vicino allo stabilimento dove Roxanne lavorava nel reparto spedizioni. La sua famiglia lavorava per la Grey's Foods da tre generazioni.

A questo punto, ci si potrebbe domandare, pensò Ian, come io abbia conosciuto Roxanne. Dopotutto, gli uffici dei dirigenti e il magazzino non erano certo vicini. Si erano incontrati in un ristorante dove Roxanne era stata condotta da un gruppo di amici per festeggiare il compleanno. Si erano trovati vicini al banco delle insalate al centro del salone. Davanti alla ciotola dei gamberetti, Ian aveva fissato gli occhi più belli che avesse mai visto, nerissimi, profondi come un lago e con ciglia splendide! Spesse, arrotondate e lunghe! Era rimasto senza fiato.

«Salve», gli aveva detto lei, «salve. Come sta?»

«Sono colpito», le aveva risposto. «Piacevolmente colpito.» Poi aveva lasciato che lei vedesse i suoi occhi scendere lentamente lungo il suo collo bianco, le spalle nude e i fianchi generosi.

La sua bocca si era aperta in un sorriso. «Mi fa piacere.»

«Come si chiama?»

«Roxanne Mélisande.»

L'aveva trovato molto divertente. «Le dispiacerebbe ripeterlo? May cosa?»

«No, non May, 'Mé' con l'accento. È francese.»
«Su, non mi prenda in giro. Lei non è francese.»
Poi le aveva lanciato quell'occhiata appassionata che suscitava sempre, o quasi sempre, una reazione.
Lei era scoppiata a ridere. «Anche lei non è francese. Come si chiama?»
«Ian.»
«Anche questo è un nome strano. Come si scrive?»
«I-a-n. È scozzese.»
Dato che stavano monopolizzando la ciotola con i gamberetti, era stato costretto a servirsi rapidamente per poi spostarsi. «Più tardi, quando raggiungeremo il tavolo dei dolci, mi metterò in fila dietro di lei. Mi passi il suo numero di telefono, d'accordo?»
«D'accordo. L'ho già notata prima al suo tavolo. Quella bionda è la sua ragazza o la moglie?»
«La ragazza.»
«Frottole. È la moglie. Si capisce. È carina.»
«Non importa. Mi passerà il suo numero?»
«Lei cosa pensa?»
Certo che l'avrebbe passato. Più tardi si era persino data la pena di osservarlo mentre se ne andava con Happy e probabilmente si era segnata il numero di targa per scoprire la sua identità. Al suo posto lui avrebbe fatto lo stesso. Era un gioco, eccitante come la roulette di Montecarlo e molto più divertente.
Ora la stanza era fredda e sarebbe stato bello tornare sotto le coperte, ma erano già le dieci e dieci, era ora di alzarsi. Altri cinque minuti, pensò. Poi la sveglierò. Le donne odiavano alzarsi. Per loro era diverso; non dovevano correre a casa.
Talvolta le passava in rassegna nella mente e si chiedeva che fine avessero fatto... la scura e focosa armena, o era forse zingara? O la bionda glaciale, alta quasi un metro e ottanta, con quello sguardo sdegnoso che sembrava dire «non osare toccarmi» finché lui non l'aveva toccata.
Ma alla fine, terminata la relazione, quelle donne non avevano significato molto per lui. Probabilmente, pensò Ian

con una sorta di malinconia, sarebbe accaduto lo stesso anche con Roxanne. Ma quel momento era ancora lontano. Era già durata di più che con tutte le altre e adesso la semplice idea che lei potesse lasciarlo, il pensiero che potesse giacere tra le braccia di un altro uomo, erano sufficienti per farlo ingelosire. Conosceva se stesso.

Sapeva anche che Happy costituiva una parte stabile della sua vita. Si erano sposati quando lui aveva ventun anni, ed era appena uscito dal college. Era vero che suo padre, colpito dalla raffinatezza e dal fascino di quella giovane donna e dalla famiglia di lei di origine coloniale, aveva spinto per il matrimonio. Ma era anche vero che lui si era innamorato di Happy e l'amava ancora. Era quel tipo di amore che non ha nulla a che fare con il sesso e, nella vita di un uomo, le due cose potevano esistere simultaneamente senza creare problemi. Le donne, soprattutto le mogli, non lo capivano. Non l'avrebbe capito neanche suo padre. Se, ipotesi impossibile, avesse accennato a lasciare Happy, le parole del vecchio l'avrebbero raggiunto come proiettili: famiglia, lealtà, rispetto, amore. Avrebbe fatto cadere la casa! Poi Ian pensò a sua madre, così gentile, così amorevole, così simile ad Happy...

I cinque minuti non erano passati, tuttavia, ormai completamente sveglio, Ian si alzò senza far rumore per vestirsi e pettinarsi nel bagno. Aveva i capelli in disordine poiché a Roxanne piaceva passarci in mezzo le dita. Le piaceva accarezzarlo su tutto il corpo. A questo pensiero, Ian si guardò allo specchio e sorrise.

«Sì, sei meraviglioso, sono pazza di te», disse Roxanne. Giungendo da dietro le spalle, Roxanne premette il suo corpo nudo contro la schiena di Ian, e sollevandosi in punta di piedi, appoggiò una guancia alla sua in modo che lo specchio riflettesse l'immagine di entrambi. «Non siamo una splendida coppia?»

«Davvero niente male.»

Ian si girò e la allontanò da sé. «Hai un aspetto magnifico. I braccialetti gli danno il tocco giusto.»

«Se mi ami, dimostramelo.»

«Tesoro, non posso proprio. Devo tornare a casa. In teoria, dovrei essere a una riunione di lavoro e queste riunioni non durano tutta la notte.»

«Non ci vorranno più di dieci minuti.»

«Ehi, stai lontana da me. Vestiti prima che io...»

«D'accordo, d'accordo.»

«Preferirei stare a osservarti mentre ti spogli ma va bene anche così», disse lui, seduto sul letto mentre lei indossava la lingerie di pizzo nero. «Ti piacciono davvero questi indumenti?»

«Perché no? Sei così carino a regalarmeli.»

«Fammi un favore, allora. Liberati di quella cosa che stai indossando ora, d'accordo?»

«Cosa, questa?» chiese lei, mentre la testa emergeva dal colletto di una blusa di raso rosso vivo. «Io la adoro.»

«Io no. È dozzinale.»

«Dozzinale! È abbastanza costosa.»

«Non intendevo in questo senso.»

«Oh, non rientra nei gusti di tua moglie?»

Ignorando la frecciatina, Ian disse tranquillo: «Non sentirti insultata. Lo dico per il tuo bene. Voglio che impari qualcosa sul vestirsi, come il non indossare bigiotteria e gioielli veri insieme. Sei troppo bella e devi rendere giustizia a te stessa».

Calmandosi, Roxanne rispose: «D'accordo, ti ascolterò. Fai così tanto per me, Ian, e per Michelle. Indirettamente, è chiaro. La settimana scorsa le ho comprato qualche abito decente».

«Non sa nulla di noi, spero.»

«Oh, tesoro, non le dico tutto. Certo che no. Ma è mia sorella e mi fido di lei. Non mi farebbe mai del male e questa è una garanzia anche per te.» Roxanne prese la pelliccia. «Bene, sono pronta.»

«Come hai spiegato il visone a casa?»

«Ho detto che costava poco, che era fatto solo di code. Non capiscono la differenza. Che l'ho acquistato in saldo con i soldi di Natale, un regalino per me stessa dopo essermi occupata di tutti gli altri. Ho detto di aver fatto molti straordinari.» La pelliccia attorno al viso creava una cornice scura su un dipinto a pastello. «Per tutta la vita ho sognato una cosa del genere. Ti fa sentire come una regina.»

L'improvviso pensiero di Happy indusse Ian a sorridere ancora una volta: era un'agguerrita sostenitrice dei diritti degli animali e non avrebbe mai indossato una pelliccia, mai. Il contrasto tra l'orrore di Happy e l'evidente felicità di Roxanne era quasi comico.

Roxanne fece un balzò e urlò: «Oh, mio Dio, un topo, guarda! Guarda!»

«No, dove?»

«Si è rintanato in bagno. Chiudi la porta, per l'amor del cielo, Ian, prima che esca. Chiudi! Gesù, andiamocene di qui!»

«Aspetta, lascia che mi allacci le scarpe.»

«Oh, odio questo lurido posto, tutti questi orribili posti. Guardati attorno. La tappezzeria si sta staccando, le tende sono a brandelli, l'unica cosa buona e che non ci sono cimici nel letto. Perché dobbiamo sempre venire in luoghi simili?» si lamentò.

«Be', per prima cosa il *Waldorf* è troppo lontano. Poi, questo è un posto sicuro, ecco perché.»

«Non è necessario che sia il *Waldorf* ma questo posto è orribile.»

«Lo so. Allora ti dirò a che cosa ho pensato ultimamente. Ho pensato a un bel posticino per te fuori città. Un appartamento carino in un posto come Titustown? Che cosa ne dici? Non sarebbe bello?»

Roxanne non rispose.

«Be'?»

«Titustown dista più di cento chilometri da Scythia, Ian. Che cosa dovrei fare, lasciare il lavoro?»

«Certo, lascialo.»

«E che ne sarà di mia sorella? Dovrei andarmene e abbandonare Michelle in quella squallida casa con quella sgualdrina della nostra matrigna, un povero vecchio pazzo che non si ricorda di abbottonarsi i pantaloni e nostro padre, che se ne frega di tutti?»

«Metti tua sorella in un pensionato di prima classe. Le farà bene.»

«E così mi ritroverei laggiù da sola, a cento chilometri di distanza, a cento chilometri da tutti i miei amici, tutti quelli che conosco vivono a Scythia.»

«Cento chilometri di autostrada non sono nulla. È poco più di un'ora di viaggio.»

«Certo, con quel bidone su quattro ruote. Ho proprio bisogno di rimanere bloccata fuori dal mondo in novanta centimetri di neve.»

«Ti comprerò un'auto migliore. In ogni caso, ne hai bisogno e avrei dovuto pensarci prima. Possiamo recarci nel New Hampshire o a Boston o in qualsiasi altro posto dove io, noi non siamo conosciuti e ti comprerò l'auto che desideri. Una Cadillac o una Lincoln, o una Mercedes. Scegli.»

Roxanne increspò le labbra carnose e strinse gli occhi.

«D'accordo, ma sarei sempre sola. Impazzirei. Non è possibile parlare ai muri, per quanto possano essere costosi, non è possibile parlare a una Mercedes.»

Ian, che non gradiva il broncio, si fece impaziente. «E allora che cosa vuoi? Sei stufa di tuguri come questo e non ti biasimo. Ti sto offrendo un appartamento il più possibile vicino a casa. Non posso sistemarti più vicino, lo sai. Che cosa vuoi?»

Nell'attimo stesso in cui pose la domanda, Ian capì di aver commesso un errore. Aveva acceso un'altra miccia.

«Sai benissimo che cosa voglio, Ian. Alla perfezione.»

Era in piedi al centro della stanza avvolta nel visone stretto in vita. Aveva un atteggiamento provocatorio, ma la voce e il viso esprimevano una supplica. *La* supplica.

Ian rispose pacato: «Non posso farlo. Ti ho già detto fin dall'inizio che non ho intenzione di lasciare mia moglie. Te l'ho detto».

«Perché no? È la donna sbagliata per te o non saresti qui con me.»

«Non è così. Tu non hai nulla a che fare con lei e viceversa.»

«Tiene il naso costantemente affondato nei libri, inoltre,

non è come se tu avessi dei figli. Non ti ha neppure dato dei figli, dopo quattordici anni.»

Aveva pronunciato le parole proibite. Ian rispose conservando la calma, sebbene la sua voce tradisse un fondo di nervosismo. «Lascia stare mia moglie, per favore. Non parliamo di lei, Rox.»

«Quante volte devo ripeterti che il mio nome è Roxanne? Odio sentirmi chiamare 'Rox', e odio sentirmi dire di che cosa non posso parlare.»

Fino a due o tre mesi prima, si era accontentata delle cose così come stavano. Poi, all'improvviso, il matrimonio era diventato l'argomento principale. Ora Ian era stanco, voleva dormire, era preoccupato per il ritorno a casa e non voleva discutere di quella faccenda. Non che fosse mai dell'umore giusto per farlo.

«Ascoltami bene», replicò, «nella tua vita hai risposto a 'Rosemarie' molto più che a questa storia di Roxanne, inoltre puoi parlare di ciò che diavolo vuoi tranne di una cosa, Rox.»

«Lascia stare la mia vita! Se ti interessasse, ti preoccuperesti anche del mio futuro. Che cosa ne sarà di me? Stiamo cominciando il nostro terzo anno, sto diventando più vecchia, e...»

«Accidenti, hai ventidue anni e ti preoccupi di diventare vecchia! Prendi ogni giorno così come viene. Goditelo come faccio io.»

«Per te è facile parlare. Tu hai la sicurezza. Stasera tu te ne torni a casa, alla tua residenza.»

«Non è una residenza. È una casa.»

«Una casa maledettamente bella. L'ho vista, ci sono passata davanti. Probabilmente ha i bagni di marmo con i coprisedile in velluto.»

Per quanto fosse furioso, Ian scoppiò a ridere.

«È davvero così divertente?»

«No, ma sai essere così superbamente ordinaria, cara. Ecco che cosa c'è di divertente.»

«Ordinaria? Cribbio, se avessi qualcosa tra le mani te la scaglierei addosso, davvero.»

«Dai, smettila. Non continuiamo su questo tono. Stanotte siamo stati bene e ci aspettano molte altre serate insieme. Che ne dici di giovedì? No, non così presto. Non posso inventare troppe riunioni serali così ravvicinate. Facciamo venerdì?»

Ian sapeva che in questo modo la stava zittendo, ma che altro avrebbe potuto fare? Roxanne doveva capire e accontentarsi. Non le era mai andata tanto bene in tutta la vita.

«No, neppure venerdì. Non ho intenzione di accettare qualsiasi giorno scelto da te solo perché va bene per lei, perché lei è tua moglie, quella che tu non ami.»

«Non l'ho mai detto», cominciò lui.

«Allora non ami me. Un uomo non può amare due donne.»

«Ti amo, Roxanne. Che cosa deve fare un uomo per dimostrare a una donna che l'ama?»

«Sposarla. Se fossimo sposati, stasera me ne starei a casa con te.»

Sempre la stessa storia. Ian si stava stancando e a ogni minuto la frustrazione aumentava sempre più.

«Non raggiungo un livello sufficiente per la tua famiglia, ecco qual è il problema. Hai paura di tuo padre. Il figlio del grande filantropo sposa Rosemarie Finelli, ecco, l'ho detto, la figlia di Vin Finelli, di Dugan Street. Che ridere, vero? Non ne avresti il coraggio. Hai paura di quel pallone gonfiato di tuo padre.»

«Hai una bella faccia tosta, ragazzina. Come diavolo fai a parlare di mio padre? Non l'hai mai visto e non conosci nessuna delle persone che lui frequenta.»

«Tranne te. E tu mi hai fornito una quantità sufficiente di indicazioni, che te ne sia reso conto o meno, in questo modo ho potuto farmi un'idea.»

Diavolo! Era intelligente. Se avesse potuto frequentare un'università, si sarebbe laureata con la lode.

Ian era stato punto nel vivo. Roxanne avrebbe potuto dire qualsiasi cosa su di lui, ma non su suo padre. Nessuno poteva prendersi gioco dei Grey...

«Be', se queste cose ti fanno sentire meglio, mia cara

Roxanne, continua pure. Per quanto mi riguarda, ne ho abbastanza per oggi.»

Indossò la giacca e abbassò la maniglia. «Avrai l'ultima parola. È un privilegio delle donne. Ti va bene venerdì?»

«Solo se ora mi risponderai. Non ho intenzione di vincolarti. Non ti sto chiedendo un momento preciso, come il mese prossimo o qualcosa del genere, però voglio una risposta chiara: sì o no. Sono stufa di vivere nel limbo. Hai intenzione di divorziare da tua moglie, prima o poi, o no?»

Nonostante fosse furibonda, era bellissima, alta e dritta come un fuso, con le mani dietro la schiena, attendeva con coraggio una risposta. Ian non si sentiva a disagio. Non si lasciava mai intimidire. Nel giro di pochi giorni, che fosse arrabbiata o no, Roxanne sarebbe sicuramente tornata a letto con lui perché era pazza di lui e questo a prescindere da tutte le auto, i vestiti e i braccialetti, proprio come lui era pazzo di lei.

«No», rispose deciso. «Come ti ho già detto tempo fa, non ho intenzione di divorziare da mia moglie. Non voglio più sentir parlare di questa storia, sono stufo.»

«Allora vai al diavolo. E non chiamarmi mai più. Mai!»

Con una spinta, Roxanne lo oltrepassò, uscì all'aperto ed era già sul punto di avviare l'auto prima che Ian riuscisse a raggiungere la sua. Rimase fermo per un istante, a osservare l'auto di Roxanne lamentarsi, tossire, sferragliare e partire. Poi si diresse a casa.

L'autostrada era libera, una striscia illuminata in una notte buia, quasi totalmente deserta. La solitudine calò su Ian come nebbia. Che brutto modo per concludere una serata, pensò. Era cominciato tutto così bene, con un cesto di deliziosi stuzzichini e una bottiglia di Veuve Clicquot.

Che caratteraccio! Sa benissimo che non la sposerò mai, perché fare tante scene? si chiese. Oh, nel giro di due settimane si ripresenterà! No, è cocciuta. Le darò un mese.

Cominciò a sentirsi più allegro. Poi, però, sul tratto finale, oltre la strada principale di Scythia, oltre la macchia scura costituita dalla sede centrale della Grey's Foods, mentre si arrampicava sulla collina che sovrastava la città ed era quasi giunto a casa, cominciò a provare una sensazione di nervosismo nel petto.

Happy si fidava ancora di lui? Molto tempo addietro, molto prima di Roxanne, si era comportato in modo sconsiderato, rifletté. Lei l'aveva scoperto e ne era rimasta profondamente ferita. Sinceramente addolorato, Ian aveva chiesto perdono per quella che aveva definito una «scappatella priva di significato», e le aveva promesso che non sarebbe accaduto mai più. Per un po' non gli era più successo. Ma la vita era così breve e il mondo così pieno di belle donne diverse, che Ian era stato costretto a infrangere quella promessa.

Era stato molto, molto attento a non commettere errori. Forse però non era così facile ingannare Happy. Forse lei, prevedendo le sue scuse, aveva semplicemente deciso di far finta di nulla e di accettarlo così com'era. Dopotutto, lo amava e insieme stavano bene.

L'unico neo era il desiderio di un bambino. O di più bambini. Happy aveva dichiarato fin dall'inizio che voleva una famiglia numerosa. Ian era convinto che gli sarebbe piaciuto se fosse successo, soprattutto se avesse potuto avere un ragazzo, un figlio. Tuttavia, dato che Happy aveva già trentacinque anni e il sogno non si era ancora realizzato, Ian aveva deciso di non tormentarsi come invece faceva lei, nel segreto del suo cuore.

Una cosa era certa, non voleva ricorrere all'adozione. Conosceva molte persone senza figli che, a ragione o a torto, concordavano con lui. Perché andare in cerca di guai quando le origini sono sconosciute? si chiese ancora una volta. Ci sono già abbastanza problemi quando i figli discendono dallo stesso sangue.

Temeva d'incontrare lo sguardo di Happy al suo ritorno. Non era sempre così, gli accadeva solo di tanto in tanto dopo essere stato con Roxanne. Quella sera sperava che la moglie dormisse già.

Appena oltrepassò la rotonda di fronte a casa, capì che non era così, dato che la stanza da letto era buia mentre il pianoterra era illuminato. Mise l'auto in garage ed entrò.

Happy gridò: «Sei tu, caro?» Poi uscì dal salotto con un libro in mano. «Che riunione infinita. Stavo cominciando a preoccuparmi.»

«C'era un tale innamorato del suono della sua voce. Ha impiegato un'ora per dire quello che avrebbe potuto dire in dieci minuti.» La baciò. «Che buon profumo. Una nuova marca?»

Happy rise. «Lo uso da almeno due anni. Hai fame? Scommetto che hai saltato la cena.»

«No, ho mangiato.» Pâté e champagne.

«Bene, allora concediti un dolce con me. Mi ero stancata di leggere, così ho preparato un vassoio di biscottini al cioccolato. Mangiamone qualcuno, sono ancora caldi.»

Ian aveva un debole per i dolci ed essendo in ottima forma poteva anche permettersi qualche strappo.

«Sembrano buoni. Ci sta bene un po' di gelato?»

«Certo. Che gusto?»

«Caffè, per favore. Posso aiutarti?»

«No, stai pure seduto. Hai avuto una giornataccia. Ti porterò io tutto.»

Ian si sedette. Una strana sensazione lo invase. Non era proprio senso di colpa, dato che l'aveva rimosso anni addietro: non si è colpevoli se non si fa del male a nessuno. Non aveva fatto del male alla moglie. Ciò che sentiva in quel momento, pensò analizzando se stesso, era imbarazzo. Si sentiva imbarazzato, lì seduto in salotto, appoggiato ai cuscini ricamati da Happy, di fronte alla cornice d'argento con la sua foto: indossava un abito scuro e al fianco aveva una giovane sposa avvolta in satin bianco, orchidee bianche e innocenza.

Ma non le aveva mai fatto del male, ripeté a se stesso. E quel nomignolo le andava a pennello: Happy.

Happy appoggiò il vassoio sul tavolino tra le sedie. «C'è qualcosa di diverso in questi dolcetti», osservò Ian. «Mi piace.»

«È un esperimento. Ho aggiunto un po' di caffè.»

«Buona idea.»

Ian la osservò. La vestaglia di seta rosa era stropicciata.

La scollatura era ravvivata da un unico filo di perle. I capelli biondi ricadevano dolcemente, naturali come quelli di una bambina. Emanava salute.

«Che cosa stai osservando?»

«Te. Sei una donna splendida, Elizabeth Grey.»

Nessuno si sarebbe mai voltato a osservarla rimanendo senza fiato, pensò Ian, ma era anche impossibile stancarsi di vederla, proprio come non ci si può stancare di vedere un bel vaso di rose al centro della stanza.

«Mi fa piacere», disse lei, sorridendo.

«Come è andata oggi a scuola?»

«Sono venuti i responsabili della contabilità. Siamo perfettamente in attivo e abbiamo chiuso le iscrizioni per il prossimo anno, al completo.»

Ian avvertì una nota di orgoglio nella voce di Happy. Ne aveva tutto il diritto. Una gentile donna di casa che aveva appreso una professione, aveva avviato un'attività e riusciva a portarla avanti facendo affidamento solo su se stessa.

Così le disse: «Sono orgoglioso di te. Molto orgoglioso».

Per un po', dopo aver finito il gelato, rimasero seduti a discutere della scuola. Dopodiché Happy gli raccontò un paio di aneddoti sui loro vicini, facendolo divertire. Infine, osservò che era tardi e che avrebbero dovuto andare a letto.

Ian si rese conto che era trascorsa più di una settimana da quando avevano fatto l'amore l'ultima volta, per essere precisi, quasi due settimane. Qualcosa nel modo in cui Happy aveva detto «letto» gli suggeriva che probabilmente aveva avuto lo stesso pensiero. Era una donna sana e vigorosa.

«Andiamo», ripeté lei.

Dopo la serata trascorsa, Ian non sentiva un gran desiderio. Ciononostante, se fosse stata lei a iniziare lui avrebbe acconsentito. Prima, però, si sarebbe concesso una doccia, una lunga doccia. Era sporco; si sentiva sporco dentro. Ed era anche molto stanco. Quella sera, la discussione e l'inganno l'avevano privato di tutte le sue forze.

Ma perché non avrebbe dovuto reagire? Deciso, Ian si alzò e si diresse verso le scale circondando la moglie con un braccio. Si appartenevano. Aveva degli obblighi, ed era contento di averli.

Ma c'era anche Roxanne, un piacere a cui non poteva e non voleva rinunciare. Perché avrebbe dovuto sentirsi in conflitto oppure provare qualsiasi altra sensazione se non un piacere diverso quando stava con quelle due donne? L'una non aveva nulla a che fare con l'altra. Nulla.

Più tardi, quella settimana, Ian ricevette una telefonata in ufficio da parte di suo padre.

«Tornando a casa, passa di qui. Ho bisogno di parlarti. Saranno sufficienti cinque minuti.»

Quando Oliver si esprimeva in maniera tanto concisa, non chiedeva qualcosa, bensì impartiva un ordine. Stava concludendo la sua cena solitaria quando Ian entrò. La scena era l'ambientazione ideale per una commedia di costume, pensò Ian; il gentiluomo canuto seduto all'estremità di un lunghissimo tavolo, impegnato a cenare a lume di candela sotto il ritratto della moglie in abito da sera di seta bianca.

«Siediti. Caffè?»

«No, grazie. Non ho ancora cenato.»

«Ah già, certo.»

Ian era di fronte al ritratto. Oltre ad attrarlo, quel ritratto riusciva anche in qualche modo a innervosirlo, sebbene lui non avesse mai capito perché. Della madre ricordava la gentilezza, lo spirito allegro di cui tutti coloro che l'avevano conosciuta ancora parlavano. Ciononostante, c'era anche qualcos'altro… ma che cosa, la tristezza? Ian scosse il capo e distolse lo sguardo. Senza dubbio stava osservando solo l'insufficiente perizia dell'artista.

«Ho sentito alcune cose su di te che avrei preferito non udire», disse Oliver.

«Su di me? Non capisco.»

«Ah, no? Non c'è nulla che tu abbia fatto di cui ti vergogni?»

Ian, sentendo un'ondata di calore salirgli lungo il collo,

disse: «Be', certo, tutti compiamo azioni che non dovremmo fare. Però non capisco di che cosa tu stia parlando».

Oliver versò la panna nel caffè, mescolò, sollevò la tazzina e intanto osservò il figlio.

«Questa deve essere una lezione per te», disse. «Incontri le persone dove e quando meno te lo aspetti. Un po' di tempo fa sei stato visto a New York mentre ballavi con una giovane donna al *Waldorf Astoria*. Ovviamente non ho intenzione di spiegarti chi me lo ha riferito. Con questo non intendo dire che quella persona me ne abbia parlato con cattive intenzioni. Può essere stata una cosa del tutto innocente. D'altro canto, forse ha voluto dare a te, e a me, un avvertimento trasversale. A prima vista sembri essere, possiamo dire, in intimità con quella donna, giusto?»

L'ondata di calore era arrivata al capo. Santo cielo, pensò, probabilmente quando lui e Roxanne erano saliti nella loro stanza, sull'ascensore assieme a loro c'era anche qualche stramaledetto matusa.

«Papà», rispose prontamente, «non ha senso. Ero in città per incontrare i nostri distributori della zona sudoccidentale, Happy era con la sua famiglia nel Rhode Island, altrimenti avrei ballato con lei. La donna con cui mi hanno visto era la moglie di un mio compagno di studi a Yale. Ci siamo incontrati nell'atrio e...»

Oliver alzò una mano. «Basta, non sono nato ieri, Ian, e questa non è neppure la prima volta che mi parlano di te.»

«Che cosa vuoi dire? Ho forse l'FBI alle calcagna?»

«No, ma come ti ho detto, il mondo è più piccolo di quanto tu creda. Sei stato visto in locali lungo l'autostrada, i tipici posti dove la gente va per nascondersi. Semplici osservazioni casuali, sai: 'Oh, abbiamo visto tuo figlio' o cose del genere, casuali no, forse non così casuali. Capisci?»

«Sì, ma è tutto sbagliato. Io non ho mai...»

Ancora una volta, il vecchio sollevò la mano. «Basta, Ian. Ho avuto anch'io la tua età e non devi certo essere tu a spiegarmi che cosa significa essere giovani. La differenza tra noi è che quando io sposai tua madre lasciai perdere per sempre tutto il resto.»

A questo punto Oliver girò attorno alla sedia per osservare il ritratto. «Le sono stato totalmente fedele e non me ne sono mai pentito, neppure per un istante. Happy è una splendida moglie, perché cerchi guai? Sii uomo, Ian, parlo sul serio.»

Quell'umiliazione era intollerabile. Non poteva negare ciò che il padre gli aveva detto, tuttavia era seccante, a trentacinque anni, sentirsi sgridare dal proprio padre come uno scolaretto.

Ian si alzò. «Bene», disse. «Ti ho ascoltato e ricorderò le tue parole. È tutto?»

«Sì, è tutto. Non mi sono divertito a rimproverarti, ma devi capire, è per il tuo bene. Quindi, niente rancore, d'accordo?»

«Certo. Buonanotte, papà.»

Sì, pensò Ian tornando a casa. Anche papà era stato giovane una volta, ma erano due persone molto diverse. Non capisce e non può perdonare perché non prova lo stesso entusiasmo per la vita. Forse non l'ha mai avuto, come Clive, poveretto, le cui uniche donne sono quelle che compra. O anche come Dan. Dan ha passioni diverse, è impossibile immaginarlo in quel motel. È innamorato di Sally e degli alberi. Tuttavia, non mi condannerebbe mai come ha fatto papà; non è da Dan condannare gli altri. È buono. Un vero principe.

Ora devo decidere come comportarmi. Non voglio essere in cattivi rapporti con papà, e tuttavia non voglio neppure rompere con Roxanne. No, un appartamento, ecco la risposta, decise, dove sia possibile incontrarsi conservando la riservatezza e la comodità. Ne sarà contenta a prescindere da quanto dichiara ora. Lo sistemerò come un piccolo palazzo. Se ne innamorerà.

A quest'idea, Ian cominciò a fischiettare e fischiettò fino a casa.

6

Giugno 1990

SALLY stava tornando da una visita periodica dal dottor Vanderwater senza Tina e si sentiva confortata. Ma, si domandò, sentendosi allo stesso tempo colpevole per i piccoli dubbi, era davvero il caso di sentirsi confortata?

«Stia tranquilla con sua figlia», le aveva ripetuto il dottore. «Il nervosismo può essere trasmesso, quindi se anche la bambina vuole dirle qualcosa, questo la frena. Se vuole che la piccola si senta a proprio agio, deve esserlo anche lei. Tutta la casa deve esserlo.»

Certo. Era elementare. Lo sapeva il cielo quanto la loro casa fosse allegra. Era la casa dei giochi e delle canzoni, di Bugs Bunny e Winnie Pooh, un vero giardino d'infanzia. Come Dan riuscisse a sopportare tutto questo oltre ai suoi problemi, alle difficoltà in ufficio, Sally non lo capiva.

«Non vede miglioramento?» le aveva chiesto il dottore. Era stato difficile restare là seduta e negare qualsiasi progresso quando in realtà anche lei non ne era certa. La settimana prima, durante una festa di compleanno, Tina era stata davvero affascinante, tanto che una delle madri aveva parlato a Sally del «carattere solare» della bambina. Allora forse c'era stato un miglioramento.

«Sta giocando di sopra, in camera sua», disse la tata

all'arrivo di Sally. «Il giardino è ancora fradicio dopo l'acquazzone della scorsa notte.»

Dal grande salotto dove Dan aveva una scrivania e Sally un'altra, sulla quale si occupava della propria attività recentemente trascurata, giunse il suono di un valzer. Su un tavolo al centro della stanza si ergeva la fonte della musica: il ricordo di famiglia, la tanto amata giostra d'argento.

«Che cosa succede? Che cosa ci fa qui?»

«È per me!» gridò Tina esultante. «È per me!»

«Tesoro, non può essere. Non è un giocattolo per i bambini.»

Infatti non lo era. Da tanto tempo Sally non la osservava più da vicino e aveva dimenticato quanto fosse bella. Non c'erano due cavalli uguali. Procedevano baldanzosi o trottavano, con il capo ritto o inclinato e uno sembrava persino guardarsi dietro le spalle. La coppietta sui sedili, lui così ben vestito e lei con cappellino e gonna bianca stile secondo impero, avrebbe potuto essere opera del Cellini. Solo un esperto poteva stimare il valore di un pezzo simile.

«Chi l'ha portata qui?» chiese Sally.

«Non lo so.»

La tata sapeva solo che la giostra era stata portata da Hawthorne da un autista. Là pensavano tutti che fosse stato il signor Clive a ordinarne la consegna.

Al telefono, Clive fu di poche parole. Forse non avrebbe dovuto disturbarlo in ufficio.

«È un regalo da casa, e tutto ciò che so, Sally.»

«Dov' è zio Oliver?»

«Papà è partito ieri sera per trascorrere il fine settimana a Boston.»

«Non capisco», disse Sally. «E che cosa dobbiamo fare? Tina è convinta che sia per lei.»

«È un regalo. Qual è il problema? È ora che svuotiamo un po' la grande casa. Questo posto sembra un museo. Devo andare, Sally. Mi dispiace. Ci sono altre chiamate in attesa.»

Per il resto del pomeriggio, Tina giocherellò con la giostra, suonando *Sul bel Danubio blu* e fu impossibile distoglierla. *Tà-tara-tatà-tatà-tatà*...

Era insopportabile: Sally si rifugiò in camera da letto. La spia della segreteria telefonica lampeggiava in maniera frenetica, come se avesse conosciuto l'urgenza del messaggio. Sally lo sapeva. Si trattava ancora di Dora Heller. Dora era la direttrice di un'importante rivista e quella settimana era la terza volta che chiamava, forse per farle l'offerta più eccitante che avesse mai ricevuto. Stavano progettando un numero completamente dedicato alla vita di un grande autore, un uomo di circa novant'anni nato sugli Appalachi e famoso in tutto il mondo. Dora voleva sapere se Sally fosse disposta a scattare una serie di foto per la rivista.

Sally si era subito entusiasmata. Aveva pensato rapidamente: una seduta a New York, alzarsi presto e prendere l'ultimo volo possibile, in questo modo sarebbe stata lontano da casa al massimo una notte. Era possibile e le sarebbe piaciuto tantissimo.

Ma no, l'autore non poteva viaggiare. Doveva essere fotografato a casa, vicino ad Atlanta. E allora sarebbe stata Sally a dover viaggiare, avrebbe dovuto seguire il percorso della sua vita, con un'auto e una guida esperta di quel luogo montagnoso, fino alla scuola vicino alla costa della Florida, dove l'uomo aveva insegnato per un po'. In breve, sarebbe stata necessaria una settimana. Il suo cuore aveva fatto un tuffo.

Sollevò la cornetta e compose il numero. La voce di Dora all'altro capo del filo stentava a conservare la calma.

«Sally! Sto aspettando una risposta, sto aspettando che tu mi dica che hai cambiato idea. Non riesco a credere alle mie orecchie. È un vero colpo di fortuna. Ho dovuto lottare per te. C'erano altri nomi, lo sai, ma ho mostrato loro tutti gli esempi del tuo lavoro che sono riuscita a trovare e li ho convinti che hai lo stile e l'animo giusto. Devi assolutamente dirmi di sì, Sally.»

«Non posso, ho dei problemi qui e non posso partire. È troppo lontano e richiederebbe troppo tempo. Mi spiace.»

«Non starai male, spero.»

«No, no.» Poi capì che stava facendo la figura della persona debole e per di più aveva avuto un'aria misteriosa.

Così, imprimendo un tono deciso alla voce, aggiunse: «Nessuno sta male, non sto neppure per divorziare o qualcosa del genere. È la bambina che ha dei problemi…»

«Non troppo gravi, spero.»

«Oh, no, ma non posso. Davvero, Dora. Per favore, non pregarmi.»

«Mi dispiace, cara. Sinceramente. Be', un'altra volta.»

Ta-tara-tatà-tatà-tatà.

«Che succede?» chiese Dan, entrando con la cravatta allentata e gettata sopra la spalla, permettendo così a Sally di capire immediatamente che era di cattivo umore. «Che cosa ci fa qui quell'affare?»

«Parli della giostra, vero?»

«Di che altro dovrei parlare?» Quando Sally gli raccontò della conversazione con Clive, commentò: «Stanno trasformando questa casa in una discarica».

«Queste parole non sono da te. Sono certa che le intenzioni erano buone.»

«Bene, d'accordo, ma quell'oggetto vale una fortuna e Tina non farà che romperlo.»

«Non penso che succederà, ma ammetto che *Sul bel Danubio blu* mi sta facendo ammattire.» Poi, notando che Dan aveva gettato la giacca sul letto e si era seduto borbottando, disse con dolcezza: «Si stancherà, poi la nasconderemo da qualche parte o, con tatto, proveremo a restituirla. Non è qualcosa per cui valga la pena di innervosirsi».

«Quel valzer farà ammattire anche me. È troppo forte.» Si alzò e aprendo la porta, gridò: «Tina, spegni quell'affare, per piacere».

«No, mi piace.»

«Sì, ma a noi no. Spegnilo», ribatté Dan, deciso.

«Ho detto di no.»

«Tina, fai come ti dico.»

Dan attraversò il corridoio a lunghi passi e Sally lo seguì. «Dan, lascia stare. Sei stanchissimo e preoccupato, capisco, ma…»

«Ma cosa? Cosa credi che abbia intenzione di farle?»

«Volevo semplicemente dire che oggi Tina per una volta

ha trascorso una giornata abbastanza buona, e che...»

«E questa è una ragione sufficiente perché non debba ubbidire a un semplice comando?»

«Certo che no. Ma penso che stiamo compiendo dei progressi e oggi il dottor Vanderwater ha detto che...»

«Il dottor Vanderwater non vive qui. Noi sì. Forse dovremmo smetterla di seguire tutti questi libri e tutte queste teorie, forse dovremmo semplicemente usare la nostra testa.»

La bambina era appoggiata con i gomiti sul tavolo, come se la giostra l'avesse ipnotizzata. Dan si avvicinò e spense la musica. Tina mugolò, una specie di guaito, come se il padre l'avesse colpita e per risposta gli sferrò un vigoroso calcio alla caviglia.

Dan la sollevò afferrandola sotto le braccia e la tenne ferma.

«Ora ascoltami, Tina. Non devi dare calci o picchiare. Hai cinque anni e capisci perfettamente.»

La bambina gli diede un calcio al ginocchio. «Non toccarmi! Mettimi giù. Ti odio!» Poi, piagnucolando, uscì di corsa dalla stanza.

I due genitori rimasero immobili a fissarsi. Dan aveva l'aria ferita.

«Danny, non è vero che ti odia.»

Lui corrugò la fronte. «Non pensi che lo sappia anch'io? Ma ho fatto male? Le permettiamo di cavarsela così? Dirige questa casa e le nostre vite, non lo vedi?»

Oh, lei lo vedeva benissimo. Lavorare per una settimana lontano da casa non avrebbe dovuto costituire un problema insormontabile.

«Ci fa ballare secondo il suo umore, e noi abbiamo paura di lei. Che cosa accadrà quando avrà quindici anni? Dimmelo. Ora vado di sotto e faremo una chiacchierata. Non guardarmi con la faccia spaventata. Non ho intenzione di perdere la calma con una bambina.»

«Per favore. Non è il momento giusto. Lasciala alla tata. La calmerà. Torna in camera e raccontami piuttosto che cosa è accaduto oggi in ufficio.»

Sally si sedette sul bracciolo della poltrona di Dan e appoggiò una guancia sul suo capo. «Allora? Ancora la solita storia?»

«È stata una giornataccia. Ian è impossibile. Come può un uomo cambiare personalità nell'arco di una notte? Da due settimane è una persona completamente diversa. Ora ti racconto che cosa è accaduto oggi pomeriggio. Ricordi quella bevanda al caffè di cui ti ho parlato, inventata da un tale nel Michigan? Avrebbe potuto diventare una fonte di enormi guadagni se fossimo riusciti a concludere l'affare con il cliente colombiano giusto. Così ho organizzato un appuntamento, il colombiano è arrivato in aereo mentre il tizio del Michigan in auto... Non mi chiedere perché, a meno che non gli piaccia godersi il panorama.» Dan era senza fiato. «In ogni caso, è arrivato con un'ora e mezzo di ritardo e questo è un fastidio, ma non una catastrofe. Ian si è arrabbiato, gli ha fatto una sfuriata e l'ha umiliato. Quel tale era un giovanotto desideroso di concludere l'affare, ma si è sentito talmente offeso che se n'è andato. Ha preso la valigetta e se n'è andato! Ho dovuto corrergli dietro, e chiedergli scusa. Alla fine, quando sono riuscito a convincerlo, anche Ian si è scusato e io ho tenuto le dita incrociate nella speranza di firmare il contratto. Tutto questo, però, mi ha prosciugato le energie. Ecco perché sono tornato a casa presto. Sono ancora tutti in ufficio, ma io sono dovuto uscire.»

«Che ne pensa Clive?»

«Sta dall'altra parte del corridoio e non credo che abbia udito nulla; in ogni caso, se anche avesse sentito, si sarebbe limitato ad alzare le spalle e a tornare ai suoi numeri, poveretto.»

Il telefono squillò. «Rispondi. Io non ci sono», disse Dan. «Chiunque sia lo richiamerò poi.»

Con una mano appoggiata sul ricevitore, Sally bisbigliò: «Sono Ian e Amanda. È una conversazione a tre».

Dan fece un sospiro e prese il telefono. «Eccomi.»

Seduto sul bordo del letto, chino su se stesso, rimase in ascolto. Che giornata orribile, pensò Sally, osservandolo. Era abituata a considerare suo marito un uomo attivo, determinato, sicuro e allegro, e le faceva male vederlo così.

«Lo so, Amanda. Comprendo la tua posizione. Ti sei spiegata molto bene. Ne abbiamo discusso in precedenza, ricordi?»

Dall'altro capo della stanza, Sally udì un'inarrestabile voce femminile. Senza dubbio, Amanda aveva una lunga storia da raccontare.

«Lo so», ripeté Dan. «Lo so perché vuoi il denaro e sono d'accordo che si tratta di una buona causa. Il problema è che non lo abbiamo. In banca l'hanno detto chiaro. Non possiamo farcela senza distruggere l'azienda.»

La discussione si protrasse. La gamba destra di Dan, accavallata sulla sinistra, cominciò a dondolare mentre il piede sinistro prese a tamburellare sul tappeto.

«Vendendo gli alberi, potremmo dare ad Amanda la sua parte. Ma io non voglio vendere gli alberi, e questo è chiaro. Non so quante volte debba ripetertelo, Ian.»

Ian non si sarebbe lasciato smuovere, pensò Sally con crescente indignazione. Ripensò alle battute su come Dan «abbracciasse gli alberi». Secondo lui, da quando era stata avanzata quella proposta, Dan era «sentimentale» e «poco pratico». Che assurdità! Conduceva un'impresa ed era poco pratico? Essere un uomo pratico significava forse essere sgarbati e privi di ideali?

«Clive e io non possiamo gestire l'operazione da soli. È troppo grossa. Te l'ho già detto prima. Se l'azienda crollerà, hai idea, lasciandoci fuori dal quadro, che cosa significherà per la comunità in cui viviamo?»

Ci fu una pausa. «Sì, sono ben cosciente di tutte le tue attività di beneficenza.» Dan rispose con tono sarcastico. «Non ti sto chiedendo di sacrificare nulla di quanto possiedi. Ti sto chiedendo di non pretendere di più se in questo modo rischi di far male a tanta gente.»

Un'altra pausa. «Come? Be', te lo dirò io. Ieri mi sono fermato a un distributore di benzina e il gestore, che mi conosce bene, mi è venuto incontro per chiedermi chiarimenti su un articolo comparso sul giornale la settimana scorsa, a proposito di voci riguardanti investitori esteri. Era profondamente sconvolto, per le mie stesse ragioni. Persino la nostra tata ha detto a Sally e a me che molti di quelli che vivono in città, parenti suoi, sono preoccupati poiché gira voce che i Grey hanno intenzione di ridurre, di tagliare posti di lavoro. Sono spaventati e ne hanno tutti i diritti.»

Ci fu una confusione di voci che Sally riuscì a udire ma non a distinguere, come se Amanda e Ian stessero parlando insieme.

A un certo punto Dan disse: «Stiamo discutendo con calma. Perlomeno io».

Pausa. «Sì, io sto parlando con calma. Dici che ci sarà una battaglia? Ho l'impressione che sia già in atto. Non capisco che cosa ti abbia preso. Senza dubbio, io non voglio litigare. Mi piacerebbe parlare con Oliver... Sì, ho sentito che non vuole essere coinvolto, ma... D'accordo, allora, chiamiamo Oliver... Cribbio, Ian, non è possibile parlare con ordine? Amanda? Alza la voce, Amanda, non ti sento... Che cosa? Ha riagganciato? Santo cielo, siete tutti e due matti. D'accordo, io sono cocciuto, ma lo siete anche voi. Non so più come trattare neanche te, Ian. Il tuo comportamento di questo pomeriggio...»

Dan si allontanò dal telefono. «Ian mi ha sbattuto il telefono in faccia.»

«Clive non può fare qualcosa? Nonostante quello che pensa di lui, Ian rispetta la sua intelligenza. Gli ispira quasi timore.»

«Sì e no. Non mi hai sentito parlare di Clive un attimo fa? 'In tutta la sua vita non ha mai guadagnato un centesimo da solo' è stata la risposta di Ian. 'Non capisce nulla di affari. Un genio della matematica con un computer al posto della testa. In ogni caso, morirà per un attacco di tosse.' Questo è quel che ne pensa Ian.»

«Forse dovresti rivolgerti a zio Oliver.»

«Non posso costringerlo a schierarsi per qualcuno quando alla mischia partecipa anche suo figlio, non credi? Non sarebbe leale nei suoi confronti. Inoltre, non è più giovane.»

«Povero Dan. Come andrà a finire?»

«Oh, in qualche modo finirà. Io non mi lascerò battere,

Sally, anche se forse ora posso darti questa impressione.»

«Happy è preoccupata per Ian. Non mi aveva mai parlato di cose personali, per cui mi ha sorpreso. Mi ha detto che da qualche settimana è di pessimo umore, al punto che lei stessa stenta a riconoscerlo.»

«Ogni tanto gli capita», disse Dan. «Vieni, mangiamo qualcosa. Sono le sei e mezzo, è la fine di una giornata orribile, ma ho fame lo stesso.»

7

Giugno 1990

ALLE sei e mezzo, Roxanne svuotò un sacchetto di pollo acquistato in rosticceria e ne porse uno a Michelle. Sul tavolino traballante sistemato tra i due letti c'era una confezione da sei di Coca Cola e una scatola di ciambelle.

«Ecco. Molto meglio che mangiare con quella marmaglia vociante al piano di sotto. Papà è di pessimo umore, i bambini stanno litigando e io non ne posso più.»

Appoggiata alla testiera del letto, Roxanne vedeva la propria immagine riflessa nello specchio sul comò: era interessante e istruttivo osservare i cambiamenti che si verificavano in lei mentre parlava e gesticolava, quando lasciava che i capelli le ricadessero in un ricciolo sopra la guancia, oppure rideva in modo da mostrare i denti perfetti e le fossette.

Poi, corrugando la fronte, il suo sguardo cadde sul tappeto verde sbiadito di fronte al comò, passò all'armadio economico di Michelle, verniciato di giallo e senza una maniglia, per giungere alle tende slavate appese all'unica finestra. La stanzetta sovraffollata le ricordava quei luridi motel e aveva un'aria ancora peggiore perché era disseminata di oggetti: abiti, audiocassette e i libri di scuola di Michelle ricoprivano qualsiasi superficie piana.

«Questo posto è un immondezzaio», disse, facendo spaventare Michelle. «Voglio andarmene.»
«Potresti sistemarlo.»
«Come? Con che cosa? A meno che tu non abbia denaro a sufficienza nascosto da qualche parte.»
«Be'.» La ragazzina lanciò a Roxanne un sorriso ironico e significativo. «No, ma puoi sempre trovare i soldi.»
«Se è questo ciò che pensi, ti sbagli.»
«Ha telefonato ancora, io ero appena rientrata dalla scuola. Ho risposto prima che lo facesse qualcun altro.»
«Grazie. Ha detto qualcosa?»
«Si è limitato a dire: 'C'è Roxanne?' Ho risposto come mi avevi detto tu. 'Non è a casa e non so quando tornerà.'»
«Ottimo. Sta impazzendo e gli sta bene.»
«È la quarta volta che telefona da domenica.»
«Gli sta bene.»
«Che cosa ha combinato per farti infuriare così?»
«Non intende sposarmi, ecco che cosa ha fatto. Non mi piace questa sistemazione. Non voglio vivere in questo modo. È durata troppo tempo. Non voglio più essere usata. Certo, adesso è bellissimo, ma... E tu ascoltami, Michelle, impara da me, solo una scema si accontenterebbe all'infinito di qualcosa che potrebbe terminare all'improvviso perché l'altro decide così. Appartamenti, auto, tutto può svanire in due secondi e tu ti ritrovi esattamente là dove eri partita, solo più vecchia. No, sono stanca, ne ho abbastanza.»
«Perché non minacci di raccontare tutto alla moglie?»
«Pensi che mi ringrazierebbe per una cosa simile? Pensi che mi comprerebbe l'anello e mi accetterebbe in casa sua dopo un divorzio travagliato? Come fai a essere così stupida? In questo modo distruggerei una donna senza ottenere nulla per me.»
Roxanne aprì le braccia di scatto, facendo scivolare il piatto e cadere una coscia di pollo e un mucchietto di cavoli sul copriletto. Questo incidente fu la goccia che fece traboccare il vaso. Roxanne perse il controllo e scoppiò improvvisamente a piangere.
«Maledizione! Lo amavo davvero. L'ho reso molto felice

e lui… non so, Michelle. Sono certa che penserò a lui tutti i giorni della mia vita, ai momenti vissuti insieme. Non era una questione di soldi, come tu probabilmente credi, non lo era. Io lo amavo.»

«Allora stai dandoti la zappa sui piedi.»

«Tesoro, è una questione troppo complessa. Non capisci. Non puoi capire.»

«Ho quindici anni e capisco più di quanto tu creda.»

Qualcuno bussava alla porta e gridava: «Rosemarie, Rosemarie!»

«Vai via, nonno, sono occupata.»

«Apri la porta. Voglio cantare per te, oh Rosemarie, ti amo, non faccio altro che sognarti.»

«Vecchio pazzo», borbottò Roxanne asciugandosi gli occhi. «Non voglio che mi veda così. Andrà a raccontarlo a tutta la casa.»

«Ha continuato a bere birra per tutto il pomeriggio», disse Michelle.

La maniglia si mosse. «Apri la porta, voglio vederti.»

«Vai, apri un pochino, Michelle, prima che rompa la maniglia. Ecco, dagli una ciambella per farlo stare un po' tranquillo.»

Sulla soglia comparve il volto patetico e inespressivo di un vecchio ubriaco. Sbavava. «Voglio solo vederti. Giù hanno ricominciato.»

Sì, dalle scale giungeva il rumore del solito litigio tra papà e la sua giovane moglie.

«E allora, che cosa c'è di nuovo?» chiese Roxanne.

«Non ho cenato, Rosemarie.»

«Dagli un pezzo di pollo, Michelle. Prendi e sparisci, nonno. Ora fai il bravo.»

Michelle chiuse a chiave la porta. Roxanne si lamentò: «Gesù, non ne posso più di questo posto, dobbiamo assolutamente andarcene».

Michelle tornò a sedersi sul letto e a osservare la sorella con interesse. «E come potremmo riuscirci?»

Roxanne stette a pensare un minuto o due prima di rispondere. «Be', come dici tu sei abbastanza grande. Penso che ormai non siano molte le cose che non conosci, quindi ecco. Guarda nel mio lato dell'armadio, sul fondo.»

«Questi pantaloni marroni?» chiese Michelle.

«Non sai riconoscere un paio di calzoni alla cavallerizza quando li vedi? Ora guarda in basso.»

«Stivali.»

«Stivali alla cavallerizza. Tua sorella è diventata un'amazzone. Che te ne pare?»

«Per il momento, la cosa è piuttosto folle. Non ne sai nulla di cavalli.»

«Fino a due settimane fa, no, adesso sì. È sorprendente vedere con che rapidità si può apprendere una cosa, impegnandosi. Siediti, ora ti spiego.

«La storia è questa», continuò. «Ian ha un fratello. Il fratello si chiama Clive, e va pazzo per i cavalli. Quando non lavora e non dorme, sta in groppa a un cavallo. Così, una sera, mentre me ne stavo qui sdraiata a pensare, ho avuto un'idea. Perché non fare amicizia con il fratello? Lo ricordavo dalla sera in cui lo avevo incontrato al ristorante. Sai che non dimentico mai le facce. Inoltre, ho sentito parlare così tanto di lui che avrei potuto farne il ritratto. Un tizio basso, arriva più o meno alla mia spalla, con la faccia normalissima e una calvizie incipiente. Non diresti mai che sono fratelli.» Si fermò a riflettere. «Dio, deve odiare Ian, lui. Sarebbe semplicemente naturale, dato il suo aspetto. Scommetto che non ha mai avuto una relazione con una donna e deve avere almeno trentacinque anni.»

«Che cos'è, un finocchio?»

«Non parlare così, Michelle, è normale.»

«Mannaggia, mi scusi!»

«Non dire neppure 'mannaggia'.»

Michelle alzò gli occhi al cielo. «Ti dispiacerebbe continuare con la storia?»

«Sei stata tu a interrompermi. Mi hai fatto perdere il filo. Sì, dunque, sono andata in città in un negozio alla moda e ho comprato l'attrezzatura.»

«Non dovresti avere anche un giubbino?»

«Smettila di interrompermi... Sì, quando fa freddo. In

estate si indossa la camicia, mi ha detto la commessa. Ne ho acquistate due. Sono nel cassetto. Ora, permetti che finisca? Così decisi di recarmi al centro di equitazione vicino alla casa dei Grey e di prendere una lezione. Scelsi la domenica perché se quel tale era davvero un appassionato di cavalli, senza dubbio alla domenica frequentava il centro. Trovai un ragazzo che mi diede lezione. Dal canto mio, imparai senza difficoltà. È divertente. Così, mentre stavamo conducendo i cavalli attraverso i boschi, procedendo adagio dato che era la mia prima volta, iniziammo a chiacchierare e io come per caso gli dissi che, essendo domenica, pensavo di incontrare Clive Grey. Quel ragazzo mi rispose che sì, Clive Grey sarebbe venuto, ma più tardi, dopo essere stato in chiesa. Per farla breve, persi tempo e chiesi di noleggiare il cavallo per un'altra lezione, ma quel ragazzo mi rispose di essere già prenotato. Proprio allora, riesci a crederci, arrivò Clive Grey e disse: 'Ha l'aria delusa. Se lo desidera sarò felice di darle io lezione'. Il commento del ragazzo fu: 'È fortunata, il signor Grey è un esperto'. È questo è solo l'inizio.»

«L'inizio?»

«Siamo usciti insieme cinque volte, due domeniche e tre sere dopo il lavoro, mentre c'è ancora luce.»

«Hmm», disse Michelle. «E ora cosa succede?»

«Posso far accadere qualsiasi cosa. Si è innamorato di me. Mi guarda e sorride come un bambino.»

Michelle fece una smorfia. «Sembra volgare.»

«Non lo è proprio. È gentilissimo e talvolta assomiglia a un genio, ho sentito dire che è stato una specie di bambino prodigio. È molto carino e simpatico. È impossibile non provare compassione per lui.»

«Se provi tanta compassione per lui, perché lo stai prendendo in giro? È crudele, penso.»

Roxanne si alzò, si sedette sul letto di Michelle, le mise un braccio attorno alle spalle e con voce supplichevole disse: «Non sono crudele. Non farei del male a nessuno, neppure a una coccinella, non credi? Ricordi un paio di sere fa quando ne ho trovate due in bagno e sono scesa di sotto per sistemarle nell'erba? Voglio che tu abbia qualcosa di bello. Sei intelligente e sei carina. Non voglio che tu cresca per andare a lavorare dai Grey come tutti noi. Voglio iscriverti in un buon pensionato».

«Un pensionato! Da dove ti è venuta questa idea? Chi frequenta un pensionato?»

«Tanta gente. In quella famiglia c'è una sorella o una cugina che c'è stata quando era ancora più giovane di te.»

Fece una pausa e continuò: «Lui vuole iscriverti».

«Sembra che ti abbia dato un sacco di idee quindi ora tu pensi che faccia anche questo, giusto?»

«Solo se lo convinco a sposarmi e sono certa che ci riuscirò.»

Un'altra pausa. «Gesù! Questa sì che sarà una sorpresa per Ian. Rimarrà stecchito.»

Roxane restò in silenzio. Gli occhi di Michelle erano spalancati per lo stupore. «Solo tu», bisbigliò, «solo tu, lo giuro, chi altro avrebbe potuto escogitare un piano simile?»

«Un sacco di gente. Non credi anche tu che quelli che abitano nelle grandi case sulla collina sappiano benissimo cosa significa sposarsi? Ehi, non pensi che Diana abbia macchinato parecchio per incastrare il suo Carlo?»

«Be', qualsiasi cosa tu faccia, spero che otterrai i risultati migliori.»

«Certo. A letto gli regalerò momenti stupendi, farò tutto ciò che vorrà, sono adattabile e accomodante. Lo renderò l'uomo più felice sulla faccia della terra. Perché non dovrebbe funzionare?»

Michelle fece spallucce. «Ma il suo aspetto, il modo in cui me l'hai descritto… »

«È pulito. Immacolato. Questo è importante. Per il resto, non è necessario che stia a guardarlo.»

Un pensiero improvviso indusse Roxanne a saltare in piedi e a dirigersi verso il bagno. «Ecco, ho delle scarpe nuove per te. Le ho indossate una sola volta. Forse ti staranno un po' strette, ma puoi farle allargare. Queste bianche dell'ultima estate, invece, sono nuove fiammanti. Un regalo per te. Se desideri puoi anche buttare quelle vecchie, a meno che tu non voglia conservarne un paio per la pioggia.»

«Perché diavolo lo stai facendo?»

«Perché lui è dieci centimetri troppo basso.» Roxanne rise. «Oppure sono io a essere dieci centimetri troppo alta. Quindi, d'ora innanzi, porterò solo scarpe senza tacco. A proposito, fai attenzione a come parli. Non è necessario che continui a ripetere 'diavolo', Michelle.»

«Oh, scusami!»

«Sì, ti scuso, però sto parlando sul serio. Ho notato che lui non parla così. Ha modi gentili. Quindi, fai attenzione, per favore, quando lo incontrerai. Non importa che cosa faranno quelli al piano di sotto dato che gli ho già spiegato la situazione.»

«Quando verrà?»

«Sabato andiamo prima al cinema e poi a cena.»

«Viene a prenderti qui? In questa catapecchia?»

«Non ci farà caso, non è il tipo. Queste cose non sono importanti per lui.»

Dopo il film, i due andarono a cena.

«Conosco un bel locale in Summer Street, *Christie's*», suggerì Clive. «C'è un grande bancone circolare con insalate, aragoste, gamberoni e i migliori dolci della città. Che ne dici?»

«Oh, mi piacerebbe moltissimo. Ci sono già stata. C'è solo un problema. Un mio ex fidanzato ci va spesso. Abbiamo rotto litigando e per me sarebbe davvero imbarazzante incontrarlo. Ti spiace se scelgo un posto dove sono certa di non incontrare nessuno del suo giro?»

«Per nulla. Dimmi tu.»

Le luci scintillanti di un'insegna sul lato della strada, a pochi chilometri dalla città, pubblicizzavano un locale, così Roxanne disse: «*Bobby's* andrà benissimo. Hanno delle ottime bistecche, sempre che a te piacciano le bistecche».

«Certo. Pensavo di portarti in un locale più elegante.»

«So che dall'esterno non è un gran che, ma la cucina è importante, non pensi? E la compagnia», aggiunse lei, con un sorriso smagliante.

Dal loro séparé, il più possibile lontano dal fracasso della banda a tre componenti, i due godevano di un'ottima vista sulla pista da ballo, dove ragazze in top e jeans turbinavano con ragazzi in maniche di camicia.

«È un locale frequentato da operai», disse Roxanne. «Forse non ti piace?»

«Perché no? È interessante.»

«Be', tu sei un Grey. Stavo giusto pensando che ho commesso un errore. Non sei abituato a posti come questo, mentre io sì. Io appartengo alla classe operaia.»

«Tu non mi conosci, Roxanne. Che cosa significa 'essere un Grey'? Significa che ho più soldi di questa gente, e questo a parer mio non è un merito. Sono stato solo abbastanza furbo da scegliermi i nonni giusti.» Rise. «No. I bisnonni.»

«Ecco che cosa mi piace di te, Clive. La tua onestà. Sei semplice e schietto.»

«Sono le stesse cose che io amo in te, tra le molte altre.»

Le luci erano azzurre, ma non tanto basse da nascondere i luccicanti occhi di Roxanne, o i suoi denti, o lo splendore del diamante artificiale tra i suoi prosperosi seni nascosti sotto la camicetta in seta rossa. Un forte profumo di fiori aleggiò sul tavolo.

«Mi piace il tuo profumo», disse Clive.

«Davvero? È francese. È una mia stravaganza. Mi piacciono i profumi. Mi fanno sentire felice.»

«Penso che tu sia quasi sempre felice.»

Quando Roxanne si protese verso di lui, il pendente si staccò dal suo décolleté consentendo a Clive di intravedere, solo di sfuggita, qualche millimetro in più delle sue forme.

«Ah, sì? E che cosa ti dà questa impressione?»

«Oh, tutto di te. Il modo in cui hai cominciato a cavalcare, per esempio, te ne sei innamorata fin all'inizio.»

«È vero. È così bello stare all'aperto. Deve essere splendido possedere un cavallo, cavalcare sempre lo stesso. Penso che piano piano si impari a diventare quasi amici.»

«È così», rispose serio Clive. «Forse un giorno anche tu avrai un cavallo.»

«Lo spero. Com'è la tua bistecca?»

«Buona. Perfetta.»

«E le patatine? Non sono unte?»

«No, no, va tutto bene.»

«Mi fa piacere poiché mi sento responsabile per averti portato qui. Mi dispiacerebbe averti rovinato la serata.»

«Rovinato? Mi sto divertendo tantissimo, Roxanne. Sai una cosa? Ho la netta sensazione di averti già visto prima. Non riesco a ricordare dove o quando, tuttavia sono fisionomista e, ovviamente, la tua faccia è una di quelle che non si dimenticano. Ci siamo mai incontrati in passato?»

«Non che io sappia. Tuttavia grazie. Sei molto gentile, Clive.»

La musica si fece frenetica. Sulla pista da ballo gli ospiti del locale si erano scatenati. Roxanne indicò una coppia: dai loro movimenti perfetti era chiaro che si trattava di professionisti.

«Guarda quei due! Non sono eccezionali? Come mi piacerebbe essere altrettanto brava. Mi piace ballare», disse, battendo il piede.

«Vorrei accontentarti, ma io non ballo mai. Proprio mai. Ho paura che ti pesterei i piedi.»

«Correrò il rischio.»

«Inoltre, a dirti la verità, non so che figura faremmo insieme. Io sono basso, troppo basso per te.»

«Davvero? Non l'avevo notato. In ogni caso, se anche così fosse, qual è il problema?»

«Alle donne non piace che l'uomo sia più basso. Sulla pista da ballo», si corresse.

«Che cosa c'entra l'altezza con il ballo o con qualsiasi altra cosa? Napoleone era basso e le donne impazzivano per lui. Avanti, balliamo.»

«D'accordo. Dovrai insegnarmi i passi, però», disse Clive mentre si allontanavano dal séparé.

«Non ci sono passi. Ognuno è indipendente. Lasciati andare e segui la musica, come preferisci. Guarda me.»

Roxanne era agilissima, con i piedi seguiva il ritmo alla perfezione, mentre fianchi e braccia si muovevano liberi.

Lo incoraggiò. «Così, Clive, dai che ci riesci. Su, prendi

le mie mani, fammi girare, ecco. Forza, ce l'hai fatta, non mollare. Fallo ancora, sei grande.» Gli regalò uno scintillante sorriso. «Non credevi che ce l'avresti fatta, vero? Chi ha detto che non sai ballare?» Roxanne sorrise di nuovo. «Non è divertente?»

Era proprio divertente. Lì nessuno lo conosceva, nessuno avrebbe spettegolato raccontando in giro quanto sembrasse sciocco mentre saltava e girava in abito blu e cravatta a righe, con la musica che gli rompeva i timpani. Il sangue scorreva veloce nelle vene. Era bello. Clive si lasciò andare.

D'un tratto, cominciò a tossire e la tosse lo colse mentre stava girando, facendolo inciampare e lasciandolo senza fiato. Fu costretto a fermarsi e a sedersi, ansimando, con gli occhi umidi di lacrime. Preoccupata, Roxanne lo seguì.

«Stai bene? Tutto bene?»

Clive annuì. Si asciugò gli occhi e, ancora incapace di parlare, indicò il portacenere pieno di mozziconi.

«Ah, è quello il motivo!» Poi, quando finalmente la tosse si quietò, Roxanne disse con grande serietà: «Ehi, dovresti smettere. Hai provato con un cerotto?»

Clive annuì di nuovo. «Ho provato di tutto, ma è inutile. Così ho deciso di continuare a fumare e tossire. Succede solo di tanto in tanto», disse con tono di scusa.

«Se continuerai a fumare ti accadrà sempre più spesso.»

«Me l'hanno già detto. Tutta la mia famiglia continua a ripetermelo, e so che hanno ragione, ma non ho intenzione di ascoltarli. Non mi piace essere tormentato.»

«Bene, non dirò più nulla.» Lo osservò seria. «Hai solo il papà e qualche fratello?»

«Un fratello e un cugino, che è cresciuto in casa nostra, per cui è come un fratello.»

«È una bella cosa. E andate tutti molto d'accordo.»

«Che cosa te lo fa pensare?»

«Be', dirigete l'azienda insieme, quindi dovete andare d'accordo.»

«Oh, sì, abbastanza, sebbene gli altri due non mi assomiglino. O forse sarebbe meglio dire che io non assomiglio a loro. Sono un perdente. Loro no. Mio fratello, soprattutto, non lo è. È bello, socievole, viaggia, gioca e si diverte. Tutto il contrario di me.»

Roxanne si protese verso di lui attraverso il tavolo e gli toccò una mano. «Questo è triste.»

«No, è solo un'immagine realistica.»

«Non tutti sono uguali, Clive. Tu sei molto attraente. Se tu lo volessi, potresti viaggiare, potresti giocare, ma è chiaro che non sei il tipo giusto per queste cose, per cui puoi divertirti in modo diverso. Ho sentito parlare molto bene di te, so che sei un genio della matematica. Per questo io ti ammiro. Io ho sempre avuto enormi difficoltà in matematica. Per esempio, potresti essere un cervellone di Harvard o in qualche altra università come insegnante.»

«Chi te l'ha detto?»

«Io… lavorando si chiacchiera, sai», rispose lei frettolosamente. «Anche nel reparto spedizioni giungono chiacchiere dall'alto. Pettegolezzi innocui, sai. Nel tuo caso, solo complimenti.»

«Sei dolce, Roxanne.»

«Grazie, anche tu.»

«Con te sto proprio bene. Riesco a parlarti come se ti conoscessi da una vita.»

«Mi fa piacere, Clive.»

«Spero che riusciremo a vederci spesso.»

«Ogni volta che vuoi. Per me è un onore.»

«Non deve essere un onore. Hai semplicemente trovato un amico.»

«Oh, questo lo so.»

«Che cosa ne dici di lasciar perdere il cavallo domani e fare una gita in campagna insieme? Mi piacerebbe mostrarti il cottage che sto costruendo a Red Hill.»

«Ma la tua famiglia… Preferisco non venire se ci sono i tuoi.»

«Perché? Che differenza farebbe?»

«Non so. Mi sentirei in imbarazzo, ecco tutto.»

«Sei l'ultima persona al mondo che debba sentirsi in imbarazzo in qualche posto, Roxanne.»

«Purtroppo però non riesco a farne a meno. Verrò solo se

mi prometti che non incontreremo nessuno dei tuoi.»

«Te lo prometto. Papà è a Boston e Ian è al matrimonio di una cognata.»

«Bene, allora. Verrò. Sono sicura che mi divertirò.»

«D'accordo. Ti verrò a prendere domani verso mezzogiorno. Non metterti in ghingheri. Scarpe da tennis. È un posto perso nei boschi.»

Le fondamenta e due pareti erano già state completate tra querce che, secondo Clive, dovevano avere almeno settantacinque anni, forse cento. Estraendo una planimetria dal vano portaoggetti, Clive descrisse la casa che aveva progettato.

«Nulla di favoloso, una semplice casa tra i boschi. Un posto tutto per me, dove possa andare e venire come più mi piace e fare ciò che più mi aggrada.»

Scesero dall'auto e si avviarono attraverso l'erba alta fino alle ginocchia. «Probabilmente ci sarà un piccolo giardino dove tenere qualche sedia e un'amaca sulla quale poter leggere. Per il resto, solo alberi. Ci sarà una grande stanza con un caminetto in pietra su entrambi i lati, una cucina, una stanza da letto per me e un'altra per gli ospiti. Quando il cottage sarà terminato, il primo ospite sarà mia cugina Tina. Gliel'ho promesso, la mia splendida cugina Tina.» Clive sorrise, gustando quel suo piccolo mistero. «Non mi fai domande su Tina?»

«Dovrei farlo? Va bene, parlami di lei.»

«Ha cinque anni e adora già i cavalli.»

Roxanne gli chiese dove fossero i cavalli.

«Le stalle sono vicine alla casa di papà. Non è possibile vederle da qui, ma per arrivarci ci vogliono solo un paio di minuti. Vieni, te le mostrerò.»

Lo stretto sentiero si inerpicava su una salita fitta di alberi. Clive continuò a osservare Roxanne di traverso, non volendo apparire troppo smanioso. In jeans e maglietta, proprio come con i calzoni da cavallerizza, era ancora più affascinante della sera prima con la camicetta di seta rossa. Dopotutto, quella camicia era piuttosto brutta. Clive si ritrovò a pensare al potenziale di Roxanne. Con i giusti insegnamenti, avrebbe imparato la semplicità. Mai prima di allora Clive aveva visto un essere umano tanto felice di essere vivo, tranne forse suo fratello.

In cima alla salita si apriva un'ampia distesa, una zona circolare racchiusa dalla foresta. Lì c'erano la cinta, le stalle, la casa della servitù e, in fondo a un giardino oblungo ben curato, colmo di fiori, l'edificio principale, costruito con tronchi, che tuttavia costituiva una residenza, una piccola residenza.

Roxanne rimase sbalordita. «Caspita!»

«Allora ti piace.»

«A chi non piacerebbe?»

«Se proprio vuoi saperlo, preferisco la casetta che sto costruendo.»

Lei scosse il capo. «D'accordo, io sono disposta ad accettare questa in qualsiasi momento.»

«Giusto. Capisco.»

Comprendeva ogni cosa, la sua venerazione del tutto naturale per la ricchezza, nonché il suo desiderio di stare lì con lui. Era sufficiente leggere la storia: re vecchi e brutti sono sempre stati circondati da belle donne. Il mondo girava così.

«Hai visto abbastanza? Facciamo un giro?»

«A cavallo?»

«No, in auto. Pensavo che ti sarebbe piaciuto salire sul monte Bliss e cenare in un piccolo ristorantino di campagna. È un posto carino.»

«Santo cielo, così conciata?»

«Il tuo abbigliamento è perfetto. Credimi.»

«Va bene, allora. Mi sembra un'ottima idea.»

Probabilmente, se le avessi proposto di buttarsi con il paracadute, avrebbe accettato anche questo, pensò Clive. Il pensiero lo fece ridere, una dannata risatina nervosa, tanto che Roxanne gli chiese che cosa ci fosse di divertente.

«Tu sei divertente», ribatté lei dopo la spiegazione di Clive. «Davvero divertente. Sei dotato di un eccezionale senso dell'umorismo.»

Era vero. Ma era un umorismo sardonico e silenzioso, chiuso dentro di lui.

«Io rido dentro», disse. «Riesci a capirlo?»

Di colpo, Roxanne assunse un'aria quasi triste. «Oh, sì. È la stessa sensazione che provo talvolta durante la cena, quando tutti discutono di questioni stupide e qualcuno si infuria al punto da rovesciare la bottiglia di ketchup. Io non posso fare altro che ridere. Sono tutti così ridicoli. Ma tengo questa risata nascosta dentro di me perché gli altri non capirebbero mai quanto sono stupidi. Forse è per questo che mi piace tanto stare fuori, lontano da casa.»

«Per me è diverso. A casa ormai siamo rimasti solo papà e io e tutto scorre liscio. È un uomo meraviglioso, mio padre.»

«E allora perché stai costruendo questa casa separata?»

«Ogni tanto tutti abbiamo bisogno di privacy.»

Roxanne disse: «Quando ieri mi hai detto che ti sembra di conoscermi da una vita, ho pensato la stessa cosa. Ieri notte mi sono addormentata con questa idea».

Clive era infinitamente felice. Mai prima di allora aveva condotto una conversazione tanto intima con una donna, e neppure con un uomo. Aprirsi agli altri significava diventare vulnerabili. O meglio, più vulnerabili. Lo era già ogni volta che entrava in una stanza affollata: donne alte e ben vestite lo fissavano per un istante e subito indossavano la maschera sociale corretta. Come se fosse stato una sorta di scherzo della natura... Ma non era uno scherzo della natura; era solamente una persona difficilmente desiderabile. Tuttavia, quella ragazza lo faceva sentire bene. La sua onestà era naturale, lei era gentile e schietta. *Anche Napoleone era basso.* Si sentiva così felice.

Il ristorante era semivuoto, c'erano solo due o tre coppie di anziani all'altro capo della sala. Le tovaglie di cotone, la bottiglia di economico rosso californiano sistemata sul tavolo e la vetrina di torte fatte in casa davano al posto un'aria accogliente. Quella sarebbe stata la loro seconda cena insieme, due consecutive. Clive si sentì a proprio agio e immaginò che la stessa cosa potesse accadere ogni sera.

Insieme, finirono una portata enorme di spaghetti alla carbonara, pieni di burro e pancetta.

«Al diavolo il colesterolo», disse Roxanne; finirono anche la bottiglia. Roxanne aveva il volto rosso e bollente, e continuava a ridere. «Per prima cosa, domattina, mi recherò alla Alcolisti Anonimi. Finisco l'ultimo bicchiere.»

Il riso, bloccato in gola dall'ultimo sorso di vino, causò a Clive un accesso di tosse. *Oh, Dio, fa' che non sia uno di quegli attacchi soffocanti, così disgustosi, non voglio dar spettacolo di me di fronte a lei.*

La fortuna era dalla sua parte. Superò la crisi provocando pochissimo rumore e Roxanne evitò di fargli una predica sul fumo. Così, per rilassarsi dopo lo sforzo, Clive si accese una sigaretta.

Il sole basso, ormai visibile attraverso gli alberi oltre la finestra presso la quale sedeva Roxanne, le illuminava i capelli con riflessi ramati e quando lei muoveva il collo, il pendente di cristallo scintillava. Clive non era il tipo da prestare molta attenzione ai gioielli delle donne, tuttavia la notte prima aveva notato i bracciali, due splendidi bracciali in oro e diamanti. Ovviamente non potevano essere veri, ma erano di buon gusto. Quel pendente, invece, era vistoso, del tutto fuori luogo indossato su una maglietta in pieno giorno. Clive provò un'improvvisa sensazione di tenerezza. Con ogni probabilità, il pendente rappresentava per lei un tesoro speciale, il migliore che avesse; povera ragazza.

Uscendo, una coppia di anziani sembrò sorridere a Roxanne, che era rischiarata dall'ultimo raggio di sole. Lo sguardo dell'uomo si soffermò su di lei un attimo di troppo. Era normale; le cose belle devono essere ammirate. Se Ian potesse vedermi ora, pensò Clive, lui e le sue donne...

Fuori, sul prato, c'erano alcune sedie a sdraio, ottime per rilassarsi davanti a un tramonto tranquillo. Sulla strada non passavano auto. Persino il cinguettare degli uccelli si stava acquietando.

Clive osò dire: «Non penso che tu abbia fretta di tornare a casa, vero?»

«Per niente. Lascio a te la decisione.»

Le sedie erano così vicine che i braccioli in legno si toccavano e, se avessero voluto, anche le loro braccia avrebbero potuto toccarsi. Quando Clive avvicinò il suo, lei non si allontanò. Dopo un attimo, fece scivolare la mano per stringere quella di lei. Le dita si incrociarono ed era stata Roxanne a guidare la mano di Clive, mentre il cuore di lui prese a battere sempre più forte.

Poteva farlo? La ragazza avrebbe acconsentito? Una mossa falsa l'avrebbe allontanata da lui. Si chiese se avrebbe avuto il coraggio di rischiare. Prima di allora non aveva mai corso grandi rischi poiché la donna in questione era sempre stata disperata. Ma una donna come Roxanne non poteva essere disperata! Come avrebbe voluto sapere cosa fare! L'atmosfera vivace della cena, così come le risatine di Roxanne per il troppo vino, si era ormai acquietata. Clive temeva che lei si stesse annoiando.

«È tutto così silenzioso», mormorò, sentendo il bisogno di dire qualcosa. «Non credo che qui lavorino molto. Di sopra ci sono delle stanze.»

«Sei mai stato qui a dormire?»

«Ci sono stati alcuni miei amici», mentì lui. «Dicono che sia confortevole, un semplice alberghetto di campagna.»

«Io amo la campagna. Avrei dovuto essere la figlia di un agricoltore.»

«Davvero? Non riesco a immaginarti così.»

«Come mi immagini?»

«In un luogo più vivace di una fattoria. Ma forse non dovrei esprimere giudizi. Non ti conosco ancora abbastanza bene.»

«Non ancora. Quando mi avrai conosciuta, capirai che so essere felice ovunque. Non sono molto esigente. Potrei anche stare qui ed essere felice.»

«Intendi dire che ti piacerebbe trascorrere un fine settimana qui, per esempio?»

«Un periodo qualsiasi, lungo o breve.»

Ormai il suo cuore batteva forte e Clive percepiva le pulsazioni nelle tempie. L'ultima coppia uscì dal ristorante e anche l'ultima auto si allontanò. Ormai era completamente buio. Se solo ne avesse avuto il coraggio, pensò ancora.

«È troppo tardi per tornare a casa.» La voce di Roxanne ruppe il silenzio della notte con un tono di sogno.

«Mi sembri assonnata», disse Clive.

«Non così assonnata, ma stanca. Mi piacerebbe distendermi.»

Clive esitò e poi si fece coraggio. «La strada del ritorno è lunga. Se vuoi, a me non dispiacerebbe fermarmi fino a domattina.»

«Penso che sia una splendida idea, Clive.»

La stretta di lei si fece più forte e all'improvviso Clive si rese conto che si erano sempre tenuti per mano. Balzò in piedi, aiutò Roxanne ad alzarsi e disse: «Avremo bisogno di una borsa per la notte. Altrimenti potremmo dare un'idea sbagliata. In macchina ho una piccola sacca da viaggio. Però è vuota».

Poi si rese conto che forse lei si aspettava due stanze, sebbene questo non fosse molto probabile. Santo cielo, erano nel 1990.

Qualche minuto più tardi, si ripeté la stessa cosa dopo che l'anziana signora al banco aveva lanciato loro un'occhiata. Quando furono entrati in stanza ed ebbero chiuso la porta Clive scoppiò a ridere.

«Hai visto la sua faccia? Morivo dalla voglia di dirle: 'Ehi, signora, siamo nel 1990. Lei vive nel secolo sbagliato'.»

Solo allora si rese conto che si era trattato di uno sguardo carico di curiosità. *La Bella e la Bestia.*

La stanza era ben ammobiliata con alcuni tappeti fissati a terra, due sedie a dondolo e una cassapanca in stile vittoriano. Il letto era appena rifatto, fresco di bucato e immacolato. Clive l'osservò per un istante poi, sopraffatto da una familiare sensazione d'imbarazzo, si sedette su una delle sedie a dondolo.

Roxanne scoppiò a ridere, quindi, osservando Clive, si affrettò a fornire una spiegazione. «Rido perché non ho neppure il mio spazzolino da denti. Non ho la camicia da notte, non ho nulla, non è ridicolo?»

Credendo di comprendere la sua timidezza Clive si offrì di spegnere la luce.

«Solo se ti fa sentire meglio», disse lei, togliendosi la maglietta. «Per quanto mi riguarda, non ho problemi, non ho nulla da nascondere.»

Indossava un reggiseno in pizzo nero. Mentre Clive se ne stava seduto a fissarla, lei si tolse anche i jeans. Sotto, aveva un paio di slip in pizzo nero.

«Bene», disse Roxanne, «questo è l'ultimo. Fatto.»

Non aveva mai visto nulla di così bello e non aveva mai pensato che potesse esistere una donna tanto splendida. Le parole gli rimasero bloccate in gola.

Quando lei si stese sul letto, la debole luce dell'abat-jour sul comodino rese la sua pelle rosa pallido. Un fiore soffice, pensò Clive, alzandosi dalla sedia. Petali di camelia, altrettanto delicati, ma non altrettanto freddi. No, caldi. Caldissimi. Bollenti. Si avvicinò a lei e spense la luce.

«È stato bello?» le chiese al mattino.

«Stupido!» disse lei. «Lo sai benissimo che è stato bello.»

Gli piaceva che lo definisse «stupido» e che gli arruffasse i capelli. Erano gesti affettuosi. Prima c'era stata la passione, poi l'affetto, poi di nuovo la passione.

«Lo facciamo ancora?»

«Stupido. Certo. Che altro?»

Fu una splendida giornata! Fecero l'amore al mattino, alla luce del sole. Clive non riusciva a credere alla propria felicità. Aveva vinto il premio Nobel o era stato incoronato re. Non riusciva a riconoscere se stesso.

Sulla via del ritorno, mentre erano in auto le ripeté: «Lo facciamo ancora?»

«Che cosa? Adesso?» rispose lei, facendo finta di non capire.

«No, stupida», ribatté lui.

«Tesoro, ho capito. E sai benissimo che lo faremo ancora. È stato splendido. Ma», disse lei assumendo un'aria seria, «devi promettermi che non ti lascerai sfuggire nulla. Mio padre è molto religioso. Sembra impossibile che un uomo con un simile carattere possa essere religioso. Ma è così. Inoltre, è sospettoso. Gli dirò che ho trascorso la notte a casa di un'amica e spero di cavarmela così, di solito ci riesco.»

Clive sentì una fitta di gelosia. Quanti uomini aveva avuto prima di lui? Ma non aveva il diritto si scavare nel suo passato. Inoltre, questo non contava.

Roxanne parlò con voce esitante. «Non confidarti con nessuno a casa, d'accordo?»

«Io? Certo che no. Sono l'uomo con la bocca più serrata di tutta la terra.»

Sollevata, Roxanne sospirò. «Ottimo. Sono solo affari nostri. Tuoi e miei.»

8

Giugno 1990

AVREBBE dato qualsiasi cosa, qualsiasi cosa al mondo, per rivivere le stesse sensazioni. Non importa ciò che si può sperimentare, leggere o immaginare, nulla poteva descrivere le sensazioni che lui aveva provato.

Mi ha stregato, pensò Clive, dopo quella notte e quelle che si erano succedute per due settimane. C'era stato un week-end, due notti trascorse presso il primo albergo e poi tre brevi serate in un locale non lontano dalla città.

Roxanne si era preoccupata per il padre e per il fatto di essere troppo vicina a casa. Clive, invece, si era opposto, mentre nella sua mente cominciava a formarsi un'idea ancora inespressa.

«Non mi importa chi lo scopre. Farò in modo di proteggerti qualsiasi cosa accada e non mi interessa se qualcuno ha qualcosa da obiettare.»

L'avrebbe protetta... A letto, in auto e in ufficio, lei era sempre nei suoi pensieri. La sua immagine non l'abbandonava mai; quel volto e quel corpo incomparabile e vivificante prendevano forma nell'aria vuota. Sapeva benissimo che si trattava di un'«infatuazione», ma che importanza aveva? C'erano un'infinità di definizioni per «amore» e di solito l'amore cominciava con un'infatuazione. La gente tendeva a denigrare «l'amore a prima vista», tuttavia poco tempo prima Clive aveva letto un articolo di stampo semierudito nel quale si diceva che l'amore a prima vista era in realtà molto comune e aveva le stesse possibilità di durare dell'amore meditato nel tempo.

Era quasi certo che se le avesse chiesto di sposarlo, lei avrebbe accettato. Così ripeté a se stesso, come aveva già fatto quel giorno a Red Hill, che se anche il denaro contribuiva alla decisione di lei, questo non aveva alcuna importanza. Così era fatto il mondo e così era sempre stato.

Poi, mentre si trovava nel suo letto, dapprima all'una del mattino poi alle due, quando ancora stava fantasticando e facendo progetti, Clive pensò che senza dubbio anche da parte di Roxanne dovevano esserci dei sentimenti per lui. Nessuna donna avrebbe potuto essere tanto appassionata se non ci fosse stato qualcosa di vero! Inoltre, era incredibilmente amabile. In così poco tempo, ricordava già che a lui non piaceva il cavolfiore, che amava le bistecche al sangue e che non gradiva prediche sul fumo.

Oh, era un vero tesoro e non doveva lasciarsela scappare. Doveva sbrigarsi prima che accadesse qualcosa, prima che si presentasse qualche uomo più giovane. E questa possibilità, no, anzi, questa probabilità, lo gettava nel panico.

In guerra, un generale di successo concentra tutte le proprie forze su un rapido attacco di sorpresa. Allo stesso modo, nell'arco di un'ora, lui le avrebbe presentato un progetto per la vita futura: data del matrimonio, anello e casa.

La data doveva essere molto vicina. La cerimonia sarebbe stata semplice, celebrata di fronte a un giudice di pace, nel riserbo. Non aveva alcun senso preparare papà, rifletté. Per quanto fosse amorevole, giudizioso e saggio, senza dubbio avrebbe fatto il possibile per convincerlo a non compiere un passo tanto radicale.

Quella ragazza ha solo ventidue anni mentre tu ne hai trentotto suonati. C'è una grande differenza, Clive. Inoltre, la conosci da meno di un mese. Non ha senso né per te né per lei.

Dopo cena, sarebbero rimasti seduti in biblioteca. Papà

l'avrebbe ascoltato, avrebbe annuito con il solito stile serio e avrebbe ragionato con il figlio. Dato che qualsiasi sforzo sarebbe stato inutile, la cosa migliore era aggirare l'ostacolo. Risparmiare energia.

«Ormai ho deciso», disse Clive ad alta voce. «Ora pensiamo all'anello.»

In tutta Scythia non c'era un gioielliere che fosse in grado di offrirgli quanto desiderava. Clive non aveva mai prestato attenzione ai gioielli delle donne più che alle loro mode; ciononostante, sapeva bene che sia Happy sia Sally portavano un anello che riluceva e scintillava ogni volta che a tavola muovevano le mani. A forza di ricerche e confronti presso i numerosi gioiellieri di Scythia, aveva appreso che il diamante che aveva in mente doveva pesare circa sei o sette carati. Pietre di quel calibro non erano subito disponibili, ma potevano essere ordinate. Avrebbe dovuto attendere circa dieci giorni.

Ogni sua azione era guidata dalla fretta. Camminava più veloce e parlava più veloce, era come in preda al panico. Continuava a ripetere a se stesso che un ritardo poteva risultare fatale. Così, telefonò a un gioielliere della Quinta Avenue e, con malcelata sorpresa di quest'ultimo, ordinò un anello.

«Scelga quello che comprerebbe lei. Il suo gusto è di certo migliore del mio.»

«Be', a mio parere il meglio è un'incastonatura rotonda particolarmente brillante.»

Il prezzo era da capogiro; Clive non aveva idea di quanto potessero costare simili gingilli. D'altro canto, era eccitante spendere così tanto e poterlo fare. Per tutta la vita, avendo pochissime spese, aveva sempre e solo risparmiato. Il regalo più costoso che avesse mai fatto era il pony di Tina.

«Suppongo che gli addetti alle carte di credito effettueranno delle indagini prima di accettare il pagamento», disse. «È sufficiente che invii un fax alla mia banca e riceverà l'approvazione. Le dispiace spedirmi subito il gioiello mediante corriere? Ho fretta.»

Il pensiero che quel gioielliere potesse crederlo un

maniaco lo divertiva. Benissimo, parlando con la banca avrebbe scoperto la sua vera identità.

«Posso chiederle, signore, se si tratta di un anello di fidanzamento?»

«Sì, lo è.»

«Allora posso suggerirle… l'anello nuziale?»

«Oh, certo, l'avevo dimenticato. Sì, mi mandi anche quello. Scelga pure lei.»

«Dovrebbe essere molto semplice. Il più semplice, in modo da non sminuire il diamante.»

«Lascio fare a lei.»

«Grazie mille allora, signore. Congratulazioni a lei e alla signora.»

La signora. Oh, mio Dio, che cosa avrebbe detto, pensò, che cosa avrebbe fatto quando le avesse consegnato un tale tesoro nella sua scatoletta di velluto? Sarebbe rimasta senza parole. Era divertente vedere quante storie facevano le donne, e anche alcuni uomini, per quello che dopotutto era solo un pezzo di carbonio antico. Davvero divertente. Tuttavia era consuetudine portarne uno quale simbolo di stabilità.

Poi ebbe un improvviso ricordo, vide suo padre togliere le scatolette di velluto dalla cassaforte a parete in camera da letto dopo la morte della moglie. Per un attimo la sua felicità fu scalfita dal dolore. Ma anche il dolore aveva un significato: diceva di afferrare la gioia dovunque la si trovasse e di non lasciarsela sfuggire.

E lui si sarebbe tenuto ben stretta Roxanne. Aveva intenzione di legarla a sé, di sistemarla in qualche luogo carino e curarla come un albero raro in un giardino. Per questo, aveva bisogno di una casa. Non si sarebbe trattato di un piccolo rifugio come quello che stava costruendo a Red Hill, ma di una semplice casa familiare, dato che probabilmente ci sarebbero stati dei bambini. Doveva essere una casa dignitosa, non elaborata come quella che aveva scelto Ian e che verosimilmente Happy non aveva voluto, bensì un'abitazione di gusto come quella di Sally e Dan. Mentre la casa prendeva forma nella sua mente, Clive iniziò a cercare il numero di un' agenzia immobiliare sulla guida del telefono.

«Qual è la sua fascia di prezzo?» chiese la donna.

«Questa non è la principale preoccupazione. In primo luogo, la casa deve piacermi; secondo, desidero trasferirmi entro due mesi da oggi.»

«Sarà difficile, signor....»

«Grey. Clive Grey. Quando avrà qualcosa da mostrarmi, potrà chiamarmi ad Hawthorne. Sono certo che comincierà a occuparsene subito.»

«Oh, certo. Farò del mio meglio, signor Grey.»

Mai in vita sua si era rivolto a qualcuno con tanta autorità. Si appoggiò allo schienale della poltrona e ridacchiò: «Ehi, Clive stenti a riconoscere te stesso, vero?»

Per due giorni visitò la zona in compagnia dell'agente, considerando una casa e accantonando un'altra. In alcuni casi, si rifiutò persino di entrare. Si trattava di cambiar vita e tutto doveva avvenire in modo più che perfetto. Qui il terreno era troppo piccolo per ospitare la casa. Là l'architettura era un guazzabuglio. Un'altra casa era troppo appariscente. Un'altra ancora era fredda e inospitale. Finalmente, Clive fece la sua scelta: un classico edificio georgiano in mattoni rossi con profili bianchi. Non era né troppo grande né troppo piccola, con il giardino spazioso. C'era uno splendido gruppo di alti abeti americani. La visitò tutta, trovandola adorabile, soprattutto la stanza da letto padronale, dove il letto sarebbe stato di fronte a un caminetto. Nelle serate d'inverno si sarebbero ritirati presto e avrebbero potuto restare ad ammirare il tremolio delle fiamme...

«La prendo», disse all'agente.

La donna lo osservò un po' dubbiosa. «È una decisione davvero rapida, signor Grey. È sicuro?»

«Sicurissimo, sempre che possa averla in un mese. Sto per partire e intendo trasferirmi qui subito dopo il ritorno.»

L'agente non era ancora convinta. «Dovrò chiedere ai proprietari se è possibile. Di solito non si fa così in fretta a chiudere tutto e traslocare, ma chiederò.»

La prima risposta fu negativa, ma appena i proprietari appresero che non ci sarebbero state storie sul prezzo e che, anzi, il signor Grey era disposto a pagare anche di più se loro avessero insistito, la risposta divenne affermativa e Clive avrebbe avuto la sua casa in tempo.

Non disse niente a nessuno. Una sera, tuttavia, trovò una scusa per fermarsi da Dan e Sally con l'intenzione di esaminare il loro mobilio.

Nell'ampio ingresso e lungo le scale, le pareti erano decorate da fotografie di Sally, non ritratti da professionista, bensì soggetti cari che l'avevano colpita nel corso della vita: due cavalli su un campo sotto la pioggia, il primo piano di un'ape in un fiore di zucca e un vecchio, con la barba simile a quella di uno studioso medievale, che guardava fuori da una finestra.

«Sei un'artista», disse Clive parlando con intenzione, sebbene allo stesso tempo la sua attenzione fosse stata assorbita dagli elementi che conferivano stile alla casa.

Luce, molta luce da finestre sgombre e pareti con colori pastello. Fiori freschi, libri e ampi spazi tra gli oggetti.

«Davvero un bell'armadio», osservò.

«Era di mia nonna», rispose Sally, «metà delle cose in questa casa erano sue, oggetti antichi o buone riproduzioni. Tutti i mobili moderni li abbiamo aggiunti noi.»

«Per questo ci vogliono capacità, immagino.»

Lei annuì. «Oh, sì. Grazie al cielo c'era Lila Burns. Ci ha aiutato tantissimo. È una decoratrice eccezionale che ha saputo accostare tutto in un attimo e, alla lunga, ci ha fatto risparmiare un sacco di soldi. Non avrei mai potuto farcela da sola.»

«È della zona?»

«Sì, perché?» Sally si interuppe e osservò il cognato con curiosità. «Da quando, Clive Grey, ti interessi di decoratori?»

«Non mi interessa affatto. Sto solo ammirando.»

«Be', grazie. A proposito, ultimamente non hai cavalcato molto. Tina ha sentito la tua mancanza.»

«Lo so. Anch'io ho sentito moltissimo la sua. Sono stato preso in ufficio. Inoltre, ho avuto un brutto raffreddore e...» Stava balbettando, così si fermò, poi aggiunse: «Ma mi rimetterò presto in pista».

«Bene. L'abbiamo inserita nella classe dei principianti presso il centro di equitazione. Sembra far bene alla timidezza.» Ora era Sally a esitare. Clive si stava chiedendo perché quando lei continuò: «So che una volta Dan ti ha parlato di problemi che stavamo vivendo con la piccola. Ovviamente, si tratta solo dei normali sconvolgimenti che si verificano quando un nuovo nato entra in famiglia».

«Certo», concordò lui chiedendosi perché mai Sally fosse tanto seria ed enfatica.

In quel momento arrivò Dan con gli aperitivi. Per un po', rimasero seduti conversando piacevolmente su vari argomenti, poi Dan sollevò la questione del consorzio, di Amanda e della Grey's Woods.

«Non riesco ancora a capire perché zio Oliver non prenda posizione», si lamentò, «quella terra è il suo tesoro spirituale, diavolo, sono cresciuto sapendo che faceva parte della sua religione. La conservazione dello stato selvaggio e... ora lascia che noi ci accapigliamo. E noi non riusciamo a uscirne, siamo solo capaci di metterci nei guai.»

Quella sera, per Clive nulla avrebbe potuto avere meno importanza di una zona selvaggia, del consorzio o di Amanda. Così, appena riuscì a farlo decorosamente, salutò tutti e sparì. Salito in auto, prima di dimenticarsene, trascrisse il nome di Lila Burns. Entrato in possesso della casa, l'avrebbe subito chiamata fornendole le istruzioni necessarie e utilizzando l'abitazione di Dan non per copiarla, ma quale fonte d'ispirazione. Era certo di non farcela da solo. E non ci sarebbe riuscita neppure Roxanne, pensò Clive con la sua solita tenerezza. Non ancora. Avrebbe dovuto imparare.

Pensò a Pigmalione. Le avrebbe mostrato molte cose che non aveva ancora avuto l'occasione di vedere o udire. Com'era brillante, che mente pronta aveva.

Avrebbero trascorso la loro luna di miele sulle isole greche. Scrisse un'altra nota: AGENZIA DI VIAGGIO, SUITE DI LUSSO SUL PONTE SUPERIORE. Avrebbero cenato, danzato e fatto l'amore. Avrebbero solcato le acque blu e lui le avrebbe spiegato la storia delle isole, le avrebbe parlato di Ulisse e di Atena. Scrisse un'altra nota: CAMBIARE LE VALIGIE CON-

SUMATE. Un nuovo set per Roxanne. Avrebbe avuto bisogno anche di abiti. A questo avrebbe dedicato un'intera giornata, decise. Con quella figura, era certamente una taglia perfetta. Un giorno sarebbe stato sufficiente per comprarle tutto il necessario.

È martedì, calcolò. Entro venerdì tutto sarà andato a posto. L'anello è già qui, le prenotazioni saranno state fatte e io avrò il permesso di mostrarle la casa. Venerdì è il nostro giorno.

Non aveva nessun dubbio e nessuno scrupolo. Era sommamente sicuro, sommamente felice.

9

Fine giugno 1990

LE pesanti tende in seta rossa, che nelle notti d'inverno offrivano protezione, ora nascondevano a malapena un delizioso mezzogiorno. Da sopra il caminetto, Lucille Grey, con l'abito da sera bianco e il girocollo di perle, dirigeva uno sguardo amabile e malinconico sul tavolo da pranzo. La conversazione, cortese come sempre, era scoordinata, nonostante tutti gli sforzi di Oliver per creare un'atmosfera calda e «familiare».

Tutti noi presenti, stava pensando Sally, preferiremmo essere altrove durante un così bel pomeriggio estivo, a leggere il giornale, a nuotare oppure a dormire sull'amaca. Senza dubbio, Tina era stata convinta a partecipare solo perché zio Oliver aveva dichiarato di avere una bambola giapponese per lei. Ora, di cattivo umore e silenziosa, se ne stava seduta tra i genitori a mangiare dolci mentre nell'altra mano stringeva la bambola vestita in seta gialla.

In ogni caso, non era bello da parte loro sentirsi imbrogliati. Per Oliver era importante conservare il rito del pranzo domenicale, un rito che molti altri durante gli ultimi cinquant'anni avevano ormai abbandonato, ma il patriarca dei Grey era così felice di vederli tutti riuniti attorno al suo tavolo. Dopotutto, non ci voleva molto per farlo contento.

Sally sperò che Oliver non notasse la freddezza appena percettibile che regnava tra Ian e Dan da quando Ian aveva sbattuto il telefono in faccia al cugino. In ufficio, diceva Dan, il lavoro procedeva come al solito. L'umore di Ian era ancora pessimo, tuttavia avevano evitato la loro disputa. O, per essere più precisi, l'avevano solo rimandata. Con ogni probabilità Happy sapeva che cosa era accaduto, tuttavia né lei né Sally si sarebbero mai sognate di parlarne. Erano amiche. Che gli uomini litigassero per conto loro.

Al momento, i due uomini stavano lasciando la conversazione in mano alle donne. Happy, sempre allegra e ciarliera, si stava domandando ad alta voce se quel giorno Clive fosse uscito a cavallo tanto presto.

«È sempre qui a pranzo.»

«Ieri sera non è tornato a casa», disse Oliver.

«Sarà uscito con qualche donna», disse Ian sorridendo.

«Perché no?» lo contrastò Dan. «Non è sposato.»

Ian cambiò argomento. «Questo nuovo cuoco è davvero in gamba, papà. Non potresti trovare paste migliori in tutta Parigi.»

L'osservazione riuscì gradita a Oliver. «I miei golosoni! Anche tua madre era golosa, nonostante fosse magra. Be', che ne dite di bere il caffè in veranda?»

La compagnia si trasferì sulla veranda chiusa, arredata in vimini bianco e ombreggiata da tende a strisce verdi. Tra gli alberi spirava una leggera brezza soporifera; seduti agevolmente su comode poltrone dopo un pranzo pesante non era certo difficile sbadigliare. Solo Oliver nel suo abito di lino sedeva diritto.

«Non c'è nulla con cui giocare», si lamentò Tina, comprensibilmente annoiata.

«Potresti portare la bambola nuova a fare una passeggiata. Mostrale la colombaia», le suggerì Sally in mancanza di un'idea migliore.

«Non voglio. Odio questa bambola.» E Tina la scagliò sul pavimento.

Dan intervenne con aria severa. «È davvero scortese da parte tua trattare così un bel regalo, dopo che zio Oliver è stato tanto gentile con te. Chiedigli subito scusa.»

«No. Non voglio chiedere scusa. È una bambola orribile. È brutta.»

Happy e Ian distolsero premurosamente lo sguardo. Il loro riguardo fece sentire Sally ancora più in imbarazzo. Non era difficile indovinare che cosa stavano pensando di Tina.

«Sarò lieto di procurartene una diversa», disse Oliver. «Quando l'ho vista in vetrina, ho creduto che ti sarebbe piaciuta. Ma va bene. Dimmi quale preferiresti avere.»

«Zio», cominciò Sally con l'intenzione di dire a Oliver di non premiare il comportamento della bambina.

Ma fu interrotta da Oliver. «Dimmi, Tina. Vieni qui e dimmelo nell'orecchio.»

«Ho detto di no. Sei sordo? Ho detto di no.»

Oliver attraversò la veranda e, sollevando la piccola urlante, la accarezzò e le disse: «Ascoltami... »

Nel frastuono, si udirono delle voci giungere dal sentierino in ghiaia.

«Hai ospiti, papà?»

Oliver rimise Tina a terra e osservò il prato. «Non sto aspettando nessuno. È Clive! È Clive con qualcuno.»

Clive salì gli scalini e giunse fino alla veranda tenendo per mano una donna incredibilmente bella che indossava un elegante abito in seta color crema e un cappello di paglia abbinato su una magnifica cascata di capelli splendenti color mogano. Si fermarono davanti a Oliver e Clive prese la parola.

«Papà», disse con voce alta e chiara, «ti ho portato una sorpresa. Questa è Roxanne Grey. Ci siamo sposati ieri sera.»

«Una sorpresa», ripeté Oliver. «E che sorpresa! Stai parlando sul serio? Non è uno scherzo?» gridò.

A queste parole, la ragazza allungò la mano a livello del volto di Oliver. «Assolutamente no. E qui c'è l'anello a dimostrarlo.»

Oliver sbatté gli occhi e si sedette. Il gruppetto in veranda fu sopraffatto dallo stupore. Era come se un'onda gigante si fosse infranta sulla spiaggia per poi recedere in silenzio.

Non potevano essere trascorsi più di alcuni secondi, ma sembrò passare un'eternità prima che Clive dicesse allegro: «È stata come una bomba, vero? Questa è l'ultima cosa che vi aspettavate da me e, per dirvi la verità, non me lo aspettavo neppure io. Fino a quando ho incontrato Roxanne».

Nel silenzio si udiva solo il vimini scricchiolare mentre il gruppetto si muoveva a disagio sulle sedie, in attesa che il capofamiglia rispondesse.

«Ovviamente, vi auguriamo tutta la felicità di questo mondo», disse Oliver in tono formale. «Ma non era necessario fare tutto così in segreto.»

«Non in segreto, papà. Di fretta, d'impulso. Prenditela con me. Non ho avuto abbastanza pazienza per affrontare tutto il solito trambusto e il ritardo.»

La mente di Sally fu attraversata da pensieri diversi. Quella coppia sembrava fuori luogo e assomigliava alle persone appollaiate nelle sale d'attesa dei dentisti o negli uffici di collocamento. È strano che nessuno di noi abbia manifestato la propria sorpresa o la propria curiosità, né si sia alzato per tentare di congratularsi, rifletté. Una stretta di mano o un abbraccio. Siamo tutti freddi come pietre. Sarebbe una foto fantastica, in un certo senso inquietante, come la pittura «gotica americana», rigida e raggelata.

Le sopracciglia stupite di Dan avevano quasi raggiunto la linea dei capelli, mentre la bocca di Happy era ancora spalancata. Ian si era alzato dalla sedia ed era ricaduto indietro. Era rosso come un peperone. Con un carattere simile, prima o poi gli sarebbe venuto un colpo. Dopotutto, il fatto che suo fratello avesse deciso di sposarsi all'improvviso non era affare suo, pensò Sally con indignazione.

Inoltre, qualcuno avrebbe dovuto dare il benvenuto a quella ragazza! Così, dicendo la prima cosa che le venne in mente, Sally si rivolse a lei.

«Roxanne! Che bel nome.» Si fece avanti con aria decisa e porse gentilmente la mano alla giovane. «Potremmo anche presentarci. Sembra che lo sposo, come tutti gli sposi, sia troppo nervoso per farlo.»

Poi, baciando Clive in fronte, continuò: «Io sono Sally. Questo è mio marito, Dan». Intanto, anche Dan si era alzato e si era avvicinato per stringerle la mano.

A quel punto erano tutti in piedi e l'atmosfera cominciò a distendersi.

«Questa è Happy, il suo vero nome è Elizabeth, ma tutti la chiamano Happy, e questo è suo marito, Ian.»

Ian si chinò sulla mano di Roxanne. «Roxanne. Gli amici ti chiamano Rox?»

«No», rispose la sposa con un dolce sorriso, «non lo fanno mai.»

Che idea ridicola inchinarsi così, come un visconte che saluti una baronessa! Per Sally quel gesto era stato piuttosto ironico.

«E questa è Tina, nostra figlia.»

«Che bambina deliziosa», disse Roxanne.

«Non sono deliziosa», rispose Tina, sgarbata.

«Non sei gentile», la rimproverò Dan. «Dovresti dire grazie e porgerle la mano. »

Tina urlò: «Non voglio stringerle la mano».

«Non è necessario», disse Roxanne.

La situazione era penosa, pensò Sally. Non era possibile sopportarla a lungo. Gli altri bambini non si comportavano così, era davvero penoso.

«Non preoccupatevi», disse Roxanne con gentilezza. «Sono abituata a trattare con i bambini. Le madri soffrono sempre quando i figli fanno i capricci.»

A questo punto, Oliver riprese la parola. «Bene, Clive, devo dire che hai buon gusto. Ora che abbiamo conosciuto la tua bellissima moglie, devi dirci qualcosa di lei. È di Scythia, mia cara?»

«Oh, sì. La mia famiglia ha sempre vissuto a Scythia. Abbiamo lavorato tutti per i Grey. Io lavoro nel reparto spedizioni», dichiarò lei con disinvoltura e franchezza.

Sally lo apprezzò. La maggior parte delle ragazze si sarebbe sentita intimidita, arrivando ad Hawthorne in circostanze simili. Era chiaro che quella donna era sicura del proprio valore. Aveva barattato un corpo perfetto con il diritto a stare lì. Questo era sufficientemente palese. Si poteva non approvarlo, ma nessuno aveva il diritto di condannarla. In ogni caso, la situazione era interessante, una sorta di dramma teatrale.

Clive appoggiò la mano su quella di Roxanne e la corresse. «Lavoravi là nel reparto spedizioni. Ora non ci lavori più. Abbiamo acquistato una casa, non è lontano da qui, in Brookside Road, sono circa tre chilometri.»

«Sono sbalordito.» Oliver scosse il capo, incredulo.

Dan osservò Sally. «Deve essere impazzito», diceva quello sguardo.

«Ne prenderemo possesso il mese prossimo. Nel frattempo, ho incaricato una persona dell'arredamento.»

«Oh, è meraviglioso», gridò Roxanne.

«Nell'attesa pensate di restare qui?» chiese Oliver. «O con i tuoi genitori, Roxanne?»

«Genitori? Ho solo mio padre e certo non intendo tornare da lui.» Rise di cuore gettando il capo all'indietro. «No, con Clive sto iniziando una nuova vita.»

Non vennero fatti commenti, nessuno parlò; fu Clive a rompere il silenzio annunciando che avevano intenzione di trascorrere il mese seguente in luna di miele.

«Faremo una bella crociera nelle isole greche. Poi, andremo in Italia. Venezia e i laghi, il lago di Como e il lago Maggiore.»

«I luoghi ideali per una luna di miele. Alcuni dei posti più belli del mondo», concordò Oliver.

A differenza di Ian, chiaramente offeso, come sempre Oliver aveva subito riacquistato il proprio equilibrio. Ciononostante, era possibile immaginare i suoi pensieri mentre osservava il figlio assieme alla nuova nuora... Clive così poco attraente sudare stretto nel colletto e nella cravatta sotto il sole di mezzogiorno, seduto scomposto sul sofà con un'aria del tutto insignificante di fianco a quella donna tanto bella. Il contrasto era grottesco. Sembrano personaggi di Dickens, pensò Sally.

«Se solo foste arrivati prima in modo da pranzare con noi», disse Oliver. «Ma dobbiamo festeggiare comunque.

Organizzeremo una cenetta leggera per stasera.»

«Dovremo rimandare tutto al mese prossimo, papà. Facciamo un salto dal padre di Roxanne e poi prendiamo l'aereo per New York, dove trascorreremo la notte prima di volare in Europa.»

«Molto bene, ma non posso lasciarvi andare così. Ian, ti dispiace andare in cucina a chiedere che ci portino dello champagne dalla cantina? E che ce ne portino molto. Potrebbero aggiungere qualche dolcetto, qualche biscotto o qualsiasi altra cosa. Sei rosso come un peperone, Ian. Non ti senti bene?»

Ma Ian era già troppo lontano per sentirlo.

Nel frattempo, Happy invitò Roxanne a visitare brevemente la casa. «Alle donne fa sempre piacere vedere le case, giusto? E una così non verrà costruita mai più, temo.»

«Oh, mi piacerebbe moltissimo. Mentre stavamo percorrendo il vialetto, ho detto a Clive che questo posto deve essere costato una fortuna. Più di un milione di dollari, scommetto. Per non parlare dei mobili, ovviamente. Ho ragione?» chiese Roxanne, rivolgendosi a Oliver. «Almeno un milione di dollari?»

«A dire il vero, non saprei. Venne costruita subito dopo la guerra civile. Da allora, il valore del denaro è cambiato parecchio.» Sorrise con fare benevolo.

Ancora una volta, lo sguardo di Dan incontrò quello di Sally. Era come se si stessero automaticamente scambiando le stesse impressioni. Con tutta la sua buona educazione, molto probabilmente Oliver dentro di sé doveva essere inorridito di fronte a una simile domanda sulla sua casa. Tuttavia, era abbastanza gentiluomo da accettare un fatto compiuto. Avrebbe fatto buon viso a cattivo gioco.

Riuniti in biblioteca, stavano tutti attendendo l'inizio dei «festeggiamenti». Diventando impaziente, Oliver chiese che cosa stesse facendo Ian.

«È andato a chiedere lo champagne», gli ricordò Dan.

«Non pensavo che sarebbe stato lui a portarlo.»

«Oh, questa casa è magnifica. E anche questa è una stanza magnifica», disse Roxanne osservando il caminetto in pietra scolpita, il soffitto con le travi e gli alti scaffali ricoperti di oggetti rari e libri.

«È bella, vero?» concordò Happy. «Questa è la stanza che preferisco in tutta la casa.»

«Mio fratello e io la odiavamo perché qui si tenevano le lezioni di piano e nessuno dei due era particolarmente bravo. A dire il vero, eravamo due disastri. Ma tua madre, Clive, era una pianista abbastanza abile e trascorse molte serate a quel piano. Ovviamente a quei tempi voi non eravate in grado di apprezzarlo», disse Oliver, facendo l'occhiolino a Clive e Dan. «Tuttavia, ascoltandola, avete sviluppato l'orecchio per la musica. È bastato l'anno che hai trascorso qui prima che lei morisse, Dan. Sì, questa stanza è piena di ricordi», concluse con tono solenne. Poi, all'improvviso, cambiò umore. «Dove diamine si è cacciato Ian?»

Dan si alzò. «Vuoi che vada a vedere?»

«No, no, stai tranquillo.»

Trascorsero alcuni secondi di freddo silenzio. Questa volta fu Roxanne a infrangerlo, osservando Oliver e dicendo: «Quanti libri! Penso che qui abbiate un libro su qualsiasi cosa esista al mondo».

«Non proprio. Comunque, ce ne sono più di quanti riuscirò a leggerne in tutta la mia vita.»

«Oh, non deve parlare così, un uomo giovanile e sano come lei.»

Sally provò un'improvvisa compassione per la ragazza, una sensazione strana dato che, da abile approfittatrice, era riuscita benissimo nei propri intenti e non aveva certo bisogno della compassione di nessuno. Tuttavia ora era lei in mostra, seduta sul banco degli imputati e stava davvero mettendocela tutta.

Se avesse conosciuto questi sentimenti, Dan avrebbe riso di lei. «Saresti capace di impietosirti anche per un uomo che ti assale alle spalle», diceva sempre.

«Zio Oliver ha un libro che parla di com'era Scythia quasi due secoli fa. Ti piacerebbe vederlo?» cominciò quindi Sally, ma Happy, molto più brava a condurre le conversazioni, l'aveva già preceduta.

«Papà ha viaggiato per tutto il mondo e ha portato a casa cose meravigliose. Vieni a vedere. Tutte le monete in questa teca provengono da Roma, e risalgono a prima di Cristo.»

«Non ci credo», esclamò Roxanne con la giusta venerazione.

«Oh, sì. E ora guarda questi fiori in porcellana. La rosa è il mio fiore preferito. C'è persino una goccia di rugiada. Non sono splendidi? E le margherite con un petalo che comincia ad appassire laggiù, ma... dov' è la giostra? C'era una magnifica giostra. Dov'è finita?»

Tina intervenne: «A casa mia. È mia».

«Tua tesoro? Davvero?»

«Sì, a casa nostra», disse Sally. «Un regalo per Tina.»

«È mia, è mia, è mia!» gridò Tina, saltando su e giù. «E tu non puoi averla», continuò piagnucolando.

«Certo che è tua», la rassicurò Clive. «Un regalo per una tenera bambina. Vieni, siediti sulle mie ginocchia come fai sempre e non piangere più.»

«Non voglio sedermi sulle tue ginocchia. Non mi piaci.»

«Non parla sul serio, Clive», disse Dan, notando l'aria ferita. «La conosci. Quella dannatissima giostra», bisbigliò a Sally, «ha creato più guai che altro. La bambina è ossessionata dal quell'oggetto.»

«Bene, eccoci qui», disse Oliver vedendo sopraggiungere Ian, seguito dal cuoco e dal cameriere che, con ogni probabilità, erano stati risvegliati da un sonnellino pomeridiano. Tra loro c'era un carrello a due piani con un enorme secchiello contenente tre bottiglie di champagne nel ghiaccio e un vassoio d'argento colmo di biscottini assortiti e torte in miniatura. I due sposini vennero spinti avanti in modo che i membri del personale di servizio potessero esprimere le congratulazioni e ricevere in cambio ringraziamenti, per poi ritirarsi. I festeggiamenti di famiglia ebbero inizio.

Fu Ian piuttosto che Oliver ad assumere il ruolo dell'ospite. Fu lui a riempire i flûte, fu lui a ricordarsi di un bicchiere di limonata per Tina e fu sempre lui a fare il brindisi.

«A questa incantevole sposa», disse ad alta voce, alzando il bicchiere. «Che i suoi sogni possano avverarsi. Un augurio privo di originalità ma tradizionale. Giusto?»

Con delicatezza, il padre lo corresse. «Sembra che tu abbia dimenticato lo sposo, Ian.»

«Davvero? Mi spiace, fratello. Accetta le mie scuse. La vista di una giovane sposa innocente mi commuove sempre tanto da impedirmi di ragionare. Ecco, permettetemi di riempire una seconda volta i bicchieri. Non siete ancora pronti? Be', io sì. Partiamo. A Clive, al nostro Clive, un uomo serio, fedele e brillante. Meriti il meglio e tutti noi possiamo testimoniare che l'hai trovato. Buona fortuna, fratello, dal profondo del cuore.» E così dicendo dette a Clive una pacca affettuosa sulla schiena.

Che cosa era questa storia? Sally vide che anche Happy era stupita.

Clive si alzò con dignità e disse: «È difficile tradurre in parole ciò che sento e che sono certo provi anche Roxanne. È come un sogno...»

Un attacco di tosse lo interruppe. Ansimando e soffocando, si piegò in due scosso dalla testa ai piedi. Roxanne si precipitò accanto a lui, ma Oliver la allontanò con un gesto, dicendo tranquillo: «Lascialo stare. È meglio che se la cavi da solo».

Quando Clive uscì di corsa dalla stanza, Dan osservò: «Continuerà così finché non smetterà di fumare».

«Non smetterà mai», ribatté Ian, «a meno che non gli venga un cancro o qualcos'altro.»

A Sally questa osservazione parve almeno brutale. Una cosa davvero orribile da dire a una sposa! Tuttavia, di tanto in tanto, Ian aveva già mostrato una simile mancanza di sensibilità. E probabilmente Roxanne, a giudicare dal suo commento sul padre, era abituata a questi comportamenti, dato che non mostrò segno di disagio e si limitò ad aspettare che Clive tornasse. Dopo due o tre minuti, con gli occhi pieni di lacrime e completamente esausto, Clive rientrò nella stanza.

«Tutto bene ora?» gli chiese lei con fare gentile.

Lui sorrise debolmente. «Sì, tutto bene. Scusatemi tutti. Continuiamo con la festa.»

Happy e Sally offrirono i biscotti e le tortine. Quando

Tina ne prese tre insieme invece di una, Sally non la rimproverò; per quel giorno c'era già stato abbastanza trambusto.

Ian stava ancora occupandosi dello champagne, esortando tutti con voce alta e arrogante a bere ancora. «Forza, che cos'è questo, un raduno della società della moderazione? Stiamo festeggiando un matrimonio, gente. È Taittinger, non lasciate che vada sprecato. Be', se non bevete, lo farò io.»

Pur con tono gentile, Happy protestò. «Ti stai ubriacando, Ian.»

«Ho bisogno di far scendere i biscotti. È un privilegio degli uomini potersi ubriacare se lo desiderano. Inoltre, durante i matrimoni è normale ubriacarsi. Non me ne importa un fico secco.»

Oliver disse con aria severa: «A me però sì. Non è questo il modo di comportarsi, di dare il benvenuto».

«Benvenuto!» urlò Ian, ignorando l'espressione intransigente del padre. «Giusto! Non ho dato il benvenuto alla sposa. Ti spiace se bacio la sposa, Clive? Un bacio casto, da fratello? Ti spiace?»

«Direi che spetta alla sposa decidere», rispose Clive.

Nonostante Roxanne si fosse tirata indietro, Ian la afferrò e, voltandole il capo che opponeva resistenza con entrambe le mani, la baciò violentemente sulla bocca.

«Ian!» disse Happy con un filo di voce.

Oliver afferrò Ian per le spalle. «Ora siediti e calmati», gli disse. Sebbene non avesse alzato la voce, era profondamente arrabbiato. «Mio figlio non è un ubriacone», spiegò a Roxanne, «e ti chiedo scusa per lui. Lo champagne gli ha dato alla testa.» Sorrise amaramente. «Lo champagne può essere pericoloso.»

«Va tutto bene. Le intenzioni erano buone», rispose Roxanne con cortesia.

Con Ian più moderato e ben sistemato su una sedia accanto a quella del padre, Oliver diresse la conversazione verso la Grecia e l'Italia.

«Visto che avete intenzione di visitare i laghi, non trascurate l'Isola Bella. Prendete il traghetto del mattino», consigliò, «prima che faccia troppo caldo. Spero che tu abbia un cappello con la tesa ampia, Roxanne, o che ne trovi uno adatto, ne avrai bisogno.»

«Ci ho già pensato», disse Clive. «Ma grazie lo stesso, papà.»

«Clive pensa sempre a tutto», disse Roxanne stringendogli il braccio.

Ogni sua mossa sembra seducente, pensò Sally. Sarà un'arte o una cosa naturale? Probabilmente, un po' di tutte e due. Io la fotograferei da dietro con quel lungo collo riprendendo solo una piccola porzione di viso, con gli occhi semichiusi per evidenziare le ciglia.

Ian emise un suono spaventoso. Il suo volto non era più rosso, ma bianco verdastro. Si alzò in piedi e corse via. Quando nell'ingresso ci fu un gran fracasso, tutti gli altri si alzarono e si precipitarono fuori dalla stanza.

«Tutto a posto», disse lui rialzandosi. «Sono inciampato. Ho bisogno del bagno.»

Dan lo sostenne per un braccio e disse tranquillo: «Starà bene. Lasciate che sia io a occuparmi di lui».

Happy cominciò a contorcersi le mani. «Non capisco che cosa gli sia accaduto. Non l'avevo mai visto così ubriaco prima di oggi. Non è mai stato un patito degli alcolici.»

«Si è sempre dato solo al gioco», disse Oliver, sforzandosi di ridere, di portare un po' di umorismo.

Tornarono tutti indietro e si sedettero.

«Vediamo, che cosa stavamo dicendo? Ah, già, l'Isola Bella. Durante il tragitto verso Venezia, a Verona, ricordati di mostrare a Roxanne il balcone di Giulietta.»

«Quello vero?» chiese Roxanne, eccitata. «C'è ancora?»

«Be', così dicono », ripose Oliver. «Ma Giulietta era solo il personaggio di una commedia, come sai.»

Così, la conversazione proseguì tranquilla, passando dall'uno all'altro mentre tutti si sforzavano di coinvolgere Roxanne senza però metterla in difficoltà.

Poco dopo, giunse Dan. «Sta bene. Subito dopo aver rimesso, si è sentito meglio. L'ho fatto stendere, poi gli ho dato un caffè e ora è tornato a casa. Mi ha chiesto di porgervi le sue scuse. Ti accompagneremo noi a casa, Happy.»

«Santo cielo, non gli avrai permesso di guidare? Avresti dovuto chiamarmi, l'avrei fatto io.»

«Ha insistito, Happy. Dice che non è stato solo un problema di champagne. Non si sentiva bene già prima del brindisi. Pensa che sia un virus che colpisce lo stomaco ed è sicuro che un po' di riposo a casa gli gioverà.»

«Be', non so.»

«Era in grado di guidare, Happy, altrimenti non lo avrei lasciato andare.»

La festa stava ormai volgendo al termine. Roxanne stava osservando l'orologio d'oro che portava al polso, mentre Clive stava pronunciando un breve discorso di ringraziamento. Tutti li accompagnarono alla porta per salutarli e appena la loro auto uscì dalla vista, tornarono sulla veranda per discutere la questione.

Fu Oliver a cominciare. «Be', devo ammettere di essere rimasto a bocca aperta. Nessuno avrebbe mai pensato, o perlomeno io non avrei mai pensato che Clive potesse agire in maniera tanto istintiva.» Nessuno dei presenti dissentì da lui. Così Oliver continuò, tenendo lo sguardo fisso sugli alberi in fondo al prato. «Come avranno fatto a incontrarsi? Lei non sembra... uh... quel tipo di ragazza che, be', non è come voi due», concluse, rivolgendosi ad Happy e Sally.

Happy rispose con un'osservazione tipica di lei. «È chiaramente una persona cordiale, con questo non voglio dire che avremmo dovuto aspettarci un comportamento ostile, visto come si è presentata qui. Cioè, be', non era certo timida, che cosa dite? Ricordo quando ti ho fatto visita per la prima volta, papà, ero spaventata a morte.»

Oliver sorrise. «Non c'è paragone. Ma l'ha scelta Clive. Dobbiamo solo sperare che lo renda felice.»

«Oh, io spero che tutto possa andare a meraviglia», ripeté Happy.

«Ho la sensazione che sarà così», disse Dan. «È così vivace che potrebbe riuscire a tirarlo fuori da se stesso. Inoltre, ammettiamolo, è nel suo interesse farlo felice.»

«Sarà il tempo a dirlo», continuò Oliver. «Noi faremo del nostro meglio per semplificargli le cose, ne sono certo.»

Sally esclamò: «Ecco perché l'altra sera a casa nostra si interessava tanto alle decorazioni! Mi era parso strano. Adesso che ci penso, mi era anche sembrato nervoso. Nervoso ed eccitato».

«Sì», disse Oliver. Sospirò. «Clive ha sempre avuto un posto speciale nel mio cuore. Non più posto di tuo marito, Happy, solo diverso.»

«Capisco», rispose lei con aria seria.

«Lo so. È normale che tu capisca, visto che lavori sempre a contatto con i bambini.» Tornò a osservare gli alberi in lontananza. «Il fatto è che Clive non è mai stato un bambino allegro, non ha mai riso gran che. Proprio come ora. Ian era il tipico monello e nel periodo dell'adolescenza mi procurò un sacco di problemi. Clive non mi ha mai dato problemi. Tuttavia, non mi sono mai preoccupato per Ian. Ho sempre saputo che se la sarebbe cavata. Per lui la vita era un'avventura, tutto gli riusciva facile, l'atletica, gli amici, la laurea con lode. E per finire, una moglie come te, Happy. Clive, invece, Clive era diverso, come tutti sappiamo.»

«Io però sono preoccupata per Ian, papà», disse Happy. «Oggi non era in sé. Ormai sono settimane che è così. Chiedilo a Dan. Devi aver notato qualcosa in ufficio, Dan e probabilmente sei rimasto perplesso.»

«Sì, l'ho notato», ammise Dan, «ma non direi di essere rimasto perplesso. Posso parlarti apertamente, zio Oliver? So che non ti piace sentire discutere di problemi di lavoro. Vorresti che tutto filasse liscio come quando eravate tu e mio padre a dirigere l'azienda e come quando più tardi l'hai condotta da solo. Ma ora, purtroppo, le cose non stanno così.»

Sally avrebbe voluto dire la sua, ma non spettava a lei esprimere giudizi sulla Grey's Foods, proprio come non spettava a Dan interferire nel suo lavoro. Ciononostante poteva avere le proprie private opinioni, come effettivamente era. Per quanto fosse efficiente e industrioso, Ian aveva anche tracce di pigrizia e avidità. Tracce pesanti e ampie.

«Sta ancora crescendo. Ha ancora un po' di strada da fare», aveva detto una volta a Dan. Ridendo, il marito le aveva chiesto se, secondo lei, questo sarebbe mai accaduto.

«In fondo, è un bravo ragazzo», aveva commentato Dan, «buono e gentile con i dipendenti e meraviglioso con Happy.»

Era abbastanza vero, pensò ora Sally, ma il comportamento di quel pomeriggio era stato orribile, non tanto perché aveva bevuto troppo, bensì perché era stato meschino, sì, meschino. Se anche ai suoi occhi quel matrimonio appariva ridicolo, era stato vergognoso mostrarlo così.

«Ian vuole vendere agli investitori esteri e mia sorella lo incoraggia», stava dicendo Dan con enfasi. «Con quelle sue richieste di denaro che noi non possiamo soddisfare, gli sta offrendo un'altra ragione per spingere la vendita. Se non fosse per lei, forse potremmo riuscire a convincere Ian.» E Dan continuò, con un po' troppa audacia secondo Sally. «Sappiamo tutti quanto la foresta sia preziosa per te, zio. Tuo nonno acquistò la terra pezzo dopo pezzo. È preziosa anche per me. Su questo proposito, siamo d'accordo. Faremmo qualsiasi cosa per conservarla. Se solo tu parlassi ad Amanda, ci aiuteresti tantissimo. Qualche parola detta da te...»

Oliver si voltò sulla sedia in modo da guardare Dan negli occhi. «Amanda è... no, non intendo parlar male di tua sorella, Dan», disse lui.

«Non mi ferirai facendolo. Qualsiasi cosa tu dica, sarà giusta, ne sono certo. È sempre così.»

«Dan, mi spiace. Non è il momento adatto. Se vogliamo essere giusti sia nei nostri confronti sia nei confronti delle donne presenti, dobbiamo ammettere di aver parlato fin troppo questo pomeriggio. Inoltre sono certo che Happy desidera tornare da Ian.»

All'improvviso, Sally emise un urlo. «Oh, mio Dio, dov'è Tina?»

«Non so», disse Dan, con aria confusa. «Era qui un attimo fa, o sbaglio?»

«Deve essere entrata», disse Happy con voce tranquilla. «Probabilmente sta facendo indigestione di pasticcini.»

In tutto il trambusto che Clive aveva risvegliato, avevano

dimenticato la piccola. Dan e Sally tornarono in casa, dapprima in biblioteca, dove non trovarono Tina, poi, chiamandola, attraversarono tutte le stanze, il soggiorno, la sala da pranzo, l'atrio, il salone posteriore, persino il rifugio di Oliver. Non ottennero alcuna risposta.

«Avete guardato di sopra?» chiese Happy.

Tutti e tre salirono le scale ed esplorarono stanze da letto, stanze di soggiorno e bagni. Alla fine, si guardarono preoccupati.

«Deve essere uscita», disse Oliver, che attendeva in fondo alle scale. «Non lasciamoci prendere dal panico. Deve essere qui in giro.»

La piscina, pensò Sally. Dan, chiaramente colpito dallo stesso pensiero, era già partito di corsa in quella direzione. Ma nulla: sotto la forte luce del sole, l'acqua appariva particolarmente blu ed era così immobile che si riusciva a distinguere alla perfezione il fondo.

Senza dire una parola, i quattro adulti si sparpagliarono in giardino. Hawthorne comprendeva serre, garage, zone dove si coltivavano ortaggi, altre dove crescevano fiori, mentre al centro del roseto c'era una piccola casetta. Continuarono a chiamare e chiamare ovunque, mentre il terrore cresceva sempre più.

«Proviamo ancora in casa», suggerì Happy. «Forse si sta nascondendo. I bambini credono che sia divertente, per loro è un gioco.»

La trovarono seduta sotto il piano, nascosta dalla pesante tenda appesa dietro lo strumento. Se ne stava seduta tranquilla a succhiarsi il pollice.

«Che cosa stai facendo? Ci hai spaventato a morte», gridò Dan.

«Ti abbiamo chiamato a squarciagola. Avresti dovuto risponderci.»

Happy tentò di appianare le cose. «Stavi costruendo una casetta dove nasconderti, vero, tesoro?»

Tina lanciò ad Happy uno sguardo privo di espressione e non rispose. No, non era un bel gioco.

Sally si inginocchiò. «Ti senti bene?» le chiese, appoggiandole una mano sulla fronte. «Forse hai mangiato troppi dolci. Sta bene il tuo pancino?»

Tina alzò lo sguardo per osservare gli adulti ma non rispose.

Happy, che talvolta si rivolgeva ai bambini con lo stesso linguaggio che sua nonna aveva utilizzato con lei, disse: «Il gatto ti ha mangiato la lingua?»

«Che cosa c'è che non va?» chiese Dan.

Non solo si rifiutava di rispondere, ma Tina sembrava anche non sentire.

«Non è divertente», disse Sally, sebbene nessuno stesse neppure abbozzando un sorriso. Si sentì percorrere da un brivido. La bambina si era allontanata da tutti loro. Forse solo una madre poteva capire che a Tina stava accadendo qualcosa di molto strano.

«È stanca, ecco tutto», disse Oliver, dopo alcuni minuti di inutili suppliche e comandi. «È meglio che tu la prenda, Dan, e la porti a casa.»

Così, Tina fu presa, senza che esprimesse alcuna protesta, e portata a casa, dove giunse senza aver detto neppure una parola.

10

Agosto 1990

«Oh, tesoro!» disse Sally.

Per la prima volta, Susannah era rimasta seduta diritta senza ricadere all'indietro. Felice del risultato ottenuto e della nuova prospettiva sul mondo, ora gorgogliava. Era un vero amore, rotondetta, rosea e completamente nuda, tranne per il pannolino. Aveva le pieghe sui gomiti e le fossette sulle ginocchia! Gli occhi, a mandorla e chiari come quelli di Dan, né verdi né grigi né blu, ma di un colore indefinito, erano fissi su Sally e avevano un'aria indagatrice, come se stesse pensando: Come sei diversa rispetto a quando ti osservavo stando distesa.

Sally la sollevò dalla culla e la baciò teneramente sulla nuca. «Tesoro», disse, «ti voglio bene, ti voglio tanto bene. Sai quanto? No, certo che no. Non potrai mai capirlo finché non avrai un figlio tuo.»

Accadrà fra molto, molto tempo, pensò, intanto noi veglieremo su di te, cara Susannah, ci prenderemo cura di te e proteggeremo ogni minuto della tua vita. Voglia il cielo che non ti accada nulla di male.

La settimana precedente un uccellino era caduto dall'unico nido costruito sulla curva dove il tetto della casa si univa al tetto della cucina. Da sempre, tutti gli anni una nuova famiglia aveva costruito il nido nello stesso posto. Da sempre, tutti gli anni, lei e Dan erano rimasti a osservare la madre dalle piume grigiastre covare pazientemente le uova per due interminabili settimane, mentre il padre con la testolina rosa andava e veniva. Il giorno della tragedia, Sally osservò lo svolazzare disperato di quei due genitori sul loro piccolo nudo e cieco, grande come mezzo pollice, che disteso sull'erba lottava con la morte. Aveva osservato la loro veglia, aveva udito le loro grida e aveva riconosciuto il loro dolore. Forse non era possibile definirlo dolore in senso umano, tuttavia avrebbero voluto salvare il piccolo.

Avere un figlio malato o morto era terribile, pensò, ma peggio di tutto...

«Signora Grey», disse la tata. «Ha un altro dei suoi attacchi di mutismo. Non sono riuscita a cavarle una parola in tutta la giornata.»

«È la seconda volta, questa settimana, vero?»

«È la terza. Non riesco proprio a capire, non ho mai visto un bambino comportarsi così.»

Non voleva mostrare la propria preoccupazione alla tata, poiché era contagiosa e tutti in casa dovevano ignorare quel che faceva Tina. Queste erano le istruzioni del dottor Vanderwater. Il mutismo di Tina era solo uno stratagemma per attirare l'attenzione e l'unico sistema per indurla a cambiare il proprio comportamento era far finta di nulla. Alla fine, si sarebbe accorta che non funzionava.

«Non so che cosa fare, signora.»

Sally rispose tranquilla: «Sa benissimo cosa fare. Nulla».

«Qual è il problema?» chiese Dan, in ritardo per uscire.

«Il solito. Si rifiuta di parlare.»

Le due brevi linee verticali tra le sopracciglia si fecero più profonde. «Non capisco», mormorò come se stesse parlando tra sé, quindi allungò una mano per accarezzare la testolina di Susannah. La tata, intuendo che non avrebbe ottenuto alcun consiglio utile, tornò al piano di sotto per preparare la colazione a Tina, lasciando soli Sally e Dan.

Stavano entrambi guardando la piccola; fu Dan a rompere per primo il silenzio.

«Stiamo pensando la stessa cosa. Susannah è identica a Tina alla stessa età.»

«Sì.» Poi, dalla bocca di Sally uscì un grido di dolore. «Oh, Dan, che cosa facciamo?»

«Non vedo che altro potremmo fare se non seguire le istruzioni, proprio come stiamo facendo ora.»

«Questi silenzi sono così *privi di senso*. A volte ho l'impressione che intenda punirci.»

«Punirci! Per cosa? Che cosa abbiamo fatto, in nome di Dio?»

«Non so. Ha un'aria di sfida. Il modo in cui mi guarda quando dico qualcosa e il fatto che si rifiuti di rispondere.»

«Ah, Sally, ti sfida? Ha solo cinque anni.»

«È possibile. I bambini iniziano a sfidarti a due anni. A volte, però, penso che non sia una provocazione. Ho l'impressione che sia solo spaventata.»

«Di che cosa? Non c'è nulla di cui essere spaventati. A meno che non sia stata Susannah. È questa la conclusione a cui siamo giunti, vero?»

«Tina sta peggiorando, Dan. Ammettiamolo. Se la ragione fosse Susannah, ormai dovrebbe migliorare.»

«Non necessariamente. Anzi.»

«Bene, allora spiegami il tuo ragionamento.»

«No, spiegami la tua teoria.»

Sul fasciatoio, Sally stava cambiando Susannah. Per un attimo, evitò di rispondergli, poi, sebbene non fosse certa di quanto stava per dire, parlò ugualmente.

«A volte penso che dovremmo riportarla dalla dottoressa Lisle.»

«No e poi no. Questo non ha senso.»

«Perché? Il dottor Vanderwater non sta ottenendo un bel niente.»

«Tutti sanno che i problemi di comportamento non sono come una gamba rotta, non è possibile dire: 'Tra sei settimane' o che altro 'toglieremo il gesso'. Dagli una possibilità.»

«Ho l'impressione che sia preoccupato anche lui, o forse sarebbe meglio dire confuso.»

«Le impressioni non valgono molto. È io dubito che il

dottor Vanderwater si lasci confondere molto spesso. È il migliore nel suo campo in questa zona. La dottoressa Lisle non è neppure paragonabile a lui. Non fa neppure parte della sua associazione.»

Sally si sentì disperata. La giornata era appena iniziata e lei era già sfinita. Quando, dopo aver sistemato la piccola nel box, tornò a guardare Dan, lui si accorse che gli occhi della moglie erano colmi di lacrime.

«Ah, Sally.» Abbracciandola, le disse: «Mi fa male vederti così. Non è da te. Ascolta, tesoro, non abbiamo scelta. È tutta una questione di pazienza. Ringraziamo Dio di non avere un figlio con la sindrome di Down o un cancro incurabile».

Sally rabbrividì. «Lo so. Ma ci sono anche altre cose. Non così, ma altre cose.»

«Spero che tu non ti riferisca a quelle sciocchezze che ti ha messo in testa la dottoressa Lisle.»

«Non ne sono sicura. Mi stanno venendo pensieri folli.»

«Sì, sono davvero folli. Pensavo che te ne fossi liberata.»

«Anch'io pensavo di esserci riuscita.»

«Non faremo nulla, Sally. Non è possibile spostare una bambina da un dottore all'altro ogni volta che ti salta in testa una nuova idea.» La fissò. «E non mi piace lasciarti in questo stato, ma devo andare al lavoro», concluse Dan, allontanandosi da lei.

«Stamattina ho un appuntamento con il dottor Vanderwater, sai.»

«Bene. Spero che riesca ad aiutarti.»

Ogni volta che gli occhi di Sally non guardavano il viso del dottore, si posavano sulla fotografia dei quattro ragazzi con i capelli ricci. Avevano un'aria sana, sorridevano e ammiccavano. Il più giovane, quello che stringeva una palla tra le mani grassocce, rideva felice, mostrando i denti da latte. Non molto tempo prima, anche Tina aveva la stessa espressione...

«Con tutto il rispetto per lei, dottore», disse Sally, «devo ammettere di non aver completamente scartato l'altra ipotesi.» S'interruppe. Era difficile continuare e la sua stessa esitazione la innervosiva. Lei, Sally Grey, che era sempre riuscita a fare di testa propria, che non si era mai spaventata di fronte a nessuno e in nessuna situazione, era incredibile!

Con voce tremante, continuò: «Ho fatto dei sogni spaventosi, dottore. Tina si trovava sul davanzale di una finestra o su un precipizio e io volevo afferrarla o chiamarla ma temevo che se si fosse spaventata, sarebbe caduta; inoltre, ero incapace di muovervi, di emettere anche il minimo suono». Tacque improvvisamente. «Mi dispiace. I miei sogni non possono avere una grande importanza. È solo che sono così spaventata.»

«A causa dell'altra diagnosi?»

Sally distolse lo sguardo dagli occhi indagatori del medico e guardando i quattro ragazzi, disse con un filo di voce: «Mio marito pensa che sia assolutamente ridicola; è un uomo intelligente, potrebbe avere ragione».

«Be', mi spieghi perché non riesce ad allontanare da sé questa idea, a parte il fatto che mi ha già raccontato, ovviamente, e cioè che Tina non sembra aver compiuto miglioramenti da quando l'ho vista per la prima volta.»

Sally si affrettò a ribattere: «Oh, non intendevo lamentarmi...» ma subito il dottor Vanderwater la interruppe: «Non sono permaloso. Se ha qualcosa di cui lamentarsi, lo faccia pure».

«È il tipo di problema. So che queste cose richiedono tempo. Lo so benissimo. Ma ci sono stati dei cambiamenti. Non vuole che la gente la tocchi. Per esempio, mio marito ha un cugino, un uomo a cui Tina era affezionata. Ora non si avvicina più a lui.»

«Dice che Tina non vuole lasciarsi toccare dalla gente. Mi sembra di capire che però lei sta concentrando l'attenzione su quest'uomo, ho ragione?»

«Be', sì e no.»

Il dottore fece un lieve sorriso. «L'esperienza mi insegna che di solito questa risposta significa sì. Che cos'ha di particolare questo individuo?»

Sally si sentiva sciocca. Tutto ciò che poteva dire era vago e non riusciva a convincere neppure lei.

«Strano», disse debolmente. «Si è sposato solo poche settimane fa. È un solitario. È solo... solo eccentrico. Ecco tutto.»

«La sua descrizione si adatta a molti genii di questo mondo. Non ha nulla a che fare con la possibilità che si tratti di un maniaco sessuale.»

«Lo so. Ma ha sempre prestato grande attenzione a Tina, l'abbraccia, la tiene sulle ginocchia e le fa molti regali. Non mi sto spiegando bene», si scusò. Stava dando di Clive un'immagine simile a quella di Babbo Natale.

«La capisco. Io non ho cambiato idea, ma dato che lei ha questi timori, posso solo suggerirle quanto le ho già suggerito prima: tenga d'occhio la bambina, come certamente sta già facendo. Non voglio escludere alcuna possibilità. Il male si manifesta nei luoghi più impensati. Bisogna considerare tutti, persino il padre, sebbene non credo che questo sia un caso del genere.»

Era inorridita. Guarda in che pozzo buio mi hanno condotto i miei pensieri, rifletté. Che vergogna aver considerato una tale eventualità anche solo per una frazione di secondo. Così, Sally decise di chiudere la propria mente, come se si fosse trattato di un armadio, e gettò via la chiave.

«Vado in vacanza per un mese, signora Grey. Nel frattempo, lei sa che cosa fare. Cerchi di comportarsi in modo normale e di non lasciarsi sconvolgere dalle liti o dai silenzi. Come le ha detto suo marito, la chiave di tutto è la pazienza.»

Con ogni probabilità, il fatto di aver parlato del «cugino del marito» senza avere alcuna prova valida l'aveva fatta apparire una sciocca e ora Sally si sentiva soffocare dalla vergogna. Povero Clive, un uomo sposato che sembrava godersi davvero la vita per la prima volta da quando era nato. «Gira per l'ufficio come se avesse vinto la lotteria», aveva detto Dan. D'altro canto, un uomo poteva essere sposato e allo stesso tempo...

Poi Sally pensò che era un'idea assurda. Il seme gettato

dalla dottoressa Lisle si era trasformato in un'erbaccia gigantesca all'interno della mente. Clive, Ian, zio Oliver, il nipote della tata che faceva loro visita, l'operaio che portava con sé il figlio, il vicino di casa dei suoi genitori l'estate prima... era tutto assurdo. E se fosse stato il padre di Emma, l'amica di Tina che viveva in fondo alla via? considerò. È una persona strana, poco cordiale e tetra. Non mi è mai piaciuto.

«Oh, mio Dio, smettila, Sally!» disse ad alta voce

La casa di Clive era davvero affascinante. Lila Burns aveva fatto un miracolo in meno di un mese, pensò Sally mentre Roxanne mostrava a lei e ad Happy le infinite stanze. Grazie alla bacchetta magica rappresentata da fondi illimitati, Lila aveva riempito la casa di piccoli e grandi tappeti orientali fatti a mano, ottone lucidato a specchio, argenteria inglese e porcellane francesi, mobili del diciottesimo secolo in mogano e acero nonché pitture di genere del diciannovesimo secolo. Clive aveva avuto le idee chiare sin dall'inizio e Lila l'aveva capito alla perfezione. Nello studio rosso scuro, una parete era quasi interamente rivestita da immagini di cavalli in cornici dorate. Nel soggiorno bianco e blu, il camino era bordato da piastrelle decorate a fiori. In una brocca sistemata su una cassapanca tra le finestre c'erano splendidi gladioli scarlatti.

Roxanne appoggiò sul tavolo un vassoio con tè freddo e biscotti, poi si sedette. Quella giornata d'agosto era particolarmente umida, lo si sentiva persino in quella stanza con l'aria condizionata. Sally aveva la pelle appiccicosa e l'abito le aderiva addosso, mentre Roxanne, con il suo vestito bianco, appariva fresca come una rosa.

«Che bel vestito», disse Happy.

«Ti piace? Fa parte del mio corredo da sposa. L'ha scelto Clive. Compra sempre tutto per me.»

«Sei fortunata che abbia buon gusto», osservò Sally in modo affabile. «Se io dovessi dipendere da Dan, sarebbe un disastro! Lui a volte mi chiede: 'Che bel vestito, è nuovo?'

'No', gli rispondo io, 'l'ho comprato quattro anni fa.'»

Le tre donne risero. La conversazione scorreva libera. Da quando Roxanne e Clive erano tornati dal viaggio di nozze, le altre due donne si erano sforzate di accoglierla nel migliore dei modi. Sally, che tendeva sempre ad analizzare le ragioni, sia le sue sia quelle degli altri, aveva concluso che in questo caso si trattava di una forma sviluppata di cortesia, un'esigenza pratica per la pace familiare, nonché di curiosità e compassione, un cocktail davvero strano!

Così, animata da tale compassione, Sally si sforzò di capire che cosa avesse spinto Clive a un matrimonio tanto improvviso. Tentò di immaginare le privazioni che avevano trasformato quella giovane donna in una persona capace di accettare Clive in cambio di una casa e qualche gioiello. Non era certo innamorata! Non poteva provare gli stessi sentimenti che aveva provato Sally Grey quel giorno a Parigi di sei anni prima e che ancora provava.

Roxanne osservò: «I pomeriggi estivi non impigriscono anche voi?»

I pomeriggi estivi. Henry James aveva definito queste parole le più belle di tutta la lingua inglese. In realtà, dipendeva da dove si trascorreva il pomeriggio nonché da chi si era: una ragazza intenta a imballare scatole in un grande capannone destinato alle spedizioni, oppure una signora che sorseggiava tè freddo in una stanza fresca bianca e blu. Sally si sentì attraversare da un'ondata di pietà, contraddittoria e perversa.

«Talvolta stento a riconoscermi», osservò Roxanne. «Mi capita di svegliarmi e per un attimo non capisco dove mi trovo. Oppure, se anche capisco, penso che non potrà durare a lungo. Tutto questo denaro che Clive ha speso...» Si portò una mano alla bocca. «Mi spiace. Dice sempre che non bisogna parlare del costo delle cose.»

Sally rise. «Giusto. Non parliamone. Lasciamo che la gente lo veda da sé.»

«Ciò che mi piace in te», disse Roxanne, «è il tuo senso dell'umorismo. Riesci ad andare oltre qualsiasi cosa.» Fece una pausa assumendo un'aria pensierosa. «Oh, voglio comportarmi nella maniera corretta! Clive è stato così buono con me. Sapevate che questo mese ha pagato il campeggio di mia sorella? Inoltre, sta organizzando tutto per iscriverla a scuola. Vuole che vada in Florida e sta informandosi sulle scuole del posto. È stato così buono con noi.»

«Anche tu hai avuto un buon effetto su di lui», rispose Sally. «Dan dice sempre che Clive è un uomo diverso in ufficio. Prima era...» stava per dire «laconico», poi preferì optare per: «tranquillo: molto riservato, mi capisci? Ora invece parla dei manicaretti che gli prepari, dice che sei una cuoca eccezionale, racconta che ti sei occupata di lui quando si è sentito male sulla nave, e...»

Happy la interruppe. «Clive si è sentito male? Non lo sapevo.»

«Aveva i suoi attacchi di tosse, come al solito, ma una notte non riusciva a riprendersi, così abbiamo chiamato il medico affinché gli prescrivesse qualche medicina. La tosse cessò, ma fu seguita da febbre e da dolore alle costole. 'È la tosse del fumatore', diceva Clive.»

Happy adorava chiacchierare di medicina. A casa aveva uno scaffale pieno di libri di argomento medico. Così replicò: «Non sono d'accordo. Ciò che afferma Clive non ha alcuna importanza. L'importante è quel che dice il medico. Dovresti andare a fondo alla cosa, Roxanne».

«Be', il dottore gli ha detto di farsi visitare appena fosse tornato a casa, ma Clive è cocciuto e non l'ha ancora fatto. Penso che stia divertendosi troppo con la nuova casa.»

E anche con qualcos'altro, pensò Sally, mentre un lieve sorriso le illuminava il volto.

«Clive mi ha detto che hai una ricetta speciale per la torta al cioccolato, Happy. Mi chiedevo se tu fossi disposta a darmela. Mi piace cucinare, sai.»

«Certamente. Dammi una penna e un foglio di carta. Te la scriverò subito. I due fratelli sono entrambi patiti del cioccolato.»

«Non sembra certo la perfetta donna di casa, ma non si può mai dire», disse Happy sulla via del ritorno con Sally.

«Impara presto. Hai notato ciò che ha detto a proposito

delle chiacchiere sul prezzo delle cose? Clive la sta trasformando. Persino il modo di esprimersi sta cambiando. In tutto il tempo che ci siamo fermate, non ha mai detto una parolaccia.»

«Prima o poi diventerà troppo elegante anche per noi», rise Happy. «Avresti dovuto sentirmi l'altra notte quando ho sbattuto il gomito sullo spigolo del mobiletto del bagno.»

«Ricordi ciò che disse del padre quel primo giorno? Deve avere avuto una vita orribile.»

«Il fatto di non sapere che Clive sia stato male mentre erano in viaggio mi ha fatto sentire a disagio. È colpa di Ian. È così seccato da questo matrimonio da non parlare più di Clive. E Ian non è certo il tipo di uomo che si preoccupa delle classi sociali o di cose del genere.»

«No. Sebbene lui abbia rispettato la forma, non pensi?» scherzò Sally.

«Un bell'affare. Sai bene a cosa mi riferisco. Con tutto il rispetto per Oliver, Ian non gli assomiglia. Non riesco a capire perché si stia comportando così. Non è neppure stato a trovare Clive e ormai è più di un mese. Gli ho detto che si sta comportando in modo sgarbato. Quasi tutti quelli che conosciamo hanno fatto visita agli sposi. Ovviamente, sono tutti curiosi, è chiaro, ma che differenza fa?»

«Non ti ha spiegato le ragioni?»

«Oh, una volta ha detto qualcosa sul comprarsi una moglie e ha aggiunto che se è questo ciò che Clive vuole, allora gli augura buona fortuna.»

«Lo spero, anche per lei. Non riesco a disprezzarla. No, non riesco.»

«Ho l'impressione che per quei due non saranno sempre rose e fiori. Credo che Clive sia un uomo malato, più malato di quanto voglia ammettere.»

Per un attimo, Sally pensò che forse Happy aveva notato qualcosa a proposito di Tina. Dopotutto, aveva visto e sentito spesso la bambina alla scuola materna. Ma Happy era troppo gentile per affrontare l'argomento senza essere interrogata. Sally, dal canto suo, decise di tenere la cosa riservata e di non parlarne con nessuno.

Tornando al matrimonio di Clive, disse: «È davvero straordinario. Dan non credeva che si sarebbe sposato, mentre io non l'avevo mai escluso. Di questi tempi, ci si sposa molto più tardi, sebbene questo non valga per noi. Ero convinta che avrebbe trovato un tipo intellettuale, una ragazza tranquilla e riservata incontrata in biblioteca o in un laboratorio».

«Be'», replicò Happy, con il suo solito tono pacato, «è sempre così, non si può mai dire, non credi?»

Nello spogliatoio ampio e rivestito di specchi, Roxanne stava osservando se stessa. Clive aveva ragione. La semplicità conferiva un'aria più signorile. Con una smorfia, ricordò il completo in seta rossa, troppo corto, troppo ambiguo, troppo sfacciato, troppo pieno di fronzoli, che aveva indossato durante la loro prima cena insieme. L'abito in lino bianco, che costava il triplo dell'altro, valorizzava molto di più la sua pelle, la sua figura e i suoi capelli.

Facendo attenzione a non lasciare macchie di rossetto, Roxanne si tolse l'abito e lo ripose. Tre lati di quell'ampia cabina armadio erano rivestiti di indumenti, in seta, in cotone, in lino, un tailleur scozzese in tweed pronto per l'autunno, una giacca di pelle acquistata in Italia, nonché scarpe e borse e il cappello chiaro di paglia con cui si era sposata. Ogni giorno Roxanne entrava tre o quattro volte nella cabina armadio semplicemente per ammirare tutte quelle belle cose. La rendevano così felice! Era come un sogno.

Tuttavia, quando ci si risveglia da sogni di questo tipo, non sempre si è contenti, pensò. La verità è che mi sento… be', mi sento cattiva. È come se avessi rubato tutta questa roba, e non è forse così? Crede davvero che mi sia innamorata di lui? O che non veda l'ora che giunga la sera in modo da poterci ritirare insieme in quel letto chippendale o come diavolo si chiama? Non è bello sapere di essere una bugiarda, né fingersi sorridente durante le passeggiate e a cena o appassionata a letto. Sì, mi sento proprio cattiva.

Si diresse alla finestra. Al di là c'era il prato e il gruppo di abeti di cui Clive si era «innamorato». Erano abeti del Colorado. Un albero, però, restava sempre un albero. In ogni caso, erano carini.

Roxanne tornò a chiedersi se, finché Clive non avesse scoperto la verità, finché non fosse rimasto ferito, era davvero così brutto da parte sua fingere. Poveretto, rifletté. Ha fatto di tutto per piacermi. È stato così gentile. Ci si sentiva in dovere di comportarsi bene con lui. No, non avrebbe mai potuto ferirlo, privarlo della sua felicità. Sarebbe stato come rubare le caramelle a un bambino. No. L'avrebbe soddisfatto in ogni modo. Avrebbe pagato il suo conto.

La visita delle cognate era andata bene. Erano donne simpatiche, per nulla snob. Molte altre al loro posto lo sarebbero state, e ne avrebbero avuto tutte le ragioni. Le donne erano come gatte, soprattutto se tu eri più bella di loro. Ma quelle due non erano così.

Ciononostante, fingersi naturale di fronte alla moglie di Ian richiedeva uno sforzo. Ecco ripresentarsi quelle brutte sensazioni. Strano, in passato non le aveva mai dato fastidio pensare a lei. Ma vederla era un'altra cosa. E tuttavia fatti di quel genere si verificavano tutti i giorni. Comparivano di continuo sui giornali nelle lettere al direttore: la moglie partecipa a una cena dell'ufficio e stringe la mano alla gentile segretaria, mentre il marito in disparte osserva...

Come sarebbe bello avere sia questa casa, si disse, sia Ian! Roxanne si sentiva ribollire dentro, sentiva il suo sangue scaldarsi quando pensava a come sarebbe potuta essere la sua vita, se solo lui avesse voluto. Che cosa era accaduto a quell'uomo? Erano stati pazzi l'uno dell'altra, non riuscivano a stare separati. Roxanne si scaldò ancora di più... doveva calmarsi.

«Calmati, Roxanne», disse a voce alta. «Mettiti un paio di pantaloncini e stenditi sull'amaca con una rivista.»

La temperatura si stava abbassando. Una piacevole brezza produceva rumori deliziosi sopra la sua testa. Lentamente, Roxanne cominciò a sentire la bellezza di quella pace verde. Lentamente, si stava calmando. Dopotutto, non era possibile avere tutto, giusto? Ora avrebbe chiuso gli occhi per un po', poi si sarebbe alzata per preparare una torta al cioccolato, una sorpresa per Clive. Era un piacere vedere quanto amasse i dolci.

«Bene, bene, ecco qui la Bella Addormentata. Svegliati, sgualdrina.»

Ian, vestito da ufficio, aveva appoggiato la valigetta a terra e teneva le braccia incrociate sul petto. Aveva lo sguardo torvo. Per un attimo, quando si mosse, Roxanne temette che l'avrebbe colpita.

«Non essere così spaventata, non ho intenzione di ucciderti, anche se te lo meriteresti. Ma non vali una vita trascorsa in prigione», disse.

Roxanne aveva il cuore che batteva all'impazzata mentre un dolore simile a una serie di punture di spillo l'attraversò dalle braccia alle gambe.

«Dunque, hai qualcosa da dire?»

Per poter rispondere, dovette inumidirsi le labbra tanto aveva la bocca secca. «Potrei chiederti la stessa cosa.»

«Forza, chiedi. Ecco che cosa posso dirti io: io non ti ho mai mentito. Io non ti ho mai imbrogliato. Ti ho sempre detto la verità.»

Era così forte, ritto in piedi come il padrone del mondo. Sembrava un principe, un signore, con la bocca serrata e gli occhi che sprizzavano lampi. La stava sfidando, come aveva sempre fatto.

Poi, all'improvviso, mentre era ancora pervasa dal dolore, Roxanne si fece coraggio. «Non ti ho mai imbrogliato. L'ultima notte ti ho detto che se non avevi intenzione di sposarmi, potevi anche andartene al diavolo. Chiaro e semplice.»

«E poi guarda che cosa hai fatto. Hai abbindolato il povero Clive. Un trucco da bastarda.»

«Non chiamarmi bastarda.» Si alzò dall'amaca e rimase ritta in piedi. «Non ho imbrogliato Clive più di quanto tu abbia imbrogliato Happy.»

«Non c'è confronto, scema, vile ladra», urlò Ian.

«Io penso di sì. In ogni caso, chiudi il becco. Clive potrebbe tornare da un minuto all'altro.»

«E che differenza farebbe? Ho il diritto di far visita a mia cognata nella sua nuova casa», disse Ian sogghignando.

«Mi chiedevo quanto ci avresti messo a raccogliere il coraggio necessario per venirmi a trovare. La cosa stava cominciando ad apparire strana.»

«Temevo che vedendomi avresti avuto un attacco di cuore.»

«Mi è sembrato che tu abbia corso rischi maggiori quando ci siamo presentati a casa di tuo padre.»

«Quello non era il cuore. Era una crisi di nausea. Dovevo vomitare. Ho vomitato. L'idea che una donna potesse essere tanto infame da giocare un tiro simile a un povero sciocco del tutto ignaro come mio fratello...»

«'Sciocco'? Tu me ne hai sempre parlato come di un genio.»

«In matematica. Sai benissimo che cosa intendo dire.»

«Be', io non lo definirei uno sciocco. L'unica parola giusta che hai detto per il momento è 'ignaro'.»

«Vuoi dirmi che non sa nulla di noi?»

«Ma sei ritardato? Certo che non sa nulla.»

«E che non saprà mai nulla?»

«Certo che non saprà mai nulla.»

«Non esserne così sicura. Forse dovrebbe saperlo.»

Roxanne fece ondeggiare il dito della mano sinistra con il diamante. «Uh... uh... mai, sicuramente non vuoi che Happy scopra la verità, quindi non aprirai mai la bocca. Non ho alcun timore.»

Ian rimase in silenzio e Roxanne gli puntò il dito contro il petto, questa volta l'indice, poi sorrise. «Dai, smettiamola. Noi siamo qui, comodi, mentre tuo fratello è felice come un riccio.»

«Fai pure come un'allodola, suona meglio.»

«Non vedi anche tu che è un uomo nuovo? Finalmente sta avendo qualcosa dalla vita.»

«Mentre tu non stai ottenendo nulla, vero?» disse Ian, volgendo lo sguardo verso la zona del giardino chiusa da una vetrata e il piccolo stagno con i pesci rossi tra i salici.

«Oh, sto ricevendo moltissimo. Non nego che il mio

scopo fosse questo. Ma ho fatto un affare e ho intenzione di rispettarne i termini. Mi tratta come una regina e non solo perché mi compra cose come questa casa. Mi riferisco a molto di più. Mi rispetta. Ecco perché mi piace. Si fida di me e io non lo abbandonerò mai. Te lo giuro, non lo farò mai.»

Per alcuni minuti rimasero l'uno di fronte all'altra nel più perfetto silenzio, mentre entrambi scoprivano un'incredibile nuova realtà. Ian esaminò Roxanne dall'alto in basso, e ritorno. Risoluta, lei tenne lo sguardo puntato nei suoi occhi.

«Mio Dio!» esclamò. «Forse. Non ti credo. Forse i miracoli accadono davvero.»

«Puoi credermi.»

«Non fa mai domande?»

«Che tipo di domande potrebbe fare?»

«Be', per esempio sul tuo visone.»

«Non l'ha visto. Siamo in agosto. In ogni caso, l'ho dato alla mia matrigna. Ha guadagnato rispetto. I miei parenti non oseranno capitare qui o darci fastidio. Attenderanno di essere invitati. Sanno che otterranno molto di più se si comporteranno bene.»

«Pensi sempre a tutto.»

«Voglio vivere bene. I vicini sono molto gentili. Mi ha sorpreso vedere quanto siano state gentili con me le donne fin dall'inizio.»

«Il nome Grey può essere d'aiuto, non dimenticarlo.»

«Non lo dimentico mai, Ian.»

«Ci potrei scommettere. Clive ha speso una fortuna, non sapevo che avesse queste idee.» Quindi, raccogliendo la valigetta, sospirò e disse: «Be', penso di poter andare a casa. Potrei dire molte altre cose, ma non ha senso rivangare tutto. Non otterremmo nulla. Non che da questa confusione sia possibile ottenere gran che, in ogni caso».

«D'accordo, io devo preoccuparmi della cena.»

«Allora sei anche un'esperta in cucina?»

«Che cosa intendi con 'anche'.»

«Lo sai benissimo che cosa intendo. Mi hai ferito profondamente, Rox. Non riesco a immaginare te e Clive...»

«Smettila», lo interruppe lei, risoluta. «Non voglio parlarne. Sì, sono una brava cuoca. Ho dovuto diventarlo se non volevo accontentarmi sempre e solo di qualcosa di acquistato in rosticceria.»

«Bene, e che cosa preparerai stasera?»

Sapeva benissimo che Ian stava indugiando poiché faceva fatica ad andarsene. E anche lei si sentiva riluttante a congedarlo.

Tuttavia, assieme al dolore gustò il dolce sapore della vendetta quando disse con calma: «Mangeremo boeuf à la mode con salsa di barbacorte».

«Caspita, l'hai persino pronunciato giusto. Caspita!»

«E torta al cioccolato», aggiunse, ignorando il sarcasmo. «È una ricetta che mi ha dato tua moglie. Mi ha detto che è la tua preferita.»

Ian tornò a scrutarla da capo a piedi. «Stai superando ogni limite! Chi mai potrebbe immaginare una donna come te! Ti stai fingendo amica di mia moglie?»

«Mi piace tua moglie. Lei è Sally sono state molto carine. Talvolta, però, mi sento a disagio quando la guardo e penso a ciò che ho fatto.»

«Non parli sul serio.»

«Come no. Altre volte, invece, non provo alcun disagio.»

«Non ho intenzione di vederti mai più», disse lui. «Mai. Mi capisci, spero.»

«Ma dovrai farlo, non credi? Faccio parte della famiglia.»

«No. Gli uomini s'incontrano ogni giorno in ufficio e le donne possono fare ciò che vogliono. Non è necessario che ci incontriamo alla sera. Succede solo tre volte all'anno. Il giorno del Ringraziamento, a Natale e al compleanno di papà. Penso che potremo anche sopportarlo.»

«Io ne sono sicura.»

«Addio, Roxanne.»

«Addio.»

Per un minuto o due, Roxanne rimase a osservare l'auto di Ian allontanarsi lungo il vialetto, finché svanì dalla vista.

Poi si voltò ed entrò in casa con l'intenzione di mettersi subito a preparare la torta per Clive.

Ian si chiese come avrebbe potuto descrivere i sentimenti che provava. Era un misto nauseante di offesa, disgusto e tristezza. Pensare a quella tenera carne, rosa come una pesca, pensare a tutta quella vitalità tra le deboli braccia di Clive Grey. Era un dolore fisico. Ian strinse la mano destra a pugno e colpì con forza il cruscotto.

Ma era sbagliato prendersela con Clive, che in realtà era la vittima. Avrebbe dovuto arrabbiarsi con l'impostora, con quell'ipocrita in pantaloncini bianchi e top, ora comodamente sistemata nel suo nido lussuoso.

Mi piace tua moglie. Quella donna, quell'incredibile donna! Clive ha detto di averla incontrata al centro di equitazione, si ricordò. Sapeva bene dove trovarlo, quindi. Maledizione, deve aver memorizzato tutte le osservazioni che io ho espresso casualmente. Ha tutte le qualità di un eccezionale amministratore delegato, l'audacia, l'ingenuità e la determinazione. E che amante. E che attrice. Ha incantato Clive. Lui è come rinato, quell'omino tetro sempre curvo sulla scrivania ora cammina impettito, fischietta in corridoio. In bagno, raccontano tutti barzellette su di lui, le tipiche barzellette che si sentono durante un addio al celibato.

Sì, Roxanne ce l'avrebbe fatta. Come aveva detto, aveva fatto un affare. Si sarebbe inserita nella vita della famiglia e nessuno avrebbe mai saputo nulla, tranne lui. Lui si sarebbe tenuto lontano mille miglia da lei. Era come il veleno. Un veleno seducente... Ancora una volta, colpì il cruscotto.

Aveva quasi raggiunto l'incrocio che conduceva a casa sua, quando vide l'immagine di Happy. Gli sembrò di scorgere il volto della moglie riflesso sul lato opposto del parabrezza, fluttuare davanti a lui con espressione amabile, quel delicato sorriso e quegli occhi così familiari. Poi pensò ad Happy «gentile» con Roxanne, e al suo modo del tutto naturale di essere «gentile», ignara di quanto lei stessa fosse stata umiliata di fronte a quella donna.

O forse era lui a essere stato umiliato, e non Happy? Ora stava sudando, così si tolse la giacca e voltò l'auto dirigendosi verso il centro commerciale in periferia, dove ricordava di aver visto un negozio di fiori. Ordinò due dozzine di rose.

«Quelle?» chiese. «Quelle rosa?»

«Albicocca», disse l'anziano commesso. «Di gusto antico, molto profumate.»

«O forse sarebbero meglio queste rosso vivo?»

«Dipende dalla donna. Ci sono quelle che amano il rosso, il rosso vivo, le conosciamo bene tutti. Le rose color albicocca sono destinate alla donna dolce, quella che dura.»

«Dato che lei è un filosofo», replicò Ian, «mi dica. Che cosa ne pensa di un misto?»

L'uomo rise. Era un uomo molto anziano. «No, così non funziona. Lo sappiamo bene tutti.»

A casa, Happy probabilmente era seduta alla scrivania e stava preparandosi per l'apertura delle scuole in settembre. Vedendo le rose, le si sarebbero illuminati gli occhi.

«Ian, che belle!» avrebbe gridato e poi: «È forse un giorno speciale e me ne sono dimenticata?»

Sì. In un certo senso sì, speciale, pensò Ian.

«Prenderò quelle color albicocca», disse al commesso. «Per la donna dolce, quella che dura.»

11

Settembre 1990

DURANTE le prime settimane di settembre, attraverso i boschi che ricoprivano le colline dietro la casa si intravedevano ancora alcune chiazze verdi tra le foglie rosse e gli aceri dorati. L'aria più fresca era impregnata dell'aroma vago e indefinito dell'autunno.

Sally, chiudendo il libro, guardò fuori dalla finestra verso il cortile, dove la tata stava giocando con le bambine. Era china e teneva Susannah per mano; la piccola aveva poco più di nove mesi e stava tentando di fare i primi passi. Quando la bimba alzò gli occhi verso la tata, Sally vide stupore sul volto: Guarda che cosa riesco a fare.

Sally fu costretta a sorridere dato che la maggior parte dei bimbi comincia a camminare a dodici mesi o anche più tardi. Poi, con la stessa rapidità con cui si era manifestato, quel sorriso scomparve. Anche Tina aveva cominciato a camminare a nove mesi. Ogni volta che c'era qualcosa per cui rallegrarsi di questa seconda bambina, la sua risatina entusiasta o i capelli neri un po' più folti, la mente di Sally veniva immediatamente riportata a Tina, che da piccola aveva fatto lo stesso.

In quell'istante Tina, con grande sollievo della tata, era occupata nel recinto con la sabbia. Era una benedizione quella tata, pensò Sally. In quel periodo Tina era quasi un impiego a tempo pieno per lei e non le lasciava tempo a sufficienza per godersi Susannah. Ma Tina aveva così tanto bisogno di lei.

Ora che era iniziato l'anno scolastico, ogni mattina si verificava una lotta che talvolta veniva vinta dalla madre, altre volte dalla figlia. L'insegnante era un giovanotto, un maestro della nuova generazione. Si diceva che fosse in gamba, che avesse un sesto senso per le esigenze dei bambini piccoli. Tuttavia, Tina aveva paura di lui e non c'era verso di farla ragionare.

Il dottor Vanderwater, informato del fatto, aveva cominciato a studiare il problema. Poi, all'improvviso, la settimana prima Tina aveva annunciato che non sarebbe tornata a «giocare» con il dottor Vanderwater. E ora che cosa ci resta da fare? si era domandata Sally. Non è possibile prendere una bambina e portarla di peso dove non vuole andare, mentre continua a scalciare e urlare.

L'unica cosa che a Tina piaceva davvero fare era cavalcare il pony, Rosalie. Tuttavia cavalcava solo se Sally noleggiava un cavallo e la accompagnava. Zio Clive non era più un compagno accettabile.

«Non voglio, non voglio andare con lui, non mi piace», diceva battendo i piedi, come era solita fare.

Sarebbe stato del tutto inutile discuterne dato che Clive era stato ricoverato in ospedale tre giorni prima a causa di una grave polmonite.

«Non insistete e non tentate di farla ragionare», aveva consigliato loro il dottor Vanderwater. «Rilassatevi. Lasciate che le cose facciano il loro corso. Se al momento non vuole vedermi, lasciatela stare. Sarà lei a decidere di tornare. Se non la opprimerete, imparerà a considerarmi come un amico.»

Era un consiglio plausibile da parte di un esperto, pensò Sally. Ma allora perché lei aveva tanti dubbi? La cavalcata al mattino, seguita dalle solite faccende di casa e dalle ormai abituali tensioni durante il pranzo, l'aveva sfinita sebbene non si stancasse facilmente, lei che non si lasciava spaventare da una passeggiata di quindici chilometri. Tuttavia, ultimamente, per lei i sabati e le domeniche erano terribili. Recuperando il libro che era scivolato sul pavimento, Sally si sforzò ancora una volta di leggere. Ma il libro cadde di nuovo mentre lo sguardo rimase fisso nel vuoto, apparentemente diretto verso gli alberi sulle colline.

«Hai l'aria di una che ha perso il suo ultimo amico», disse Dan entrando.

Sally credette di avvertire una nota di derisione nella voce. Voltandosi, si rese conto che era stata un'impressione corretta.

«Non l'ultimo amico, ma ho comunque perso qualcosa.»

Dan proruppe in un lungo sospiro, volutamente esasperato. «Non di nuovo, Sally. O forse farei meglio a dire 'ancora'? Si direbbe che è morto qualcuno. Fatti coraggio, forza.»

Irritata per la brusca intrusione, Sally lo affrontò: «'Fatti coraggio.' Che espressione stupida! Che cosa credi che stia facendo? Tu perlomeno stai fuori di casa tutti i giorni, mentre io sono qui e mi sforzo di... tento di...» Le mancarono le parole. Come poteva esprimere a parole ciò che stava tentando di fare?

«Ovviamente in ufficio non ci sono difficoltà. Mi limito a starmene seduto tranquillo, rispondere al telefono, scrivere simpatiche letterine e firmarle, quindi aspetto che arrivino gli assegni. Niente di difficile.»

«Sai che non intendevo dire questo. In ogni caso, qualsiasi cosa tu debba gestire non è nulla...» Intanto con il pollice e l'indice fece uno «zero». «Nulla a confronto con questo supplizio. Tina sta peggiorando, non lo vedi?»

«No, non lo vedo. Anzi, mi sembra stare un po' meglio.»

«Non ci credi neppure tu, Dan. In questo momento è il tuo ottimismo congenito a parlare.»

«Intendi forse contestare l'ottimismo?»

«Sì, quando è solo un sistema per nascondersi da fatti reali che non si vogliono vedere. È un lato di te che non sopporto.»

«Il problema è che tu vuoi sempre tutto subito. Anzi, lo vuoi per ieri. Con tutta la tua esperienza e la tua istruzione, dovresti sapere come vanno le cose. Mi sorprendi, Sally.»

«Con tutta quell'istruzione, caro mio, so come vanno le cose. So che il tuo caro dottor Vanderwater sta affrontando Tina con troppa faciloneria.»

«Troppa faciloneria? Chi sei tu per giudicare? Presso quale università ti sei laureata in medicina?»

«È inutile che tu faccia del sarcasmo, Dan». Sally si alzò. «Ascolta. Voglio tornare dalla dottoressa Lisle. L'ho deciso in questo preciso momento.»

«Allora sei impazzita. Che cosa abbiamo ottenuto con lei? Nulla, anzi peggio che nulla.»

«Non le abbiamo concesso neppure una possibilità.»

«Ascoltami. L'unica cosa che quella donna è riuscita a fare è stato formulare una diagnosi orribile basandosi su una teoria fantasiosa. Accidenti, ne abbiamo già discusso almeno cento volte e non ne posso più. Non voglio sentirne parlare mai più.»

«Stamattina mi sembri piuttosto dispotico, o no?»

«No, sono solo realista e sono il padre della bambina.»

«E io sono la madre. Questo non conta nulla per te?»

«Davvero? Pensavo che sua madre fosse la signora Monks, quella che abita in fondo alla via.»

«Non fare lo spiritoso. Dobbiamo fare qualcosa o non te ne importa nulla?»

«No, non me ne importa nulla», rispose Dan strascicando le parole. «I miei figli non mi interessano.»

«Non prenderti gioco di me, Dan Grey. Non ho intenzione di sopportarlo. In questa famiglia, ho diritto di prendere decisioni tanto quanto te.»

«A me sembra che tu prenda moltissime decisioni. Non te lo impedisco mai.»

«E allora voglio portare Tina dalla dottoressa Lisle o da qualcun altro. Voglio cambiare e tu stai tentando di impedirmelo. Non dire che non lo fai mai.»

«Questa sarà l'eccezione.»

«Chi lo dice?»

«Io lo dico.»

Sulle guance di Sally scesero lacrime di rabbia.

«Vai al diavolo!» urlò mentre il marito stava uscendo dalla stanza.

Frustrata e furibonda, Sally non sapeva cosa fare. Si allontanò dalla finestra affinché Tina non potesse vederla e chiederle così quell'attenzione che lei non sarebbe stata in grado di darle. Forse una lunga camminata impegnativa sulle colline l'avrebbe aiutata ad alleviare la preoccupazione e la rabbia. Andò al piano di sopra per cambiare le scarpe dai tacchi alti con un paio di scarpe da tennis, pettinarsi, aveva un'aria desolata e triste, e infine scendere con passo leggero per non farsi notare da Dan. Accidenti a lui!

Aveva appena raggiunto l'ingresso principale quando Dan sbucò nell'atrio con un'aria molto più rilassata.

«Siediti», le disse, poi, mentre stavano dirigendosi verso il salotto, continuò: «È tutto sbagliato. Siamo entrambi preoccupati e incerti ed è per questo che ci sfoghiamo l'uno con l'altra. Sappiamo bene», le spiegò con calma, «che un simile comportamento è abbastanza normale. È quello che purtroppo capita a tutti quando le preoccupazioni sono eccessive. Mi spiace che sia accaduto. Perdonami, Sally».

Immediatamente raddolcita, Sally ammise: «Anche a me spiace. Neppure io sono stata molto gentile di recente».

«Mi è venuta un'idea. Siamo a settembre. Comportiamoci in maniera equa e pratica. Consentiamo a quest'uomo di lavorare con Tina fino al primo dell'anno dopodiché, se non avremo notato alcun miglioramento, ci rivolgeremo altrove. Andremo dalla dottoressa Lisle, se vuoi, o cercheremo qualcun altro. Che te ne pare?»

«Potrebbe andar bene se Tina accetterà di tornare da lui», disse Sally con tono dubbioso.

«Bene, se si rifiuterà allora sapremo per certo che il dottor Vanderwater non è la persona giusta. Forse Tina potrebbe uscire da questo periodo anche solo con te, me e la tata. Vuoi che proviamo?»

Sebbene non fosse convinta, Sally annuì. Quel suggerimento le appariva abbastanza ragionevole.

«C'è qualcos'altro che mi sta creando problemi. Ian e io abbiamo ricevuto una comunicazione improvvisa che ci ha indotto a presentarci in ufficio di sabato mattina.»

«Mi ero chiesta infatti come mai tu fossi uscito stamattina. Che cosa è successo?»

«Si tratta sempre di Amanda. Ecco, te la leggo. 'Ho già aspettato troppo. Vi ho fatto una proposta a marzo e da te, Dan, ho ricevuto solo un rifiuto, un rifiuto apparentemente definitivo, mentre da te, Ian, ho avuto l'ennesima richiesta di portare pazienza. Bene, credo di essere stata molto paziente. Da Clive non ottengo mai alcuna risposta, si rifiuta di prendere posizione e questo è ridicolo. Sono stanca di aspettare i vostri investitori esteri che, dopotutto, possono cambiare idea. E se anche questo non dovesse avvenire, visto che non riuscite a raggiungere un accordo, chi mi dirà quanto dovrò ancora aspettare prima che sistemiate i vostri affari? No, dovrete rilevare la mia quota al prezzo di mercato, oppure io venderò le mie azioni a degli estranei. Ve l'ho già detto prima ma non mi avete creduto. Ora mi sono rivolta a un nuovo studio di consulenza legale di New York...' e via di questo passo», concluse Dan, asciugandosi la fronte. «Ecco un'altra ragione del mio cattivo umore, Sally. I nodi stanno venendo al pettine e io sono davvero preoccupato, non riesco a capire realmente come stanno le cose.»

«Così hai incontrato Ian. E allora?»

«È stato orribile», rispose lui con aria malinconica. «Abbiamo avuto uno scontro all'ultimo sangue. Certo, uno scontro verbale, ma è stato davvero brutto. Molto brutto. Mi ha attaccato come se mi avesse sorpreso a derubarlo. Il succo è che Ian non riesce a rifiutare l'offerta. Lo dice anche lui: 'Ci hanno fatto un'offerta che non possiamo rifiutare'. In altre parole, è avido. In tutta la sua vita, non si è mai lamentato per il troppo lavoro! Ha sempre amato le sfide. Ora dice di essere stanco del fatto che uno sciopero in Sud America possa bloccare le consegne o che le nostre vendite di cioccolato si riducano perché compare una nuova marca europea che ci fa concorrenza mentre i costi salgono, e così via. Vendendo la foresta potremmo liberarci dell'attività e di tutti i mal di testa correlati... Be', hai capito», disse Dan, tacendo improvvisamente.

La vista di tanto dolore risvegliò i sentimenti più profondi di Sally. «È una persona davvero disgustosa», disse. «Accettare un'eredità simile e buttarla al vento!»

«Per non parlare di qualsiasi forma di lealtà nei confronti dei lavoratori e della comunità.»

«Quando tornerà dalla Francia Oliver?»

«Solo poco prima di Natale. È stato invitato a fermarsi da amici sulle Alpi. Ma se anche fosse presente, non farebbe alcuna differenza. Non vuole entrare in questa decisione e non cambierà idea.»

«Oh, caro, tu e Ian siete davvero in rotta? Non vi parlate più? Odio queste situazioni, soprattutto perché Happy e io siamo grandi amiche.»

«Questo non deve riguardare voi due. Dal canto mio, non credo che d'ora in poi io e Ian avremo molto da dirci.»

La voce sempre più bassa di Dan fece piombare la stanza nella tristezza, quella stanza tanto piena di vita, dove i crisantemi e le ultime rose spiccavano tra i libri e le fotografie, dove una bambola di pezza giaceva sul pavimento e un'enorme puzzle occupava il tavolo. Qualsiasi estraneo che fosse capitato lì per caso non avrebbe mai immaginato che una famiglia tanto ricca potesse avere simili problemi.

«Penso», disse Dan all'improvviso, «che farò un salto all'ospedale e andrò a trovare Clive. Tornerà a casa domani, quindi non credo che ci sia nulla di male se l'aggiornerò oggi sulla situazione e magari gli chiederò un parere; è ora che si esprima, in un senso o nell'altro.»

Clive, seduto sul letto, fu ben felice di veder entrare Dan.

«Pensavo che ti avrei trovato occupato a passeggiare in corridoio, a prepararti per il ritorno a casa di domani.»

«No, sto riposando.»

«Certo. La polmonite sfinisce.»

«Esatto. L'hai mai avuta?»

«Non ancora.»

«Arriverai a cent'anni, vedrai. Sei quello che si dice 'il ritratto della salute', Dan.»

Era vero. Chiaro con le guance rosee, alto e muscoloso, Dan era «un vero modello di uomo», pensò Clive. Tuttavia, non si era mai sentito inferiore a lui. Dan era una persona altamente rispettabile e per lui non si poteva provare altro che simpatia. In quell'attimo, però, Clive vide qualcosa nell'espressione del cugino che lo indusse a chiedere: «C'è qualcosa che non va?»

«No, perché? Sono solo venuto a trovarti.»

Clive strinse gli occhi. «C'è qualcosa che ti preoccupa. Te lo leggo in viso.»

Dan sorrise. «Sei davvero perspicace. Sì, stamattina io e Ian abbiamo litigato. La solita storia del consorzio e di mia sorella. Amanda ha scritto una lettera. O forse farei meglio a dire un ultimatum? Non ti racconterei queste cose se non avessi saputo che stai bene e che domani tornerai a casa.»

«Stai tranquillo. Hai bisogno di sapere da che parte sto.»

«Sì, ovviamente questa offerta proveniente dall'estero potrebbe svanire nel nulla come aria calda, tuttavia è importante conoscere la posizione di tutti, di tutti noi.»

«Non svanirà nel nulla. Ho analizzato le cifre e dal punto di vista dell'investimento i conti tornano. È gente molto avida.»

«Gli abitanti di Scythia sono in ansia. Temono che i Grey si dividano. La notizia si è diffusa.»

«Lo so. Anche una delle infermiere dell'ospedale era preoccupata. A parte i soliti commercianti e imprenditori, gli altri non vogliono qui una nuova comunità, non vogliono neppure perdere la Grey's Foods.»

«E allora?»

Clive si fermò a riflettere ad alta voce: «Dunque, per papà e per Dan conservare lo stato naturale è tutto. Ogni albero, ogni animaletto sono preziosi. Per me, non è così. A me basta conservarne una piccola porzione dove poter restare solo con il mio cavallo. Ma per loro, è tutto. Se voto con Dan contro Ian e Amanda, la famiglia e l'azienda verranno distrutte. Due contro due, in tutti i tribunali del mondo. Ma votare con Ian significa spezzare il cuore a papà. Comunque vadano le cose, il suo cuore verrà spezzato».

Dan, che fino a quel momento l'aveva ascoltato, non riuscì più a trattenersi. «Non riesco a capire che cosa sia accaduto a Ian. Sebbene abbia detto a Sally che tutto dipende dall'entità dell'offerta, non riesco a capacitarmene.»

«Potere e prestigio. È un progetto straordinario e innovativo. Si scriverà molto a questo proposito.»

«Vorrei sapere perché tuo padre se ne sta alla larga. È perché in realtà la cosa non gli interessa?»

«Gli interessa.»

«E allora perché non lo dice?»

«Non lo so.»

«Anche tu sei stato alla larga, Clive, ti sei rifiutato di esprimerti, posso chiederti perché?»

«Perché? Perché io ero quello strano. Perché era più semplice non lasciarsi coinvolgere, occuparsi del proprio lavoro in maniera egregia, così mi è stato detto, sebbene lo sapessi anch'io. Vivere tranquillo con papà e lasciare che gli altri facessero quel che volevano con l'azienda. Per me non faceva alcuna differenza. Non avevo bisogno di nulla. Un vestito nuovo ogni tanto, qualche libro, un viaggio all'estero di tanto in tanto e basta. Ora è diverso. Ho Roxanne. Ora sono coinvolto. Ora parlerò.

«Starò dalla tua parte, Dan. Voterò con te. Se dovremo farlo, combatteremo e temo che questo accadrà.»

Dan lo prese per mano. «Certo», disse, ridendo, «certo che combatteremo. Non sai quanto tutto questo significhi per me.»

«Sì che lo so», gli rispose Clive.

«Dovremo organizzare una riunione con Ian e discutere della questione, decidere che cosa fare.»

«Sei sicuro di poter parlare con lui?»

«Non siamo bambini, dovremo riuscirci. In ogni caso dovremo discutere di affari nonché tenere l'azienda in equilibrio finché… be', vedremo finché. Possiamo incontrarci a casa tua un giorno qualsiasi di questa settimana che andrà bene a te.»

Clive si raddrizzò e guardò il cugino. Non l'aveva ancora detto a nessuno, non aveva parlato con nessuno da quando i due medici erano usciti dalla sua stanza un'ora prima.

«Non questa settimana, Dan», disse, chiedendosi quanto quelle parole sarebbero apparse strane sulla sua bocca. «Sai, quando hai la polmonite, ti fanno anche le lastre ai polmoni. Hanno trovato una macchia nel polmone destro. Una macchia piuttosto grossa, nel lido destro. Per questo motivo, hanno eseguito una biopsia. Il patologo ha eseguito una sezione congelata ed è tornato dopo mezz'ora con le novità. È cancro.»

Cancro. L'aveva detto.

«Il mio medico è appena stato qui con il pneumologo. Dovranno togliermi il polmone.»

Gli occhi di Dan erano spalancati e tristi. Era chiaro che provava una pena sincera. Sono così tanti quelli che si limitano a fingere, pensò Clive.

«Gli ho detto che desideravo sapere la verità, sempre. Se si è diffuso oltre il polmone voglio saperlo e lui mi ha dato la sua parola.»

«Non correre troppo.» Dan parlò con dolcezza. Si avvicinò a Clive e gli prese la mano. «I casi in cui tutto si risolve per il meglio sono più numerosi degli altri. Sono le statistiche a dirlo.»

Clive sorrise. «Sei il solito ottimista, Dan.»

«No, sono realista. Posso fare qualcosa per te, qualsiasi cosa?»

«Solo in senso negativo. Roxanne sarà qui a minuti. A lei non devi dire nulla. Voglio dirglielo io quando saremo soli. Poveretta.»

«Non dirò una parola.»

«Dimmi, come sta Tina? Durante le ultime settimane ho sentito la sua mancanza e quella di Rosalie.»

«Sta bene. Cavalca assieme a Sally.»

«Bene, ma so che sarà felice di tornare a cavalcare con me. Adoro quella ragazzina. Appena mi rimetterò in piedi, la porteremo con noi a Red Hill. Ora che la casetta è terminata. Vedi... il tuo ottimismo è contagioso, Dan.»

12

Settembre 1990

CLIVE era una sagoma bianca e oblunga distesa sul letto, collegata a numerose macchine da una serie di tubicini. Quello della flebo era attaccato al braccio. Dal torace, invece, fuoriusciva un tubicino più grosso attraverso il quale scorreva un liquido giallo, leggermente macchiato di sangue. In bocca aveva un altro tubo collegato con il respiratore che, di fianco al letto, emetteva un delicato suono ritmico. Colmo di compassione, Ian teneva lo sguardo fisso sul fratello. Quell'uomo sembrava più piccolo che mai, come se si fosse ritirato, mentre il volto aveva un insano colore verdastro. Ma che altro ci si poteva aspettare da un uomo al quale era appena stato asportato un polmone? Poveretto, pensò. Non meritava tanto.

Disperato e con occhi imploranti Clive stava indicando il tubo che gli entrava in bocca.

«Non ancora, signor Grey», disse gentilmente l'infermiera. «Lo toglieremo fra ventiquattr'ore esatte e allora potrà dire tutto ciò che vorrà.»

Roxanne si trovava sul lato opposto del letto e aveva l'aria spaventata. Non l'aveva più vista da quel giorno in cui si era recato a casa loro e l'aveva trovata distesa sull'amaca con quei pantaloncini bianchi molto corti. In ospedale era una signora perfetta, discreta ed elegante in un abito autunnale grigio con una sciarpa corallo gettata sulle spalle. Ian aveva un occhio particolarmente acuto per gli abiti femminili, così notò la borsa e le scarpe marrone scuro, i semplici orecchini d'oro e il leggero luccichio delle unghie. Ricordando i lunghi artigli rosso scuro che aveva sfoggiato appoggiando la mano sulla tovaglia, non poté fare a meno di sorridere. Aveva sempre saputo che imparava in fretta, ma non avrebbe mai pensato così in fretta.

«Poverino», disse addolorata. «Il mio povero marito.»

Appoggiò la mano, quella con l'enorme diamante, sul braccio che giaceva inerte sul lenzuolo. Ian non poté fare a meno di pensare: Quell'anello gli deve essere costato un occhio della testa. Fa apparire del tutto insignificante quello di Happy e io so bene quanto l'ho pagato.

«Devi aver perso almeno cinque chili. Ma uscirai di qui lunedì e ci penserò io a rimetterti in carne. Ti preparerò la minestra più buona del mondo. Magari potrei portartene un po' domani se mi permetteranno di farlo.»

Ian intervenne brusco. «Lunedì? E chi ha parlato di lunedì?»

«Il dottore, ovviamente.»

Ian si alzò e andò alla porta. «Ho bisogno di incontrarlo. Vado a vedere se è nel suo studio.»

«Non è necessario. Gli ho già parlato io, sono la moglie di Clive.»

«E io sono suo fratello», rispose Ian, sempre con tono brusco.

«So che ha già parlato con la signora Grey», disse con una certa riluttanza, «ma lei è sua moglie solo da tre mesi, mentre io sono suo fratello da tutta la vita.»

Ian vide le sopracciglia del medico inarcarsi e capì di essersi espresso con durezza, di aver denigrato Roxanne. Tuttavia, il semplice pensiero che lei potesse svolgere il ruolo di moglie di un Grey l'aveva colpito al cuore, specialmente lì in ospedale dove si discutevano questioni serie. In quel modo il suo senso di responsabilità per il fratello e il valore che attribuiva ai legami di sangue erano già stati dichiarati. In ogni caso, Ian moderò il tono.

«Gli avete asportato un polmone quindi, ovviamente, la mia domanda è: qual è la prognosi?»

Il medico si espresse con precisione. «Come lei sa, la macchia sul polmone del signor Grey ha rivelato la presenza di un carcinoma e quando abbiamo asportato un polmone abbiamo asportato anche i noduli nell'area dell'ilo. Siamo abbastanza sicuri di aver fatto un buon lavoro, di aver eliminato tutto nell'area polmonare.»

«Quindi è guarito?»

«Non proprio. Dovrà sottoporsi a un ciclo di chemioterapia per poter essere sicuro. Saranno necessari due o tre mesi. Naturalmente, ci terremo in contatto con lui, faremo alcune scintigrafie ossee, una risonanza magnetica nucleare e tutti gli esami che si renderanno necessari. Se con il passare del tempo non troveremo più nulla, potremo congratularci con noi stessi per il successo ottenuto.»

«Questo significherà una guarigione completa? È questo che mi sta dicendo?»

«Signor Grey, c'è sempre il rischio di diffusione, di cellule microscopiche invisibili presenti nel corpo umano. Tuttavia, se dopo aver eseguito gli esami più sofisticati attualmente disponibili non avremo trovato nulla, sottolineeremo il risultato positivo e ci rallegreremo.»

«Bene. Voglio poter trasmettere qualche buona notizia a nostro padre. È in vacanza in Europa e mio fratello mi ha proibito nella maniera più assoluta di dirgli qualcosa che possa indurlo a tornare inutilmente a casa.»

Quando rientrò nella stanza l'infermiera stava lavando il volto di Clive con un panno umido. I due parenti si fermarono a osservarsi, incerti, mentre si sentivano superflui.

«Credo che fra poco si addormenterà», disse l'infermiera. «Non c'è alcuna ragione di restare qui, a meno che non vogliate farlo. Starà bene.»

«Bene, allora», disse Ian, «io vado. Se bisogno di noi, ha il numero di telefono della signora Grey e anche il mio.»

«Mi chiedevo se tu potessi darmi un passaggio a casa, Ian», disse Roxanne. «Sono senza auto. Sì, caro», spiegò a Clive, che aveva alzato le sopracciglia con aria interrogativa. «Abbiamo due auto guaste. La tua è ancora dal meccanico per la messa a punto mentre la batteria della mia è morta stamattina. Mi è stato detto che avrei dovuto aspettare un'ora e mezzo, così, dato che desideravo venire in ospedale, ho chiamato un taxi. Dunque mi dai un passaggio, Ian?»

«Certo, nessun problema.»

Ma il problema c'era. Mezz'ora di viaggio chiacchierando con lei, rifletté. Lui non aveva nulla da dire. Anzi, aveva tutto da dire: Tu convivente, tu attrice di second'ordine... ma Roxanne non era un'attrice di second'ordine. Era eccezionale. Bastava guardarla ora, china su quel povero capo calvo e sudato, aggrappata a quella mano innocente. Bastava ascoltarla ora.

«Ciao, tesoro. Dormi bene. Sono certa che se ne avrai bisogno ti daranno qualcosa per aiutarti a dormire, ma guarda, gli occhi si stanno già chiudendo.»

Uscì senza far rumore, bisbigliando in corridoio: «Povero Clive, ha un'aria terribile, non credi?»

«Che cosa ti aspettavi, di trovarlo pronto per una scampagnata?»

«Sei senza cuore. Ha un aspetto orribile e sono preoccupata per lui.»

«Io ho un cuore e tu riesci a imitare in maniera perfetta una moglie preoccupata.»

«Ascolta, se hai intenzione di urlare fino a casa, prenderò un taxi», disse lei mentre si trovavano sul marciapiede.

«Chi urla? Io non urlo mai.»

«Be', di rimproverarmi. Non ho intenzione di accettare rimproveri da te.»

«Allora non farlo.»

Due giovani uomini passarono lentamente davanti a loro in una cabriolet rossa con la capote abbassata, guardarono Roxanne e fischiarono.

«Ottimo», disse lei buttando indietro il capo e quindi, rivolta a Ian: «Potrei chiedere un passaggio a quei due».

«La cosa non mi sorprenderebbe. Avanti», brontolò, «sali in auto.»

Roxanne si sedette, e sistemò con attenzione la cintura di sicurezza in modo da non spiegazzare il vestito, incrociò le gambe all'altezza delle caviglie e appoggiò le mani in grembo. In lei quella posa appariva affettata, mentre in donne come Happy o Sally era del tutto naturale. Il confronto lo divertì. Le persone in tutta la loro varietà costituivano un divertimento infinito. Spesso a Ian non dispiaceva subire ritardi in aeroporto poiché poteva sempre distrarsi guardando la gente. L'oggetto di studio giusto per capire l'umanità è l'uomo, pensò. O forse le donne…

Roxanne teneva lo sguardo fisso davanti a sé con espressione assorta, osservava tutto, donne trasandate uscire da negozi di basso livello sommerse da pacchi o uomini sudati intenti a scaricare camion. Il traffico si fece più intenso quando i lavoratori, terminata la loro lunga giornata, iniziarono il rientro a casa. Solo fino a poco tempo prima lei aveva fatto parte di quella vita difficile.

Ian pensava che talvolta Roxanne doveva svegliarsi nel cuore della notte con Clive accanto a lei, in quella splendida stanza da letto che lui non aveva visto ma che tuttavia riusciva a immaginare, svegliarsi e rimanere a bocca aperta per lo stupore o per l'orrore di fronte a ciò che aveva fatto.

All'improvviso, Roxanne disse: «Non è necessario che tu tenga il muso».

«Non sto tenendo il muso, sto guidando.»

«Non hai detto una parola.»

«Neppure tu. Avevi un'aria molto solenne.»

«Stavo pensando che è strano essere qui seduta accanto a te. Allo stesso tempo, però, non è così strano.»

«Lasciamo stare, Roxanne.»

«Giusto. Ti dispiacerebbe fermarti in una gastronomia per un secondo? Vorrei comprarmi un panino per cena.»

«No, non mi spiace. Non è una gran cena.»

«Non mi va di cucinare solo per me. È triste. Così, potrò sedermi di fronte alla TV, mangiare e andare a letto.»

Ian non fece commenti.

«A pranzo non ha importanza, ma mangiare da soli alla sera è davvero triste.»

«Sì», rispose lui.

Non aveva ancora pensato alla cena. Happy era andata nel Rhode Island per un paio di giorni per far visita alla sorella che aveva appena avuto un figlio. Senza dubbio, aveva preparato parecchie cose per lui, ma l'idea di aprire il frigorifero e scaldarsi qualcosa per poi riordinare era deprimente.

Era assorto in questi pensieri, quando il semaforo divenne rosso proprio sull'angolo in cui si trovava il miglior ristorante della città. All'improvviso, si rese conto di avere una fame da lupo, aveva l'acquolina in bocca.

«Potremmo mangiare una buona bistecca», disse, «o magari una parmigiana. Vuoi entrare?» Poi, un attimo troppo tardi, Ian ricordò che quello era lo stesso luogo in cui si erano incontrati quasi tre anni prima.

«Sì, ma...»

«Ma che cosa?»

«Non dovremmo farci vedere insieme.»

«È ridicolo. Vuoi metterti in testa che non ho progetti su di te e che non c'è assolutamente nulla da nascondere... nulla di ciò che accadrà d'ora in poi. Non sta succedendo niente, se non che mia moglie è via e tuo marito, che poi è mio fratello, in ospedale, quindi ceniamo perché io ho fame. Presumo che abbia fame anche tu. O no?»

«Sì, anch'io ho fame.»

«Bene. Allora andiamo a mangiare.»

Quando anche le donne, e non solo gli uomini, osservano una donna, puoi star certo che è uno schianto, pensò Ian mentre si dirigevano insieme al tavolo.

«Vuoi passare prima al banco delle insalate?» chiese.

«No, prenderò solo un primo. È...» Roxanne alzò leggermente le spalle. «È troppo triste avvicinarsi a quel banco. Sai, non sono più stata qui da quando ho detto a Clive che questo posto non mi piace.»

«E che senso ha? Hai fatto i tuoi piani, hai ottenuto ciò che volevi, quindi queste sono solo idiozie sentimentali.

Non ho intenzione di ascoltarle, Roxanne. Sono venuto qui per mangiare.»

«D'accordo, d'accordo. Ma non mi sembra davvero il caso di arrabbiarsi così.»

«Non sono arrabbiato. Ordiniamo.»

Il cibo era ottimo come sempre, la bistecca cotta a puntino, le patatine croccanti, la verdura gustosa come i piatti di ratatouille che aveva assaggiato in Francia. Senza pensare a nulla di particolare, Ian mangiò tranquillo e bevve il vino con lo sguardo fisso nel vuoto oltre la testa di Roxanne.

«Non possiamo starcene qui seduti così senza parlare», disse lei dopo un po'.

«E perché no?»

Roxanne provò a fare una battuta. «Ci fa sembrare una coppia sposata.»

Questo era vero di alcune coppie sposate, sebbene per lui e Happy non fosse così. Lei aveva sempre tantissime cose da raccontargli e non parlava solo per il gusto di parlare.

Happy era interessante. Ian si sentiva a disagio in quel locale a pensare alla moglie. Non avrebbe dovuto venirci e non avrebbe dovuto andare da nessuna parte con Roxanne. Maledizione! Lo sapeva. Perché l'aveva fatto?

«Benissimo», disse, «dato che non siamo una coppia, vediamo di non dare questa impressione. Dunque, parliamo.»

«E di che cosa parliamo?»

«Non mi interessa. Di politica, di tutto. Che cosa succede in città?»

Roxanne rimase a pensare per un attimo prima di chiedere: «Che ne è del grande affare, dell'affare della foresta? Clive mi ha raccontato che tu e Dan siete in rotta per questo motivo».

«Sì, è una vergogna. Non voglio tenergli il muso e non credo che lui lo voglia tenere a me. Si sta comportando da imbecille, non si può fare gli schizzinosi davanti a tanti quattrini.»

«Clive non mi ha detto di che cifra si tratta. Non mi parla mai molto dell'azienda.»

Dunque Clive non era completamente ammattito. L'ultima cosa che quella signora avrebbe dovuto conoscere era proprio la situazione finanziaria della Grey's Foods. In città, ne sarebbero stati tutti al corrente entro il mattino dopo. D'altro canto, però, Roxanne era troppo scaltra per parlare. Comunque, meno veniva rivelato, meglio era.

«Be', è un'ottima offerta. Penso che Clive intenda schierarsi dalla mia parte.»

«Non so. Non me l'ha detto. E che mi dici di Amanda?»

«Posso benissimo fare affari con lei.»

Assomiglia a un calabrone, pensò Ian. Ronza e punge. Quel che vuole, però, è evidente: soldi. Che altro? È la stessa cosa che vogliono tutti tranne i tipi come Dan. Un bel gruzzoletto di denaro. Viaggiare, vedere il mondo, niente preoccupazioni e niente fatica. Devo assicurarmi il suo voto, decise. Deve capire che questo è l'unico sistema per lei per ottenere dei quattrini. Starle dietro, è scivolosa come un'anguilla.

«Amanda è una puttana», disse. «Ma ci sono puttane e puttane. Ne esistono tanti tipi diversi.»

«Certo non intendi riferirti a me!»

«È inutile che tu mi faccia l'occhiolino, sì, mi riferisco proprio a te. Ma tu non sei Amanda. L'unica cosa che voi due avete in comune è la tenacia. Siete intelligenti e avete la mente sveglia. Siete capaci di provvedere a voi stesse.»

«Dobbiamo farlo, se dobbiamo trattare con gli uomini. Scusami, vado un attimo alla toilette.» Quando Roxanne se ne fu andata, un uomo si avvicinò al tavolo e bisbigliò: «Ehi, chi è quella che sta con te? Che cosa sta succedendo?»

Un vecchio amico del tennis club, aveva il diritto di essere curioso, così Ian rispose con una risata: «Non sta succedendo niente. È mia cognata. Sai che Clive è ricoverato in ospedale?»

«Certo. Gli ho già inviato un biglietto di auguri, come sta?»

«Grazie, va meglio.»

«Non capisco. Tua cognata, non vorrai dirmi che è la moglie di Clive?»

«Esatto.»

«Wow! Non l'avrei mai detto di Clive. Senza offesa», aggiunse subito, notando che Ian si era irrigidito.

Ian capì che dai suoi occhi doveva trasparire rabbia, non rabbia per quell'uomo goffo, ma per la situazione. Meglio uscire di qui, pensò, prima di ricevere altre domande.

Tornati in auto, ci fu ancora silenzio finché Roxanne non si protese in avanti per accendere la radio.

«Ti spiace?»

«No, fai pure.»

Stavano suonando vecchi motivi degli anni Quaranta e Cinquanta, *South Pacific* e *My Fair Lady*. A Roxanne piacevano, erano le melodie che ti facevano venir voglia di cantare, con tutte quelle parole poetiche, come «primavera» e «chiar di luna». Be', bisognava ammettere che c'era una nota di dolcezza nelle vecchie canzoni.

Anche i suoi capelli erano profumati, pensò Ian. L'aria si era fatta fredda, per cui i finestrini erano chiusi e nello spazio limitato dell'auto era impossibile non sentire il profumo. Era una fragranza nuova, una che lui non conosceva.

«Sapevi che Clive», disse lei, «mi ha comprato un cucciolo?»

«No.» Che cosa crede, che in ufficio parliamo di regali e di cani?

«Sì. Un bel carlino, rossiccio con il musetto nero. I carlini erano i cani preferiti dei Windsor, sai. Ne avevano tantissimi.»

«Davvero?»

Era così furba, così scaltra e riusciva a parlare a vanvera come una perfetta idiota.

«Bene, eccoci qua», disse lei mentre i pneumatici crocchiavano sulla ghiaia. «Vuoi entrare un attimo a vederlo? È rimasto solo quasi tutto il giorno ma ho dovuto farlo per Clive.»

Il profumo era travolgente… E intanto, la sera aveva ceduto il passo a una splendida notte autunnale. Com'erano malinconiche quelle giornate sempre più corte che preannunciavano l'inverno. Era buffo, ma una volta arrivato, a

Ian l'inverno piaceva. Ovviamente amava anche la primavera e l'estate, era solo l'autunno a deprimerlo. Non aveva voglia di tornare in una casa vuota, non ancora... Tutti questi pensieri gli attraversarono la mente mentre Roxanne, già sul vialetto, teneva aperta la portiera dell'auto.

«Vieni dentro?» chiese.

«D'accordo. Così mi mostrerai la casa.»

Avrebbe potuto aggiungere: «Happy dice che è tanto carina», ma non riuscì a pronunciare il nome della moglie in quel luogo.

La prima cosa che notò fu la scala curva con gradini larghi e bassi. Non se ne facevano più così. Costavano troppo. Era senza dubbio una casa costruita prima della guerra, prima della seconda guerra mondiale. La tappezzeria era in stile Williamsburg, prerivoluzione. Era tutto nel gusto di Clive, un po' troppo storico, e tuttavia eccellente.

Non c'era nulla di storico, invece, nella cucina. La lucida porcellana bianca e il rame splendente erano nuovissimi. Clive non aveva badato a spese.

Un cucciolo grassoccio che fino a quel momento era rimasto sdraiato nella cuccia nell'angolo si alzò e si diresse scodinzolando verso Roxanne, dandole il benvenuto. Lei lo prese in braccio e se lo strinse contro una guancia.

«Povero Angelo. Si chiama così, sai, Angelo. È stata una mia idea, probabilmente stupida, dato che gli angeli sono femmine, mentre questo è un maschiaccio chiassoso.»

«Non preoccuparti. Il nome è giusto. Gli angeli sono maschi.»

«Davvero? Me l'ha detto anche Clive, ma io non gli ho creduto.» Sorrise.

«Vuole la cena. Guarda, ha fatto pipì sul foglio di giornale. Impara in fretta. Vuoi un brandy, Ian? È nel bar nello studio. La luce è accesa.»

Parlava veloce, desiderosa di trattenerlo, per la paura che stesse per dirle qualcosa tipo «no, grazie, mi fermerò solo un istante». Tuttavia, Ian avrebbe bevuto volentieri il suo solito brandy in compagnia prima di tornare a casa. Se Rox pensava che sarebbe accaduto qualcos'altro, si sbagliava di grosso. In realtà, però, Ian non credeva che lei avesse intenzione di rischiare tutto per una sola notte di sesso.

Lo studio era caldo, come uno studio che si rispetti dovrebbe essere. I colori si fondevano come in una vetrata, le tinte dei tappeti, del rivestimento e dei libri si amalgamavano in perfetta armonia. Tenendo in mano il bicchiere del brandy, anche questo in fine cristallo francese, Ian esaminò tutta la stanza e per curiosità diede un'occhiata a due o tre libri di Clive: matematica, fisica, buchi neri, nanosecondi, dopodiché li ripose con cura rispettando l'originale ordine alfabetico.

Per la prima volta, Ian si rese conto che Clive non aveva mai avuto un posto tutto per sé e sentì una fitta al cuore. Clive era rimasto seppellito ad Hawthorne per tutta la vita. Ma non era stata colpa di nessuno. O forse «colpa» era la parola sbagliata, poiché né Clive né nessun altro per lui aveva fatto quella scelta. Non gli sono mai piaciuto, pensò Ian, fin dall'inizio, già prima che fossimo entrambi abbastanza grandi da andare a scuola. E io? Non gli ho mai dedicato molta attenzione, a dire il vero. Non l'ho mai considerato gran che importante. Spero che ora si risolva tutto per il meglio. Spero che questa donna travolgente gli faccia bene. Spero che non sia tanto malato quanto mi è parso oggi.

Poi, irrequieto, continuò l'ispezione della stanza, scaldando il brandy con le mani, osservando due paesaggi molto graziosi e una fotografia dei suoi genitori, entrambi giovani e orgogliosi. Su un altro tavolo c'era una foto recente di Clive con la figlia di Dan a cavallo del pony che lui le aveva regalato. La bambina era già bellissima, stava pensando Ian quando Roxanne tornò.

Aveva indossato un abito corto e morbido realizzato in stoffa color verde mela, un vestito ancora estivo. I capelli, che prima erano raccolti sulla nuca, erano ora sciolti.

«Ho promesso a Clive di preparargli una minestra. Domani sarà in grado di deglutire, credo, dopo che gli avranno tolto quel tubo dalla bocca. Non potevo certo mettermi a cucinare vestita com'ero, non credi?»

Mentre camminava, i seni ondeggiavano leggermente.

Santo cielo, sotto quel vestito, o come diavolo si poteva definire quella tunica, non aveva biancheria. Ian prese la fotografia e disse: «Che bella foto di Clive e Tina».

«Va pazzo per quella bambina.»

«È bella. Diventerà più bella della madre. E questo non è poco. Ho sempre ammirato Sally», disse lui pensando: Facciamole sapere che non è l'unica donna ammirata dagli uomini.

«Sì, ma Tina ha qualcosa che non va.»

«Come?» chiese Ian. «È cocciuta, un po' viziata, ecco tutto. Molti bambini sono così, poi però crescono bene.»

«No, c'è qualcosa di più. Ho visto molti bambini e ho una specie di predisposizione per loro. Sono stata là un giorno, dopo che Sally mi aveva invitato per vedere un lavoro fatto da quella donna, quella stessa arredatrice che Clive ha contattato per sistemare la casa, e la bambina si è rifiutata di parlare. Non ha parlato né con me né con Sally né con nessun altro. Sono rimasta là un'ora e per tutto il tempo la bambina non ha fatto che suonare una melodia su una dannatissima giostra.»

Ian si sentì ferito al pensiero che un bambino della famiglia Grey, anche un bambino che lui aveva sempre considerato un monello, potesse avere qualche cosa «che non andava». Happy aveva già espresso alcune osservazioni su Tina, su qualcosa che stava succedendo a casa di Dan e Sally, qualche problema con la ragazzina. Non sapeva di che cosa si trattasse con esattezza, aveva solo detto che probabilmente avrebbero fatto meglio a chiedere «aiuto» per Tina... il solito eufemismo per indicare ciò che si faceva quando non si sapeva più che pesci pigliare con un bambino ingestibile. Sembrava che si fosse comportata da vera peste durante la festicciola che Happy aveva organizzato all'asilo. Peccato. Era una bella bambina, con gli occhi chiari di Dan e i capelli neri di Sally. Nessuno avrebbe mai pensato che una bambina di soli cinque anni potesse preludere a quella donna intensamente femminile che sarebbe diventata un giorno.

«Io non sono certo una strizzacervelli...» cominciò Roxanne, ma fu subito interrotta da Ian.

«Forse hai ragione, forse no, lasciamo stare.»

«Clive vuole un figlio. Gli piacerebbe molto avere una bambina.»

«E allora? Che cosa ti frena? Hai un anello al dito. Non hai nulla da temere.»

Sapeva di avere un tono villano, villano e freddo. Come sempre, il pensiero di Clive e Roxanne insieme lo mandava su tutte le furie.

«Non so. Forse dovrei. Dovrò farlo. Mi piacerebbe solo che potesse essere un figlio tuo.» E con gli occhi umidi, Roxanne gli lanciò un'occhiata afflitta di supplica.

Ian appoggiò il bicchiere ancora mezzo pieno di brandy. «Ti ho già detto...»

«Va bene, va bene. Mi spiace. Ma devi ammettere che sarebbe bello. Avremmo un bambino splendido, considerato l'aspetto di entrambi.»

Ian stava pensando che aveva sempre desiderato un figlio. In particolare un maschietto. Ma il mio dovrà essere un figlio di Happy, non di Roxanne, decise. Perché? Per quel lato che la caratterizzava. Non era avidità, pensò Ian con un invisibile sorriso amaro, dato che sono piuttosto avido anch'io, bensì scaltrezza, non voglio che mio figlio sia scaltro.

«Dimmi», chiese curioso, «ora che hai raggiunto tutto questo, ti senti a tuo agio come membro della famiglia? Come una bravissima attrice sei riuscita a trasformarti in una persona nuova.»

Per un attimo, Roxanne considerò la domanda, poi rispose con tono serio: «Mi sentirei più 'a mio agio' se questa casa appartenesse a te. Perché significherebbe vivere con l'amore, non pensi?» Poi, scorgendo la sua disapprovazione, si lanciò in una allegria provocatoria. «Certo non appartengo più alla mia famiglia, quindi, dato che sono qui, mi sforzerò di sfruttare la situazione al meglio.»

Ian si accorse che, dopotutto, lei non gli piaceva. Così disse : «Povera bestiolina, povera anima».

«Tu devi sempre fare del sarcasmo.»

«Non sempre.» Sbadigliò. «Devi scusarmi. È stata una

giornata lunga per entrambi. Ora andrò a dormire.»

«Pensavo che volessi vedere la casa. Vieni di sopra, te la mostrerò. Ci metteremo solo un minuto.»

In parte riluttante, in parte curioso, Ian la seguì e dietro loro andò anche il cucciolo.

«Lascia che ti mostri il suo letto», disse. «È qui, ai piedi del nostro.»

Il basso letto a due piazze di dimensioni principesche era rivestito da un lenzuolo delicato, a fiorellini gialli e la cuccia del cane era uguale.

«Non è adorabile? Ho trovato su una rivista l'indirizzo di un posto dove realizzano la cuccia del cane in tinta con il letto del padrone. Guarda, c'è persino il cuscino.»

Ian stava osservando, non il letto del cane, bensì l'altro, quello «nuziale». E quella rabbia, quella rabbia che fin da giugno aveva combattuto così tenacemente, tanto che era quasi riuscito a sconfiggerla, ora si ripresentò in tutta la sua forza. Riusciva a sentirne il sapore in bocca, forte come quello del pepe.

«Vieni a vedere il bagno. È più grande della camera da letto che avevo a casa. C'è anche una Jacuzzi e Clive ha fatto installare un lucernaio. Che ti succede, non ti piace?»

«Certo che mi piace. Non c'è niente che possa non piacere.»

«Ora senti questa. No, vieni qui. Ascolta. Anche nelle stanze degli ospiti.» Premette un interruttore e subito si diffuse una piacevole musica. «In tutta la casa, ovunque tu lo desideri», annunciò Roxanne come se nessuno avesse mai ascoltato qualcosa di simile prima.

Be', lei probabilmente no. «Molto carino», disse.

«A Clive piace ascoltare musica a letto. È carino, eccetto per il fatto che non amiamo lo stesso genere. A lui piace Moz... Moz...?» concluse lei con voce insicura.

«Mozart.»

«Ma gli piace ascoltare anche la mia musica. A volte balliamo. Gliel'ho insegnato io. Guarda.»

Alzò il volume e subito il corridoio venne inondato da musica rock e dal rimbombo di una batteria. Muovendosi a ritmo, Roxanne fece una scivolata attraverso il lungo corridoio e poi tornò a Ian, girando su se stessa, scuotendo i seni e agitando il corto vestito, rivelando così ciò che Ian già sapeva, vale a dire che sotto era nuda.

«Be', che ne dici?» Aveva gli occhi che scintillavano. All'improvviso, si gettò su di lui. «Un bacio, te lo ordino, dai. Non ti costerà nulla.»

Aveva un profumo di rose, di pini, di fieno appena tagliato, di frutta, di donna calda. La bocca sapeva di lamponi. Ian tentò di liberarsi da quella stretta ma invano, perché Roxanne era forte. Inoltre, sebbene fosse senza dubbio il più forte, non riuscì né volle liberarsi. Se anche fosse stato tenuto sotto tiro, non sarebbe riuscito a interrompere ciò che aveva iniziato. Così, mentre le labbra di Roxanne aderivano ancora alle sue, lui la sollevò tra le braccia e la trasportò sul letto della camera degli ospiti.

L'unico pensiero sensato che gli passò per la mente fu: Non lì. Non dove lei giace con lui. Poi qualsiasi altro pensiero svanì.

Quando Ian si risvegliò, il suo orologio da polso segnava quasi mezzanotte. Roxanne era rimasta a osservarlo dormire. Ian si alzò su un gomito e corrugò la fronte.

«Non sai che alla gente non piace essere osservata mentre dorme?»

«Come può non piacerti se dormi e non sai che qualcuno ti sta osservando?»

«Ah, non essere stupida.»

«Agli uomini piace pensare che le donne siano stupide.»

Ian sorrise. Accidenti, pensò, quanto assomigliava ad Amanda.

«Sei così dolce quando sorridi, Ian.»

Subito, il sorriso svanì. Che cosa aveva fatto? Che sporco affare! Durante gli ultimi anni si era già sentito abbastanza in colpa nei confronti di Happy, ma ora aveva commesso un'offesa doppia. Mio Dio, se quanto era accaduto quella sera aveva instillato in Roxanne qualche strana idea, avrebbe rovinato la vita al povero Clive. E per di più, probabilmente quelli sarebbero stati i suoi ultimi anni.

«Non fare la faccia triste, Ian», disse Roxanne, leggendogli nella mente. «Non stiamo togliendo niente a nessuno.»

Ian si alzò di fretta e si vestì. Era terribilmente ansioso.

«L'altra volta mi avevi detto che avevi intenzione di restare fedele a Clive e rispettare il patto che avevi fatto con te stessa. Se non lo farai, se oserai...»

«Intendo rispettarlo, Ian. Voglio bene a Clive. Ma questo non ha nulla a che fare con lui. Non lo saprà mai», disse lei con calma, indossando nuovamente l'abitino verde.

Com'era tutto strano! Poche ore prima lei l'aveva piegato al suo volere, aveva fatto di un desiderio proprio il suo desiderio, mentre ora lui era solo stanco, impaurito, desideroso di allontanarsi da lei. Così cominciò a balbettare, cercando le parole.

«Tu... tu *attrice*!»

«Un attimo fa non mi sono comportata da attrice», disse lei. «È stato realtà.» Lo guardò negli occhi. «E tu lo sai.»

Ian fu quasi sul punto di cadere dalle scale. Giunto in fondo alla rampa, Roxanne lo raggiunse.

«Sai benissimo che vorrei farlo ancora. Lo dobbiamo a noi stessi, Ian. Quando possiamo farlo?»

«Quando tuo marito è in ospedale.»

«Uscirà presto, e poi?»

«Hai già ricevuto la risposta.»

«Ma lo dobbiamo a noi stessi. Non facciamo del male a nessuno», lo implorò.

«Hai dimenticato di preparare la minestra», le urlò Ian quando ormai aveva già varcato la soglia.

«Oh, mio Dio!»

Salendo in macchina, attraverso la finestra illuminata della cucina Ian vide che Roxanne aveva appoggiato un mucchietto di patate sul tavolo e le stava pelando. Piangeva.

Era tutta una gran confusione.

Quando entrò nella sua casa vuota, il silenzio lo assalì. Persino il cane era sparito: Happy l'aveva portato con sé in modo che non rimanesse da solo tutto il giorno.

Quando vide la spia della segreteria telefonica lampeggiare, Ian capì che avrebbe udito la voce di Happy. «Sono le undici e non ho ancora avuto notizie da te, temo che qualcosa sia andato storto con Clive. So che non telefonerai dopo mezzanotte, tuttavia ti prego di chiamarmi subito domattina, anche alle sei. Ti amo. Buonanotte.»

Si mise le mani nei capelli, disperato. Poi andò a letto e rimase sveglio, rimuginando senza sosta quanto era accaduto durante l'ultimo giorno e l'ultima notte.

Si sentì come un alcolizzato, quel tipo di persona che riesce a sopravvivere senza bere ma non è capace di resistere se viene lasciata sola in una stanza con una bottiglia sul tavolo. Aveva l'impressione di non aver raggiunto la sua età cronologica, di essersi fermato agli anni del liceo. Essere un tipo come Dan doveva essere meno difficile… non che Dan fosse perfetto; era un cocciutissimo bastardo. Bastava pensare alla storia della Grey's Woods. Cocciuto, stupido e sentimentale.

La sua mente passava continuamente da una cosa all'altra, tutti quei problemi, Clive malato di cancro, tutto si sommava. Come poteva dormire? Scese al pianterreno, prese il giornale del mattino dal tavolo nell'ingresso, quindi tornò a letto e tentò di leggere.

Il giornale era pieno di guai. Era ovvio. I guai facevano notizia. Cribbio se facevano notizia. Ian rabbrividì. Si chiese se Roxanne potesse essere considerata un pericolo. Forse no. D'altro canto, però, era anche possibile. Era impulsiva, irruente, anche se dopo si sentiva dispiaciuta. Non voleva mai più restare solo con lei, davvero.

Tuttavia sapeva, ed era questo a spaventarlo tanto, che con ogni probabilità l'avrebbe rifatto e poi: lunghe gambe che danzavano, grandi occhi che danzavano, scherzavano, ridevano, sapore di lamponi sulle sue labbra… dove sarebbero finiti tutti loro? si chiese. Nulla rimane per sempre uguale, si sa. Qualcosa deve accadere, ma cosa?

«Ahhh», gettò il giornale sul pavimento e spense la luce. Dalla finestra si intravedeva già l'alba.

13

Dicembre 1990

ALL'ORIZZONTE si profilava un brutto temporale. Il vento era già fortissimo. O forse si poteva dire che un fuoco, cominciato in sordina nel sottobosco, stava per raggiungere la cima degli alberi. A meno che non si arrivi a una tregua, pensò Ian. Ma come?

Accese la lampada sulla scrivania e per la terza volta quella mattina sfogliò il giornale.

«Si dice», Ian sbuffò, disgustato dagli articoli dei giornalisti, tutti insopportabili ficcanaso, «che i due cugini, Ian e Daniel Grey, non si rivolgano più la parola e si inviino messaggi tramite le rispettive segretarie.»

Be', era in parte vero. Poi, i suoi occhi passarono all'articolo di fondo e lessero:

> La situazione si è fatta complessa in seguito all'offerta avanzata da un gruppo di investitori europei per costruire una comunità nella zona meridionale dei boschi di proprietà della famiglia Grey da oltre un secolo. Alle dispute interne alla famiglia su cui circolano molte voci, fatto peraltro normale data la posizione di primo piano dei Grey, si aggiunge il conflitto tra fautori della protezione della zona e sostenitori della libera impresa. Quel

che preoccupa maggiormente noi, invece, è la sopravvivenza di questa azienda consolidata che per lunghissimo tempo ha occupato una posizione di spicco nella nostra vita economica, culturale e sociale. Scythia, e tutta la regione, gli agricoltori, gli operai e le famiglie, non possono permettersi la chiusura o la mutilazione della Grey's Foods. Possiamo solo pregare affinché la ragione riesca ad avere la meglio.

«La ragione», addirittura. Quanti tra voi bravi cittadini rifiuterebbero un'offerta da ventotto milioni di dollari che consentirebbe di non doversi mai più alzare al suono della sveglia per andare a lavorare, mai più per tutta la vita? pensò. Quanti, siate sinceri. E tuttavia pretendete che io lo faccia.

Di fronte a questi articoli c'era un'inserzione a pagamento di una pagina intera firmata da vari «cittadini preoccupati» che avevano istituito un comitato per salvare Grey's Woods. Nelle pagine seguenti c'erano lettere scritte sia da amanti della natura sia da sostenitori della libera impresa, perlopiù lettere indignate e addirittura caustiche.

Ian mise da parte il giornale e raccolse un mazzo di lettere, che cominciò a leggere borbottando. Ce n'era una di Amanda, un ultimatum che metteva come scadenza il primo dell'anno, dopodiché si sarebbe presentata sulla costa orientale di persona. Ce n'era un'altra dei suoi avvocati di New York, uno degli studi legali più importanti, cinquecento dollari all'ora. Per spendere così tanto, la ragazza doveva avere intenzioni serie. Ian aveva le tempie che pulsavano. C'era una lettera scritta dagli avvocati del consorzio di New York, contenente la fotocopia di un allegato dalla Svezia, anche loro pretendevano una decisione immediata subito dopo il primo dell'anno. Anche così, sostenevano che l'affare non doveva essere dato per scontato poiché restavano ancora molte questioni da appianare prima di poter arrivare alla conclusione; l'ultima lettera giungeva dal consiglio della Grey's Foods, tre pagine piene di attenta analisi.

Spostandole tutte di lato, Ian si alzò e uscì dalla stanza,

sbattendo la porta con tanta forza da far trasalire la segretaria intenta a lavorare nell'ufficio esterno. Attraversò il corridoio a passi lunghi e senza bussare si precipitò nello studio di Dan, gridando.

«Be'? Hai letto la posta stamattina?»

«Credo che tu ti riferisca alla lettera di Amanda.»

«Sì. Amanda la giustiziera. E dei suoi avvocati. Ci rovinerà.»

«Non necessariamente. Non sono ancora disposto a cedere. Deve esserci una via d'uscita.»

Talvolta Dan lo nauseava con quel suo ottimismo tranquillo, cieco e anche stupido.

«L'unica via d'uscita è accettare l'offerta dalla Svezia, come ti ho già spiegato ormai un centinaio di volte. Con quei soldi, potremmo...»

Dan alzò una mano. «Per favore, non un'altra volta.»

«Bene, e allora perché diavolo non mi ascolti? È la nostra ultima possibilità. Sono stanchi di tentennamenti e tu te ne stai seduto lì come un'imbecille! Da Clive non posso ottenere niente, non posso fargli pressione, non posso neppure discutere con lui perché è troppo malato. Quindi siamo due contro due, ci troviamo in un'impasse, perderemo l'affare ma dovremo comunque affrontare Amanda. Sarà la rovina. Sai una cosa? La Grey's Foods andrà in rovina.»

Dan rispose con amarezza: «Pensavo che te ne volessi liberare comunque, in modo da poter avere una vita rilassata mentre sei ancora abbastanza giovane per potertela godere, questo mi hai detto».

«No. Sono dispostissimo a pagare per la mia parte e lasciare a te e a Clive la gestione.»

«Sai bene che Clive e io non potremmo gestire da soli l'impresa, neppure se lui stesse bene.»

«Si sta rimettendo. Manca solo un altro mese di chemioterapia. Io sono convinto che insieme potreste farcela.»

«Bene, non possiamo. Un attimo fa mi hai detto che è troppo malato per potergli parlare, chemioterapia o meno.»

«La smetti di fare il pignolo? D'accordo, tu e Clive non riuscirete a continuare e così si chiuderà. Liquidiamo tutto.

C'è una grande differenza tra questo e fare bancarotta perché Amanda ci mette con le spalle al muro.»

«Liquidare», ripeté Dan. Si alzò dalla scrivania e si diresse alla finestra da dove si potevano vedere la nuova ala di uffici, i magazzini, un binario di raccordo, un carico di pomodori in arrivo su un camion dall'azienda agricola, tre camion in partenza con scatoloni destinati a tutto il paese e il vecchio Felix, un pensionato che circolava ancora nella zona perché la Grey's era la sua casa. Uno splendido panorama.

Anche senza guardare, Ian capì che cosa stava osservando Dan. Capì anche che cosa stava pensando il cugino perché ormai l'aveva sentito ripetere spesso. *Cedere tutto questo, costruito in tanti anni, nelle mani di estranei. Oppure, peggio ancora, com'è più probabile, essere assorbiti da qualche megasocietà, svenduti a pezzi e trasferiti.* C'era un fondo di verità in quest'idea e anche molto dolore. Persino Ian provava qualche fitta.

Ma ventotto milioni di dollari!

«Se tutto deve crollare, lasciamo almeno che accada con dignità, Dan. È sempre meglio che permettere ad Amanda di farlo.»

Nonostante si trovasse sul lato opposto della stanza, Ian riuscì a udire un lungo sospiro. Dopo uno o due minuti, Dan si voltò. Ian non aveva mai visto nessuno così triste, ferito e triste. Tuttavia, il cugino parlò in tono pacato.

«D'accordo, Ian, cedo. Occupatene tu. Fai come ritieni meglio.»

Era un pomeriggio straordinariamente mite, considerando che era ormai la prima settimana di dicembre. Le ultime foglie cadevano al suolo attraversando l'aria immobile. Sally e Dan, con Clive tra loro, passeggiavano lentamente attorno al recinto del centro di equitazione.

«Sabato pomeriggio portiamo fuori Clive», aveva suggerito Dan. «Ha voglia di vedere il suo cavallo e sembra che Roxanne debba andare da qualche parte.»

Ha un aspetto terribile, pensò Sally. Non era solo per la calvizie, dato che Clive aveva perso tutti i capelli eccetto per una rada peluria che gli circondava il capo, era il colore, quel pallore cereo. I medici, però, dicevano che reagiva bene, come dichiarava lui. Ora andava in ufficio tre volte alla settimana dopo il periodo di riposo a casa successivo a ogni trattamento.

«Come va?» chiese Dan. «Se lo desideri possiamo sederci un po' sulla panchina.»

«Forse sì. Sono ancora un po' debole. Mi sembra trascorso un anno dall'ultima volta che ho cavalcato.»

«Tornerai a cavalcare prima di quanto tu creda», rispose Dan.

«Oh, lo so. Lo so.»

Clive aveva coraggio. Non voleva compassione. Tuttavia Sally provava compassione per lui. Quando si vedeva tanto coraggio, il cuore simpatizzava ancora di più per quella persona.

«Pensavo che avreste portato anche Tina», disse. «Non la vedo più.»

Avevano chiesto a Tina di accompagnarli, ma lei stava attraversando uno dei suoi attacchi di silenzio per cui avevano preferito non insistere. Gesù, quanto dovrà durare ancora, si chiese Sally, poi mentì dicendo: «La porteremo la prossima volta. Era venuta una sua amica a giocare con lei, si stavano divertendo tanto che non abbiamo osato disturbarle».

«Certo che no», disse Clive.

Per un po' rimasero seduti a osservare i cavalli. Le persone molto malate o anche quelle che si stanno riprendendo per un periodo di tempo vivono in un altro mondo, rifletté Sally, pensando che quegli animali sani assieme all'aria salubre e pulita dovessero rappresentare un simbolo di rinnovamento per Clive, che se ne stava seduto tranquillo e felice.

«Papà tornerà a casa la prossima settimana. Telefona tutti i giorni per sapere come sto.»

«Chissà che bolletta», osservò Dan con tono scherzoso.

«Vuole trascorrere qualche giorno prima di Natale a Red Hill, lo sapevate?»

«L'ho sentito. Sarà un piacevole cambiamento.»

«Mi fa piacere. Ho voglia di passare un po' di tempo nel nuovo cottage. Roxanne e io dormiremo lì mentre per pranzo andremo da papà. È il primo Natale per Roxanne e me.» Poi continuò a riflettere: «Mi piacerebbe avere un aspetto migliore. Quando passo davanti a uno specchio mi sento male. Non che sia mai stato tanto bello, ma ora...»

Sally intervenne pronta. «Intendi riferirti ai capelli? Cresceranno in fretta. Non preoccuparti.»

Clive si rivolse a lei. «Sei molto buona con me, Sally. Penso di non averti mai ringraziato per il benvenuto che hai dato a Roxanne. Tu e Happy. Non capisco Ian. È venuto a trovarmi in ospedale, ha fatto di tutto e fa ancora molto per me, ma non viene mai a casa nostra, non mi chiede mai di mia moglie. So che è stato scioccato dal matrimonio, per tutti voi è stato uno choc, ma non c'è motivo di comportarsi così. Non capisco.»

«È molto irritato», disse Dan. «Non so se sai.»

«So. Ho letto il giornale proprio stamattina.» Clive sorrise. «So anche delle lettere. Ho pescato la mia segretaria mentre tentava di nascondere le mie copie e l'ho costretta a consegnarmele.»

«Non volevamo che tu ti preoccupassi», disse Dan.

«Capisco.» Clive fece una pausa. «So di poter parlare con franchezza a voi due, quindi lo farò. Amanda è un'altra delle persone che non riesco a comprendere. È vero che la conosco a malapena. Ma l'avidità, la sua e quella di Ian, è inaccettabile per me. Hanno già così tanto.»

«È inaccettabile anche per me», disse Dan.

«Temo che sia irremovibile. Forse papà riuscirà a convincere Amanda quando si presenterà.»

«Forse», disse Dan.

Sa come andranno le cose, pensò Sally. Era così spiaciuta per lui e spiaciuta anche per gli alberi ora che stava osservando i meandri silenziosi della foresta.

Dan si schiarì la gola e all'improvviso disse: «Clive, ho

deciso. Getto la spugna. Gli svedesi e tutti gli altri, Ian, Amanda, è una battaglia senza possibilità di vincere comunque la si affronti. Non c'è via d'uscita».

«Che cosa stai dicendo?»

«Sto dicendo che ho comunicato a Ian di fare come meglio crede. Sono uscito dalla mischia. Ti libero dalla promessa che mi hai fatto. Accettiamo l'idea di Ian e vediamo che cosa accade.»

«Dan, non puoi farlo.»

«Posso forse continuare a sbattere la testa contro il muro? Non un muro solo, ma due?»

«Io voto per la Grey's Woods. Io voto contro il consorzio. Significherebbe infrangere il cuore di papà, e anche il tuo.»

«Oliver non si è schierato con nessuno, Clive.»

«Solo perché non vuole ferire nessuno. È fatto così. Ma io so che cosa c'è nel suo cuore. Lo so.» Clive sollevò il capo con aria di sfida. «Potrò anche non dare questa impressione, ma sono disposto a combattere.» Poi rise. «Che buffo, ultimamente Roxanne ha toccato l'argomento. Non pensavo che la questione le interessasse, ma credo che Happy le abbia detto qualcosa. Secondo lei dovrei votare come Ian per il consorzio.»

È strano, pensò Sally. Happy non parla mai di affari con me. È una tacita intesa.

«Deve essere il potere del denaro», disse Clive mentre ancora stava ridacchiando. «Ventotto milioni di dollari. È una somma da capogiro per chiunque e quando non hai mai avuto nulla... Oh, come apprezza le cose! È un piacere vederla in casa, indaffarata, a cucinare. È una splendida cuoca, una vera donna di casa.»

Sally era contenta che la discussione si fosse allontanata dagli affari. Aveva già ridotto a pezzi Dan, l'azienda, oltre alla preoccupazione per la loro bimba.

«Ama stare a casa. A volte, quando di pomeriggio esce, sento moltissimo la sua mancanza. La casa è troppo tranquilla quando è fuori.»

Sembrava felice e il suo volto era rischiarato da uno

sguardo tranquillo. Sally non l'aveva mai sentito parlare così apertamente di sé prima di allora. Era una novità per lui. E tra tutti, c'era riuscita proprio Roxanne.

«Sai», continuò Clive, «non avevo mai capito quanto potesse essere splendida la vita. È cominciato tutto solo sei mesi fa. Hai in mente i fuochi d'artificio del 4 luglio, quello scoppio violento che sembra spargere fiori in tutto il cielo? Bene, la stessa cosa è accaduta a me nella mia vita.»

Il fatto che immagini tanto poetiche uscissero dalla bocca di quell'uomo era stupefacente. Non si può mai sapere che cosa si può scoprire nelle persone più improbabili! E con vergogna, Sally ricordò i brutti pensieri che una volta aveva avuto nei confronti di Clive Grey.

Clive disse timidamente: «Devo confidarvi un segreto. Roxanne è incinta. È all'inizio e non vuole ancora che si sappia, ma io devo dirlo a qualcuno».

Dan rispose prontamente: «Congratulazioni! È eccezionale, è davvero eccezionale».

«Sono elettrizzata», disse Sally, mentre si interrogava sulle possibili conseguenze, un padre che poteva morire prima della nascita del figlio, sebbene i medici dicessero di no. Ma aveva un'aria tanto orribile.

«Spero che non assomigli a me», disse Clive senza scherzare.

«Non c'è proprio nulla di brutto in te. Inoltre, l'aspetto del bambino non ha alcuna importanza, purché sia sano», lo rassicurò Sally, parlando dal profondo del suo cuore preoccupato.

Il breve pomeriggio invernale stava volgendo al termine. Era ora di riportare Clive a casa. Per un minuto rimasero seduti in auto e stettero a osservare Clive camminare lentamente, quasi strisciando i piedi, armeggiare con la chiave e varcare la soglia della sua splendida casa.

«Mio Dio, Dan, com'è triste.»

«Sì. Ma com'è cambiato. Prima era freddo e caustico ora invece è dolcissimo. Non lo riconosco più. Sarà stata la malattia o quella donna?»

«Un po' tutt'e due, credo.»

Raggiunto il punto più alto della strada, dove attraverso gli alberi spogli s'intravedevano le luci della città, Dan rallentò.

«Anche mio padre lavorava laggiù», mormorò, «e suo padre prima di lui.»

Sally gli toccò un braccio senza parlare, capendo che stava già piangendo la morte della Grey's Foods.

«Fra due settimane andrò in Scozia per cinque giorni», disse. «Devo analizzare un nuovo prodotto, una specie di carne trita. Una farcitura. Comunque, tornerò molto prima di Natale.»

«Allora non hai ancora rinunciato?»

«Non siamo ancora morti, anche se credo che questo accadrà presto, quindi, finché saremo in vita, continuerò a occuparmi degli affari.»

«Hai fegato, Dan Grey.»

«Il primo dell'anno. Per allora, le cose saranno in qualche modo maturate.»

Avrebbe potuto ricordargli la sua promessa che, se per allora Tina non fosse migliorata, avrebbero preso una decisione drastica. Avrebbe potuto dirgli che solo la mattina precedente, quando era stata da loro e aveva trovato Tina in preda a una crisi di nervi perché non voleva andare a scuola, Happy le aveva consigliato con delicatezza di portarla da un medico. «L'avete fatta vedere da qualcuno?» aveva chiesto e quando lei le aveva risposto: «Non ancora», Happy le aveva ripetuto il nome della dottoressa Lisle. «Sembra che sia eccellente», e Sally non aveva ribattuto.

Avrebbe potuto dirgli tutto questo ma non lo fece. L'aria si stava raffreddando e ormai era sera. L'anno stava giungendo al termine. Lasciamo che tutto scorra tranquillo, pensò. Passato quest'anno, come ha detto Dan, le cose matureranno.

14

Dicembre 1990

Ian sollevò la tenda sudicia e osservò il parcheggio. Si era alzato un vento fortissimo, tanto che si riusciva quasi a sentire lo scricchiolio che produceva l'insegna dell'*Happy Hours Motel* ondeggiando. Erano solo le quattro meno un quarto, ma il giorno era finito e gli addobbi natalizi attorno alla proprietà erano già illuminati.

Odiava gli appuntamenti pomeridiani. Mancava quell'eccitazione gioiosa della notte che riusciva a rendere affascinante persino un luogo di cattivo gusto e deprimente come quello.

Roxanne si era seduta sul letto e tremava. «È umido come in un maledetto frigorifero. Con tutti i soldi che gli dai potrebbero almeno scaldare un po'.»

I suoi abiti, come sempre, erano gettati su una sedia. Ian raccolse il nuovo visone e lesse l'etichetta di un pellicciaio di New York molto in vista. Questa pelliccia, pensò, era un bel passo avanti rispetto a quella che le aveva regalato lui.

«Ecco, avvolgiti qui», le disse bruscamente. «A proposito, non mi avevi detto di avere smesso di imprecare ogni due parole?»

Roxanne rise. «Mi capita solo quando sono con te. Con te posso essere me stessa.»

Ian sapeva che avrebbe dovuto trovare un sistema affettuoso per riconoscere l'intimità che esisteva tra loro. Tuttavia, dato che si era immalinconito, non lo fece. «Dopo il coito, l'uomo è triste.» Ricordò di aver letto questa frase in latino quando ancora era a scuola e di averla passata di nascosto agli amici più stretti. In tutti gli anni che erano trascorsi da allora, raramente aveva sperimentato una tale tristezza e senza dubbio non dopo essere stato con Roxanne. Ciononostante, ora si sentiva triste, aveva una nube di fronte agli occhi e un peso sulle spalle.

Come una regina in abito da cerimonia, Roxanne sedeva avvolta nella pelliccia fulva mentre un sottile girocollo d'oro le impreziosiva la scollatura a punta. Dopo aver soddisfatto il desiderio, e non era stata meno appassionata di lui, si era preparata a una lunga chiacchierata.

«Alzati», le disse. «Non so tu, ma io devo tornare a casa in tempo per cena. Abbiamo ospiti.»

«Pensavo che questa settimana tu rimanessi con tuo padre a Red Hill. Noi ci siamo andati ieri sera. Mi sono presa questo pomeriggio di libertà per andare dal dentista, ha, ha.»

Roxanne non si era ancora azzardata a chiamarlo «papà», come faceva Happy. Probabilmente Roxanne aveva troppa soggezione di Oliver. Quasi tutti avevano soggezione di Oliver anche quando si comportava con il massimo della gentilezza.

«Ci recheremo là stasera dopo che gli ospiti se ne saranno andati.»

Era stata tutta un'idea di Clive ed era una vera seccatura. Tuttavia quel poveretto non aveva mai chiesto nulla e anche adesso non stava domandando molto. Forse pensava che quello fosse il suo ultimo Natale. Ian immaginò Clive seduto di fronte al fuoco, intento a leggere.

«Questo Natale parteciperò per la prima volta a una di quelle riunioni familiari che tu aborrisci. Ma non preoccuparti, sarò perfetta», disse Roxanne compiendo un piccolo gesto che le era abituale, cioè portando le punte delle dita alle labbra come per spedire un bacio.

Questi discorsi innervosirono ulteriormente Ian. «Avanti, ti muovi? Devo pagare il conto e non posso farlo finché resti in camera.»

«D'accordo, d'accordo.» Sbadigliò, si stirò e uscì dal letto completamente nuda. Mentre si chinava per raccogliere i vestiti, mentre si allacciava il reggiseno sulla schiena tenendo le braccia sollevate e i seni protesi in fuori, mentre si infilava il maglione, ogni suo singolo movimento appariva studiato come quelli di una spogliarellista.

«Non si vede ancora», disse Ian.

«Certo che no. Sono solo due mesi.»

Tre settimane prima l'aveva informato di essere incinta. «Sei sicura che non ci sia un errore? Per Dio, sei sicura?»

«L'ho detto a te dopo essere stata dal dottore. Non c'è nessuno sbaglio.»

«Voglio dire, sei sicura che sia mio?» insisté ingoiando il disgusto che provava a quelle parole.

«Hai davvero un bel coraggio a chiedermelo ancora, Ian.»

«Ho il diritto di chiedertelo, siamo stati insieme solo tre volte, una volta quella notte a casa tua, e due volte qui.»

«Una volta è sufficiente, caro mio. Che cos'è questo, un terzo grado? Guarda quel poveretto! Negli ultimi tre mesi non sono mai stata con lui. Come avrei potuto? Usa la testa», disse lei, legandosi i capelli con un nastro di velluto. «Sì, è stata una luna di miele breve, molto breve.»

«Smettila», rispose lui.

Era nauseante. Guardò fuori dalla finestra e vide la BMW di Roxanne parcheggiata in piena vista. «Ti tratta piuttosto bene, vero?»

«Che cosa stai guardando, l'auto? Sì, hai ragione. Mi tratta meglio di quanto hai fatto tu quando ne hai avuto l'occasione.»

«Smettila», disse di nuovo. Poi vide Clive in ospedale, immobilizzato da tutti quei tubicini, vide Clive disteso in una bara e si voltò urlando: «Mi vergogno talmente, Roxanne!»

Roxanne, imperturbabile, stava aggiustandosi il rossetto

sulle labbra. Quando ebbe finito di asciugarlo, gli rispose.

«Ormai è un po' tardi, non credi? Ti dirò cosa penso, Ian. Il guaio è che ti fai troppi scrupoli. Se tu mi avessi sposato quando ne avevi la possibilità, ora non ci troveremmo in questo impiccio.»

Ian si sentì pervadere dalla paura. La sentì scorrere dentro di sé come acqua ghiacciata, giungergli fino al midollo. «Non temi che possa mettere in dubbio le date?» chiese.

«No. Ho dovuto lasciare che si illudesse un po' quando si sentiva leggermente meglio, ma non è riuscito a fare gran che. È stata tutta una sua impressione. Niente di più. Ma non è abbastanza esperto per rendersene conto. In ogni caso, questa è l'ultima cosa che sospetterebbe.»

«Mi sento un verme, Roxanne.»

«Potresti perlomeno dire qualcosa di carino sul bambino che ti darò. Probabilmente è tanto che ne desideri uno. Come tutti gli uomini.»

«Le donne ci pensano di più», disse lui, eludendo la questione. «Certo, spero che starà bene e anche tu.»

«Non mi hai suggerito di abortire, vedo.»

«Non spetta a me scegliere.»

Roxanne insistette. «Potresti far finta di essere contento del piccolo.»

Stupida, come poteva essere contento? «È la situazione, Roxanne. Sono tremendamente preoccupato.»

Se ne stavano in piedi l'uno di fronte all'altra, pronti ad andarsene e tuttavia immobili. Sì, stava pensando lui. Ho desiderato un bambino. Ma non da lei. Ecco dove stava l'ironia più amara. Se anche fosse stato il bambino più bello del mondo, non sarebbe stato suo, ma di Clive. E se Clive fosse morto, lei si sarebbe risposata nel giro di un paio d'anni. Dopo la trasformazione che aveva subito, la bella vedova della famiglia Grey non avrebbe avuto scarsità di pretendenti. I pensieri scorrevano veloci, pensò Ian amaramente, come i nanosecondi nei libri di fisica di Clive. E se, per qualche ragione, avesse preferito non sposarsi e restare attaccata a lui? Sarebbe stato in trappola e legato a lei. L'avrebbe tenuto al guinzaglio fino all'ultimo giorno della sua vita o anche di più, perché allora il guinzaglio sarebbe stato trasferito ad Happy. A questo pensiero, dentro di sé Ian gemette.

«Sei allegro come la morte», disse Roxanne.

«È proprio così che mi sento.»

Nella mente sentiva la voce del padre: «La moglie di tuo fratello! Quella sgualdrina... E la tua splendida moglie, Elizabeth... Pensavo che avessi cambiato sistema di vita prima del matrimonio... Io ho vissuto una vita pulita, anch'io mi sono divertito, ma non con la moglie di mio fratello. E dopo, tua madre è stata l'unica...»

Quello era papà in uno dei suoi momenti vittoriani. Come se tutti i vittoriani avessero vissuto quella vita casta e pura che predicavano! Ciononostante, rifletté, suo padre avrebbe avuto tutti i diritti di essere inorridito.

«Se lo dirai a qualcuno e Clive lo scoprirà, lo ucciderai», disse.

«Sei matto? Cosa credi che abbia intenzione di fare, mettere un annuncio sul giornale?»

Aveva gli occhi duri. Era arrabbiata con lui e Ian sapeva bene perché. Una donna incinta desiderava attenzione e gentilezze, voleva qualche segno di riconoscenza dal padre di quel miracolo in divenire. Ian ricordò l'orgoglio di Dan.

Così, dolcemente, le disse: «Non essere arrabbiata con me. Una parte di me è contenta del bambino, mentre l'altra parte è quella che tu vedi. Volevo solo dirti di non confidarti neppure con tua sorella. Non raccontare niente a nessuno. Riesci a immaginare che cosa accadrebbe se la voce si diffondesse? Papà, Clive, Happy».

Roxanne lo interruppe. «Solo per lei, per non parlare di Clive, a cui voglio bene più di quanto tu pensi, farò attenzione. Non sono così infame come tu credi.»

Questa volta fu Ian a interromperla. «Non credo che tu sia infame, Roxanne!»

No, non era una «brava» persona, come Happy o Sally, pensò, ma non era neppure «cattiva».

«È stata molto gentile con me, mi ha dato le sue ricette e tutto il resto, mentre avrebbe potuto benissimo snobbarmi.

Non devi preoccuparti, Ian.» Gettò il capo all'indietro. «Inoltre, se anche non credi che sia capace di comportarmi bene, certo sai che sono in grado di riconoscere dove posso ottenere vantaggi maggiori.»

Questo era per lui un lato di Roxanne molto più familiare e Ian annuì. «Oh, certo, su questo non ho dubbi. Neanche uno.»

Lei aggrottò la fronte. «A proposito, dove trarrò i vantaggi maggiori se Clive dovesse morire?»

«Aspetta a seppellirlo, per favore.»

«Non sto facendo nulla del genere. Ma la gente muore e Clive è malato mentre io sto per avere un bambino, devo sapere.»

«Mi stai chiedendo che cosa ha scritto nel suo testamento», rispose Ian senza mezzi termini. «Non ne ho idea. Chiedilo a lui.»

In teoria, la gente non avrebbe dovuto pensare ai testamenti – sebbene ci pensasse, com'era sempre accaduto – prima della morte di qualcuno. Dopodiché, avrebbero scoperto che cosa era stato lasciato loro.

«È una cosa orribile da chiedere a un uomo nelle sue condizioni. Non dirmi che non sai che cosa ha deciso. Lo sai e non vuoi dirmelo.»

Ian trovava questo argomento profondamente disgustoso. «Be'», disse con riluttanza, «ha sempre dichiarato di voler lasciare qualcosa a Tina e penso che abbia aggiunto Susannah.»

Quelle parole gli erano uscite dalla bocca senza che se ne rendesse conto e in quello stesso istante Ian capì di aver fatto un grave errore.

«Che cosa diavolo dici! Tutto ciò che ha deve andare a me e a mio figlio. Quelle bambine hanno il loro padre, non c'entrano con il padre del mio bambino.»

Il padre del mio bambino. I guai erano già iniziati. Molto probabilmente, rifletté Ian, se Clive fosse morto non ci sarebbero state azioni della Grey's Foods per Roxanne. Le azioni dovevano essere trasferite, riservate al sangue dei Grey generazione dopo generazione. Quindi, bisognava sapere a quanto ammontava il patrimonio di Clive oltre alle azioni. Era sempre stato un risparmiatore e da bravo esperto aveva senza dubbio fatto buoni investimenti. Ma aveva anche speso una fortuna per quella casa, era possibile che non avesse più un soldo. Anzi, visto quanto era infatuato, era persino probabile. In quel caso, la sua vedova – ma perché dobbiamo parlare come se fosse morto o stesse per morire? si chiese. Potrebbe vivere fino a novant'anni, per quel che ne sappiamo noi – in quel caso le avrebbe lasciato la casa, ma non si può mangiare una casa né si può vivere degli interessi che si ottengono vendendola, o meglio vivere abbastanza bene da soddisfare una come lei ora che aveva assaggiato la ricchezza. Ian aveva la testa che turbinava di pensieri. Roxanne avrebbe intentato una causa! Ma contro chi? Contro il padre di suo figlio, ovviamente, il signor Ian Grey.

Cominciò a sudare. Là, in quella fredda stanza, con indosso il cappotto, stava bollendo. All'improvviso, questa nuova possibilità cancellò qualsiasi altro problema. Quello che gli era apparso grigio ora era nero pece. La paura di perdere l'affare della foresta e la relativa montagna d'oro così come la paura che Amanda si gettasse sul tesoro della società erano minuscole rispetto a quella possibile, o probabile, minaccia di Roxanne.

Lei scoppiò in lacrime. «Ian! Sono spaventata. Che cosa ne sarà di me se Clive morirà? Non voglio lasciare la casa, mi verrà tolto tutto, perderò tutto, sarò come Cenerentola a mezzanotte.» Gli si gettò al collo, piangendo sulla spalla. «So che cosa pensi di me, solo due mani avide, ma tu sai, vero, che sono stata buona con lui? Non prendo solo, do anche. Lo faccio felice. Puoi chiederglielo, ti dirà quanto è felice.»

Non sarebbe stato molto felice se avesse assistito a quella conversazione, pensò lui.

Roxanne singhiozzava, spaventata, era in preda al panico. Ian le accarezzò la schiena, parlandole con voce dolce.

«Non è necessario chiederglielo. Clive lo ha ripetuto costantemente a chiunque incontrasse.»

«Mi sono appena abituata e sto già per perdere tutto.»

Incapace di liberarsi dal corpo di Roxanne appoggiato a lui e dalle sue braccia, Ian rimase fermo. Nonostante tutti i problemi che stavano lacerandogli il cervello, c'era comunque spazio per un po' di pietà; era stata raccolta dal fango e collocata in cima alla montagna. Non c'era da meravigliarsi se temeva di cadere. Così rimase immobile, accarezzandole la schiena e mormorando: «Sei in una posizione di vantaggio. Non devi avere paura».

Roxanne alzò il capo, prese il fazzoletto dal taschino di Ian e si asciugò gli occhi ancora singhiozzando. «Ti amo, Ian. Ti amerò sempre.»

Con andamento meccanico, come se le sue mani si muovessero da sole, Ian continuò ad accarezzarle la schiena. Stava cominciando a organizzare le idee, senza neppure guardarla.

Bisogna affrontare il problema in maniera logica, come in geometria, rifletté. Questo risulta da quello e quello da qualcos'altro e così via fino alla risposta. In questo caso, ciò che ci vuole è una quantità di denaro sufficiente a tenere Roxanne tranquilla in qualsiasi circostanza. Bisogna rilevare la quota di Amanda perché in caso contrario il risultato è evidente. Quindi torniamo all'affare della foresta. Ora, miracolo dei miracoli, Dan ha ceduto; l'unico a tener duro è Clive che è convinto, senza dubbio a ragione, che la vendita farà a pezzi il cuore di papà. Ma Clive non sa che qualcos'altro potrebbe sconvolgere il cuore di papà ancora di più... È questo che bisogna evitare e Roxanne è l'unica che può farlo.

«Ti amo tantissimo, Ian. Non sai quanto.»

Giusto, pensò, non lo so. Tutto continua a cambiare. Quando l'attenzione è puntata sui soldi, chi può dire che cosa accadrà?

«Desidero parlarti», disse. «Togliamoci i cappotti e sediamoci.»

«Devo tornare a casa. È rimasto solo tutto il giorno ad aspettarmi, povera anima. Ormai non lo lascio quasi più. Ha bisogno di me e mi sento così colpevole nei suoi confronti.

Crede che sia andata dal dentista e che abbia portato mia sorella fuori a pranzo. È tornata da scuola. Devo rientrare in fretta.»

«Se farai attenzione, non ci vorrà molto. Clive deve averti raccontato qualcosa del lavoro. Deve averti parlato di quelli che intendono costruire una nuova comunità in una zona della Grey's Woods.»

«Be', sì, me ne hai parlato tu e ho letto qualcosa sul giornale. Clive non mi ha detto molto. So che vorresti il suo consenso, ecco tutto.»

«Giusto, ora ti spiegherò meglio.»

Dopo che Ian le ebbe spiegato gli eventi nella maniera più semplice possibile, Roxanne esclamò: «Chi diavolo è questa Amanda di cui voi tutti avete paura?»

«Non abbiamo paura ma non vogliamo restare in tribunale per dieci anni.»

«Perché tuo padre non riesce a farla ragionare?»

Questa era davvero una buona domanda, pensò Ian. Il fatto che suo padre, con tutto il suo prestigio e il suo modo di fare capaci di incutere rispetto nei luoghi pubblici ancor prima che si sapesse il suo nome, non riuscisse ad affrontare una giovane donna impetuosa ed eccentrica come Amanda era incredibile.

«Ha problemi di cuore e la cosa peggiore per lui è lasciarsi coinvolgere in una discussione», fu la sua risposta, peraltro vera. «Quindi capisci anche tu», concluse, «quanto sia importante che Clive non ritardi l'affare della foresta. In questo modo avremo i soldi per accontentare Amanda e» lanciò a Roxanne una lunga occhiata seria e significativa, «ci saranno molti quattrini anche per te, che Clive muoia o viva. In entrambi i casi, e possa Clive vivere ancora a lungo, stabiliremo una proprietà per te e tu potrai stare tranquilla per tutta la vita.»

Gli occhi di Roxanne erano spalancati e scintillanti mentre un piccolo sorriso sfuggì al controllo e le illuminò il volto.

«Ma solo, solo», la ammonì Ian con severità sottolineando la condizione e ripetendogliela per la terza o la quarta volta, «solo se tu riesci a convincere Clive. Ora, torna a casa e fai il possibile. Sono certo che ci riuscirai. Sai tu come comportarti.»

«Non preoccuparti. Fa tutto ciò che gli chiedo e farà anche questo.»

Speriamo, disse Ian tra sé, altrimenti avrò due vampiri attaccati al collo, Amanda e Roxanne. Hanno fame di soldi, ecco cosa vogliono. Fame di soldi. La maledizione. La fonte di ogni male. Per quanto strano, a Ian non interessava più ottenere quella montagna di denaro. Voleva solo liberarsi di loro.

«Ora sbrighiamoci», disse lui. «È tardi e prevedono neve.»

Gettandogli le braccia al collo, Roxanne protese le labbra per un bacio.

«Roxanne, non c'è tempo», disse lui dopo averle sfiorato le labbra.

«Questo non era un bacio! E io che ti amo tanto! A volte sento un estremo bisogno di te, lo sai? Sei tutto per me. Se dovessi mai perderti…»

«Roxanne», disse Ian impaziente, aprendo la porta, «andiamo, andiamo.»

Ciononostante lei si attardò ancora un attimo. «Ho imparato perfino ad apprezzare questa orribile stanza. Dopotutto è l'unico luogo dove possiamo stare soli. Quando possiamo tornarci?»

«Pensiamo prima alle cose importanti. Ti ho detto di che cosa ho bisogno. Ho bisogno che tu torni a casa e faccia ragionare Clive.»

Nel parcheggio si separarono e Ian sfrecciò via. Voleva solo tornare a casa da Happy, così gentile, carina e buona, una donna che l'avrebbe lasciato tranquillo, che sarebbe stata contenta e indaffarata, che non avrebbe pianto, non avrebbe implorato amore o chiesto soldi.

Clive era rimasto sdraiato sul sofà per la maggior parte del giorno, leggendo, sonnecchiando, leggendo ancora un po', guardando la televisione e fissando il fuoco. Ogni tanto si era alzato per aggiungere un pezzo di legna. Era così bello stare a guardare la raffica di scintille, quella vampata arancione che poi si smorzava in un costante crepitio familiare. Una volta era andato nella piccola cucina perfetta e si era preparato una tisana, che poi aveva portato accanto al fuoco per berla mangiando alcuni biscottini al limone fatti da Roxanne.

Amava quel cottage. Seppure in modo diverso, lo rendeva felice proprio come la sua splendida casa alla periferia di Scythia. Era una casetta di legno, una struttura elementare, l'aveva ideata lui stesso. Era completamente circondata dalla foresta e gli alberi erano tanto vicini che, con le finestre aperte, si sentivano le foglie frusciare. Persino durante le giornate senza vento, la foresta frusciava. La maggior parte delle persone non lo sapeva. Per i suoi cavalli, ce n'erano due, il suo e quello di Roxanne, aveva una stalla proprio in cima alla salita, dietro la casa del padre. C'era così tanto da assaporare.

Stava migliorando. Lo sentiva. Lentamente, stava riprendendo le forze. Con un po' di fortuna, ben presto sarebbe tornato a cavalcare. I capelli, per quanto pochi, sarebbero ricresciuti. Seguendo un impulso improvviso, si alzò e andò allo specchio in bagno. Non c'era ancora segno di capelli, constatò, solo un cranio lucente e bitorzoluto. Con i capelli non si vedeva che il cranio non era liscio come una palla. Oh, com'era brutto. Lui era brutto. Ora, con le guance così magre e incavate, anche il mento sembrava essere scomparso; nonostante questo fosse impossibile, sapeva che era impossibile, a lui sembrava così. E i denti gli apparivano enormi, come denti di un cavallo.

L'ansia gli fece corrugare la fronte. Che cosa poteva pensare di lui Roxanne, una donna tanto affascinante? Davvero, nel profondo del suo cuore, in quel luogo che le persone, per quanto sorridano e siano gentili, non rivelano mai? Se lo chiedeva quasi costantemente. Ma non aveva senso preoccuparsi, la preoccupazione non offriva risposte alle domande importanti. Era meglio godere di ciò che si aveva senza stare troppo lì ad analizzare i perché e i per come.

Aspettavano un bambino, ricordò. Nonostante la malattia l'avesse colpito come un criminale, era riuscito a compiere questo miracolo: un bambino che gli apparteneva, un figlio suo e di Roxanne.

Non facevano l'amore da settimane o forse era ancora di più? Tra l'intervento chirurgico e tutte le cure aveva perso il senso del tempo, rifletté. Doveva essere difficile per una giovane donna sana come lei stare così tanto senza amore. Be', gli sarebbero bastati ancora un paio di mesi e sarebbe tornato come nuovo.

«Sono così felice», disse ad alta voce, spaventando Angelo, il cucciolo, che stava dormendo nella splendida cesta.

Pensò che avrebbe dovuto costruirsi una casa tutta per sé già anni prima. Avrebbe dovuto avventurarsi nel mondo, magari non lavorare nell'azienda di famiglia o almeno non restare ad Hawthorne con il padre. Fai sempre errori, si disse, ma sapeva bene perché li aveva compiuti. Hawthorne era un rifugio. Da ragazzo, tornava a casa dal college profondamente avvilito. Non era un atleta, era più basso di chiunque altro e ovviamente era sempre stato al fondo della gerarchia. In fondo al pozzo. Il padre, rendendosene conto, gli aveva permesso di frequentare la scuola locale e di rientrare ad Hawthorne ogni sera.

Mio figlio sarà diverso, pensò. Spero che assomigli a Ian. Ma anche una bambina sarebbe così bella, una bambina come Tina, grassoccia e rosea. È tantissimo tempo che non la vedo. Mi spiace che stia lontana da me.

Un'auto parcheggiò sotto la tettoia attaccata alla casa. Era tornata. Felice, Clive si alzò per salutarla.

«Dove sei stata per così tanto tempo?» chiese. «Mi sei mancata.»

Ora avrebbe dovuto dargli noiose spiegazioni e rispondere a centinaia di domande sulla scuola della sorella e sul dentista, pensò Roxanne. Voleva sempre sapere tutto, faceva finta di essere interessato a ogni minimo dettaglio che la riguardasse. Era come se volesse mangiarsela.

Lei, però, era di cattivo umore. Durante il tragitto fino a casa aveva rivissuto la giornata. Non c'era dubbio, qualcosa era cambiato. Ian non era stato affettuoso per nulla. Aveva solo preteso sesso veloce e questo non era sufficiente, se era l'unica cosa che un uomo e una donna condividevano, allora non avevano nulla in comune...

«Te l'ho detto», cominciò, poi, percependo la nota di esasperazione nella voce, si voltò verso di lui per sorridergli. Dopotutto, voleva bene a Clive e non doveva scaricare su quel pover'uomo il suo cattivo umore.

«Sono andata dal dentista, mi ha sistemato l'otturazione, non è stato nulla. Poi ho incontrato mia sorella, abbiamo mangiato piuttosto tardi, abbiamo parlato fino alle tre e ora sono qua.»

«Allora hai passato una buona giornata. Come sta Michelle?»

«Sta bene. Ha l'abbronzatura della Florida.» Poi, ricordando che doveva mostrargli gratitudine, aggiunse: «Ti manda i suoi saluti. Non riuscirà mai a ringraziarti abbastanza. La scuola è eccezionale, i voti sono buoni e ti farà vedere presto un'ottima pagella».

Clive fece un lieve sorriso. «Splendido», disse.

Era evidente che la cosa gli interessava davvero e questo sorprendeva Roxanne che non capiva perché dovesse preoccuparsi di una ragazza che conosceva a malapena. Quell'uomo era un unico enigma.

«Ho dovuto tornare a casa a passo d'uomo. Sta cominciando a nevicare e io divento nervosa sulle strade sdrucciolevoli.»

«Sei piuttosto elegante per una visita dal dentista e un pranzo in centro.»

«Volevo che Michelle vedesse la pelliccia», spiegò lei scrollando dal visone alcuni fiocchi di neve per poi appenderlo nell'armadio.

«Le è piaciuto?» Era terribile. Era come se non potesse fare a meno di parlare, continuare a parlare per trattenerla con lui, per impedirle di sparire dalla sua vista. Oggi lo trovo particolarmente irritante, pensò. Era strano come si potesse voler bene a una persona, esserle grati e tuttavia talvolta sentirsi infastiditi dalla sua presenza.

«Le è piaciuta tantissimo; perché non avrebbe dovuto? È una delle pellicce più belle che io abbia mai visto.»

«Quando la indossi sembri una bambolina. Sembri una bambola con qualsiasi cosa. Ma sei ancora più bella quando non indossi nulla.»

Ancora una volta, Roxanne dipinse sul proprio volto un sorriso di convenienza e chiocciò: «Lo pensi davvero, caro?»

«Sì. È parecchio che non ti vedo più così.»

«Certo. Sei stato malato.»

«Ormai sono all'ultimo giro. Appena raggiungerò il traguardo, tornerò alla normalità. Recupererò il tempo perduto, te lo prometto.»

Roxanne trasalì. Davvero credeva che lei avesse sentito la mancanza dei suoi abbracci e che aspettasse impaziente di poterne ricevere ancora? In fondo, non gli aveva dato tutte le ragioni per credere che le sue appassionate risposte erano vere? Quel pomeriggio, dopo che era stata ancora una volta con Ian, era costretta a meravigliarsi di se stessa, a chiedersi come fosse riuscita a fingere così bene. Ormai Clive suscitava in lei disgusto. Non sopportava quasi più di toccarlo, poveretto.

«Devi essere morto di fame», disse. «La cena sarà pronta tra venti minuti.»

«Pensavo che avremmo mangiato assieme a papà questa settimana.»

«Cominceremo domani. Credevo che ti facesse piacere provare questa piccola cucina per la prima volta.»

«Hai ragione. Pensi sempre a tutto.»

Il cagnolino cominciò a grattarle i piedi, così Roxanne lo prese in braccio e gli diede un bacio sulla testolina. «Tesoro. Ha fame anche lui», disse.

«Vieni a darmi un bacio. Ne ho bisogno più di Angelo.»

Roxanne si avvicinò con l'intenzione di baciarlo sul

capo, sebbene non fosse morbido come quello di Angelo, invece si trovò di fronte a un volto sollevato e a labbra protese. Erano umide e quando Roxanne si distaccò dovette sforzarsi di non pulirsi la bocca con il dorso della mano.

«Ora lascia che ti prepari la cena», disse con tono allegro, dato che Clive sembrava chiedere altri baci.

La cucina, studiata per preparare la colazione, qualche panino o una tazza di tè, era troppo piccola perché lui potesse restare seduto a guardarla. A casa, aveva preso l'abitudine di tenerle compagnia mentre cucinava. Era insopportabile sentirsi sempre osservati in quel modo. Per lei sarebbe stato un gran sollievo quando lui fosse tornato a lavorare a tempo pieno.

All'improvviso, fu colpita da un nuovo tipo di paura. Per mesi non ne aveva sofferto; dopo che aveva trovato il coraggio di lasciare Ian e tentare la fortuna con Clive, si era sentita alleggerita e sicura, certa che avrebbe ottenuto il successo come moglie di Clive. Ora la paura, un turbamento insano, si era ripresentata e aveva germogliato dentro di lei come una cosa viva.

Le sue mani lavoravano meccanicamente mescolando l'insalata, insaporendo il tonno e tagliando il pane, ma la mente era sconvolta.

«Potrai stare tranquilla per tutta la vita», aveva detto Ian. «Ma solo se tu riesci a convincere Clive.» E se invece fosse accaduto il contrario? si domandò. Se avesse perso tutto questo... Inconsciamente, aprì un braccio come per abbracciare quanto la circondava. Se Clive fosse morto, avrebbe potuto perderlo. Quella gente sapeva bene come comportarsi con gli avvocati e i tribunali. Sì, non c'erano dubbi: quel pomeriggio era stata minacciata. Ian l'aveva minacciata.

Torna a casa e fai il possibile. Le era apparso così brusco, diverso dal solito. Non era giusto che la trascinasse nelle lotte di famiglia o nei loro affari; non ne sapeva nulla. Invece, avrebbe dovuto proteggerla, la madre di suo figlio. Roxanne si portò una mano al ventre e provò una sensazione di tenerezza verso quell'esserino che stava crescendo, ma allo stesso tempo di rabbia per la sua situazione, che ora comprendeva con chiarezza. Stava perdendo Ian, e il suo corpo forte, il suo potere, il suo senso dell'umorismo, la sua dolcezza, la sua mascolinità.

E lei lo amava così tanto! I suoi occhi si velarono, così Roxanne sbatté le palpebre prima che Clive potesse far capolino dalla porta. L'avrei amato anche se non avesse avuto nulla, pensò, poi, subito, con sincerità si chiese: Davvero? Rimase per un attimo a riflettere e concluse che se anche i soldi erano importanti, in questo non c'era nulla di male, perché dopotutto se lei fosse stata una donna grassa e alla buona lui probabilmente non l'avrebbe amata. Ma era finita.

Non del tutto, però! Sì, lo stava perdendo ed era a pezzi, ma forse, se fosse riuscita a convincere Clive ad accettare l'idea di Ian, non era ancora detto.

In qualche modo, avrebbe dovuto farcela, decise. Mentre apparecchiava il tavolino rotondo di fronte all'angolo dove Clive si era addormentato con la bocca aperta, si fece coraggio. Piano piano, dentro di lei cominciò a crescere la fiducia. Clive le aveva sempre dato tutto, perché non avrebbe dovuto acconsentire anche questa volta? Il problema era come affrontare l'argomento in modo che suonasse naturale.

Lo toccò sulla spalla e con voce allegra gli annunciò che la cena era pronta. Clive si svegliò subito e vedendo il tavolo così ben apparecchiato con una coppia di candele accese e un invitante vassoio di pesce contornato da verdure, esclamò come sempre: «Sai fare proprio tutto!»

«Be', ci provo», disse lei con delicatezza. «Voglio vederti felice.»

Clive emise un sospiro carico di desiderio. «Chi non sarebbe felice con te?»

Erano ormai giunti al dolce e Roxanne non aveva trovato il sistema per affrontare l'argomento. Poi una folata di vento scosse la finestra.

«Penso che stia arrivando una vera tempesta», disse Clive. «Quest'inverno non c'è ancora stata una grande nevicata e prima o poi arriverà. Non c'è nulla di più bello di questi boschi la mattina dopo una tempesta, quando a terra c'è un metro di neve completamente immacolata.»

Ecco lo spunto. «Amo questi boschi», disse Roxanne, poi continuò: «È questa la porzione che intendono comprare quegli investitori?»

«No, tutt'altro. Stanno considerando l'altro lato del fiume, quello più vicino a Scythia.»

«Be', allora non sarà così male.»

«Non così male! Io credo che sia una cosa terribile comunque. Questi boschi dovrebbero essere conservati intatti.»

«Molti non sono dello stesso parere. Dicono che la società porterà altri posti di lavoro e opportunità di servire le nuove abitazioni.»

«Sì, ma i vantaggi dureranno poco mentre, se verrà lasciata intatta, la foresta potrà durare per sempre. Dopo averla distrutta sarà impossibile rimpiazzarla.»

Clive parlava con tono così deciso che dentro di sé Roxanne ricominciò a sentire paura.

«Ma è così grande», disse. «Se anche doveste vendere quella parte, ne rimarrebbe comunque una porzione enorme. In questo modo si accontenterebbero tutti, non credi?»

«No», rispose Clive. «Se cominceremo a venderla, creeremo un brutto precedente. Pezzo dopo pezzo, scomparirà.»

«Non sarà così. Potreste dire che è stata un'eccezione alla regola», insistette Roxanne. Ma non aveva avuto un tono persuasivo e lo sapeva.

Clive sorrise. «Che succede? Hai degli interessi nell'edilizia?»

«No, ma voglio sapere. Ci sono così tanti soldi in ballo.»

«Sì, lo so. Per gli imprenditori.»

«Per i Grey, intendevo dire.»

«Da quando in qua ti preoccupi delle finanze dei Grey?»

Aveva l'aria divertita. Roxanne non aveva mai parlato di affari prima di allora e questa sua nuova immagine non si adattava all'idea che Clive si era fatto di lei.

«Be'», disse Roxanne, «ora che sto per diventare madre, la cosa mi interessa, ma non sono preoccupata, certo.»

«Il nostro bambino sarà ben nutrito, vestito, sistemato e

amato. Non ci sarà nessun problema», rispose lui, sempre divertito.

«Stavo pensando che, con tutti i problemi creati dalla sorella di Dan, forse non dovresti essere così sicuro.»

Lo sguardo divertito si trasformò in uno sguardo indagatore. «Che ne sai tu della sorella di Dan?»

Roxanne fece un gesto casuale, sollevò leggermente le spalle. «Molto poco. Solo che è una sobillatrice.»

«In che senso?»

Roxanne cominciò a sentirsi a disagio, leggermente innervosita, mentre si sforzava di ricordare quanto poteva dire senza spingersi troppo oltre, incastrandosi da sola.

«Vuole un sacco di quattrini, giusto? La sua quota di azioni. Vendendo a quella gente potreste pagarla e liberarvi di lei. Credo che questa sia la soluzione migliore.»

«Non venderemo!» La voce di Clive si era alzata. «Non lo faremo, se riuscirò a impedirlo. Io sono il punto fermo. Io voto contro. Se sarà necessario, fermerò tutto per i prossimi cento anni con una causa legale. Non me ne importa un fico. Papà non vuole e io non gli farò un simile affronto. È un'onta. Non merita di essere trattato così. Mi vergogno di tutti loro. Di mio fratello, di Dan, di Amanda, di tutti. Mi vergogno.»

Era quasi senza fiato. Poi, all'improvviso corrugò la fronte. «Come fai a sapere tutte queste cose, tu? Non te ne ho mai parlato.»

Roxanne si rese conto di quanto il suo cuore stesse battendo forte. Si era spinta troppo oltre, aveva detto troppo. «Era sui giornali. L'ho letto sui giornali.»

«No. Non si è detto nulla di Amanda. Sui giornali il suo nome non è mai stato citato.»

«Be', devo aver confuso le cose, devo aver sentito qualcosa a casa di Dan.»

«Dan ha raccontato questo? Sono allibito. Non è da lui parlare così. Quando è successo?»

«Non molto tempo fa. Un paio di giorni, penso, quando ho fatto una capatina da Sally.» Non aveva mai visto Clive così, né era mai stata sottoposta a un esame tanto accurato.

Disposta a tutto pur di colmare quel silenzio e sottrarsi a quello sguardo indagatore, disse balbettando: «Sì. Sì, è successo mercoledì, credo».

«Sei sicura?»

«Sì, mercoledì. Perché mi guardi così?»

«È molto strano», rispose lui lentamente, «perché Dan è partito per la Scozia lunedì.»

Il cuore di Roxanne andava a mille. «Allora non sarà stato mercoledì», rispose lei tranquilla. «Non posso ricordare tutto ciò che sento, vedo o faccio. Se ti chiedessi che cosa hai fatto venerdì scorso, non lo ricorderesti. È impossibile. In ogni caso, che differenza fa?»

«Solo che mi stai mentendo e mi sto chiedendo il perché.»

«Clive Grey, non ti ho mai mentito. 'Mentire' è una brutta parola. È ingiusto che tu mi accusi così. Tutte queste storie su chi ha detto, cosa, quando e dove. Storie inutili. Vado a prendere il dolce, cerchiamo di mangiarlo in pace.»

In cucina, impilò i piatti, estrasse il vassoio per la torta e versò il caffè. Sentiva le ginocchia deboli. «Sono certo che ci riuscirai.» Così le aveva assicurato Ian, ma non c'era riuscita. E adesso Ian sarebbe stato furioso, pensò. Era chiaro che Clive aveva preso una decisione. E forse anche lui era arrabbiato con lei. Era assurdo che l'ira di quello smidollato malato, chiaramente visibile nei suoi occhi, la spaventasse tanto. O forse non era così assurdo, dopotutto aveva molto da nascondere.

Roxanne impose a se stessa di sorridere. Sorridi e il mondo sorriderà con te. Ti sentirai meglio, si disse. Forse le cose non stavano andando tanto male come le aveva dipinte Ian... Così si sforzò di essere allegra in modo da riportare il buon umore in Clive.

«Arrivo», gridò. «Madame Roxanne della pasticceria Palace con una superba scelta di bignè, millefoglie...» Il telefonò squillò. «Stai tranquillo, caro. Dammi il tempo di appoggiare il vassoio e risponderò io.»

Clive aveva già attraversato la stanza e alzato il ricevitore. «Michelle! Che piacere sentirti. Roxanne mi ha parlato dei tuoi successi scolastici. Mi ha detto che hai una splendida abbronzatura della Florida. Fai attenzione alla pelle...»

Michelle. Svelta, svelta, pensò, prima che dica qualcosa. Roxanne si precipitò all'apparecchio gridando: «Mia sorella! Lascia che le parli io».

Clive teneva stretta la cornetta. «Tu cosa? Non l'hai ancora vista, quindi come fa a saperlo? Aspetta un minuto, lasciami capire.»

«Dammi il telefono, Clive», insistette Roxanne mentre lui la teneva lontana con il gomito.

«Allora non hai incontrato Roxanne, oggi. Capisco. Un malinteso. Sì, certo. Fa piacere parlare con te. No, al momento non può venire al telefono. Ti chiamerà dopo. Bene. Abbi cura di te, Michelle.»

Con estrema lentezza e delicatezza Clive riagganciò. Senza dire una parola, si voltò e guardò Roxanne.

Immagini inspiegabili si formano nella mente e si creano dei collegamenti. In poche frazioni di secondo Roxanne si ritrovò in una caverna profonda, infossata e buia con cunicoli tortuosi e infiniti, persa, angosciata, mentre tentava da una parte, poi dall'altra, ma era intrappolata e non trovava una via d'uscita. «Speleologia», aveva detto Clive mentre stava guardando un gioco televisivo. Che parola strana. Speleologia.

«Dunque? Non mi menti mai.»

Roxanne sentì la bocca farsi secca, aveva mal di stomaco, era nauseata, le mancava l'aria. «Avevamo un appuntamento, ma io sono stata costretta ad annullarlo perché il dentista ha impiegato troppo. So che sembra stupido ma pensavo che saresti rimasto deluso se non ti avessi raccontato nulla di Michelle, così ho inventato la storia del pranzo. Sei stato così buono con lei, ti sei interessato tanto...»

«Per favore, non insultare la mia intelligenza, Roxanne.» Clive era molto, molto calmo. «Dimmi solo in poche parole dove sei stata realmente oggi.»

«A fare shopping. Dopo essere finalmente uscita dal dentista, non mi restava molto tempo, così sono andata in giro in centro per negozi.»

«Non ti credo, Roxanne», rispose lui, sempre con calma.

«È la verità. Non posso farci nulla se non mi credi.»

«C'è qualcosa che non va», disse a se stesso, ma non riusciva a capire cosa. Poi anche lui si sedette al tavolo, appoggiò il mento alle mani e corrugò la fronte. Roxanne rimase a osservarlo, addentò la torta e, riuscendo a malapena a inghiottire il boccone, allontanò il piatto.

«C'è qualcosa», bisbigliò ancora Clive, sempre tra sé. «Una traccia... tante informazioni private, il fatto che tu questo pomeriggio sia 'andata in giro per negozi'. In centro di Scythia con il visone... vestita...»

La squadrò da capo a piedi osservando il girocollo d'oro, un gioiello fatto a mano, un pezzo greco da ventidue carati, il suo regalo di compleanno che rifletteva il rosa del vestito, a stento nascosto dal piccolo grembiule, acquistato solo una settimana prima, indossato oggi per la prima volta, come lui sapeva bene dato che notava sempre tutto di lei.

«Chi hai incontrato oggi, Roxanne?»

«Ho incontrato il dentista, per l'amor di Dio.»

«Vestita così.»

«Come vuoi che mi vesta, con una tuta da lavoro?»

«Chi è lui, Roxanne?»

«Chi, il dentista? È una lei. La dottoressa Helen Kraus.»

«Non sto scherzando, Roxanne. Chi è lui?»

«Mi stai insultando. Non hai il diritto di insultarmi. Chi credi di essere?»

«So benissimo chi sono. Quel che mi sto chiedendo è chi sei tu.»

Si sfregò la fronte come se provasse dolore.

«Ascolta, Clive», disse Roxanne. «Stai trasformando un bruscolo in una montagna. Ti ammalerai. Non ne vale la pena.»

«Perché non ne vale la pena? È in gioco la mia fiducia in te. Voglio fidarmi di te. Per me è tutto.» Si alzò aggrappandosi all'orlo del tavolo, dopodiché si protese in avanti avvicinando il volto a quello di lei. «È tutto per me, lo capisci?»

«Puoi fidarti di me, Clive», disse lei con dolcezza.

«No, non finché avremo chiarito quanto è successo.

Oggi pomeriggio hai visto qualcuno. Sei tornata troppo tardi per aver trascorso un pomeriggio sola nei negozi di Scythia. Non c'è neppure un negozio che possa soddisfarti ora che ti sei abituata al meglio.»

«Non devi prendermi in giro, ricordarmi le mie origini.»

«Non scansare l'argomento. Voglio solo che tu mi dica dove sei stata realmente oggi. Inoltre voglio sapere chi ti ha parlato di Amanda e delle azioni della società.»

Stava soffiandole in faccia l'odore di pesce. Roxanne scostò la sedia e si allontanò da lui. Clive si avvicinò e l'afferrò per le spalle, non tanto duramente da farle male, ma in maniera abbastanza salda così che, se si fosse allontanata, avrebbe strappato il vestito.

«La verità. La verità, Roxanne. Spiegami. Non voglio avere dubbi su di te. Non farmi questo, ti prego. Non potrei sopportarlo.»

Quella supplica appassionata era terrificante. Nei suoi occhi c'era uno sguardo quasi insano. Roxanne piagnucolò: «Lasciami andare».

«No.» La stretta si fece più forte. «Non devi giocare con me, non devi farmelo. Ti amo, Roxanne.»

Le mani di Clive scivolarono verso il basso per accarezzarle i seni mentre la sua bocca si appoggiò a quella di lei. Era rivoltante, insopportabile e Roxanne si allontanò, ma non prima che lui vedesse la smorfia sulla sua faccia.

«Ti faccio tanto schifo perché stai pensando all'altro uomo? Sì, deve essere così. Hai trovato un altro uomo.»

«No. È il tuo comportamento che fa schifo. Sono i tuoi sospetti.»

«Allora chiariamoli.»

L'aveva spinta con le spalle al muro e ora la stava schiacciando con il suo corpo da capo a piedi. Per essere tanto malato, era incredibilmente forte. Roxanne si rese conto che per il resto della vita avrebbe dovuto accettare quella intimità. Sì, quella intimità rivoltante. Ed era tutta colpa di Ian. Avrebbe potuto essere così diverso, meraviglioso.

«Toglimi tutti i dubbi», disse Clive, guardandola torvo e

alitandole in faccia. «Avanti, Roxanne, sto aspettando.»

Tutta la sua rabbia, i suoi timori e la triste delusione si raccolsero in un'unica esplosione e Roxanne gridò: «Ti ho già detto dove sono stata oggi pomeriggio. E per l'altra questione, non capisco perché io non dovrei sapere qualcosa dei problemi dell'azienda. In ogni caso, per l'amor del cielo che cosa credi... voglio dire, cosa pensi che lui abbia...» Si interruppe.

«'Lui'? Chi?» Gli occhi di Clive si fecero più sporgenti e qualsiasi traccia di colore abbandonò il volto che divenne grigio.

Aveva fatto la frittata, pensò. Sottoposta a tanta tensione, quella stupida lingua aveva parlato troppo. Era così sbigottita che per alcuni secondi il suo cervello rimase completamente vuoto. Diventò tutto nero.

«Hai parlato con mio fratello», disse Clive.

I pensieri ricominciarono a scorrere. Era meglio dire una mezza verità e poi contattare subito Ian in modo che le loro storie combaciassero.

«D'accordo. Sì, l'ho incontrato per caso e abbiamo parlato anche di affari.»

Clive si lasciò cadere sulla sedia. Per un attimo Roxanne credette che stesse per avere un attacco di cuore e morire sul posto. Appoggiò la testa sul cuscino e chiuse gli occhi. Lei rimase in attesa, ancora appoggiata alla parete.

«Ti ha detto di convincermi a vendere, certo», commentò lui. «Come ho fatto a non capirlo subito. Ecco dove sei stata oggi, così agghindata. E dimmi, quanti oggi ci sono già stati, Roxanne?»

La sua voce era priva di qualsiasi intonazione. Sembrava accompagnata da un'eco, come se stesse parlando da molto lontano. O forse era il sangue che le pulsava nelle orecchie a causare quell'impressione.

«È stata l'unica volta», rispose lei.

«Bugie, altre bugie!»

Tutte le forze l'avevano ormai abbandonata e le braccia scendevano molli lungo i fianchi, persino parlare, trovare le parole giuste, costituiva per lei un incredibile sforzo. La risposta fu debole. Non era plausibile e lo sapeva.

«Ti ripeto che non ti racconto bugie, Clive. Questo è un malinteso, ecco tutto.»

Se al posto degli occhi Clive avesse avuto un paio di frecce, le loro punte avrebbero attraversato la carne di Roxanne segnando il punto d'ingresso con una goccia di sangue. Dal canto suo, Roxanne era incapace di allontanare il capo da quello sguardo e se ne stava là, come ipnotizzata, a tremare.

«Te lo ripeto, Roxanne, non insultare la mia intelligenza. L'hai incontrato 'per caso' e avete parlato 'anche' di affari, giusto? 'Per caso', eh? Dove? In ufficio, a casa sua? Per chi mi prendi? O forse vi siete semplicemente incrociati in autostrada. Tu, vestita per un tè al *Waldorf Astoria*, sennonché a Scythia non c'è nessun *Waldorf Astoria*. Rispondimi! Dove?»

Si sforzò di pensare rapidamente. Non era mai stata brava a mentire e in quel momento si sentiva del tutto impreparata.

«Non capisci che conosco mio fratello? Non riuscirebbe mai a tener le mani lontane da una bella donna. Quindi, perché avrebbe dovuto tenerle lontane da te?»

«Lui... No, ti sbagli... noi non... noi abbiamo solo...»

«Ah, smettila, Roxanne. Risparmia il fiato. Dimmi solo questo. È stato bello con lui? Sì, ne sono sicuro. Molto meglio che con me.»

Poi, all'improvviso, quella luce furibonda che le aveva quasi traffitto il corpo si spense nei suoi occhi, e al suo posto comparvero lacrime di rabbia. Le lacrime si raccolsero nelle palpebre arrossate, dall'aria dolente.

Era così brutto e degno di compassione! Vedendolo in quel modo Roxanne ebbe un moto di orrore di fronte a un essere umano tanto miserevole. Quell'uomo stava andando a pezzi davanti ai suoi occhi.

Cominciò a parlare precipitosamente, farfugliando: «Non devi prenderla così. Per favore. Non c'è stato nulla, davvero. Non abbiamo mai fatto nulla».

Senza alcun preavviso, Clive diede in escandescenze.

Balzò in piedi e le mostrò i pugni. «'Fatto niente'! Tu... tu... puttana bugiarda! Come se io non lo sapessi, non ti vedessi, sai che cosa farò con te? Ti sbatterò fuori di qui. Ho il diritto di sbatterti fuori nella neve immediatamente. Avrei dovuto capirlo! Quel giorno che ti ho portato ad Hawthorne, il giorno dopo il nostro matrimonio, dal modo in cui si è comportato. Avrei dovuto intuire qualcosa.» Con la manica urtò la tazzina da caffè, che cadde sul pavimento formando una piccola pozza nera. Prese l'altra tazza e la scagliò di proposito a terra. «Che diavolo. Per quanto mi riguarda, l'intera casa può crollare», disse.

Roxanne era atterrita, lì da sola con lui. Quando Clive la affrontò, lei si fece piccola per la paura.

«Non ho intenzione di farti del male, per chi mi hai preso? Ma ti sbatterò fuori da questa casa, fuori dalla mia vita. Se non stesse nevicando, lo farei già stanotte. Tu e quel bambino che non è mio.»

«Sei impazzito», bisbigliò lei.

«Allora dimmi che è mio, giurami sulla sua vita che è mio.»

Roxanne non riuscì a parlare. Si rese conto che non sarebbe riuscita ad aggiustare le cose, che era finita. Poi pensò: Dovrò andare da Ian. È intelligente, è pieno di risorse. Sì, ecco la definizione giusta, è pieno di risorse. Ian riuscirà a sistemare tutto. Oppure, se questo non sarà possibile, troverà un'altra soluzione per me.

«Forza, giura sulla vita del bambino.»

Non era mai stata superstiziosa, ma non ci riuscì.

«No», rispose.

«Certo che no. Be', sarà un bambino più bello di quello che avrei potuto darti io, questo è sicuro.»

La sua voce rimbombò ovunque. Roxanne sentì tremare le pareti per la forza della sua rabbia.

«Non mentirmi mai più! Sei una puttana e ti stai prendendo in giro da sola. Ma non riuscirai più a beffarti di me. Sparisci dalla mia vista. Non voglio condividere la stessa stanza con te. Meriteresti di morire, potrei ucciderti. Chiuditi di là, in modo che io non debba respirare la tua aria.»

Roxanne corse nella stanza da letto, quella che Clive aveva progettato per gli ospiti. Se avesse avuto un luogo dove rifugiarsi, sarebbe scappata da quella casa, ma non ora, nevicava fitto, la finestra era quasi totalmente ricoperta di bianco e il vento infuriava. Era tra due fuochi.

Dall'altra stanza giunse fino a lei il rumore di piatti infranti. Nella sua furia cieca, doveva essere inciampato nel tavolo o forse stava deliberatamente distruggendo la casa. Poi, ricordando che non aveva chiuso la porta a chiave, si alzò. Attraverso il buco della serratura vide la rovina della stanza e scorse Clive uscire nella bufera. La porta esterna si chiuse con un colpo violento e anche questa volta le pareti tremarono.

Roxanne si fece piccola piccola e si sedette, rannicchiata, sull'orlo del letto, incapace di pensare a qualcosa eccetto a come sopravvivere quella notte.

15

Dicembre 1990

QUALCHE ora prima, quello stesso pomeriggio, quando i primi incerti fiocchi di neve erano comparsi nel cielo, Amanda Grey stava bevendo una tazza di tè nel salotto di Sally.

«Mi spiace davvero che Dan non sia qui», stava dicendo, mentre Sally, che provava una grande curiosità nei confronti di quella donna che conosceva a malapena, la osservava con attenzione. Aveva gli stessi capelli forti e gli stessi occhi lucidi, era proprio la versione al femminile di Dan. Tuttavia, quel modo di fare teso, così come l'abitudine di parlare velocemente, non apparteneva a Dan.

«Il mio avvocato e il contabile arriveranno da New York», disse, «all'ultimo minuto, però, io ho preferito venire prima per far visita a mio fratello e alla sua famiglia.»

Le labbra di Sally si serrarono. Le parole «fratello» e «famiglia» sembravano inappropriate in bocca a una persona che per un intero anno non aveva fatto che attaccarli.

«Suppongo di averti sorpreso capitando qui così all'improvviso. Avrei dovuto telefonare prima.»

Sally era stata davvero sorpresa ma non intendeva abbassarsi avviando una possibile discussione, così rispose con cortesia: «Se tu mi avessi telefonato non ti avrei permesso di prendere una stanza d'albergo in centro a Scythia. Avresti potuto fermarti qui, la casa è abbastanza grande».

«Sì, vedo. È una splendida casa. Questi colori mantengono viva l'estate anche con un tempo così orribile.»

«Non è 'orribile', sono solo un paio di fiocchi.»

«Dimentichi, come ho dimenticato anch'io, quanto tempo sono stata lontana.» Per alcuni istanti Amanda rimase in silenzio. «Sì, tanto, tanto tempo.»

La sua voce aveva quella cadenza regolare che si nota quando una persona molto anziana parla con meraviglia degli anni passati. Non si adattava a una donna giovane con il volto illuminato da un rossetto color corallo perfettamente abbinato al vestito.

D'un tratto, si rianimò. «Dunque. Natale è alle porte. Non è il momento giusto per guardarsi indietro. Io tendo a diventare sentimentale e non dovrei.»

«Non vedo perché, se ti fa piacere.»

Sul divano, accanto ad Amanda, c'era una pila di scatole avvolte in carta da regalo. «Ovviamente, non avete ancora intenzione di aprire i pacchi», disse, «tuttavia preferisco dirti che cosa contengono così, se sarà necessario, potrò cambiare qualcosa. I libri sono per Dan e anche una scatola di cioccolatini ripieni all'arancia, è stato un gesto nostalgico poiché ricordo che quando abitavamo ancora con i nostri genitori ne rubò una scatola intera dalla dispensa e li mangiò tutti. Spero che gli piacciano ancora. Per Susannah c'è una bambola di pezza con gli occhi dipinti, senza bottoni da ingoiare e una bambolina con un intero guardaroba per Tina. Se ricordo bene, le ragazzine preferiscono bambole da poter lavare e vestire piuttosto che quelle belle da non rompere. Per te, invece, Sally, un maglione fatto a mano, bianco e nero, perché ricordavo il colore dei tuoi capelli. L'ha fatto una delle mie ragazze; l'ho sistemata insieme a un paio di altre compagne in un negozio di indumenti per bambini. È davvero brava e credo che abbia un buon futuro.»

«Sei stata troppo generosa.»

Sally si sentiva confusa di fronte a tanta generosità da parte di una donna che sembrava decisa a rovinarli tutti.

Quindi, volendo essere franca, replicò: «Devo dirti che non capisco. Pensavo che fossimo nemici, che tu fossi molto arrabbiata con Dan. E ora porti regali».

«Per quanto riguarda gli affari sono arrabbiata, anzi sono furiosa. Ma questo non ha nulla a che vedere con Dan, è mio fratello.»

«Mi spiace, ma sono ancora confusa. Hai fatto una distinzione tra Dan al lavoro e Dan a casa. Però esiste una grossa sovrapposizione.»

«Esiste, ma non posso lasciare che questo mi impedisca di far valere i pieni diritti.»

«Nessuno vuole privartene, Amanda», rispose Sally risoluta.

«Allora forse non sai che cosa sta accadendo. Non riescono a prendere una decisione su quell'affare con gli investitori esteri e io devo aspettare. Non credo più a una sola parola di tutto quanto mi dicono. Gli ho concesso fino al primo dell'anno e ormai mancano solo dieci giorni, quindi...»

«Lo so, Amanda. È inutile che tu me ne parli. Non ho nulla a che fare con la Grey's Foods.»

La cognata era un fascio di nervi. Un piede batteva sul pavimento, e una mano, a tempo con il piede, batteva sul bracciolo del divano.

«Dan tornerà a casa domani pomeriggio sul tardi. Forse», disse Sally cercando di calmarla, «quando vi incontrerete faccia a faccia riuscirete a fare pace. È piuttosto difficile al telefono.»

Amanda rimase in silenzio e Sally continuò: «Vorrei tanto che trovaste un accordo. Dan è profondamente avvilito per tutti questi litigi fra di voi e sono certa che persino il povero Oliver deve essere sconvolto, anche se tiene tutto chiuso dentro di sé».

Amanda aveva lo sguardo perso nel vuoto e sembrava non sentire. Dopo un brivido improvviso, si strinse tra le proprie braccia.

«Hai freddo? C'è uno scialle sulla sedia, te lo prendo», disse Sally, facendo per alzarsi.

«No, grazie, non è quel tipo di freddo. È dentro di me. Forse non avrei proprio dovuto tornare qui. Non ho mai vissuto un momento felice a Scythia da quando ho perso i miei genitori.»

Di solito le persone non aprono il proprio cuore così, nell'arco di trenta minuti, pensò Sally. Poi, rispose con tono cordiale: «Non c'è da stupirsi che tu non abbia ricordi felici. Eri una ragazzina che aveva appena perso i genitori! Per te deve essere stata più dura che per un ragazzo come Dan. Diventare l'unica donna in una casa di solo uomini».

«Non erano tutti uomini. C'era mia zia Lucille. Non ne sai nulla?»

«Conosco solamente il ritratto nella sala da pranzo di Hawthorne.»

«Si è suicidata, sai.»

Sally si rese conto di essere rimasta a bocca aperta. «Non l'avevo mai saputo!»

«Be', non avresti dovuto scoprirlo. Si sostiene che non abbia visto il ponte durante un nebbioso pomeriggio d'inverno e che sia caduta nel fiume. Oppure che abbia avuto un attacco di cuore. Scegli tu. Ma io so come sono andate le cose.»

«Mi stai dicendo che sei l'unica persona che conosce la verità?»

«Forse non l'unica, tuttavia sono certa che Dan non ha sospetti, altrimenti te ne avrebbe parlato.»

Con ogni probabilità quella donna doveva essere malata. L'aggettivo meno forte che si potesse usare era «eccentrica». Dato che sembrava aspettarsi un commento, Sally ne espresse uno molto breve.

«Deve essere stato terribile per tutti voi.»

«Io non c'ero. Accadde il giorno dopo la mia partenza per la scuola. Volevo tornare a casa per il funerale perché le ero affezionata, ma gli altri non l'hanno ritenuto necessario. A scuola pensarono che si trattava di un viaggio troppo lungo, dato che ero appena arrivata e i miei parenti – mia madre aveva dei cugini in California, secondi o terzi cugini che si interessavano a me – si dichiararono d'accordo. La zia Lucille era una donna dolce, tranquilla, molto gentile con me, soprattutto con Clive. Clive era una specie di disadattato», disse Amanda con tono riflessivo. «Povero Clive.»

Quest'ultima osservazione offese Sally nonostante anche lei avesse sempre avuto la stessa impressione, e questa volta lo difese dicendo: «Non lo è più. È felicemente sposato e se la sta passando bene, anche se è molto malato. Ma si sta riprendendo in fretta».

«Sono felice di sentirlo. Mi sembra di capire che non intende vendere la foresta a quel gruppo.»

«Non lo so.» Sally lo sapeva, ma era infastidita da quei tentativi di indurla a parlare. «Ti ho già detto che non mi interesso degli affari della Grey's Foods.» E dopo questa risposta secca, cercò di alleggerire l'atmosfera ripescando qualcosa dai vecchi ricordi. «Dan si vanta sempre della tua cerimonia di laurea. Dice che a scuola sei sempre stata eccezionale.»

«Oh, sì, ma non posso certo dire di aver passato un periodo meraviglioso. Non sono mai stata popolare. Non sono mai stata molto attraente.»

«Faccio fatica a crederci. Ora sei più che attraente.»

Sally si sentiva estremamente a disagio. A dire il vero, quelle confessioni intime e malinconiche la nauseavano così tentò di cambiare argomento.

«Ti farebbe piacere vedere la casa? Se vuoi possiamo fare il giro.»

«La casa e i bambini, certo.»

Amanda stava apprezzando la serie di fotografie di Sally appese alla parete dietro la scrivania di Dan nello studio al piano di sopra, quando Susannah entrò nella stanza trotterellando nell'accappatoio rosa.

La tata, seguendola a ruota, disse: «Ci credereste? Sta diventando troppo veloce per me. Fermati, signorina, hai ancora i capelli bagnati. Lasciati asciugare». Susannah stava ridendo e cercava di divincolarsi dalla tata e dall'asciugamano.

«Ecco. Ora vai da tua mamma.»

Sally la prese . «Questa è Amanda. Falle ciao, così.»

Susannah scosse la manina in direzione di Amanda, che rispose con lo stesso gesto.

«Posso tenerla un po' o credi che si spaventerà?»

«No, verrà da te tranquilla. La maggior parte dei bambini di quest'età teme gli estranei, ma Susannah di solito non si spaventa. Prova.»

Amanda protese le braccia e Susannah passò da Sally a lei di buon grado.

«Che bellezza!» disse Amanda. «Guarda! Sei adorabile. È adorabile, Sally. Quanti anni ha?»

Sally rispose con orgoglio: «Uno e sembra non nutrire timori».

Amanda annuì. «Andrà incontro alla vita senza problemi, ne sono certa. Guarda questo sorriso. E Tina dov'è?»

Fu la tata a rispondere: «Sta giocando. Oggi è un po' irascibile», e rivolse uno sguardo discreto a Sally. «Sto cercando di farla scendere per la cena.»

«Forse faremmo meglio a lasciarla tranquilla», suggerì Sally.

«Andiamo a trovarla», disse Amanda. «Non importa se è irascibile. Tutti lo siamo ogni tanto. Io di sicuro.»

Sally pensò che fosse prudente spiegarle che quel «irascibile» significava qualcosa di più.

«Di recente abbiamo avuto qualche problemino con lei. Nulla di serio», si corresse subito. «Ma di tanto in tanto ha un attacco di cocciutaggine e si rifiuta di parlare, nulla di serio», ripeté, «solo fastidioso.»

«Non mi lascerò infastidire», ripeté Amanda.

Mentre attraversavano il corridoio, udirono la melodia di *Sul bel Danubio blu*.

Tina era di fianco alla giostra. Quando vide la madre in compagnia di un'estranea, si precipitò fuori dalla stanza.

«Tina, torna indietro a salutare», disse Sally, sapendo benissimo che non le avrebbe prestato alcuna attenzione. Poi si voltò verso Amanda e chiese scusa. «Sì, è una delle sue giornate nere. Lasciamo che scenda dalla tata. Dopo cena starà meglio», spiegò, senza tuttavia esserne certa.

La giostra stava ancora suonando. «Maledetto aggeggio», continuò, spegnendola. «È un regalo che arriva da Hawthorne. Sono così stanca di questa musichetta.»

Amanda si era coperta il volto con le mani. Se ne stava là immobile e tremava.

«Che cosa è successo?» gridò Sally.

«Quell'orribile oggetto. Quell'orribile oggetto era mio, un regalo fatto a me.»

«Non capisco.»

Amanda stava fissando la giostra come se fosse stata colpita da un fulmine, paralizzata.

Sally esclamò: «Che cosa succede, che cosa c'è che non va?»

Amanda scosse il capo. «Nulla, nulla di importante. Mi spiace… stavo solo pensando. Ti chiedo scusa.»

«Ma tu stai male! Deve essere successo qualcosa. Mi stai spaventando a morte!»

«No, no, dimentica tutto. Non voglio venire in casa tua a creare problemi.» Quello era un comportamento davvero strano e Sally desiderò che Dan fosse presente per aiutarla ad affrontare la sorella.

Ciononostante, prendendo Amanda per un braccio le disse in tono gentile: «Se in qualche modo posso aiutarti, non ci saranno problemi. Ma se mi lasci all'oscuro dopo avermi spaventato così, allora sì che si creeranno dei problemi. Per favore, ho bisogno di sapere».

«Io… io, per un attimo sono rimasta allibita, ecco tutto. Trovo che sia orribile venire in casa vostra e comportarmi così. Sono terribilmente spiacente.»

Amanda guardava Sally con quell'espressione che la gente assume quando deve fare una stima oppure sta considerando l'acquisto di qualcosa. Quegli occhi brillanti, gli occhi di Dan, incontrarono gli occhi di Sally e rimasero fissi.

«Non l'ho mai detto a nessuno in tutta la mia vita, mai. Non so perché dovrei parlarne con te.»

«Come preferisci. Tuttavia, se esiste qualcosa in grado di esercitare su di te un effetto simile, devi parlarne con qualcuno prima che scoppi come una bomba facendoti a pezzi.»

«Lo so. Sei una donna molto gentile, Sally. Ricordo di avertelo già detto una volta che ho visto le tue foto.»

«Grazie. Tento di essere gentile.»

Due grossi lacrimoni scivolarono lungo le guance di Amanda. «Ho pensato molte, molte volte che avrei dovuto parlarne con qualcuno, ma quando giunge il momento, non ci riesco.»

«Ora pensi di farcela?»

Ovviamente Sally era curiosa, chiunque lo sarebbe stato. Tuttavia, in un certo senso, preferiva non sapere nulla. Aveva già le proprie preoccupazioni ed erano abbastanza.

Amanda trasse un lungo sospiro. «Sì», rispose. «Credo di farcela.» Poi scoppiò in una risatina beffarda. «È meglio che ti metta comoda poiché non è una storia breve.

«È stata la vista di quella giostra», cominciò. «Mi venne donata a dodici anni, per corrompermi, rappresentava il prezzo del silenzio, sebbene non ne avessi bisogno. Avrei taciuto comunque.

«Al funerale dei miei genitori parteciparono così tante persone, amici e parenti lontani, tutti ben intenzionati, tutti pronti a consolarti. 'Vivrai nella casa migliore che una ragazza possa avere', mi dissero. 'Vivrai ad Hawthorne, con una famiglia splendida.' Mi fu ripetuto di continuo. Perfino la servitù ad Hawthorne cantava lo stesso ritornello.

«Nessuno capì perché piansi tanto per tutto l'anno che rimasi laggiù, perché fossi tanto ribelle e colma di rabbia. Ma ero spaventata, profondamente spaventata. Me ne stavo seduta sola nella mia stanza. Oppure mi nascondevo sotto un albero con un libro che non riuscivo a leggere perché le parole si confondevano.»

Anche adesso le parole si stavano confondendo, in un flusso lento e monotono. Gli occhi di Amanda erano semichiusi, le dita giocavano con il gancio della borsetta. Sally era come magnetizzata di fronte a tanto dolore, come quando alla televisione si vede una marea di rifugiati, feriti che camminano e sebbene non si riesca a sopportare quello spettacolo, si è incapaci di distogliere lo sguardo.

«Tutti si sono sforzati di trovare una spiegazione plausibile al mio comportamento: la morte orribile dei miei genitori, mentre io avevo solo dodici anni, ero all'inizio dell'adolescenza. Zia Lucille non avrebbe potuto essere più gentile con me. Ogni giorno trascorreva ore tentando di distrarmi con passeggiate, lezioni, piccole gite, vestiti e nuovi libri. Non sapeva delle notti, quelle notti che lei trascorreva in biblioteca suonando il piano oppure agli incontri settimanali del suo circolo femminile… »

Finisci, finisci, supplicò tra sé Sally. Per l'amor del cielo, sbrigati e di' tutto quello che devi dire.

Ma la voce riprese con lo stesso andamento sognante. «Ero a letto. La prima volta venne da me solo con l'intenzione di sedersi ai miei piedi e chiacchierare. Mi tenne la mano e io gli fui grata per il calore di quel gesto. 'Sei malinconica', disse, 'tornerò.' E tornò. La volta seguente, mi mise una mano sulla bocca per impedirmi di urlare… a dodici anni una ragazza sa tutto della vita e del sesso, non è forse vero? Ma lei non sapeva nulla, non esiste nulla di scritto che ti dica che cosa significa avere… un rapporto.»

Sally si rese improvvisamente conto del proprio corpo, del battito accelerato del proprio cuore e della rigidità della spina dorsale; protesa in avanti, come per sentire meglio, si coprì con il lungo maglione per nascondere quel corpo, per proteggerlo. Gli occhi terrorizzati si fissarono sull'altra donna, il cui sguardo errante era perso nel vuoto, ben lontano da lì.

«Non riesco a dimenticare neppure il minimo dettaglio di quella stanza. C'era un ramo che per tutto l'inverno continuava a sbattere contro una delle finestre. Le tende erano bianche a puntini. I cordoni erano trattenuti da viole del pensiero in metallo. L'orologio sul comò suonava alla mezz'ora e all'ora. Di solito, stavo sveglia ad ascoltarlo, ad ascoltare quei passi che attraversavano leggeri il corridoio, ad aspettare che la maniglia ruotasse. La porta era priva di serratura.

«Una notte mi portò quella giostra d'argento. Io l'avevo ammirata e ci avevo giocato, così me la regalò. Sì, l'ha usata per corrompermi. Ci furono anche delle minacce. 'Se lo dirai, Amanda, nessuno ci crederà e Dio ti punirà per ciò che hai fatto.' Ecco cosa mi diceva.»

Una rabbia terribile bloccò la gola a Sally che, per un attimo, credette di sentire in bocca il sapore del sangue. Se Clive aveva fatto questo ad Amanda, perché non poteva averlo fatto anche a Tina? si domandò.

«Clive», disse. «Clive.»

Amanda sollevò la testa. «Cosa? Clive? Ah, povero, triste Clive. Certo che no. Sto parlando di Oliver.»

Per un attimo, la mente di Sally fu incapace di pensare e, non riuscendo a capire, lei rimase a fissare la cognata.

«Aveva ragione», disse Amanda amaramente. «Mi aveva detto che nessuno ci avrebbe creduto e vedo che è così. Tu pensi che io abbia le allucinazioni o che si tratti di un ricordo recuperato, che sia stata persuasa da qualche terapista incompetente o disonesto che mi ha messo in testa simili idee. Ci sono persone che hanno recuperato davvero i loro ricordi sepolti, proprio come esistono gli impostori e gli isterici, ma questo non è il mio caso. Io ho convissuto consciamente con questo trauma tutti i giorni della mia vita da quando è accaduto e ti giuro che è tutto vero.»

«Ma Oliver, Oliver Grey?»

«Sì, è come quando qualcuno rivela per la prima volta a un bambino che l'uomo vestito da Babbo Natale non è Babbo Natale.»

Amanda si alzò e cominciò a camminare irrequieta attraverso la stanza, guardando fuori dalla finestra, prendendo un libro per poi riporlo, afferrando il fermacarte per poi riappoggiarlo. Quindi disse: «Devi sapere com'è andata a finire. Tutto ebbe termine quando zia Lucille lo sorprese a uscire dalla mia stanza. Penso che quella sera lei avesse già dei sospetti perché quando Oliver aprì la porta per andarsene la vidi dritta in piedi sotto la luce del corridoio, in attesa. Poi udii delle voci provenire dalla loro stanza, che era accanto alla mia. Ci fu un litigio terribile e sentii Lucille piangere. Ero spaventata a morte, mi domandavo che cosa sarebbe accaduto, temevo che mi avrebbero punito. Lo odiavo con tutte le mie forze e speravo che lei lo uccidesse.

«Al mattino, Lucille mi chiese di andare da lei. Aveva gli occhi rossi e diede la colpa all'allergia. Mi cinse le spalle con un braccio e mi chiese se non volessi andare in un pensionato. 'Molte ragazze lo fanno', disse, 'credo che ti piacerebbe, sei d'accordo? Magari in California, vicino ai cugini di tua madre.'

«Come vedi, nessuna delle due ebbe il coraggio di dichiarare la verità. Non dimenticare che tutto questo è accaduto negli anni Sessanta. Nessuno era disposto ad ammettere che accadevano cose simili. Lucille era una donna sottomessa, e sebbene io avessi solo tredici anni, ne ero ben conscia. Per tutto il tempo tenne il braccio attorno alle mie spalle ma non ci guardammo mai negli occhi. Continuò a parlare di quanto mi volesse bene, mi disse che non avrei avuto difficoltà poiché la scuola a cui stava pensando era piccola e accogliente. Mi sarebbe persino stato permesso di tenere il mio cane.

«La notte prima di andarmene, presi tutti gli oggetti usati per corrompermi, l'orologio d'oro, il braccialetto e soprattutto la giostra d'argento e li misi sul pavimento dello studio di Oliver. L'unica cosa che portai con me fu il mio cagnolino, Coco. Mi spiaceva lasciare Dan, un ragazzino ancora tanto piccolo, ma allo stesso tempo desideravo con tutte le forze scappare da Oliver Grey. Così, qualche giorno dopo, me ne andai. Ricordo Dan con gli occhi spalancati, pieni di lacrime e stupiti. 'Te ne vai, Amanda?' mi chiese. Non ricordo quale fu la mia risposta.»

Ma, Oliver Grey! E se era vero, se... allora aveva fatto lo stesso a Tina? Sentendosi svenire, Sally afferrò i braccioli della sedia, poi, riprendendosi, rifiutò l'idea. Era un racconto assurdo. Oliver Grey?

«Non ero tanto preoccupata di lasciare Dan, dato che si trovava bene con gli altri due ragazzi, sebbene fossero più grandi. C'era zia Lucille.»

Amanda si interruppe per un istante come se si stesse preparando a ciò che stava per dire. «Ma non ci fu per molto. Voglio che tu sappia che Lucille era prudente alla guida. Ricordo che una volta, rallentando in macchina, mi aveva detto: 'Questo è un punto davvero pericoloso, questa curva a gomito e poi il canale. L'auto rischia di finire diritta nel fiume. È un peccato che nessuno abbia mai provveduto'. Sì, lo ricordo bene.»

«Quindi credi che si sia suicidata.»

«O che fosse tanto distrutta da non vedere dove stava andando. Tuttavia tendo più a credere che l'abbia fatto di proposito. Non riusciva più a guardare il marito. Sono certa che io non ne sarei stata capace.»

Sally aprì la bocca per parlare, ma non emise suono.

«Vedo che non mi credi ancora. Non posso biasimarti. Oliver Grey. Il benefattore. Strano, vero?»

Poi Sally trovò la voce. «Perché non ne hai mai parlato con nessuno? Tutti questi anni, devi aver incontrato persone con cui confidarti. Ora vieni qui e d'un tratto apri il tuo cuore a me.»

«Non intendevo farlo. È stata la vista della giostra a colpirmi. Riesco ancora a vederlo, quello splendido e lucente giocattolo sul tavolo della biblioteca, riflesso nello specchio. Era in vetro veneziano, lo specchio, con un delicato bordo soffiato. Sì, lo vedo chiaramente. Aveva un gusto squisito, quel mostro.»

«E se tu non avessi visto la giostra? Mi stai dicendo che non ne avresti parlato con nessuno?»

«No, ti ho detto che non ne avevo mai parlato. All'inizio, a scuola, ero ancora troppo scioccata e mi vergognavo. Non saresti riuscita a cavarmi la verità. Poi, tentai più volte di aprirmi con dei professionisti nella speranza che riuscissero a farmi riacquistare la fiducia. Ma quando mi trovavo di fronte a loro, non riuscivo a parlare. Mi preoccupavo anche per Dan e per gli altri ragazzi. O non volevo che soffrissero per lo scandalo pubblico.» Amanda sorrise. «Forse, anch'io ho in me qualche traccia di quel dannato orgoglio dei Grey.»

All'improvviso, la stanza sembrò troppo piena per poter contenere altro. Le pareti incombevano, l'aria era pesante, resa opprimente dalla minaccia. Se tutto questo è vero, pensò Sally, allora cos'altro può essere accaduto? È possibile che abbia fatto lo stesso con Tina, con la mia bimba?

Amanda ruppe il silenzio. «Da allora non l'ho più visto. Non ho partecipato al vostro banchetto nuziale poiché non sopportavo l'idea di incontrarlo. Ora lo vedrò, però. Non posso far valere i miei diritti con i giovani, ma lo farò con il vecchio, te lo prometto.»

Sally si costrinse a tornare nel presente, ad abbandonare quell'orrore che ancora non riusciva ad accettare.

«I tuoi diritti? Intendi riferirti all'acquisto della tua quota?»

«Sì, ogni dollaro e ogni centesimo. Pagherà.»

«Lui non ha nulla a che fare con tutto questo. Lascia la decisione a Ian, Clive e Dan. Si rifiuta di esprimere il suo parere.»

«Certo. Ha paura di me. Questo è l'unico pensiero che mi ha dato qualche soddisfazione, il fatto che abbia vissuto tutti i giorni della sua vita avendo paura di me.»

«Ma questo è un ricatto.»

«Chiamalo pure come vuoi.»

«E il resto della famiglia, i giovani, come li definiresti tu... Come pensi di comportarti con loro?»

«Non posso farci nulla.»

Dunque ha intenzione di rovinarci tutti pur di vendicarsi di lui, concluse Sally. Pensò alla fatica di Dan, al suo orgoglio e alla soddisfazione che provava nel dirigere la grande azienda di famiglia.

Ma puoi biasimarla, se è vero? si chiese.

«Tremo all'idea di rimettere piede in quella casa. Quella stanza da letto. Quella sala da pranzo con il ritratto di Lucille. Quel grande armadio dove io mi nascondevo dietro le lunghe tovaglie appese alla bacchetta. Ero terrorizzata, troppo terrorizzata per emettere anche un solo suono.»

Dentro Sally accadde qualcosa, nella mente prese forma un'immagine: *L'estate scorsa, sotto il piano, con la tenda in testa, nascosta, muta...*

«Non ho mai avuto un rapporto affettuoso con un uomo, neppure con l'uomo che amo. Ho ancora gli incubi.»

Incubi. Il grido straziante proveniente dall'altro capo del corridoio: «Mamma! Mamma!»

Amanda tornò alla finestra e guardò fuori. «Nevica fitto. È meglio che mi avvii verso l'albergo.»

«Credo di sì», disse Sally, senza fare nulla per fermarla.

«Ti ho rovinato la giornata. Mi spiace davvero, Sally. Non è stata una storia carina, vero?»

«No, per nulla.»

Erano in cima alle scale e stavano guardando verso il basso quando udirono la giostra. Tina doveva essere tornata.

Ta-tara-tatà-tatà-tatà.

Amanda si fermò con la mano appoggiata alla ringhiera. «Forse non dovrei dirlo», cominciò.

«Dillo», la incalzò Sally, brusca. «Di qualsiasi cosa si tratti.»

«D'accordo. Mi hai detto che è stato Oliver a darvi la giostra?»

Sally credette di cadere e si afferrò alla ringhiera. «Non ricordo che cosa ti ho detto. È stato un regalo per Tina da Hawthorne. Pensavamo provenisse da Clive, lui la adora. Le ha regalato un pony», rispose balbettando, quasi incapace di parlare.

«Una giostra d'argento, un pezzo da museo. Un regalo davvero strano per una bambina.»

«Lei la adorava, diceva di volerla.»

Amanda la scrutò a lungo. «Ti consiglio di indagare, Sally. Sì, faresti meglio.»

Appena la porta principale si chiuse, Sally corse di sopra. «Controllati. Non lasciarti prendere dal panico», disse ad alta voce. Poi, rallentando il passo fino alla normalità, entrò nella stanza dove la giostra suonava e scintillava.

«È ora di fare il bagno.»

Parlò con tono allegro, gentile. Dovevano comportarsi in modo normale se volevano scoprire la verità, non opprimerla, non farle fretta, non spaventarla.

«No», disse Tina, «niente bagno.»

«Ah, ma fuori fa così freddo, e un bel bagno caldo sarà stupendo.»

«Ho detto di no.»

Non si corrompono i bambini. Non è questo il modo di

educarli. Ciononostante, Sally ricorse alle moine. «C'è una scatola nuova di caramelle nello studio di papà; se farai la brava e ti lascerai lavare potrai prenderne due.»

Venne portata la scatola di caramelle, Tina ne prese due e permise alla madre di svestirla. Le mani di Sally tremarono mentre toglieva le mutandine rosa fantasia, un altro dei regali di Happy, infilava Tina nella vasca, la insaponava e la lavava. I suoi occhi di madre scrutarono attentamente quel corpicino, cercando segni. Ma era possibile fare molte cose senza lasciare tracce...

Sally sentì salirle in gola rabbia e disgusto. Se qualcuno aveva osato toccare quella bambina tanto vulnerabile! *Oliver Grey, se hai fatto qualcosa, giuro che ti ucciderò...* Ma era assurdo, pensò. Amanda Grey doveva essere pazza. E se invece fosse stato vero?

«Hai chiesto a qualcuno di darti la giostra?» cominciò.

«La volevo. Vuoi portarmela via?»

«No, certo che no. Stavo solo domandandomi chi ti ha permesso di averla.»

«Oliver. E me la riprenderà», disse Tina impaurita.

«Perché dovrebbe farlo?»

«Non lo so. Ma lo farebbe.»

«Farebbe cosa?»

«La riprenderebbe, ti ho detto!» gridò Tina impaziente.

Doveva procedere con estrema lentezza. Le parole e i movimenti dovevano essere molto calmi. Sollevando Tina dalla vasca, Sally la avvolse nel telo da bagno e la fece sedere su uno sgabello per pettinarle i capelli.

«Sai che cosa penso di te? Credo che tu abbia dei segreti», disse con dolcezza.

«No, non è vero.»

«Oh, io credo di sì. Credo che talvolta, quando qualcuno fa qualcosa che non ti piace, tu non me lo dica.»

Per un attimo, gli occhi di Tina furono attraversati da un lampo, poi la bimba abbassò rapidamente lo sguardo a terra.

«Sai che nessuno ti ama più di papà e di me. Nessuno.»

Non ci fu risposta.

Sally appoggiò la spazzola. Cullandola e abbracciandola,

insisté: «Lo sai, cara? Puoi dirci tutto. Non ci arrabbieremo mai, per nessuna ragione. Se qualcuno si è comportato male con te».

«No, nessuno.»

«Ah, bene. Tuttavia a volte mi sembri irritata e questo mi porta a credere che forse qualcuno ha ferito i tuoi sentimenti. Vorrei che tu me ne parlassi invece di essere triste da sola.»

Anche questa volta non ci fu risposta. Ma Sally continuò, con l'impressione di aver toccato un punto dolente, nascosto.

«Ricordo quel giorno in cui uno dei bambini a scuola ti ha pestato per sbaglio una mano. Non hai detto una parola quando sei tornata a casa. Anche se ti aveva fatto un bel graffio.»

In quel silenzio, Sally sentiva che stava procedendo in acque sempre più profonde. «E poi», disse con aria molto casuale, «c'è stato il giorno in cui è arrivata la giostra. Hai cominciato a piangere e non mi hai spiegato il perché. A me è sembrato strano: un regalo così bello, e Tina piange. Ma forse non ti piace davvero. Forse era per questo.»

Tina scivolò dalle ginocchia e urlò: «Mi piace, mi piace! Me la porterete via. Mi ha detto che l'avreste fatto se...»

«Chi ti ha detto così?»

«Zio Oliver. Mi ha detto che me l'avreste portata via se vi raccontavo tutto.»

«Raccontare cosa, Tina?»

«Sai che cosa fa zio Oliver?»

Sally scosse il capo. «No. Dimmelo.»

«Ti toglie le mutandine e ti tocca... E se lo dico lui racconterà che sono una bambina cattiva, che faccio cose brutte e voi mi punirete.»

Non avere una reazione esagerata, si disse Sally. Non farle capire che ti ha appena trapassato il cuore con una lama.

«È un segreto e ora te l'ho detto!»

Sally la prese in braccio e la strinse, bisbigliando: «No, no, no. Va tutto bene; tu non fai cose cattive, Tina. È lui che fa cose cattive». Pur intendendo restare calma, Sally pianse.

«Perché piangi, mamma?»

«Perché ti voglio tanto bene... Sei la nostra brava bambina. Sei la bambina più brava del mondo.»

Oh, Amanda. Scusami per aver dubitato di te.

«Non devi pensarci più perché nessuno ti toccherà più così, mai più. Non devi permetterlo. Lo sai, vero? Te l'abbiamo detto molte volte, io, papà, la tata.»

Basta, disse a se stessa. Stai reagendo in maniera esagerata. Parla con calma e poi tenta di cancellare qualsiasi cosa dai suoi ricordi, se puoi, se mai ci riuscirai.

«Non devi mai più permettere a qualcuno di toglierti i vestiti e toccarti, Tina. Ora andiamo a mangiare.»

C'era davvero un tempaccio. Era quella neve secca e sottile che durava a lungo. Red Hill distava almeno altri cinquanta chilometri verso nord, su una strada tortuosa e in salita. Per il giorno successivo si prevedeva una forte bufera, ma mancavano ancora molte ore.

Aveva preso una decisione. Non era una decisione meditata, ma fondata solo sulla furia. Non sapeva che cosa avrebbe detto quando fosse giunta là. Doveva solo concentrarsi su come arrivarci.

La neve, che all'inizio si era presentata con qualche fiocco pigro e tranquillo, ora era trasportata da un forte vento che turbinava contro il parabrezza, e si era depositata sui pini e sugli abeti formando bianchi bouquet; anche la strada stava imbiancando.

Le raffiche di vento si fecero più forti e i tergicristalli riuscivano a malapena a tenere il passo con la neve che cadeva. Sebbene la sera fosse appena iniziata, erano le sette, si incontrava solo qualche rara auto che procedeva prudente in direzione di casa. Era una follia allontanarsi in una notte simile e Sally lo sapeva, ma continuò. La sua solida auto a quattro ruote motrici poteva farcela, doveva assolutamente farcela.

Se ne stava seduta protesa in avanti come se, in groppa

al cavallo, stesse incitando l'animale ad affrettarsi verso un luogo sicuro, un rifugio.

Diede un'occhiata all'orologio, erano trascorsi cinque minuti, poi dieci minuti. Il tempo procedeva lento. Guardò il tachimetro: cinquantacinque, settanta, ottanta. L'auto slittò. Riprendendosi, Sally rallentò e procedette più adagio.

Le case erano poche e si fecero sempre più rade, equidistanti. Era nella foresta; quelli che vivevano in quella zona erano individui solitari che abitavano in vecchie baracche o gente di città i cui lussuosi cottage erano nascosti in fondo a vialetti chiusi da cancelli. Raramente quei cancelli erano aperti d'inverno, tranne per pochi giorni per volta durante il periodo delle vacanze.

Gli alti cancelli di Red Hill tra i pilastri di pietra erano aperti. Sally svoltò. Mentre superava il nuovo cottage di Clive, ebbe per lui un pensiero gentile. «Povero, triste Clive», aveva commentato Amanda. Era felice di aver detto ad Amanda qualcosa di positivo su di lui e le spiaceva di aver nutrito sospetti così malvagi sul suo conto. In qualche modo, pensò, nella mia mente devo riconciliarmi con lui.

Il breve tragitto tra l'auto e la porta principale fu sufficiente perché il suo montone shearling si ricoprisse di bianco. Quando suonò il campanello, non sapeva ancora che cosa avrebbe detto.

Con sua grande sorpresa, la porta fu aperta da Oliver in persona. Un gentiluomo in giacca da casa di velluto non apre la porta di persona! Per la sorpresa, lui inarcò le sopracciglia.

«Sally! Sei sola? Che cosa succede? Va tutto bene con Dan?»

«Sì, tornerà a casa domani.»

«Mi hai spaventato. Mi avevi detto che saresti venuta con Dan, quindi non ti aspettavo. E con questo tempo! Be', vieni a scaldarti. C'è il fuoco acceso. La cosa ideale per una serata così.»

Sally lo seguì nella grande stanza centrale. Sul caminetto in pietra erano appese alcune teste di cervi mentre sulla cappa all'estremità opposta della stanza c'era il dipinto della casa, l'ultimo regalo di compleanno da parte della famiglia. Coperte indiane erano sparse sui divani. Un lungo tavolo a cavalletto era completamente ricoperto da oggetti in metallo, statuette, vecchie pistole e coppe dell'amicizia in ottone, tutti ricordi di lontane partite a tennis e gare sportive.

«Stavo pulendo tutte queste cose», spiegò. «Mi piace farlo da solo. È un'occupazione simpatica durante una sera solitaria, non credi?»

Sally non rispose e rimase ferma a fissarlo. Apparentemente ignaro, Oliver continuò a lucidare gli oggetti e a chiacchierare.

«Non c'è nessuno, tranne il custode. La cuoca arriverà domani con il dolce. Non le piace il forno che c'è qui per cucinare le paste. Non so perché, ma non ne capisco nulla di forni. Accomodati», disse, dato che Sally aveva ancora indosso giacca, cappello e guanti. «Spogliati e raccontami qual è il problema, se ce n'è uno.»

«Non mi tratterrò a lungo.»

Oliver appoggiò il panno che utilizzava per lucidare. «Che cosa succede, Sally? Cosa c'è?»

Sally teneva lo sguardo fisso su di lui, sui suoi capelli argentati, sull'abbronzatura rossastra frutto del periodo trascorso vicino a Chamonix, sul contrasto tra il colletto bianco e il velluto nero, sull'inclinazione leggermente perplessa di quel nobile capo. Cervello. Fascino.

«Che cosa diavolo succede, Sally?»

«Oggi pomeriggio ho visto Amanda.» Non aveva previsto di cominciare con Amanda, ma in realtà non aveva previsto nulla.

Le sopracciglia di lui si inarcarono di nuovo. «Amanda? È in città?»

«È venuta a casa mia per cercare Dan. I suoi avvocati arriveranno lunedì.»

«Ah, ancora la solita questione.» Oliver scosse il capo. «Come vorrei che voi giovani riusciste ad accordarvi. La diatriba è durata fin troppo. Ma non voglio essere implicato, Sally, lo sai. Non è più la mia azienda.»

Sally lo interruppe. «Ce l'hai già detto.»

Nessuno interrompeva mai Oliver né si rivolgeva a lui con tono sgarbato, per cui Oliver espresse con uno sguardo il suo stupore. Vedendo che Sally non aveva battuto ciglio, continuò: «Come sta Amanda?»

«Come credi che stia dopo quello che le hai fatto?»

«Le ho fatto? Non capisco.»

«Mi capisci benissimo, Oliver.» Tutto il suo corpo stava bruciando, si sentiva la testa oppressa da una forte febbre così trasse un lungo respiro. «Sei il diavolo in persona, Oliver, un selvaggio, un criminale. Sei immondizia.»

Oliver chiese con calma: «Sei sicura di sentirti bene, Sally?»

«Mi stai forse chiedendo se sono 'sana di mente'? Sì, sono sana di mente, Oliver. Il mio stato di salute, però, è un'altra cosa dopo quello che hai fatto a Tina.» Cominciò a piangere e con il guanto pesante si asciugò gli occhi. «Vorrei che tu fossi morto. Nella tua tomba e dimenticato.»

«Be', Sally, questa è un'affermazione abbastanza seria. Che cos'è questa storia?»

«Non giocare con me! Hai molestato la mia bambina! Le hai tolto i vestiti, le hai messo le mani addosso e Dio sa cosa, le tue sporche mani su di lei!» La sua voce era acuta e penetrante. «Niente giochi, Oliver. Una dottoressa ci ha detto qual era il problema di Tina e noi non le abbiamo creduto, ma ora l'ho sentito dalla bocca di mia figlia... Oh, mio Dio!»

Oliver annuì. I suoi occhi esprimevano tolleranza, saggezza e comprensione. «Ha visto troppa televisione, Sally. Ecco tutto. Quelle cose orribili colpiscono la mente di un bambino più di quanto noi possiamo immaginare. Sono sorpreso che tu le permetta di stare a guardarle.»

«Non glielo permetto e non le guarda, mi hai sentito? Mi ha mostrato che cosa le hai fatto; nella sua innocenza, nella sua ignoranza me l'ha fatto vedere, ma sapeva che era sbagliato. 'Sono una bambina cattiva', mi ha detto perché sei stato tu a metterglielo in testa e le hai dato quella dannatissima giostra per farla stare zitta. 'È un segreto', mi ha detto. Se avesse parlato, ti saresti ripreso la giostra.» La voce di

Sally si stava esaurendo. «Bastardo. Vecchio rivoltante.»

«Questa è la cosa più assurda che io abbia mai udito in tutta la mia vita, e ne ho udite molte.»

Nel suo decoro, un decoro che riusciva a essere eccezionale anche in quel momento, Oliver se ne stava con una mano infilata nella tasca di velluto. Quell'aria di imperturbabile superiorità era sconcertante.

«Sentirai molto di più quando vedrai Amanda. Hai abusato anche di lei. Mi ha raccontato che cosa le facevi.»

«Oh, allora è Amanda. È solo un po' matta. Giusto un pochino. Lo è sempre stata.»

«Non c'è nulla di matto in Amanda, sebbene, se anche lo fosse diventata, non ci sarebbe da meravigliarsi. Ma sai benissimo che non lo è. Ed è per questo che non esprimi il tuo parere sull'affare. Oh, con che nobiltà d'animo tu ti tiri indietro per 'cedere il passo ai giovani'», disse Sally sarcastica, «quando in realtà tu non osi offendere Amanda, non osi avvicinarti a lei. Tutti questi anni hai vissuto nel terrore di lei.»

Un lieve sorriso rischiarò la bocca di Oliver mentre lui, con noncuranza, giocherellava con le monete o le chiavi che aveva in tasca. Vuole mostrarmi quanto è tranquillo e divertito e quanto io sia debole, pensò Sally.

«Peccato che tu non possa vedere quanto sei ridicola», disse.

«Credi? Vedrai quanto è ridicola Amanda. Ti intrufolavi nella sua stanza di notte... Le hai fatto dei regali, le hai offerto la stessa giostra. Poi tua moglie ha scoperto tutto e l'ha allontanata per metterla al sicuro. Dopodiché si è uccisa. Lucille si è suicidata, vero, Oliver?»

I muscoli delle sue guance si tesero mentre quel sorriso svaniva dalle labbra.

«Nonostante la nebbia si rifiutò di stare in casa e uscì di strada in un punto che percorreva sempre, finendo nel fiume. Per colpa tua, Oliver.»

Ci fu una pausa, un silenzio pauroso. Fu Oliver a infrangerlo; il suo atteggiamento era cambiato. Sally capì che le sue ultime parole l'avevano colpito al cuore.

«Non capisco che cosa vuoi, Sally, a parte rivolgermi queste accuse crudeli. Davvero non capisco», disse.

«Voglio far sapere al mondo chi sei. Voglio smascherare il grande benefattore, lo studioso, il gentiluomo e rivelare l'ipocrita, il malato, l'imbroglione che realmente è. Ecco che cosa voglio.»

«Non crederai che gli altri siano disposti a bere le tue menzogne.» E con occhi duri e severi tentò di indurla ad abbassare lo sguardo.

Attraverso una nube di lacrime, Sally resistette. Se ne stava là, tra i suoi amati averi, protetto negli anni da loro, dalla sua reputazione e dalle sue buone opere, mentre dentro quel guscio erano stati commessi crimini indescrivibili...

Sally stentava a riconoscere se stessa. Quella voce acuta, le parole stesse che aveva detto, non le sembravano le sue. «Vedrai! Il tuo odore arriverà fino al cielo.»

«Ne dubito.»

«Aspetta solo che Amanda racconti tutto e io ...»

«Vai avanti. Credi che avrò paura di te? Negherò tutto e la cosa si concluderà così. Vai pure avanti.»

«Il tuo disonore», cominciò lei.

«... si ripercuoterà su di te.»

«Non quando la dottoressa di Tina mi ascolterà fino in fondo.»

«Assurdo. Chiunque sa che è possibile convincere una bambinetta a dire qualsiasi cosa.»

«Che motivo avrebbe la dottoressa? Non ti conosce. Che motivo avrei io? Non ho mai voluto niente da te. Pensavo... ti ammiravo, ma stasera quando Tina...» Per un attimo la stanza cominciò a girare. «La mia bambina. Oh, la mia bambina!» gridò, nascondendosi il volto tra le mani.

All'improvviso capì che non avrebbe potuto andare oltre, né mentalmente né fisicamente. Poi, alzando lo sguardo su di lui, disse con calma: «Sono state smascherate persone più famose di te, Oliver. Alcune hanno avuto la decenza di confessare e pentirsi».

«Esatto. Un comportamento davvero lodevole, purché ci sia qualcosa da confessare.»

«Se lo farai, ti sentirai meglio. Ti renderai le cose più facili.»

Oliver non rispose.

«Sostieni di essere un uomo religioso.»

«Lo sono.»

«Allora lascia che ti chieda una cosa: saresti disposto a giurare di non aver mai fatto nulla di sbagliato alla mia Tina?»

«Non giuro mai. La mia parola di uomo rispettabile è sempre stata sufficiente ovunque.»

«Gli uomini rispettabili giurano in tribunale.»

Non rispose. Sally vide le sue guance farsi più rosse e capì che era terrorizzato. Il sudore gli imperlava la fronte e le ginocchia gli tremavano.

«Giura sul Dio che adori ogni settimana. Non perdi una domenica. Giura che non hai mai toccato la mia bambina in modo libidinoso. Prendo la Bibbia dalla libreria. Giura.»

«No.»

Si stavano affrontando, Oliver con le spalle e le mani appoggiate al muro, come se la parete potesse sostenerlo, e Sally dietro il tavolo ricoperto di cianfrusaglie.

«Ti rifiuti», disse lei.

«Mi rifiuto.»

Stava tentando di riprendere il controllo. Sally capì che cosa stava avvenendo in quell'uomo tanto ragionevole, gentile e corretto, a cui era caduta la maschera, a cui era stata strappata la maschera. Lentamente si raddrizzò riacquistando la sua altezza naturale. Poi, sollevando la testa, la sfidò.

«Che altro vuoi, Sally? Sto cominciando a stancarmi.»

«Te l'ho detto. Voglio rivelare chi sei e lo farò.»

«Provaci e te ne pentirai.»

«Non credo, Oliver.»

«Fallo e io accuserò Dan di molestare sua figlia.»

Era allibita; questo un momento prima di comprendere il significato di quanto lui aveva appena detto. Poi, le proporzioni di quella malvagità la fecero uscire di senno. Ciononostante, riuscì a conservare un controllo sufficiente a impedirle di prenderlo per la gola. Invece, mosse le mani afferrando tutto ciò che trovò sul tavolo con l'intenzione di distruggere quegli oggetti tanto preziosi per lui. Avrebbe abbattuto i muri di quella casa se avesse potuto. Sally si sentì pervadere da un'incredibile forza. Muovendosi alla cieca, in quei pochi secondi prima che Oliver potesse attraversare la stanza e fermarla, strappò le pagine da un libro antico di cuoio e gettò sul pavimento una statuetta d'argento, una ciotola d'argento con inciso il suo nome e una pistola con il manico d'argento...

Partì un colpo. Il boato fu tale da spaccarle quasi i timpani. Udì Oliver urlare; lo vide barcollare all'indietro e accasciarsi contro la parete... Sally fuggì.

La prima cosa di cui prese nuovamente coscienza fu la strada. In qualche modo, era uscita da quella casa, sebbene non ricordasse come. Poi le sembrò di ricordare di aver sbattuto la porta. Senza dubbio, aveva avviato il motore dato che si trovava in auto e stava guidando con grande prudenza sotto la tormenta. Aveva già oltrepassato la curva dove la strada si diramava in direzione di Red Hill quando si rese conto dell'accaduto.

Ho ucciso un uomo. Ho commesso un omicidio, oh, Dio.

Avvolta nel montone, stava sudando. Sentiva l'intero corpo pulsare, tutto batteva e tremava. Capì che doveva rilassarsi per riuscire a pensare.

Il cervello riprese a funzionare. Come una piccola dinamo alimentata dal panico, cominciò a girare. L'ala del custode si trovava nella parte posteriore della casa, senza vista sul vialetto. Fino ad allora, sulla strada erano passate solo tre auto, nell'oscurità e sotto una tale tempesta di neve e vento era impossibile che avessero visto la targa. In ogni caso, la gente non andava in giro a memorizzare le targhe. Poi, all'improvviso, si accorse che per tutto il tempo in cui era rimasta in casa non si era mai tolta i guanti e subito provò un profondo sollievo.

L'auto slittò, tracciando una «esse» su quella strada infida. Le mancava solo di andare a sbattere contro un cumulo di neve e restare bloccata; come avrebbe spiegato che cosa stava facendo là fuori in piena notte?

Strinse le mani sul volante. Dio, fa' che l'auto non slitti, pregò. Signore, fammi tornare a casa, ti prego. Ci sono le mie bambine.

Faceva così freddo che la neve sembrava ghiacciarsi appena toccava il parabrezza. I fiocchi danzavano di fronte ai fari privando Sally di qualsiasi visibilità. Quella bufera era un nemico. Durante i pochi minuti che aveva trascorso in quella maledetta casa, l'intensità della nevicata era triplicata, non si trattava più di una tempesta ma di una vera bufera di neve.

Quando si mosse sul sedile, qualcosa le sfiorò la coscia. Era uscita da casa con la pistola in mano. Era carica.

Il panico si rimpossessò di lei. Lo sentì salire lungo la schiena come quando, nell'oscurità deserta, si avverte qualcuno avvicinarsi da dietro. Con uno sforzo incredibile, impedì a se stessa di fermare l'auto per controllare se non ci fosse qualcuno rannicchiato sul pavimento posteriore. Ogni pochi secondi scrutava la strada attraverso lo specchietto retrovisore.

Poi si disse ad alta voce: «Stai guidando. Stai dirigendoti verso casa, brutta scema, con la pistola nell'auto!»

Non era lontana dal fiume e così, d'istinto, decise di gettarvi l'arma. La china era molto ripida, la china lungo la quale quella povera donna era precipitata nell'acqua. Sarebbe stato impossibile scendere e risalire con quel tempaccio. Avrebbe potuto rallentare, sporgersi dal finestrino e lanciare la pistola. Ma se avesse sbagliato il tiro e l'arma si fosse fermata sulla strada o fosse sprofondata nella neve per poi essere scoperta al disgelo? No. Doveva fermare l'auto sebbene ci fosse il rischio di non riuscire a ripartire, scendere e recarsi a piedi sul ponte in modo da poter gettare con sicurezza la rivoltella nel fiume. C'era sempre il rischio che qualche autista solitario la vedesse e ricordasse una donna parcheggiata sul ponte nel mezzo di una bufera. Ma doveva tentare.

Sulla strada non arrivava nessuno. Fin qui tutto bene,

pensò. Sei stata fortunata. Fortunata! Se prima di oggi hai creduto di trovarti nei guai, ripensaci.

La sua mente era più pronta del solito. In un caso come quello, le autorità avrebbero interrogato tutti, la famiglia, gli amici e gli impiegati. Ti chiederanno dove sei stata stasera, rifletté. La tata dirà che sei stata al cinema. Quindi devi andare al cinema.

Ma non era meglio recarsi subito alla stazione di polizia e raccontare tutto? In fondo, era Sally Grey, una persona rispettabile che non aveva mai preso una multa neppure per eccesso di velocità. Avrebbero capito che si era trattato di un incidente, o forse no? si chiese. L'avrebbero capito?

Se solo Dan fosse stato a casa. Sally immaginò se stessa entrare alla stazione di polizia piangendo. Le lacrime le avevano già bloccato la gola. Avrebbe balbettato di fronte a quelle facce serie. No, non stanotte, decise. Era impossibile.

Nel piccolo centro di periferia, le luci erano ancora accese mentre nel parcheggio accanto al teatro c'erano molte auto. Il negozio di alimentari era aperto. Sally fermò l'auto e si sistemò accanto al gruppo di persone che per prime uscirono dal teatro soffermandosi per un attimo sul marciapiede con aria incerta.

«Sally Grey! Guarda che cosa è successo in due ore e mezzo, non ti sembra incredibile? Se avessimo previsto una cosa simile non saremmo certo usciti di casa.»

Eric e Lauren Smith osservarono la neve, sgomenti.

«Mi chiedo come faremo a tornare a casa», chiese Sally.

«Ti seguiremo», propose Eric. «Staremo dietro di te e nel caso dovessi rimanere bloccata ti aiuteremo.»

Sally rise. «E se invece restaste bloccati voi? Ho paura che non vi sarò di grande aiuto.» Poi, continuando a pensare, chiese: «Vi dispiacerebbe aspettarmi due secondi mentre faccio una corsa nel negozio per acquistare una medicina contro il raffreddore? Ho l'impressione che mi stia arrivando qualcosa».

Il commesso sarebbe stato uno in più in grado di testimoniare la sua presenza nel villaggio. «Bello, vero?» osservò il negoziante mentre cercava il resto. «Una splendida donna, non mi perdo mai nessuno dei suoi film.»

«Meraviglioso. Mi è piaciuto tantissimo», concordò Sally, prendendo mentalmente nota di leggere le recensioni.

Le auto procedettero a fatica fino a casa. La neve era già alta e Sally arrancò dal garage alla porta principale attraverso cumuli che le giungevano alle cosce. Per un attimo, esaminò il paesaggio, un bagliore bianco immacolato mentre la neve continuava a scendere. Non resteranno tracce di auto in nessun luogo, pensò. Chiuse la porta e poi, con l'adrenalina ormai completamente consumata, salì le scale e si lasciò cadere sul letto.

Qualche ora più tardi si alzò e andò nella stanza delle figlie. Le lacrime che le inondarono gli occhi alla vista di quel sonno innocente erano così calde da scottare. Persino il ricordo di ciò che quell'uomo malvagio aveva fatto a Tina era debole rispetto al terrore di ciò che il futuro poteva riservare a quelle due creature e a Dan. Con la mente, rianalizzò quanto era accaduto quella notte soppesando ed esaminando ogni passo: nessuna impronta, l'arma in fondo a un fiume turbolento, gli Smith, il negoziante, tutto.

Sembrava al sicuro. E tuttavia, non si poteva mai sapere; poteva esserci ancora qualcosa, qualche piccola traccia che le era sfuggita. Si leggevano resoconti simili tutti i giorni.

Tornando a letto, Sally passò davanti alla stanza dove le bambine erano solite giocare. Senza alcuna ragione spiegabile, entrò e accese la luce. Là, sul tavolo, c'era la giostra, luccicante nella sua esagerata bellezza. Sempre senza alcuna ragione, protese una mano e la toccò. Ruotando leggermente, la giostra suonò le ultime note del valzer *Sul bel Danubio blu*, mentre Sally si ritrasse con orrore, come se avesse toccato un serpente, come se avesse toccato quel malvagio di Oliver Grey.

Era morto e meritava di morire nonostante lei non avesse voluto essere la causa della sua morte, né di quella di qualcun altro. Ma era andata così.

16

Dicembre 1990

SFINITA, era sprofondata in un sonno profondo per due ore poi, aprendo gli occhi, era saltata giù dal letto e si era precipitata a guardar fuori dalla finestra. Aveva smesso di nevicare. Il vialetto era sgombro e non c'erano segni indicanti che lì vicino era passata un'automobile. Si fece in fretta la doccia e si vestì, sforzandosi di apparire perfettamente normale agli occhi della tata e allo stesso tempo pensando: Non fidarti di nessuno! mentre aspettava che il telefono suonasse.

Suonò alle sette. La voce agitata e quasi incomprensibile era di Happy.

«Sally, non so come cominciare, è orribile, è un incubo, qualcuno ha sparato a papà!»

«Sparato! E adesso?»

«È morto! Siamo venuti qui ieri sera e l'abbiamo trovato.» Cominciò a piangere.

«Mio Dio», disse Sally. «Come è accaduto? C'è qualcuno che lo sa?»

«Lasciami bere un sorso d'acqua. Lasciami sedere. Ora Ian è dentro con un dottore, sta aspettando che portino via il corpo. E la polizia, ovviamente. Siamo stati in piedi tutta la notte, oh, è incredibile.»

«Mio Dio», ripeté Sally. «Non c'è così tanto da rubare, a

meno che non credessero che avesse dei contanti.»

«Non pensano che si tratti di ladri. Aveva settecento dollari nel portafoglio, l'orologio al polso e non è stato toccato nulla.»

«Allora chi può essere stato? Non credo che Oliver avesse dei nemici.»

«Lo sa solo Dio. Qualche maniaco, pensiamo. Ian e io avevamo un appuntamento per cena ma l'abbiamo annullato per colpa del tempo. Abbiamo fatto una gran fatica a giungere fin qui attraverso la bufera. Siamo arrivati proprio mentre il custode stava adagiando papà sul divano. Ha detto che stava facendo un pisolino dopo cena quando gli è sembrato di udire un suono simile a uno sparo, sebbene sua moglie sostenesse che era assurdo, che era solo il freddo che aveva spezzato il ramo di un albero. Così ha preferito controllare. Poi abbiamo chiamato la polizia. Ci hanno messo quasi due ore ad arrivare. Persino gli scalini anteriori erano sepolti.» Happy era senza fiato.

Sally voleva dire qualcosa e tuttavia doveva stare attenta a esporsi il meno possibile. «Anche qui è tutto sepolto dalla neve, forse dovrei raggiungerti e stare con te. Più tardi, quando puliranno le strade, lo farò.»

«No, non c'è nulla che tu possa fare, rimarremo finché la polizia non avrà finito, ispezioneranno tutte le stanze, poi torneremo a casa nostra. È un incubo. E noi che progettavamo di trascorrere qualche giorno tranquillo, soprattutto per il bene di Clive.»

«Come l'ha presa? Tra tutti, era lui quello particolarmente vicino a papà.»

«Male. È a pezzi, ha detto Roxanne. Ma si sta prendendo cura di lui. È una principessa, una vera principessa. Ci raggiungeranno appena sarà stato creato un sentiero. Clive insiste per venire.»

«Vorrei che Dan fosse qui», disse Sally.

«Dovrebbe tornare oggi, giusto?»

«Stasera. Ma non so come farà. È impossibile sgombrare gli aeroporti tanto rapidamente.»

«Non troverà certo un benvenuto! Oh, Ian mi chiama. Ci

sentiamo più tardi. Aspetta, dimenticavo una cosa: la polizia vuole interrogare tutti i parenti, dice Ian; è ridicolo, interrogare noi, ma credo che debbano farlo. Non turbarti eccessivamente.»

«Farò del mio meglio, ma è impossibile esprimere a parole quel che sento.»

Infatti, non poteva permettersi di essere turbata, solo «normalmente» turbata. Ma che cosa significava essere normali? rifletté. Chiamare Amanda. Così telefonò all'albergo.

Amanda aveva già appreso la notizia da una stazione radio locale.

«Bene, che morte accidentale! O forse dovrei dire 'omicidio'? Dopo che ho fatto tutta questa strada per incontrarlo. Chi ę stato?»

«Nessuna idea.»

«È stata un'irruzione, un furto?»

«Non credo. Non è stato preso nulla.»

«Suppongo che non avesse nemici. Non Oliver Grey. A meno che tu non riesca a pensare a qualcuno.»

Sally rispose brevemente: «No».

Se Amanda aveva intenzione di farla parlare, si sbagliava. Non fidarti di nessuno, si disse. Inoltre, Amanda era l'unico essere umano che, a causa delle rivelazioni del giorno prima, poteva avere la seppur minima ragione di collegare lei con la morte di Oliver.

«Sono rimasta talmente sconvolta da quanto tu mi hai raccontato ieri su di te e Lucille e tutto il resto, che ho dovuto uscire di casa. Nonostante il tempaccio, sono andata al cinema.»

«Suppongo che il funerale sarà un grande avvenimento.»

«Credo anch'io.»

«Suppongo che tu non stravedessi per lui.»

«Che cosa ti induce a dire questo? Fino a ieri, quando mi hai raccontato che cosa ti ha fatto, avevo un'enorme stima per lui. Sì, stravedevo per lui.»

«Vivendo si impara, non credi? Mi farebbe piacere sapere la data del funerale, così potrò mandare una corona.»

«Con questo stai dicendo che non intendi partecipare?»

«No. Me ne andrò appena gli aerei torneranno a volare.»

«E gli affari di cui intendevi discutere?»

«Non sarebbe decoroso parlare di soldi. Andrò a casa e tornerò tra un paio di settimane, quando il polverone si sarà calmato. Tanto mi piace volare.»

C'era qualcosa di troppo rapido e insolente in quella conversazione. Quella donna era una calcolatrice, pensò Sally. In ogni caso, doveva essere un colpo piuttosto duro vedersi privare della possibilità di vendicarsi.

«Credo che la cosa migliore sia inviare una corona alla chiesa di Oliver», disse alla cognata. «Però non vedo perché dovresti farlo.»

Amanda rise. «Sono una Grey e ci è stata insegnata l'etichetta. A proposito, si presenterà la polizia. Non lasciarti innervosire.»

«Non ho nessun motivo per innervosirmi», rispose Sally.

Infatti, due investigatori erano già arrivati e stavano parlando con la tata in cucina. Dovevano essere giunti mentre lei era al telefono con Clive, che per lo choc e l'intensità del dolore era stato messo a letto. Dall'alto delle scale riusciva a sentirli, e date le circostanze, non si sentì in colpa nell'origliare.

«Questa persona veniva dalla California, mi ha detto?»

«Vi ho detto che così mi sembra. Non presto attenzione. Non sono affari miei», rispose la tata indignata. «Se volete sapere qualcosa sugli affari della famiglia dovrete rivolgervi a loro.»

Allora era vero, stavano proprio passando tutti con un pettine a denti fitti. Be', lei era pronta, decise. Scese le scale per andare incontro a quegli uomini nella stanza da pranzo.

«Agente Murray», si presentò un uomo ordinato con la calvizie incipiente che le ricordò il dentista.

«Agente Huber», disse il secondo, più giovane e simile al suo parrucchiere.

Se li era aspettati diversi, pensò, forse spaventosi, magari un po'rudi. Ma era assurdo.

«Accomodatevi pure», disse lei con gentilezza.

Il più giovane cominciò: «Ci dispiace intrometterci in una giornata simile, signora Grey. Lei è un membro della famiglia, ma le domande di routine… lei capisce».

«Capisco.» E si chiese se fossero sempre così cortesi anche con quelli che non si chiamavano Grey. Forse sì.

«Suo marito è il nipote del deceduto?»

Sally annuì.

«Mi è stato detto che è fuori città.»

«Tornerà a casa oggi.»

«Quando l'ha sentito per l'ultima volta?»

«Ieri. Ha telefonato dalla Scozia ieri mattina.»

«Utilizzando questo numero?»

«Sì, perché?»

L'uomo stempiato, Murray, prese appunti. Avrebbero controllato presso la società dei telefoni, verificando se si trovava davvero in Scozia.

«È certa che non abbia preso un volo precedente, che a causa delle cattive previsioni non abbia deciso di anticipare il ritorno di un giorno?»

«Abbastanza certa.»

«Può indicarmi la compagnia aerea e il numero del volo?»

«Certo, li ho qui sulla scrivania.»

«Suo marito e Oliver Grey erano intimi, secondo lei erano in buoni rapporti?»

«Erano come padre e figlio. In ottimi rapporti.»

«Per lui sarà uno choc apprendere la notizia.»

«Lo è stato per tutti. È orribile.»

«Suo marito ha una sorella, in California, mi sembra di capire. La sua domestica ce ne ha appena parlato. Nessun altro della famiglia ha accennato al fatto che fosse qui.»

«Non lo sapevano. È arrivata inaspettatamente.»

«Oh, non l'aspettava neppure lei?»

Sondare, scavare. Non avrebbe dovuto utilizzare la parola 'inaspettatamente', pensò.

«Allora è stata una sorpresa.»

«Sì. Una sorpresa.»

«È un'abitudine per quella donna far visita a sorpresa dalla California?»

«Un'abitudine? No.»

Murray alzò il capo dai suoi appunti. «Spesso, accade spesso?»

«No.» Meno diceva, meglio era, pensò.

«Be', quanto spesso? Quando è stata qui in casa sua l'ultima volta?»

«Non ci era mai stata prima.»

«Oh?»

Odiò il modo in cui l'agente disse: «Oh», con un ritmo crescente che trasudava incredulità.

«Allora di solito si fermava ad Hawthorne?»

Avrebbe voluto risparmiare ad Amanda il tormento a cui sarebbe stata sottoposta dopo quella conversazione ma raccontare una bugia sarebbe stato inutile dato che Ian o Clive avrebbero esposto i fatti.

«No», disse Sally, «non era mai stata a Scythia, non c'era più tornata da quando aveva tredici anni.»

«Strano, non crede? Dopo tutti questi anni, capitarle all'improvviso davanti alla porta.»

«Non saprei.»

«Deve aver avuto qualche ragione. Non le ha detto nulla?»

«Voleva vedere le bambine. Ha portato dei regali di Natale.»

«Anche questo è strano.» Gli occhi socchiusi di Huber sembrarono sfidare Sally. «Per tutti questi anni non si è mai fatta viva, poi all'improvviso decide di attraversare il paese carica di regali di Natale. Senza altra ragione. Non trova anche lei che sia strano, signora Grey?»

«Non so. Dovrete chiedere a lei.»

«La sua cameriera ci ha detto che la signorina Grey era scesa in città.»

«Sì, al *King Hotel*.»

«Grazie. Quando la lasciò, ricorda che ora fosse?»

«Erano circa le cinque. L'ora della merenda delle bambine, forse un po' più tardi.»

«Quindi, lei ha dato la merenda alle bambine. E poi che cosa ha fatto?»

«Ho fatto loro il bagno, poi sono andata al cinema.»

«C'era un tempo molto brutto per uscire, non crede?»

«Non era ancora così brutto quando sono uscita, in ogni caso sono abituata.»

«Inoltre il centro commerciale non è così lontano, sempre che sia andata lì.»

«Sì, ho visto *La figlia di Judy*.»

«Le è piaciuto? Che ne pensa del finale?»

Grazie al cielo aveva letto la recensione! «Un vero choc, non pensavo che sarebbe tornato dalla guerra.»

«È un film lungo, finisce dopo le undici.»

Anche questa volta, Sally ringraziò il cielo di aver guardato l'orologio. «Dieci e mezzo. Perlomeno questo è quanto diceva l'orologio nel negozio di alimentari.»

Senza dubbio, pensò, avrebbero verificato la sua storia al negozio, poi avrebbero interrogato Amanda per scoprire quando aveva restituito l'auto presa a noleggio. E le avrebbero posto domande sulla conversazione con Sally Grey. Amanda non era una stupida, ma neppure quei due, quindi poteva solo sperare che una parola casuale di Amanda non gettasse un seme nelle loro fertili menti.

Quando se ne furono andati, Sally rimase con quel terrore che ricordava bene dai giorni della scuola e dell'università. Aveva passato l'esame? si chiese.

Sentiva il bisogno di star sola. Un animale spaventato si rannicchia nel suo buco, pensò. Quando tuona, il cane si nasconde nell'armadio. Andò in cucina per dire alla tata che non si sentiva bene a causa di un raffreddore.

«Vado in camera a riposare», disse. «Le dispiace tenermi le bambine lontane per un po'?»

«Pensi a lei, signora Grey. Ha la faccia smunta e non c'è da meravigliarsi. Che cosa orribile! Qualcuno di quei pazzi che vivono sulle montagne deve essere entrato in casa. Di questi tempi ci sono moltissimi pazzi in giro.» E la tata scosse il capo deplorando lo stato del mondo.

Dalla finestra della camera da letto, Sally osservò l'ampia distesa. Non c'era segno di vita, neppure la traccia di un coniglio. Qui e là un alito di vento sollevava un turbine di neve facendola avanzare lungo la superficie ghiacciata della terra. Quel pomeriggio era colmo di intensa malinconia. Tirò le tende per oscurare la stanza e si distese sul letto.

Ancora poche ore e Dan sarebbe tornato a casa, Sally tentò di immaginare come gli avrebbe raccontato quanto era accaduto. Spesso, leggendo i giornali o guardando la televisione, si era calata nei panni di qualcuno coinvolto in una tragedia e si era chiesta come, per esempio, fosse possibile comunicare che la casa era stata bombardata e i bambini erano morti. Ora anche lei era portatrice di notizie incredibili: «Ho ucciso zio Oliver».

Oliver, un uomo dallo stile tanto nobile. Con gli occhi chiusi Sally vide il suo volto, quello vecchio, distinto e quello nuovo dell'uomo furioso, messo all'angolo e, alla fine, insolente. Dato che lavoravava con la macchina fotografica, aveva sempre pensato di saper giudicare bene i volti, convinta che fossero lo specchio del carattere. Li aveva sempre letti bene e li aveva fotografati di conseguenza: l'audace astronauta, lo spirito gemello di uno sprezzante giocatore d'azzardo; oppure la bella donna non più giovane che temeva il passare del tempo. Ma non aveva letto in Oliver. Il messaggio trasmesso dal suo volto avrebbe benissimo potuto essere scritto in sanscrito.

Poi venne il volto severo della dottoresa Lisle, i cui modi da maestrina l'avevano tanto infastidita. Ora capiva: la dottoressa aveva solo tentato di trasmettere un messaggio disperato ed era stata frustrata dal testardo rifiuto di Sally. Devo scusarmi con lei, pensò Sally, e lo farò.

Dopo un po' venne risvegliata da un sonno irrequieto dal rumore degli spazzaneve sulla collina. Erano un segno di vita, quindi ben accetti. Ma erano anche un segno che la vita stava ritornando alla normalità da cui Sally non avrebbe avuto via di scampo. Funerale, domande e altri agenti di polizia, ecco cosa ci sarebbe stato dopo la bufera.

* * *

Sally provò l'impulso di gettarsi tra le braccia di Dan per cercare un po' di conforto. Invece fu subito chiaro che, al contrario, era lui a dover essere confortato da lei, sempre che questo fosse possibile.

Era profondamente addolorato. Era infuriato con il mondo intero. «Perché permettiamo ad animali simili di depredare la terra, di distruggere una vita così? Il migliore di tutti gli uomini, che aveva dato tanto e aveva ancora tanto da dare. Perché, perché?» Piegò le dita. «Se solo potessi mettere le mani sul colpevole, stringergliele attorno alla gola io... lo farei soffrire, gli farei pagare ogni secondo che Oliver ha dovuto soffrire.» Nascose il volto tra le mani.

«Non ha sofferto», disse Sally con la gola stretta da un enorme groppo, sentendosi a malapena in grado di pronunciare le parole.

«Non puoi saperlo.»

«Proiettili, credevo che un proiettile fosse rapido.»

«Basta, Sally. So che le tue intenzioni sono buone, ma per favore, basta.»

Rimase seduta a osservare il marito, tentando di immaginare se stessa al suo posto. Quell'uomo era stato un padre per lui... più il tempo passava, più per lei diventava impossibile dire la verità. Poi, la solitudine ebbe la meglio; là, in quella calda stanza familiare si sentì gelare, come persa, abbandonata dall'ultimo essere umano vivente in qualche zona del polo nord.

Dopo un po', Dan sollevò il capo ed essendosi ripreso, cominciò a ragionare.

«Se non è stato un furto, e sembra che sia così secondo quanto dice Ian, allora deve essere stata opera di qualche girovago casuale, di qualche psicopatico. Suppongo che le autorità ficcheranno il naso negli affari dell'azienda dopo che i giornali hanno parlato di una diatriba familiare. Questo è prevedibile.»

Doveva dirgli di Amanda, rifletté Sally. Il giorno dopo l'avrebbe saputo comunque. Così cominciò.

«So che ti sto sommergendo di problemi, ma ce n'è un altro, ieri Amanda è stata qui.»

«Amanda, che cosa diavolo vuole?»

Procedi passo dopo passo, pensò Sally, così, seguendo questa linea rispose: «Voleva incontrare Oliver».

«Voleva seccarlo con la solita storia! È insopportabile, sa che non vuole, non voleva, essere coinvolto, non aveva il diritto di farlo. È possibile che sia accaduto qualcosa dopo il vostro incontro? Mio Dio, Sally, la polizia dovrebbe saperlo.»

«Non vorrai sospettare di Amanda?»

«È possibile? Potrebbe essere impazzita? È sempre stata disturbata. Povera Amanda. Dio, spero di no.»

«Dan, non è andata a Red Hill per sparare a Oliver Grey. Ti prego di non metterti a sospettare di nessuno. Ti renderesti ridicolo.»

Quella supposizione le impediva di compiere il passo successivo. Dopo il funerale, decise, dopo che le acque si fossero calmate gli avrebbe raccontato tutto, gradualmente; dapprima gli avrebbe parlato dell'abuso subito da Amanda da parte di Oliver, e poi, dopo un po' di tempo, gli avrebbe rivelato il resto. Ci voleva coraggio, ma forse ci voleva ancor più coraggio per portare quel peso e quella paura da sola, poi si sarebbe consegnata alla polizia.

I tre giorni che seguirono furono orribili. C'erano ovunque agenti di polizia che pullulavano non solo a Red Hill, ma anche ad Hawthorne nonché nelle case di Ian, Clive e Dan. Vennero scrupolosamente analizzati familiari, membri della servitù e fattorini, inoltre furono interrogati anche i vicini. Gli investigatori in borghese erano particolarmente tenaci, continuavano a domandare le stesse cose, si informavano sulle serrature, sulle chiavi, sugli operai e sull'affare del consorzio. «Su tutto», disse Dan, «tranne su cosa mangiamo a colazione.»

Allo stesso tempo, non fornivano alcuna indicazione su quello che potevano pensare.

«È per vedere se riescono a cogliere qualcuno in fallo», disse Ian.

Nonostante fosse la settimana di Natale e tutti avessero cose molto più allegre da fare, i curiosi non mancarono.

«Un processo a porte aperte», borbottò Dan. «È difficile

credere che così tanta gente sia disposta a salire in auto e guidare fino a Red Hill solo per rimanere fuori dai cancelli a guardare. Cosa diavolo sperano di vedere?»

Ma erano là, e ce n'erano anche ad Hawthorne e anche davanti alle case di Ian, Clive e Dan; se ne stavano a osservare le bambine nel cortile, l'auto che portava Clive da casa a Red Hill e ritorno e il furgone delle consegne da Ian.

«Una curiosità morbosa», si lagnò di nuovo Dan, di fronte ai giornalisti, ai flash e a tutte le domande sulla supposta guerra familiare. «Perlomeno, gli articoli sui giornali sono stati splendidi. Perlomeno la città apprezza quello che Oliver ha fatto per tutti.»

L'obitorio era sommerso da visitatori e fiori e tra questi, la corona di rose e orchidee più bella era firmata semplicemente: *Da Amanda Grey*.

«Davvero strano», disse Ian, che ormai aveva saputo della sua venuta in città e dell'immediata partenza.

«Molto strano», disse Happy che non aveva mai incontrato Amanda Grey.

Clive non espresse alcun commento. Non aveva reagito né alla presenza né alle condoglianze di qualcuno. Era come se non udisse e non vedesse nulla tranne la bara, come se stesse imprimendosi nella memoria ogni puntino e ogni venatura di quella superficie tirata a specchio. Chino sul divano con il braccio di Roxanne attorno alle spalle, era travolto dal dolore e sembrava aver dimenticato tutto il resto; se ne stava aggrappato a Roxanne come un bambino. Lei era per lui la madre capace di confortarlo, proteggerlo e capirlo.

Nel corso di una notte, era crollato.

Il giorno del funerale, venne presa d'assalto anche la chiesa. L'ingresso fu riservato agli invitati in modo che potessero partecipare solo amici e non curiosi, assieme a tutti i dipendenti della Grey's Foods che riuscirono a entrare. La cerimonia fu lunga, con numerose benedizioni espresse da persone sincere che continuarono a ripetersi. Il profumo emanato dai fiori sull'altare era opprimente e Sally si sentì svenire. Le venne in mente che avrebbe potuto perdere la lucidità; si diceva che tutti avessero un limite di sopportazione e lei si chiese quale potesse essere il suo. Si sentiva ormai molto vicina al crollo.

A casa di Clive, dopo le raffiche di vento sopportate al cimitero, i parenti si riunirono attorno al termos con il caffè. Su ordine del medico, a Clive era stato offerto un brandy e ora, dopo essersi leggermente ripreso dalla pena del mattino, quel poveretto se ne stava metà seduto e metà sdraiato sulla grande poltrona a osservare gli altri. Per tutta la vita, tranne negli ultimi mesi, era sempre rimasto a osservare. Aveva imparato a divertirsi immaginando le motivazioni degli altri, le ragioni che li inducevano a civettare, adulare o esprimere sottili insulti. Ora era tornato a essere un osservatore.

Da dove era seduto vedeva Ian di profilo, che indugiava vicino alla porta come se temesse di entrare. Ovviamente, Roxanne gli aveva fornito un resoconto dettagliato di quella notte terribile.

Roxanne stessa gli girava intorno, con cuscini, medicine e cibo. Durante gli ultimi tre giorni, si era fatta in quattro per lui. Senza dubbio non era solo spaventata per ciò che era accaduto ma anche terrorizzata all'idea di quanto sarebbe ancora potuto succedere. Sì, rifletté Clive con un po' di amarezza, probabilmente sta pensando al testamento e a come questo verrà modificato. Bene, lasciamola aspettare, lasciamo che scopra con il tempo che nulla è stato cambiato. Le avrebbe lasciato il denaro. Lei lo aveva privato della fede negli esseri umani, lo aveva fatto a pezzi, ma gli aveva anche dato la gioia più grande che lui avesse mai conosciuto. Ecco perché le avrebbe lasciato il denaro.

Strano, pensò, il modo in cui gli eventi si sovrapponevano e cambiavano importanza. La perdita di suo padre aveva quasi cancellato l'inutile rabbia che provava verso di lei e il tradimento di Ian; erano rimasti solo sfinimento e amarezza.

Rivolse lo sguardo ad Happy, che era stata tradita ma non lo sapeva. Era occupata come sempre, stava servendo i sandwich. Si chiese che cosa ne sarebbe stato di lei, povera donna, quando i due avessero elaborato i loro progetti definitivi.

E io sto morendo, disse a se stesso; nonostante le promesse dei dottori, so che è così. Così restano solo Sally e Dan, due brave persone, che non hanno proprio nulla di cui preoccuparsi.

Mancava poco alla fine dell'anno quando Sally ritornò nello studio della dottoressa Lisle. Non era cambiato nulla, né il volto semplice della dottoressa né la vista desolata del magazzino che si godeva dalla finestra alle sue spalle.

«Credo che per lei sia una sorpresa rivedermi», cominciò timidamente.

«Non necessariamente. La gente va e viene.»

«Cioè», disse Sally nervosa, «l'ultima volta, quando me ne sono andata, io, mi dispiace, credo di essere stata piuttosto brusca.»

La dottoressa attese.

«Le sue parole mi avevano profondamente scioccato, per cui ero esterrefatta, non riuscivo proprio a crederci e forse provavo persino un po' di rabbia nei suoi confronti. So che sembra ridicolo, vero, ma ero sicurissima che lei si stesse sbagliando.»

Si sentì il rombo di un motore che fu subito seguito da un altro. Il frastuono riempì la stanza costringendo Sally a interrompersi. Durante questa pausa, le due donne non poterono fare altro che osservarsi a vicenda.

Forse potrei aprirmi con una persona così obiettiva, pensò Sally, se solo avessi il coraggio di parlare con qualcuno, coraggio che però mi manca. Solo un'ora prima al supermercato aveva udito un gruppetto discutere dell'omicidio. «Davvero brutale, un uomo anziano tanto gentile.» Sally aveva sentito un tonfo nelle sue parti vitali, il cuore, i polmoni, tutto era fuoriuscito da lei per cadere sul pavimento.

«Mi stava dicendo», le ricordò la dottoressa, «che era sicura che mi stessi sbagliando.»

«Sì, ma sono tornata perché in realtà aveva ragione.» Poi, con gli occhi che si stavano riempiendo di lacrime, aprì la borsetta per cercare un fazzoletto, senza però trovarlo.

«Ecco un fazzolettino», disse Katie Lisle, «non abbia fretta.»

Quell'improvvisa gentilezza servì solo a dare l'avvio ad altre lacrime e a una serie di scuse imbarazzate.

«Le sto facendo perdere tempo», mormorò.

«Abbiamo due ore. Quando mi ha chiamato ho pensato che forse avrebbe avuto bisogno di un'ora in più.»

«Grazie.» Come aveva giudicato male quella donna! «Mi riprenderò, mi permetta di raccontarle che cosa è accaduto... »

E così le raccontò la storia di Tina e della giostra, non parlò invece dell'esperienza di Amanda. Era inutile farne un tutt'uno con la vicenda di Tina. Non menzionò neppure Oliver e si limitò a dire sempre «lui».

«Dato che dovrò lavorare con Tina, dovrò utilizzare un nome, signora Grey.»

Se la dottoressa faceva parte della vecchia comunità cittadina, pensò Sally, sarebbe stato imprudente rivelarle il nome, il collegamento con la morte di Oliver sarebbe stato immediato. Inoltre, persino gli ultimi arrivati avevano letto i giornali! Ma non c'era via d'uscita.

Sally disse con voce molto bassa: «Era lo zio di mio marito, Oliver Grey».

La dottoressa non fece alcun commento. Rispettando il suo stile, attese che l'altra continuasse.

L'aveva fatto, pensò Sally, aveva lasciato un'impronta, un segno. Katie Lisle avrebbe potuto farne ciò che più desiderava. E se anche non avesse detto nulla, c'erano sempre gli altri, qualcuno incontrato per caso sulla strada che, all'improvviso, anni dopo il fatto, ricorda qualcosa. C'erano le parole innocenti sfuggite per errore, pronunciate magari da lei stessa... Non sarebbe mai stata al sicuro, non sarebbe mai più stata libera.

«Sì, l'uomo che è stato... che è morto la settimana scorsa. Un'incredibile coincidenza. Due cose completamente scollegate», aggiunse subito e un attimo dopo si rese conto che quell'osservazione era stata davvero stupida, molto stupida.

«Certo, scollegate», disse la dottoressa Lisle.

«Certo.»

Sempre peggio. Sono un relitto, pensò Sally.

«Dottoressa, perché Tina non mi ha mai detto nulla e invece ha parlato subito con lei?»

«Per prima cosa, non ha parlato subito con me. Quando per caso è emerso qualcosa dal gioco, ho raccolto l'indizio e ho proseguito su quella strada. Secondo, per quanto riguarda il motivo per cui Tina non si è confidata con lei, penso che temesse una punizione da parte sua.»

«Ma non siamo genitori che puniscono spesso. Anzi.»

«Tina è una bambina molto sveglia. Le aveva detto di non permettere a nessuno di toccarla e lei... perlomeno nella sua mente, aveva disobbedito. Inoltre, mi ha detto lei stessa che era stata minacciata e persuasa con la giostra d'argento. Non è così semplice, signora Grey.»

Sì, è semplice, pensò Sally, non c'è alcuna speranza. È un tunnel lungo diritto e buio e non si intravede alcuna luce alla fine. Ecco che cos'è.

«Ha chiesto a Tina se è disposta a tornare da me?»

«Tornerà. Se lei fosse stata un uomo si sarebbe certo rifiutata ma quando le ho chiesto se fosse disposta a giocare ancora con la signora, ha accettato. Dottoressa, dottoressa Lisle, mi dica... riuscirà mai a superare tutto questo? È possibile...» Non poté continuare.

«Non dimenticano, ma è possibile insegnare loro come convivere con quel che hanno vissuto e, quando saranno abbastanza grandi, ad accettarlo.»

«Non ha mai parlato di perdono.»

«Qui entriamo nel campo spirituale», rispose Katie Lisle sorridendo, «e io non sono un prete. Posso solo fare il possibile per guarire.»

«Crede davvero che Tina possa crescere, stare bene ed essere felice, come gli altri?»

La dottoressa sorrise di nuovo. «Sì», disse, «lo credo.»

Sally ringraziò la donna e uscì pensierosa. *Povera Tina! Ho fatto tutto il possibile per te.*

Sulla via del ritorno, oltrepassò la via che conduceva al cimitero dove Oliver Grey riposava in un mausoleo di granito. Nel passare, sollevò il pugno.

«Non volevo farlo, ma l'ho fatto e te lo meritavi, Oliver Grey.»

Durante le ultime notti ma anche gli ultimi giorni, in momenti distinti era balenata davanti ai suoi occhi l'immagine di un'alta prigione grigia e massiccia collocata sulla collina. Come avviene sullo schermo di un computer, quella visione durava un attimo. E Sally sapeva, dentro di sé sapeva, che quello era quanto l'attendeva.

Era ora che raccontasse tutto a Dan. Avrebbe iniziato con la storia di Amanda, per poi proseguire con quella di Tina e finire con la sua.

«Oggi ho visto la dottoressa Lisle», cominciò. «Ricordi, avevamo stabilito il primo giorno dell'anno.»

«Sì. Esatto.» Dan la studiò, corrugando leggermente la fronte. «Povera Sal! Non ne puoi più. Si sono accumulate troppe cose, la preoccupazione per Tina e poi Oliver. Vorrei poterti portare lontano, su una spiaggia, dove potresti riposarti.»

«Accompagnami a fare quattro passi sulla neve adesso. Ho bisogno di parlarti.»

Sotto i piedi, la neve era solida e le stelle splendevano alte nel cielo. In giro non c'era anima viva, non c'era traffico, la notte era silenziosa e pura e Sally aveva l'impressione di commettere un atto vandalico parlando. Ciononostante, doveva farlo. Così, aprì le labbra e cominciò: «Quando Amanda venne a vivere ad Hawthorne...»

Dan ascoltò il racconto fino alla fine, senza mai interromperla.

«Poi, quando se ne fu andata, Lucille rimase uccisa. Amanda crede che si sia suicidata.»

«È vero?» chiese Dan.

«È vero.»

«Be', vuoi che ti dica che cosa ne penso? Credo che sia completamente svitata. È sempre stata eccentrica. L'ho sempre pensato, fin da quando sono stato abbastanza grande da capirlo. Eccentrica. Instabile.»

«Ma non capisci che questo era il motivo?»

Dan si fermò, ponendosi di fronte a Sally. «No, assolutamente no. Questa è solo un'altra faccenda inventata. Non sto dicendo che siano tutte fantasie, lo so.»

Con rabbia, diede un calcio a un cumulo di neve sul lato della strada. «Abbiamo già parlato di cose del genere in passato», continuò, «quando Tina vide per la prima volta quella donna. Ma questa è pura follia e sono certo di sapere il perché.»

Sally avrebbe preferito non sentire Dan chiamare la dottoressa Lisle «quella donna», ma c'erano questioni più importanti da affrontare, quindi preferì lasciar perdere e disse solo: «Dan, non è un'invenzione. Io c'ero. Se avessi potuto vedere la faccia di Amanda e come piangeva! Era a pezzi».

«Benissimo, anch'io sono a pezzi quando penso a Oliver. Un uomo di soli sessant'anni che avrebbe potuto vivere ancora a lungo e fare del bene a molte persone! Non intendo sprecare la mia compassione per mia sorella. Questa storia è assolutamente folle, Sally e sono stupito che tu ci abbia creduto.»

Prendendolo per il bavero, Sally lo guardò dritto negli occhi. C'era luce sufficiente perché lei riuscisse a leggervi una legittima indignazione.

«Ascoltami», insistette, «devi credermi, Dan, tua sorella stava dicendo la verità. Ci sono cose che si *sentono*, be' io lo sento.»

«Dolce Sally, sei sentimentale», disse lui più calmo. «Lo sei sempre stata.»

«Non me lo hai mai detto prima. Mi hai sempre detto che sono un' astuta donna d'affari.»

«Sì, ma allo stesso tempo sei anche tenera. È questo che mi piace in te. Ma non puoi lasciarti imbrogliare da una manciata di lacrime, Sally. Amanda è fuori di sé perché non vogliamo darle la sua parte di azioni, così voleva mettere Oliver nei guai. Maledetta!» Diede un altro calcio al cumulo di neve. «Dovrà avere pazienza ancora per poco, appena la foresta sarà stata venduta avrà i suoi soldi.»

«Vorrei tanto che tu mi credessi, Dan.»

Sally sapeva di avere un tono pietoso, ma il computer aveva ripreso a mostrarle quella grande prigione grigia e lei aveva perso la forza di combattere.

«È possibile», ribatté Dan, seccato, «che Amanda sia stata a Red Hill dopo essere venuta da te?» Poi, vedendo l'orrore sul volto della moglie, si corresse. «No, te l'ho già chiesto ed è un'ipotesi stupida come la storia di Amanda. Entriamo. Qui fuori si gela.»

Si era liberato di lei in quattro parole! pensò Sally. Ciononostante, era impossibile biasimarlo. Che cosa sarebbe successo se qualcuno le avesse parlato così di suo padre? Sarebbe stato inconcepibile.

Prima o poi, però, si disse, avrebbe dovuto riprovarci, avrebbe dovuto raccontare anche l'altra parte della storia, quella peggiore. Ma non adesso. Aveva bisogno di dormire, di dimenticare per qualche ora. Se solo quella prigione non fosse nuovamente apparsa nei suoi sogni...

17

Febbraio 1991

AMANDA scese con un salto dalla funivia sulla cima di Nob Hill. L'aria fresca della primavera le accarezzò il volto e lei sentì che non era ancora pronta per chiudersi in casa. Si sedette in un piccolo parco dove alcuni bambini stavano giocando, e mentre li osservava si sentì pervadere da uno straordinario senso di leggerezza.

La giornata in ufficio era stata particolarmente lunga e persino più piena del solito di colloqui disperati. Ce n'era stato uno in particolare, con una ragazza di sedici anni, sensibile e riservata, fuggita da casa. Aveva già visto la stessa ragazza due volte prima di allora e non era mai riuscita a ottenere molte informazioni. Ma quel giorno qualcosa aveva acceso una lampadina nella sua mente e senza che se ne rendesse conto, Amanda aveva cominciato a parlare.

«Sono stata molestata», aveva confessato. «È stato mio zio quando ero più giovane di te. Mi vergognavo di parlarne con qualcuno e questo è stato il mio grande errore.»

La ragazza l'aveva guardata con occhi indescrivibili, gli occhi sbigottiti di un animale preso in trappola ed era scoppiata in lacrime. Dopo un po', con il braccio di Amanda intorno alle spalle, aveva finalmente cominciato a parlare.

Forse non era stato un atteggiamento professionale, anzi,

probabilmente era così, pensava ora, ma aveva funzionato. La ragazza aveva acconsentito a farsi vedere da un medico e a trasferirsi nella casa, o rifugio o come si preferiva chiamarla, gestita da Amanda.

Ripensando a tutto questo, Amanda provò ancora una volta quella straordinaria sensazione di leggerezza. Rimase seduta fino al calar del sole, ripensando a molte cose e durante la cena solitaria, continuò a riflettere su quella strana sensazione di leggerezza.

«Sheba», disse al gatto che si era acciambellato ai suoi piedi, «è perché i segreti sono pesanti da portare e io ho conservato il mio per troppi anni. Dovevo liberamene. Ma non credere che leggerezza significhi automaticamente felicità, e questo a prescindere da cosa vuol dire felicità. No, non è così. Vuol dire solo liberare la mente per lavorare in maniera più intelligente.»

Terminata la cena, si sedette accanto alla finestra dove l'ampia vista abbracciava la baia fino al ponte e si estendeva ulteriormente a est, lontano. Quando il gatto si sistemò con un salto di fianco a lei, sollevando verso l'alto il musetto fatto a cuore con quei furbi occhietti verdi, Amanda riprese a parlargli.

«Non riuscirò mai a capire davvero come quell'uomo abbia potuto vivere con i suoi segreti. Spero che si sia ritrovato madido di sudore durante tutte le notti insonni. Ma probabilmente non è così. È buffo, ho avuto bisogno di tutti questi anni per prendere una decisione: andare là ad affrontarlo, accusarlo e costringerlo a pagare. Ovviamente, come ha detto Sally, sarebbe stato un ricatto e questa è una cosa davvero brutta. Ora la sua morte mi ha risparmiato una brutta azione o forse dovrei dire che mi ha 'defraudato'? In ogni caso, è finita.

«C'è un'altra cosa buffa: non voglio più i soldi. Non ne vale la pena. Ne ho abbastanza, più che abbastanza. Come mi disse una volta Todd... Chissà che fine avrà fatto? Ormai è passato quasi un anno dall'ultima volta che è stato qui, seduto su quella sedia. 'Hai la tua parte', mi disse e aveva ragione. L'avvocato ha pensato che fossi impazzita quando ieri ho telefonato per comunicargli che ritiravo le accuse contro la Grey's Foods. 'Sono alle strette', ha detto. 'Sono costretti a darle qualcosa almeno per la funzione di disturbo.' Funzione di disturbo! No, non voglio disturbare nessuno. Ho un'opinione di me stessa troppo alta per fare questo. 'Ma possiamo rilevare l'azienda', ha detto. 'Abbiamo già trovato persone straricche, Amanda.' No, il caso è chiuso.

«E ora sto bene, Sheba. Non ho mai avuto intenzione di ferire Dan o chiunque altro non mi abbia mai fatto del male, e soprattutto ora, poiché qualcosa mi dice che Dan sta passando un momento terribile.»

Si alzò e andò al telefono, prese il ricevitore e lo riappoggiò, incerta sul da farsi. Il messaggio per Dan relativamente al capitale aziendale era semplice, anzi, sarebbe stato un piacere sentirsi di nuovo ragionevole e magnanima. Ma c'era qualcos'altro che l'angustiava da oltre un mese, da quando, quel giorno, aveva abbandonato Scythia.

Sono convinta che è stata Sally, ripeté a se stessa per la centesima volta. Si è presa la briga di dirmi che quella sera lei era andata al cinema. Era così nervosa da non riuscire quasi a parlare. A meno che io non sia completamente pazza...

C'erano troppe coincidenze. La morte dell'uomo, la sua storia che Sally aveva ascoltato con evidente orrore, la giostra, il comportamento patologico di Tina e quegli ultimi momenti sulle scale, quando per la seconda volta il volto di Sally aveva tradito orrore, come se in quel preciso istante avesse capito la verità... Tutto combaciava.

Non tralasciano nulla, quegli investigatori, pensò. Mi hanno sottoposto a terzo grado semplicemente perché ho restituito l'auto a noleggio solo la mattina dopo essere andata a casa di Dan. Scopriranno che cosa è successo. È possibile che facciano finta di niente per mesi, ma prima o poi troveranno la prova.

Mio Dio, povera ragazza, povere bambine, povero mio fratello!

Questa volta prese il telefono e compose il numero. Sulla costa orientale era tardo pomeriggio e probabilmente Dan era in casa. Quando qualcuno rispose, forse la tata, Amanda chiese di parlare con lui. Dopo un attimo, si presentò Sally offrendosi di riferirgli il messaggio.

«Be', si tratta di affari e tu mi hai detto di non aver nulla a che fare con l'azienda», continuò Amanda.

«È così, ma posso prendere un messaggio.» Sally esitò. «Il problema, Amanda, è che Dan non vuole parlare con te. È molto arrabbiato, arrabbiato e ferito. Gli ho raccontato di Oliver, ma non vuole crederti.»

«Ma tu sì.»

«Sì, io sì.» Ancora una volta, esitò. «Dan amava tantissimo Oliver. Prova per lui una profonda gratitudine e un grande rispetto e non sopporta che tu possa parlarne così.»

Nonostante la sua gentilezza, dentro Sally ardeva un potente fuoco. Non aveva paura di una verità sgradevole. Avrebbe potuto mentire dicendo che Dan aveva ospiti o non si sentiva bene, ma non l'aveva fatto. Era stata diretta. Amanda l'aveva apprezzato. È proprio questa qualità, pensò ancora, che mi fa dire con certezza che quella notte Sally affrontò il problema di persona.

«Capisco», disse con sincerità. «Allora per favore di' a Dan, in modo che lui possa riferirlo agli altri, che ritiro la citazione e mi dichiaro soddisfatta degli accordi finanziari esistenti da sempre e che, per me, possono fare quello che vogliono della foresta.»

Sally era sbigottita. «Ma il tuo progetto, il tuo lavoro con le ragazze bisognose! Il terreno che intendevi acquistare e tutti i tuoi sogni!»

«Una volta, durante una discussione, Dan mi ha detto che i miei progetti erano pomposi e aveva ragione. Posso essere altrettanto utile, e magari di più, anche in scala più ridotta.»

Dan l'aveva accusata di volersi mettere in vista e anche in quel caso non aveva sbagliato. «Non avevo bisogno davvero di tutti quei soldi», continuò. «Volevo solo torturare Oliver.»

«Capisco molto bene», le rispose Sally, parlando con un tono di voce talmente basso che Amanda non fu certa di aver udito con esattezza e le chiese di ripetere la frase.

Dopo che Sally l'ebbe fatto, Amanda domandò: «Sei sicura di star bene?»

All'improvviso, la voce assunse un tono sbrigativo e un'intonazione di sorpresa. «Certo. Perché non dovrei?»

Amanda capì che la sua domanda apparentemente innocente si era spinta troppo oltre. Sally si era messa in guardia. Ciononostante, continuò a sondare.

«Come sta Tina?» chiese.

«Oh, bene. Mi spiace che tu l'abbia vista proprio quando era di pessimo umore. Ma come hai detto anche tu, capita a tutti di tanto in tanto.»

«Questo è sicuro.»

«Comunicherò a Dan il tuo splendido messaggio. Sarà accolto con grande gioia, soprattutto ora, dopo tutto quello che è successo, e con Clive così malato. Sono certa che Dan ti chiamerà appena sarà tornato in sé. Te ne sarà molto, molto grato.»

La conversazione finì così. Amanda non aveva scoperto nulla. In fondo, non poteva certo aspettarsi che Sally le dicesse:« Ho ucciso Oliver Grey, no?»

Un sabato, durante uno splendido pomeriggio, era seduta sola con un libro. Era una giornata troppo bella per starsene chiusa in casa, sebbene fosse di cattivo umore; non si trattava di malinconia, ma di una sensazione simile, l'impressione che qualcosa d'importante fosse rimasto in sospeso.

Non aveva intenzione di perseguitare un uomo, e men che meno Todd, perché sebbene potesse sembrare assurdo, l'aveva amato davvero. Per quanto ne sapeva, ormai poteva anche essere sposato. Tuttavia, desiderava che conservasse una buona opinione di lei; era un peccato pensare che in futuro, se mai qualcuno per caso avesse fatto il suo nome, lui dovesse ricordare le ultime ore trascorse insieme, che certamente non erano state tra le migliori della sua vita. Voleva fargli sapere che aveva ritirato la causa contro l'azienda di famiglia, proprio come gli aveva consigliato lui.

Così si sedette e gli scrisse una lettera semplice, poche righe, per comunicarglielo.

Due giorni più tardi ricevette la risposta per telefono. Quando udì la sua voce, quella voce profonda da attore per la quale una volta l'aveva preso in giro, si sentì quasi svenire. Ma non aveva perso il suo orgoglio.

«Non volevo intromettermi», cominciò.

«Non ti stai intromettendo! Mi hai spedito una lettera davvero bella. Volevo ringraziarti.»

«Be', dovevo dirtelo.»

«Proprio una bella lettera.»

Se ne stavano lì, collegati da un capo all'altro della città a una serie intricata di cavi, apparentemente incapaci di dirsi addio con grazia. Dopo quelle poche parole, sembrava che non ci fosse più nulla da aggiungere.

Con una fretta maldestra Amanda ruppe il silenzio ricorrendo a una domanda banale. «Va tutto bene, vero?»

«Oh, sì, il solito lavoro. Ho fatto un bel viaggio in Messico con mio fratello e la sua famiglia il mese scorso. Nessun'altra novità.»

Allora non era sposato, pensò lei, e probabilmente non aveva neppure una relazione seria, altrimenti non sarebbe andato in vacanza con i parenti. D'un tratto, Amanda provò un profondo imbarazzo. A cosa stava pensando? Era ormai passato un anno, era una storia finita, morta e sepolta.

«E tu? È successo qualcosa di interessante?» chiese Todd.

Interessante. Furia. Crisi. Omicidio.

«Sì, abbastanza. Ma una storia troppo lunga e noiosa per poter essere raccontata al telefono.»

«Io non mi annoio facilmente. E se ti venissi a trovare stasera per ascoltarla?» Prima che Amanda riuscisse a rispondere, lui aggiunse: «Non so se hai voglia di rivedermi, se non te la senti...»

«No, no, vieni. Ne sarò felice.»

Amanda non si era mai fatta troppi problemi su cosa indossare. «Prendetemi come sono», avrebbe risposto a chiunque avesse affrontato l'argomento. Quella sera, però, era diverso e quando giunse l'ora dell'appuntamento lei aveva provato tutti i maglioni e tutte le gonne di vari colori (troppo da scolaretta), una vestaglia in velluto (troppo seducente e in quel caso del tutto fuori luogo), un abito elegante in seta nera (troppo formale), un abito in lana rosa (no, sembro un confetto). Poi il campanello suonò. Ed ecco Todd, con in mano un vasetto di tulipani rosa.

«Li vendevano all'angolo», disse. «Qualcosa mi diceva che saresti stata vestita di rosa.»

«Angeliche, i miei fiori preferiti.» Un rosa splendido, perfettamente abbinato al vestito.

Andarono in salotto, che si affacciava sul famoso panorama, e si sedettero. Erano entrambi rigidi e impacciati. Era quasi divertente. O forse era triste che tutto questo potesse accadere a due persone che un tempo erano state tanto vicine, ma non abbastanza.

Fu Todd ad avviare la conversazione. «Vedo che Sheba è in ottima forma.» Il gatto era entrato e si era attorcigliato attorno alle caviglie.

«Oh, sì, riceve le cure migliori. Tutte le vitamine.»

Per un attimo, non ci fu nulla da dire. O forse, pensò Amanda, c'era troppo da dire.

«Avevi una lunga storia da raccontarmi, troppo lunga per raccontarmela al telefono.»

Un anno prima, pensò, sarebbe morta piuttosto che rivelare una tale vergogna a Todd, proprio a lui. Quel pensiero svanì, e preso un lungo respiro, Amanda cominciò a raccontare con coraggio, senza grandi difficoltà. «Dopo che i miei genitori morirono, quando andai a vivere ad Hawthorne...»

Todd non batté ciglio. I suoi occhi non si staccarono mai dal volto di lei, sebbene lo sguardo di Amanda fosse puntato sulla baia e sul ponte.

«Ecco qual era il problema», disse lei al termine della storia. «Volevo rovinarlo, volevo tagliargli la sua amata foresta, prendere un pezzo della sua azienda e gettare tutto nello scompiglio. Tutto.»

Todd era rimasto ad ascoltare con grande attenzione. A questo punto, disse con tono serio: «Vorrei che me ne avessi parlato prima. Avrebbe spiegato molte cose». Si fece più vicino e le prese le mani. «Non credi di aver bisogno di aiuto? Bisogno di parlarne con qualcuno? Non è una cosa semplice, che tu possa superare da sola, penso.»

«Io penso di farcela. Se avrò bisogno di aiuto, lo cercherò. Ma è incredibile come, nell'attimo stesso in cui ne ho parlato con Sally, mi sono sentita liberata. Non ero più stata libera da allora e poi, all'improvviso, mi sono tolta dalle spalle quel tremendo fardello. Non mi sentivo magnificamente, ma mi sentivo libera.»

«Meriti di sentirti magnificamente, Amanda.»

Il sole ormai basso disegnava una larga striscia dorata sullo specchio appeso alla parete opposta. Volgendo lo sguardo da quella parte, Amanda vide una scena: una donna seduta e un uomo proteso verso la donna in una posizione che poteva indicare interesse, premura o forse desiderio? E pensò: Ora che sono pronta ad appartenere a un uomo, ad appartenergli nel modo migliore, senza inibizioni o paure, spero proprio che si tratti di desiderio.

«Devo farti una confessione», disse Todd all'improvviso. «Durante gli ultimi mesi sei sempre stata nei miei pensieri. Non so dirti quante volte mi sono avvicinato al telefono, ho iniziato a comporre il tuo numero e poi ho riattaccato. Desideravo così tanto tenermi in contatto, toccarti ancora ma qualcosa mi tratteneva. Avevo paura.»

«Paura di cosa?» chiese lei.

«Temevo che potessi ferirmi ancora. L'ultima volta avevamo troncato in maniera definitiva. Pensavo che non mi volessi.»

«Era la stessa cosa per me! Anche quando ti ho scritto quel biglietto qualche giorno fa, subito dopo averlo infilato nella buca delle lettere ho pensato che sarebbe stato meglio non averlo fatto.»

«Ma perché?»

Doveva essere completamente onesta. «Credevo», disse, «che avessi trovato una persona meno complicata, una persona che ti desse meno problemi di me.»

Todd sorrise scuotendo il capo. «No. C'erano tante persone ma allo stesso tempo non c'era veramente nessuno.»

I loro occhi si incontrarono, quelli di lui ricordavano il blu dell'oceano, così dolci su quel volto spigoloso.

«Vedrai che sono diversa», disse lei.

«Non troppo diversa, per favore.»

«Solo in un senso.» Si alzò. «Ti dirò qualcosa che non sarei mai riuscita a dire prima di ora.»

«Amanda, tesoro, dillo in fretta.»

«Vorrei fare l'amore con te. Se tu mi vuoi. Altrimenti, dimmelo chiaro e io non ti infastidirò più.»

Non rispose ma, abbracciandola, la condusse fino alla camera da letto dove l'aiutò a sdraiarsi, baciandole la gola e gli occhi, poi si chinò su di lei, staccò il telefono e la fece sua.

18

Febbraio 1991

DAL funerale del padre, Clive non aveva fatto altro che pensare alla morte. Non c'era nulla di cui meravigliarsi, pensava Roxanne; l'assassinio di Oliver, assieme a tutti gli altri problemi, avrebbe potuto schiacciare un uomo molto più forte di Clive.

«Che differenza fa se vivo o muoio?» aveva chiesto. «Non lascerò nulla dietro di me. Una splendida casa, un guscio. Un'affascinante donna incinta, di qualcun altro, sia la donna sia il bambino.»

Come avrebbe potuto consolarlo? La situazione era davvero tragica. Era triste anche il fatto che una persona dovesse ammalarsi prima di ricevere tanta attenzione: Happy aveva realizzato per lui un giardino di bonsai alla giapponese su un piatto verde giada, persino Amanda aveva telefonato dalla California e Sally, del tutto ignara, gli aveva regalato una fotografia di Roxanne. In quel ritratto di tre quarti, Roxanne aveva l'aria angelica, con il capo chino su un bouquet di boccioli di rosa legato da splendidi nastri; la foto, sistemata in una cornice d'argento, era stata posta sul tavolo in modo che Clive, dalla sua poltrona, non potesse fare a meno di vederla ogni volta che sollevava lo sguardo.

«Preferisci spostarla, vero?» gli aveva chiesto Roxanne.

«Lasciala lì. Mi piace la cornice.»

Quella lingua, che una volta le aveva rivolto solo parole dolci, ora tagliava come un coltello ed era evidente che voleva farle capire che cosa significava essere messi da parte, gettati via, senza speranza.

Un giorno gli disse timidamente: «Ian vorrebbe vederti».

«Oh, allora sei in contatto con lui?»

«Solo al telefono. Vuole parlare con te.»

«Non riesco proprio a immaginare che cosa voglia dirmi.»

«Vuol parlare di quello che è successo.»

«Non c'è più nulla da dire. E fagli sapere di non presentarsi perché sarei costretto a buttarlo fuori. Hai capito?»

«Sì. L'hai già detto quella notte, hai detto che mi avresti buttato fuori e non l'hai ancora fatto. Vuoi che ora me ne vada?»

«Fa' come ti pare.»

«Hai bisogno di attenzione, hai bisogno di riprenderti, e io posso cucinare per te», rispose lei, cosciente di aver adottato un tono umile sebbene non fosse sua intenzione.

Clive le lanciò un'occhiata di derisione. «Non è così difficile assumere un cuoco, sai.»

Roxanne abbassò il capo. Per lei era un'esperienza nuova sentirsi umiliare.

«Che cosa succede?» chiese. «Ian ha chiuso con te?»

«Sì. È finita.»

«Non ci credo. Te l'ha detto lui?»

«No, ma l'ho capito. Una donna capisce molte cose.»

«Oh, sì, una donna capisce davvero un'infinità di cose. Perché piangi?» la schernì, vedendo che si stava asciugando una lacrima con il dorso della mano. «Puoi restare. Io non rimarrò qui ancora a lungo. Prima dell'estate vi ritrovere tutti riuniti al cimitero.»

Da quella notte orribile, per tutti i giorni che erano seguiti, Roxanne aveva pianto ben poco, era stata troppo sciocca-ta e spaventata per piangere. Ultimamente, però, aveva sempre le lacrime in tasca. Clive rimase a osservarla mentre lei si sforzava di ricacciarle indietro.

«Io non piango, perché dovresti farlo tu? Forse la mia morte servirà a qualcosa. Il mio corpo, quel che resta di questa carcassa, andrà alla scienza, e forse qualche cervello fine riuscirà a trovare un'indicazione in qualche pezzo di Clive Grey. 'Ah, ah!' dirà, 'eccomi, sono la risposta all'enigma del cancro, era ora che mi trovaste.'»

«Smettila!» Roxanne scoppiò in lacrime e uscì di corsa dalla stanza, salì le scale e si rifugiò nella camera dove ora dormiva sola. Faceva freddo, aveva freddo. Il gelo le entrò nelle ossa, così Roxanne prese un pesante maglione dall'armadio. FATTO A MANO, diceva l'etichetta e MADE IN FRANCE. Era uno dei regali di Clive. Ma non era tutto un regalo di Clive? Si sentì avvampare per la vergogna. Era tutto così brutto, brutto.

Avvicinatasi alla finestra, rimase a osservare il giardino coperto di neve, il punto dove c'era l'aiuola di rose, e si chiese dove sarebbero stati loro alla prossima fioritura. Forse era vero che per allora Clive sarebbe morto, che la sua misera vita sarebbe finita. Davvero, non meritava proprio una fine simile. E io, pensò Roxanne, io non volevo che le cose finissero così. Non so che cosa abbia potuto pensare, o se abbia davvero pensato, o solo sentito, voluto…

L'orologio sul pianerottolo suonò la mezz'ora. Roxanne ricordò il giorno in cui l'avevano acquistato. Ricordò la felicità di Clive, «una gemma», così l'aveva definito. Ogni domenica mattina lo caricava e ogni domenica mattina le spiegava quanto fosse importante non esagerare. Era un animo davvero gentile! Se solo l'avesse amato così come lui voleva! Lui mi amava davvero, pensò. Ero per lui ciò che Ian era per me…

Attraverso un velo di lacrime, Roxanne continuò a scrutare nel buio del pomeriggio. Ben presto, udì Clive salire le scale ed entrare nella stanza, ma non si voltò finché lui non le toccò una spalla.

«Non avrei dovuto parlarti così», le disse con dolcezza, «mi dispiace. Mi vergogno.»

«Non preoccuparti. Capisco.»

«Ho troppi pensieri. Tento di allontanarli e di solito ci

riesco ma ogni tanto ritornano e talvolta mi chiedo se tu e Ian non vi conosceste già prima che ci sposassimo. Si comportò in maniera davvero strana il giorno che ti feci conoscere papà. Poi ripeto a me stesso che è una teoria tanto tirata per i capelli da essere ridicola.»

Roxanne non rispose. A che cosa sarebbe servita la verità, ormai? si chiese.

«Se solo riuscissi a togliermi dalla testa l'immagine di voi due a letto!» Chiudendo gli occhi, Clive scosse il capo come se stesse davvero tentando di scacciare quella visione. Poi, riaprendoli, disse con voce tranquilla: «Ma queste cose non aiutano nessuno dei due».

«Non preoccuparti. Capisco», ripeté lei.

«Sì, credo di sì. Sei stata gentile con me da quando... da quando è accaduto tutto.»

«Ho voluto esserlo. È così che mi sento.»

«Cristo, la vita è dura.»

«Non si può mai sapere che cosa ci aspetta, vero?»

«Sei preoccupata per il tuo futuro? Non devi esserlo, starai bene», le disse. «Davvero.»

«Dicevi sul serio quando parlavi del cim... di morire?»

«No. Sono le cose che si dicono quando si è arrabbiati.»

«Spero, lo spero davvero, Clive, sei troppo giovane per morire.»

«Penso che Sam Jenks in fondo alla strada la pensi allo stesso modo», disse Clive. «Dopotutto, ha solo novantun anni.»

«Lo credo anch'io.»

«Avanti, sorridi. Non voglio vederti triste. E voglio che tu rimanga, Roxanne. Questa è la tua casa, sempre che tu voglia restare, certo.»

«Grazie. Resto.»

«Allora vieni di sotto. Possiamo guardare la TV insieme. Dammi la mano.»

«Per quanto possa sembrare strano», disse Dan, «una delle cose positive rimaste per lui è Roxanne.»

Era domenica pomeriggio e stavano andando a trovare Clive. Durante la settimana precedente, era stato in ufficio solo una volta e solo per mezza giornata.

«Sì», continuò Dan, «all'inizio non avrei mai creduto che si sarebbe rivelata una persona così casalinga, così attaccata. Sta cercando in tutti i modi di farlo guarire. Sai, nonostante tutto, credo che ce la farà. Non ha un bell'aspetto, ma questo era prevedibile dopo la chemioterapia. È stato Oliver a dargli un brutto colpo. Dannazione! La polizia sembra brancolare nel buio. Non hanno neppure trovato l'arma.»

«E se anche dovessero trovarla, cosa faranno?» chiese Sally.

«Dipende da dove la trovano, da dove è stata acquistata, se si trattava di una pistola autorizzata o meno, qualsiasi tipo di indizio.»

Sally stava pensando: Quando potrò dirglielo, come potrò farlo? Addossargli questo peso, costringerlo a diventare mio complice dopo il fatto. Non posso farlo. Non posso dire al medico che sto male, che non dormo, che il cibo si rifiuta di scendere e talvolta risale. Sto male...

L'auto superò il piccolo centro commerciale. C'era gente che stava facendo la spesa, station wagon cariche di bambini e cani. La vetrina del pasticcere proponeva scatole di cioccolatini per San Valentino, grossi cuori rossi con bei fiocchi bianchi. Doveva ricordarsi di acquistare due piccoli cuori di cioccolato per le bambine. Ormai Susannah era abbastanza grande da allungare le braccia e pretendere tutto ciò che aveva Tina.

Pensò: Che ne sarà di loro se mi scopriranno e mi chiuderanno in prigione? E Dan? E i miei poveri genitori?

«Non capisco», disse Dan, «come Ian possa essere tanto ostinato nei confronti di quel matrimonio. Ignora Roxanne. Non è giusto. Si comporta come un duca offeso perché il fratello ha sposato una popolana. Non l'avevo mai ritenuto tanto snob.»

Tutte cose prive di alcuna importanza, stava pensando lei. Se anche non l'avessero mai scoperta, e Sally si rifiutava di credere a questa ipotesi, dato che scoprivano sempre la verità, lei avrebbe dovuto convivere con quell'idea, un'idea tanto letale quanto qualsiasi cosa si fosse sviluppata all'interno di Clive. Si chiese se fosse possibile ospitare un tormento simile senza crollare, senza impazzire e raccontare tutto su una piazza, su una strada o al mercato. E se una notte dormendo avesse rivissuto quell'incubo, se avesse parlato ad alta voce?

«Sei così silenziosa», disse Dan. «Cosa succede?»

Sally teneva lo sguardo fisso davanti a sé, ma sentì che Dan si era voltato verso di lei, così si girò e gli sorrise.

«No, è solo che non ho molto da dire.»

Dan rise e ribatté: «Questo non è da te». Poi aggiunse: «Conosco i tuoi pensieri. Come al solito, starai pensando a Tina».

«Sto pensando», disse lei con sincerità, «che ci sono dei segni di miglioramento.»

«Elencameli.»

«Be', ormai sono due settimane che non ha più un attacco di mutismo. Non è più rimasta incollata a quella dannata giostra. Stamani l'hai vista anche tu mentre giocava con Susannah e le tirava la palla di pezza.»

«Ma ieri ha avuto una vera crisi di nervi.»

«Dobbiamo avere pazienza, Dan.»

Durante l'ultimo colloquio, la dottoressa Lisle le aveva consigliato di non sollevare quell'argomento tanto doloroso con Tina. Nel caso la bambina ne avesse parlato Sally avrebbe dovuto limitarsi a dirle che quell'uomo cattivo se n'era andato e che lei non l'avrebbe visto mai più. Talvolta, Sally sperava che Tina raccontasse a Dan che cos'era accaduto e risolvesse così il suo dilemma personale. Ma Tina non aveva mai sollevato la questione e forse era meglio così perché se Dan avesse appreso i fatti dalla piccola, probabilmente non ci avrebbe creduto. O almeno questa era la sua idea. Ma erano tutte supposizioni.

Quando Sally e Dan furono fatti entrare, trovarono Clive semidisteso sulla poltrona nel suo studio, con un plaid fatto a mano appoggiato sulle gambe.

«L'ha fatto Happy», spiegò Roxanne. «Mi sta insegnando a lavorare a maglia e ho cominciato una coperta per il soggiorno. È giallo limone, un punto semplice, nulla di complesso quanto un plaid. Stando fermi ci si raffredda.»

Aveva un'aria tanto paziente, lì seduta con il lavoro in grembo. Su di lei splendeva un raggio di sole, mentre tutt'attorno la stanza scintillava come un gioiello blu. Sally ricordò il primo incontro e la prima impressione che aveva avuto di Roxanne. Il cambiamento avenuto in breve tempo era... sbalorditivo.

Le sedie vennero disposte a cerchio attorno al convalescente. Dan condusse la conversazione verso argomenti neutri, e più distanti possibile dal cancro, da Oliver o da qualsiasi altra cosa potesse essere angosciosa.

Ciononostante, a un certo punto ritenne opportuno riferirgli la buona notizia del ritiro della citazione da parte di Amanda. Non era mai stato capace di restare arrabbiato a lungo e, con grande sollievo di Sally, aveva avuto una conversazione civile con la sorella durante la quale l'aveva ringraziata con tutto il cuore.

«Ovviamente, non potrò mai perdonarle le accuse indescrivibili che ha rivolto a Oliver», aveva detto a Sally, «perché 'indescrivibile' è l'unica parola adatta. Ora, però, si è comportata davvero bene, così sono disposto a credere che abbia avuto una fissazione mentale nei confronti di Oliver e a chiudere l'argomento.»

«Qual è la sua posizione rispetto alla vendita della foresta?» volle sapere Clive.

«Non prendere posizione. Non le interessa cosa decidiamo di fare.»

«E tu, Dan?»

«Te l'ho già detto. Lasciamo che Ian faccia come meglio crede. Io lo seguirò. L'azienda non ha proprio bisogno di un'altra guerra.»

Clive si raddrizzò sulla poltrona. «Voglio che tu faccia qualcosa per me, Dan», disse con tono enfatico. «Voglio che tu voti contro la vendita.»

Che il cielo ci aiuti, disse Sally tra sé, notando il profondo sospiro di Dan. Ci risiamo, proprio adesso che la faccenda era conclusa.

Dan rispose con voce tranquilla: «È meglio di no, Clive. Quando ho dato a Ian la mia approvazione parlavo sul serio. Questa faccenda ha lacerato la società e non è salutare».

«Se stai dalla mia parte potremmo metterlo in minoranza. Ora che Amanda è disposta a seguire la maggioranza, Ian non ci combatterà in tribunale.»

«Forse sì, forse no. Non c'è solo la ditta che rischia di essere lacerata, ma anche la famiglia.»

«Non vorrai certo vedere un manipolo di investitori, perlopiù stranieri, giungere qui con i loro bulldozer», continuò Clive.

«È vero, ma non mi piace rimangiarmi la parola. Ian e io non ci siamo parlati per settimane, lo sai. È stata la morte di tuo padre a riunirci, a riportarci alla normalità. Non voglio farlo, Clive. Davvero.»

Clive lo implorò: «Non ti ho mai chiesto nulla prima, giusto, Dan?»

«No.»

Né Dan ha mai chiesto nulla a te, pensò Sally proteggendo il marito.

«Be', dato che in linea di principio sei d'accordo con me, perché vuoi accontentare Ian? È ora che mio fratello impari che non può avere tutto ciò che vede, non può afferrare tutto ciò che gli piace ma appartiene a qualcun altro. È ora.» Poi, come se questo sforzo di convincere Dan fosse stato troppo per lui, Clive si abbandonò contro lo schienale. Ma non aveva ancora finito. «Avidità!» gridò. «Avidità.» Agitò le braccia come se stesse facendo appello ai cieli. «Qual è il vero motivo?»

«Ventotto milioni di dollari, ecco il vero motivo», disse Dan senza mezzi termini.

«Che marcisca all'inferno con i suoi ventotto milioni di dollari!»

Questa esplosione di rabbia zittì tutti. Roxanne, che fino ad allora aveva sferruzzato, appoggiò il lavoro e senza che nessuno se ne accorgesse, il gomitolo di lana gialla cadde sul pavimento dove il cagnolino lo afferrò. Imbarazzata e confusa dallo strano comportamento di Clive, Sally cominciò ad analizzare il dipinto di due puledri sulla parete.

Dan disse con voce pacata: «Questo tuo interesse per la conservazione mi incuriosisce. Avevo sempre avuto l'impressione che qualche chilometro quadrato di bosco in più non facesse grande differenza per te. Anzi, l'hai ripetuto più volte».

«È vero, ma non sto parlando per me. Parlo in nome di papà.»

Ancora una volta Clive si raddrizzò tremando sulla poltrona. Dietro le lenti gli occhi luccicavano di lacrime mentre ripeteva: «In nome di papà. La foresta era il suo amore. Per tutta la mia vita e per gran parte della tua, Dan, questo amore ha fatto parte di lui quanto le braccia e le gambe. Passeggiavamo spesso nei boschi e lui mi indicava tutti gli uccelli e gli alberi. Non sono mai stato molto interessato, ma sapevo che cosa significasse per lui. 'Conservatelo', diceva. 'Tenete questo patrimonio intatto per generazioni. Promettimi che quando sarai un uomo ti ricorderai di queste parole'». Due lacrime rigarono le guance di Clive. «Per favore, Dan, fallo per me. Voglio pensare che se in qualche modo papà è ancora presente, veda che non mi sono dimenticato. E se anche non può vederci...»

Dan cominciò a dire: «È molto difficile...» e fu interrotto.

«È stato un padre anche per te, Dan.»

«Lo so, Clive.»

Il cuore di Sally cominciò a battere con quel ritmo che le era tanto familiare ma che la spaventava a morte. In fondo, pensò, un attacco cardiaco non avrebbe potuto essere la soluzione migliore per lei?

«Per favore, Dan, in nome di nostro padre.»

Clive faceva davvero compassione. Conoscendo suo marito, Sally era certa che avrebbe ceduto. Quando finalmente rispose, lei notò ancora una volta quel profondo sospiro.

«Va bene, Clive, parlerò con Ian. Non posso prometterti nulla, ma farò del mio meglio. Chi può dirlo», rispose Dan, fingendo allegria, «forse sarò fortunato ed è persino possibile che Ian si dichiari d'accordo con te.»

«Così siete punto a capo», osservò Sally quella notte. «Clive non avrebbe dovuto chiederti una cosa simile. È stato un anno orribile e tu hai già passato abbastanza guai.»

«Il gruppo europeo arriverà il mese prossimo. L'affare è già stato stabilito, finanziamento e tutto il resto. Per Ian sarà davvero un brutto colpo quando gli dirò che ho cambiato idea.»

«Allora non farlo.»

«Sally, devo farlo. Hai sentito Clive. Ha ragione. Questo è il minimo che noi... che io possa fare per rispettare la memoria di Oliver.»

Mio Dio, pensò Sally. Mio Dio. Tutta la mia vita è solo una finzione. Devo far finta di sentirmi bene, di essere allegra e forte, di provare gioia quando facciamo l'amore. Questo perché mentre sono tra le braccia di Dan riesco solo a vedere quell'uomo che mi dice: «Fallo e io accuserò Dan di molestare sua figlia...»

«Ecco le copie dei documenti arrivati stamattina dalla Svezia», disse Ian entrando nell'ufficio di Dan. «Dagli un'occhiata e controlla se c'è qualcosa che preferisci cambiare, pensaci prima dell'incontro.»

Dan non aveva atteso con ansia quel momento, ma la questione doveva essere affrontata, così disse con tono inflessibile: «Ian, ho intenzione di cambiare tutto. Infatti ho cambiato idea».

«Tu cosa?»

«Ho deciso che non posso andare avanti nell'affare. Sono tornato alla mia posizione iniziale, non voglio vendere.»

Ian sbatté i fogli sulla scrivania spargendo ovunque penne e graffette. «Accidenti», gridò, «eri proprio qui quando mi hai detto: 'Fai quel che vuoi. Lascio a te la decisione'. Non è vero? Non è vero, Dan?»

«Sì e non mi piace rimangiarmi la parola. Non è semplice per me, Ian. Tuttavia, considerando il punto di vista di

Clive, non posso farne a meno. Quando mi ha parlato di tuo padre e di quello che la Grey's Woods ha significato per lui, be', mi ha convinto. Inoltre, è stata davvero dura vederlo così.»

«Certo», disse Ian impaziente. «L'ho visto. Sta morendo. Morirà prima del completamento dell'accordo.»

«Non sono di questo avviso. Dove c'è vita, c'è speranza, e questo non è un cliché.»

«Eccolo, l'inguaribile ottimista. Esci dal mondo delle fate ed entra nel mondo reale. Stiamo parlando di una morte annunciata tanto evidente quanto il naso che hai in faccia e tu stai parlando anche di ventotto milioni di dollari.»

«Non ne ho bisogno, proprio come non ne hai bisogno tu. Ciascuno di noi sta abbastanza bene. Come vorrei fartelo capire e convincerti ad abbandonare l'idea.»

Ian grugnì. «Ricominciamo. Ascolta, sto perdendo la pazienza. Cerca di smetterla con queste fantasie e di considerare seriamente gli affari. Voglio ancora una volta la tua parola che non intralcerai in alcun modo l'incontro del prossimo mese.»

«Non posso farlo. È una questione di pricipio e avrei dovuto restare fedede alla mia posizione originale. Ho sbagliato quando l'ho abbandonata. Non so come altro dirti che ormai ho preso la mia decisione.»

I due uomini rimasero a fissarsi, Dan seduto alla scrivania e Ian in piedi. Poi, Ian si diresse alla finestra e per un po' rimase a pensare, accarezzandosi il mento.

«Supponi», cominciò, voltando le spalle a Dan, «supponi che io ti possa dire qualcosa in grado di costringerti a cambiare idea.»

Quella storia doveva continuare per tutto il giorno? si chiese Dan. Già stanco, tagliò corto: «Nessuno potrà mai costringermi, Ian. Hai vissuto accanto a me abbastanza da saperlo».

«Bene, non volevo proprio dire 'costringerti', volevo solo dirti che ho fatto qualcosa per te e che forse tu vorrai dare qualcosa a me in cambio.»

«Di che si tratta», chiese Dan, «che cos'hai fatto per me?»

«Dunque, le cose stanno così», esordì Ian lentamente. «Supponi che io... ti dica che è stata tua moglie a uccidere mio padre.»

«Cosa hai detto?»

«Ho detto che è stata Sally a uccidere Oliver.»

La finestra di fronte a Dan era completamente blu, occupata per intero da un cielo color cobalto. Tutta quella luce gli faceva male agli occhi.

La voce di Ian non era né acuta né irata, era semplicemente piatta, come se avesse detto «pioverà». «Ho detto che Sally ha sparato a Oliver. Quella notte, ho sorpassato la sua auto un attimo prima di svoltare per Red Hill.»

Dan balzò in piedi. Aveva i pugni serrati pronti a colpire, a storpiare, a distruggere. Si abbandonò alla furia cieca. Ian gli afferrò i polsi prima che i pugni potessero colpirlo in volto poi, insieme, lottarono. Con la stessa corporatura e la stessa forza si affrontarono nella stanza, ondeggiando e ansimando. Una sedia andò in pezzi, inciamparono nel cavo del telefono e caddero pesantemente contro i mobili, Ian si ammaccò un ginocchio e Dan si ferì una guancia. Sbuffando e colpendosi a vicenda, i due continuarono a picchiarsi sul pavimento.

All'improvviso, Dan perse tutte le forze. Si alzò e si lasciò cadere sulla sedia dietro la scrivania. Tra un rantolo e l'altro, parlò.

«Sei pazzo. Ho sempre saputo che amavi troppo il denaro, le donne. No, non ne ho mai parlato, non erano affari miei. Ma non avrei mai creduto che tu potessi essere tanto marcio, tanto bugiardo.»

Ian era senza fiato. Si versò un bicchiere d'acqua dalla caraffa, si sistemò la cravatta e, con calma, disse: «Vai a casa e chiediglielo, te lo dirà. Sally non mente e certamente non mentirà a te».

Dan teneva le mani sul volto. I respiri faticosi si erano trasformati in singhiozzi senza lacrime. «Non avrei mai pensato... Sei davvero tanto malvagio da architettare una simile storia? Non l'avrei mai creduto... eravamo come fratelli, meglio di alcuni fratelli.»

Ian appoggiò una mano sulla spalla di Dan, anche lui stava per scoppiare in lacrime.

«Ascoltami, credi che inventerei una storia come questa solo per ferirti? Proprio te, Dan? Ci sono solamente tre case su quella strada. Nessuno degli abitanti ha una jeep come quella di Sally; in ogni caso, l'ho vista in faccia e ho notato anche il suo cappello di pelo. A causa della bufera avevo acceso gli abbaglianti e così l'ho vista. Santo Dio, l'ho vista. Ma non devi preoccuparti, non devi aver paura, nessuno lo saprà mai. E per tutte queste settimane nessuno l'ha scoperto. Sono passati due mesi. Vai a casa e chiediglielo. Ti dirà la verità.»

La mia Sally! Mia moglie! pensò Dan. Come se avessi bisogno di lui per sapere che Sally non mi mentirà. Sally è un libro aperto con tutto scritto in chiare lettere!

Si raddrizzò sulla sedia. «Andrò a casa», disse, prendendo il cappotto dall'appendiabiti. Davanti alla porta, si voltò nuovamente verso Ian: «Vorrei non vederti mai più».

Chiuse la porta della camera da letto e girò la chiave per evitare qualsiasi interruzione. Sally stava leggendo seduta sul divano.

«Che cos'hai in faccia?» gridò.

«Sangue secco. Mio cugino Ian e io abbiamo avuto un piccolo alterco. Una bella parola per un litigio colossale.»

«Siete arrivati alle mani? Perché?»

«Be', te lo dirò. Penso proprio di dovertelo dire.» Stava ancora tremando. «Ha osato dire... ha *osato* dire che hai ucciso Oliver.»

Ecco, pensò Sally, ora non avrebbe più dovuto preoccuparsi di come dirglielo. Bene, non aveva sempre ripetuto a se stessa che prima o poi qualcuno o qualcosa sarebbe saltato fuori? Si sentì venir meno. Tuttavia riuscì a parlare con calma.

«Che cosa glielo fa credere?»

«Dice di aver riconosciuto la tua auto e anche te, sulla strada che si allontana da Red Hill.»

Non avrebbe mai pensato di essere riconosciuta da una persona di famiglia. Ma, come avrebbe detto Happy, non si poteva mai sapere. Appoggiò la testa indietro e chiuse gli occhi.

«Oh, Dan, è vero.»

Ci fu un lungo, lungo silenzio. Quando riaprì le palpebre, Dan era ancora lì, non si era neppure tolto il cappotto, e la osservava con quegli occhi, anzi con quella faccia che si vede alla televisione quando in Bosnia, o in qualche altro luogo dimenticato da Dio del nostro insanguinato pianeta, un padre o una madre tiene tra le braccia un bimbo morto. Poi, all'improvviso, Dan si lasciò cadere sulle ginocchia e la abbracciò, nascondendo il volto nel suo grembo.

«Oh, mio Dio, tesoro mio.»

Subito lei cominciò a parlare. Aveva l'impressione che la sua voce giungesse da molto lontano.

«Quel giorno in cui venne Amanda», disse, «mi raccontò la storia a cui tu non hai voluto credere, come, invece, ora dovrai fare...»

Le sembrò di parlare per ore prima di arrivare alla fine: «Se tu fossi stato qui con Amanda, non avresti avuto dubbi, credimi, Dan, e se avessi udito Tina, soprattutto, e se avessi visto ciò che lei mi ha mostrato».

Per un attimo, quando Dan sollevò il capo, Sally non lo riconobbe, in quei tre minuti – o ne erano passati cinque, o magari un secolo? – era invecchiato. I suoi occhi non vedevano né sua moglie né altre cose presenti nella stanza. Fissavano qualche impenetrabile buco nero che aveva fagocitato tutte le convinzioni, tutta la fiducia e tutta la fede, Sally lo sapeva bene!

«È vero, Dan, è innegabilmente vero. Me l'ha detto Tina di persona. Non le ho suggerito nulla, non le ho fornito indicazioni, non le ho messo in testa strane idee. Ho semplicemente ascoltato le sue parole e ho osservato i suoi gesti. Erano inconfondibili. La sua storia e quella di Amanda erano identiche, sebbene una avesse dodici anni e l'altra solo cinque.»

«Cinque!» Dan si alzò in piedi. Si diresse verso il comò,

dove c'era la foto di un matrimonio con un gruppo di venti o più persone, maestri di cerimonia e damigelle, cugini e fratelli – ma non Amanda - attorno allo sposo e alla sposa, con i genitori di Sally accanto a lei e zio Oliver vicino a lui. Avevano sempre scherzato su quelle nozze da re.

«Manca solo il balcone di Buckingham Palace», avevano ripetuto, ridendo di se stessi ma allo stesso tempo felici.

«Come è possibile?» gridò ora Dan. «Come è possibile?» E Sally capì che Dan stava osservando il volto fine di Oliver. Quando si voltò stava piangendo. «Cinque anni.»

«Sì», ripeté lei. «La stessa storia, la giostra d'argento. Chi e soprattutto quale bambino non ne sarebbe rimasto affascinato? Un regalo in cambio del silenzio, la minaccia di una punizione. Ecco qual è la verità.»

«E lui, non ha negato tutto?»

«Ci ha provato, ma ha capito di trovarsi con le spalle al muro. Così ha tentato il tutto per tutto. Ha detto che avrebbe riversato la colpa su di te.»

«E cioè dicendo che io... avrei fatto del male a Tina?»

«Sì, ed è stato allora che ho iniziato a fracassare gli oggetti sul tavolo. Tra questi c'era anche l'arma, la pistola, il revolver, non so cosa diavolo fosse. Stava lucidando le cose di metallo. Era carica.»

Sally non riusciva a sopportare quello sguardo. Mai prima di allora aveva visto il marito piangere. Gli corse incontro e lo abbracciò pensando solo: Che ne sarà di lui e delle nostre bambine quando mi porteranno via? Perché ora che Ian lo sa, lo scopriranno anche loro. Se non accadrà domani, allora sarà la settimana prossima o il mese prossimo, ma lo scopriranno.

Mentre le lacrime le rigavano le guance, mormorò: «La dottoressa Lisle dice che Tina guarirà. Dobbiamo continuare a portarla da lei. È il posto giusto. Sono certa che Happy ti aiuterà con le bambine. Anche mia madre verrà per un po'».

Dan la allontanò da sé. Inorridito, le chiese: «Che cosa stai dicendo? Non andrai da nessuna parte! Di che cosa stai parlando?»

«Caro, sai benissimo che cosa mi accadrà presto o tardi.

Per l'amor del cielo, io ho ucciso un uomo!»

«Non ti accadrà un bel niente. Ti giuro che non lo permetterò.»

«Non spetterà a te decidere. Se Ian lo sa prima o poi lo scopriranno anche gli altri.»

«Ian non lo dirà a nessuno. Ormai sono già passati due mesi. Se avesse voluto, l'avrebbe già fatto.»

Sally non ci credeva e pensava che anche Dan avesse dei dubbi. Quella grigia prigione massiccia sulla collina si stava avvicinando sempre più.

«È da prima di Natale che conservi questo segreto... perché... Non so come tu abbia potuto convivere con questo pensiero... sei davvero fatta di ferro.»

«Che cosa stai facendo?» chiese lei vedendo che Dan aveva cominciato a sbottonarle il pullover.

«Ti sto svestendo, voglio metterti a letto. Guardati, si vedono le costole. Hai freddo, sei malata, e non me l'hai mai detto. Non hai mai chiesto aiuto.» Cominciò a trafficare nella stanza, recuperò una coperta trapuntata, tirò le tende e sistemò il letto. «Ti porterò qualcosa da mangiare. Tu riposati.»

«Non ho fame, davvero, non riesco a mangiare.»

«Devi mangiare. Aprirò una scatola di minestra. Un po' di minestra e un panino, e magari una tazza di tè. Sei congelata. Sono i nervi. Dirò alla tata di mettere a letto le bimbe e di lasciarti tranquilla.»

Era come impazzito.

Più tardi, quella stessa sera, quando ormai erano entrambi a letto, disse: «Non ammetterai un bel niente, non te lo permetterò».

«Sai che dovrò farlo. Arriverà il momento. Otterrò condizioni migliori se presenterò una confessione volontaria prima che mi costringano a farlo.»

«No!»

«Dan, per favore. Non mi aiuta vederti così agitato.»

«D'accordo, parlerò con calma. Te lo chiedo per il bene di Tina. Siamo entrambi d'accordo che per lei sarà dura essere etichettata come una vittima. Crescerà qui e perché tutti i compagni di scuola dovrebbero sapere che cosa le è accaduto? Se 'lui', non riesco neppure più a pronunciarne il nome, fosse vivo, sarebbe diverso. Lo trascineremmo in tribunale e ce ne infischieremmo di tutto il resto. Ormai, il massimo che posso fare è andare al cimitero a maledirlo.»

La voce di Dan era sofferente. «La cosa migliore per Tina è lasciare che tutto passi sotto silenzio. Siamo d'accordo?»

«Potrei non dire nulla né di lei né di Oliver. Potrei dire semplicemente che ero andata laggiù per parlargli di Amanda, per convincerlo a far pace e che poi dalla pistola è partito un colpo...»

Dan fece un gemito. «Con un tempo simile, al buio e da sola, hai ritenuto assolutamente necessario percorrere tutti quei chilometri solo per convicerlo a fare pace con Amanda. Non avresti potuto aspettare almeno che fosse giorno? E tu credi che una persona dotata di cervello potrebbe bere una panzana simile?»

«Possono crederci o anche non crederci. Io non riesco a vivere così. Il peso è eccessivo. Dovunque vada, mi sento sempre gli occhi di tutti puntati addosso. È come se pensassero: Quella donna ha ucciso un uomo. È come portare un marchio, una lettera scarlatta.»

Dan, si sfregò la fronte. «È la tua coscienza, la tua coscienza ipersana. Chiedile che cosa significherebbe per Tina e per Susannah una tua confessione.»

Troppo stanca per continuare a parlare, Sally bisbigliò: «Basta, possiamo parlarne domani. Credo che ora dormirò un po'».

«D'accordo, ma promettimi che non ne parlerai con nessun altro, che non farai nulla senza di me.»

«Te lo prometto.»

«Perché, se non prometti, io non uscirò più da casa, non andrò a lavorare, non ti toglierò mai gli occhi di dosso.»

«Te lo prometto», ripeté lei. «Ora lasciami dormire.»

Dan disse: «Ti ho colpito, Ian e ora voglio scusarmi con te, perché avevi ragione. È stata Sally».

Il colletto era troppo rigido e si sentiva soffocare, così lo sbottonò e gettò la cravatta sul pavimento.

Ian si alzò dalla sedia e la raccolse. Poi si avvicinò al mobile bar, versò del brandy in un bicchiere e lo porse a Dan.

«Ecco, prendi questo, ne hai bisogno, sei bianco come un lenzuolo.»

«Non ho dormito. Lei ci è riuscita per la prima volta dopo settimane. Non so come abbia fatto a non accorgermi di quanto stesse soffrendo. La amo così tanto.» Dan si voltò per nascondere le lacrime.

«Siediti. Stai calmo.»

«Ha intenzione di costituirsi. Vuole farlo. Io non glielo permetterò, ma lei lo farà ugualmente. Dice che è la sua coscienza. Ma è stato un incidente!»

«Stai tranquillo, bevi un altro sorso poi raccontami tutto.»

«A chiunque può capitare un incidente. Non è vero?»

«Te lo chiedo ancora, raccontami tutto.»

«È andata da lui per parlare di affari. Voleva indurre Oliver a far pace con Amanda. Lui stava pulendo le armi. Quelle pistole, lei ne ha toccata una ed è partito un colpo.»

«Non è la verità», disse Ian.

«Sì che è la verità.»

«No. Ma io non posso costringerti a raccontarmi come è andata realmente, se non vuoi.»

I muscoli delle guance di Dan stavano lavorando. Aveva l'impressione che tutti i muscoli del suo corpo stessero saltando. Solo il cervello era paralizzato. Quei due uomini che solo il giorno prima si erano accapigliati ora sedevano immobili, a fissarsi.

«Sally non è mentalmente malata, quindi doveva avere un motivo», disse Ian. «Qual è?»

«Non posso dirtelo.» Non avevano forse deciso di proteggere Tina, di non rivelare a nessuno quanto avesse sofferto la loro bambina? Nella sua mente, l'immagine di lei prese lentamente forma: la piccola Tina con le trecce nere, i nastri rossi, le mutandine scomposte sotto la gonna, mentre veniva molestata, molestata…

«Vorrei poterlo risvegliare dal mondo dei morti e farlo a pezzi», gridò con tutto l'odio che aveva in corpo. «Con le mie mani.»

Ian si protese attraverso il tavolo, come se fosse pronto a saltarci sopra. «Dato che stai parlando di mio padre, ho diritto di sapere.»

Così Dan glielo disse. Di solito era un buon parlatore, non sopportava imprecisioni ed esitazioni, ma questa volta fu diverso e fece il suo racconto balbettando. Mentre parlava, aveva la strana sensazione che anche i muri fossero increduli, abituati com'erano a sentir discutere solo di pesi, trasporti e tariffe di cereali e caffè.

Quando finì, ci fu un lungo silenzio, durante il quale Ian si schiarì la gola mentre Dan, per non incontrare lo sguardo del cugino, continuò a osservare il pavimento e le lucide punte nere delle scarpe di Ian. L'altro, il figlio, pensò. Non ci sarebbe stato nulla da sorprendersi se Ian si fosse alzato dalla sedia in preda alla furia e avesse espresso il suo offeso rifiuto. Infatti, era ciò che Dan si aspettava.

Invece Ian disse solo: «Non capisco».

A quelle parole, Dan alzò la testa. «Neanch'io», replicò.

Ci fu un altro lungo silenzio. Poi Ian si alzò e tornò al mobile bar.

«Non bevo mai al mattino. A dire il vero, non bevo proprio mai, ma ora ne ho bisogno.»

Dan lo osservò pensando che quella calma fosse irreale. Poi, all'improvviso disse: «Non ti opponi a me! Ti limiti ad accettare. O mi sto sbagliando?»

«Vorrei dirti che non ti credo. Vorrei dirti che è una follia, o che Amanda è folle. So di averlo ripetuto un centinaio di volte quando ero indignato con lei, l'ho definita una matta, ma so benissimo che non lo è. Sally non è certo un'isterica.» Si asciugò la fronte.

Dan disse lentamente: «Sally sostiene che Oliver non ha negato nulla. Penso che si sentisse con le spalle al muro, con Amanda e Tina che avevano raccontato la stessa storia».

«Sì, tutto sembra chiaro, vero? Di solito, sono abbastanza rapido a capire le cose.»

Era vero. La mente di Ian era una vera spugna, assorbiva tutto in un attimo.

«Sì, la bambina, Amanda, la dottoressa e persino quella dannata giostra.» Analizzò gli eventi e appoggiò una mano sulla spalla di Dan. «Sto cercando di digerire il tutto. Si ha l'impressione che la testa debba scoppiare, vero? Certo per me non è così grave come per te, tuttavia...»

Si allontanò di nuovo e si fermò al centro della stanza con le spalle rivolte a Dan. Le spalle tremavano e Dan capì che stava piangendo. Orgoglio, pensò, Ian è più orgoglioso di me. Questo pensiero lo colmò di compassione.

Poi udì Ian parlare, forse solo a se stesso. «Una malattia, una malattia, persino i preti... devono odiarsi... un tale disgusto...» Si voltò. «Non deve saperlo nessuno! Lascia che il suo nome resti pulito. Per tutto il bene che ha fatto, lascia almeno che il suo nome resti pulito. So che a te questo non importa e perché dovrebbe?»

«No, non m'importa niente del suo nome. Dimmi, perché hai conservato il segreto quando eri certo che era stata Sally?»

«Perché è stato lui a chiedermelo.»

«Lui... a chiedertelo?»

«Sì, stava morendo quando l'abbiamo trovato, con un proiettile nel torace e il sangue che gli usciva dalla bocca. Mi ha riconosciuto, io mi sono chinato su di lui e lui mi ha detto... riusciva a malapena a parlare, ma le parole furono abbastanza distinte: 'Nessuno, nessuna colpa, nessuno da rimproverare, hai sentito?' Ha persino ripetuto: 'Hai sentito?' Io ho risposto: 'Sì, te lo prometto. Non è colpa di nessuno. Ho sentito'. Poi è morto.»

«Gesù», esclamò Dan. «Sei sicuro di aver sentito bene?»

«Non potrò mai dimenticare quella scena.»

«Happy ha sentito?»

«No, era andata nell'ingresso e stava chiedendo aiuto al telefono.»

«Così hai mantenuto la promessa», disse Dan. «Ma poi ieri l'hai infranta, perché?»

Ian lo fissò dritto negli occhi. «A dire il vero, ero furioso per il fatto che tu ti fossi rimangiato la parola sulla vendita. Mi è venuto in mente che se ti avessi raccontato di Sally, tu mi avresti ripagato accontentandomi, che avresti apprezzato il mio silenzio durante le indagini.»

«Sì», disse Dan con un amaro sorriso. «*Do ut des.*»

«Esatto.»

«Bene, ma se io non fossi stato disposto a ripagarti, tu avresti parlato.»

«Per niente. Mai. Giuro che non l'avrei fatto. Che senso avrebbe avuto spedire Sally in prigione o anche solo farle correre un rischio simile? Distruggere le bambine non servirebbe a riportare indietro papà.» Poi aggiunse: «Se anche non fosse stato un incidente».

«È stato un incidente, Ian.»

«D'accordo, ti credo. So che molte persone direbbero che se l'è meritato, incidente o meno.»

Dan non rispose. Se l'è meritato! pensò. La mia bimba! E di nuovo vide quell'immagine: trecce nere, nastri rossi, gambe grassottelle con calzini bianchi. Ancora una volta, i suoi occhi si riempirono di lacrime; non aveva più pianto dal giorno del funerale dei suoi genitori.

«A che serve», gridò Ian, alzando le mani. «È finita. Quel che è stato fatto non può essere disfatto. È sepolto, assieme a tutto il bene e a tutto il male che ha commesso. Non possiamo riportarlo indietro; se potessi, lo pregherei di spiegarmi il perché. Per l'amor di Dio, perché? Ma non c'è risposta... Suppongo che abbiate portato Tina da qualche parte per rimediare al danno.»

«Sì, e ti saremmo grati se tu volessi tenere tutte queste cose per te. Non vogliamo che Tina diventi una vittima pubblica.»

«Non è necessario che tu me lo dica, Dan. Credi forse che farei del male a tua figlia? Siamo cresciuti insieme. Io ho i miei modi ma ho anche i miei limiti.»

La situazione era soffocante. La mente e il corpo, abituati alla solita routine, a un ambiente ordinato, con tutti gli ingredienti della rispettabilità e della responsabilità, avevano bisogno di più delle ultime ventiquattr'ore per comprendere che sui Grey di Hawthorne era stata sganciata una bomba.

Dan si guardò attorno nella stanza dove tre generazioni di Grey avevano lavorato. Il suo sguardo si fermò su un vaso di giunchiglie sulla scrivania di Ian; quei fiori gli ricordavano che le giornate si erano ormai fatte più lunghe e che ben presto il cielo grigio sarebbe tornato a essere blu. Primavera. Ma per noi, chiese a se stesso, che primavera sarà?

«Vuole costituirsi», disse all'improvviso.

«Non può farlo, non ha senso.»

«Dice di non riuscire a vivere con questo peso.»

«Lascia che parli con lei.»

«Non credo.»

«Dan...»

«Sì?»

«Ormai la cosa non ha più importanza, ma... dobbiamo dare una risposta a quella gente.»

«Sulla vendita.» La sua mente era molto lontano, dai boschi, dalla vendita, tanto che Dan dovette fare uno sforzo di concentrazione. Alzò le mani con i palmi rivolti verso l'alto in un gesto neutro, e disse: «Per me non ha alcuna importanza, però l'ho promesso a Clive».

«Un problema accademico. Non sopravviverà a lungo, poveretto, come ti ho già detto.»

«Questo non lo so, ma se hai ragione, hai la tua risposta, giusto?»

«D'accordo. Allora aspetteremo. Abbiamo ancora un mese di tempo prima che vengano qui.»

«Desideri ancora così tanto quel denaro?» gli chiese Dan, curioso.

«Ventotto milioni, fratello. Metà andrà al fisco e il resto lo divideremo tra noi e... »

Era buffo come un uomo potesse dimostrarsi di ampie vedute, come aveva fatto Ian poco prima e allo stesso tempo essere così avido. Deve essere colpa di qualche gene, pensò Dan, come avere il dono della musica o un'allergia ai gamberetti. Finì la frase di Ian: «A te resterebbe comunque una fortuna, molto più di quanto tu abbia bisogno».

«Mi dispiace dirtelo, Dan, ma se Sally dovesse commettere una follia, avrai bisogno di ogni centesimo e anche di più per pagare gli avvocati.»

Dan lottò per digerire l'idea, quel groppo che gli serrava la gola e si faceva sempre più grande.

«Oggi non riesco a lavorare», disse. «Devo tornare a casa. Devo stare con lei.»

«Certo, certo. Vai pure.»

Porse la mano e Ian l'accettò stringendola forte, poi Dan tornò a casa.

19

Marzo 1991

NELLA casa silenziosa Sally continuava a passare da una stanza all'altra, mentre il grosso e paziente terranova trotterellava dietro di lei. Avrebbe fatto meglio a portare di persona le bambine alla festa di compleanno dai vicini, ma le erano mancate le energie, così le aveva accompagnate la tata. Era sempre fiacca.

A ogni specchio si fermava, nella vana speranza che quello successivo mostrasse un'immagine meno devastata. Non era una questione di vanità; quelle cose ormai appartenevano a un'altra fase della sua vita, a una fase a cui non sarebbe mai più ritornata. Era una questione di panico.

Era lo stesso aspetto che avrebbe avuto in prigione, o anche peggio. Aveva già perso dieci chili da quella notte di dicembre e senza dubbio sarebbe dimagrita ancora. Uno studio in bianco e nero, pensò, pelle grigia e capelli neri, quei capelli che, contornandole il viso sui lati delle guance come una coppia di ventagli, avevano una volta ricordato a Dan un antico ritratto egizio.

Ricordava ogni dettaglio di quel giorno. Dal primo incontro casuale nel negozio con la giostra d'argento, al bar dove avevano bevuto un'infinità di caffè, soffermandosi sino a sera. Ricordava la passeggiata insieme sotto gli alberi che stavano germogliando, la famosa vista dalla terrazza del Jeu de Paume sull'Arco di Trionfo, un bimbo e un cagnolino seduti insieme sul passeggino e la vecchia che vendeva violette in un cesto di vimini. Ricordava tutto.

Nonostante indossasse una gonna pesante di tweed e due maglioni, stava tremando: il vento che imperversava sugli alberi spogli, tanto che questi si piegavano come per chiedere pietà, aveva attraversato ogni crepa del legno e ogni fessura dei mattoni, penetrando nella casa. O forse, pensò, ho freddo perché sono tanto magra.

La cucina le sembrò più calda. Dopo aver messo il bollitore sul fuoco, si sedette pregustando una tazza di tè. Le cucine davano un senso di casa; avevano pareti che sembravano avvolgenti. Era come se nessun male potesse giungere fino lì, nel cuore della casa con il bollitore che fischiava, le banane impilate nella vecchia ciotola blu e il cane addormentato sotto il tavolo.

A casa, nella casa dei suoi genitori, avevano sempre tenuto gatti. Quella bianca, battezzata appunto Blanche, aveva avuto una mensola personale sul davanzale della finestra dove si strigliava al sole, leccandosi una zampetta rosa per volta. Poi c'erano state Cordelia, Emma, e Mathilda. In quella casa, il sabato mattina aveva sempre avuto il profumo di frittelle e pancetta; in una brocca, al centro del tavolo rotondo, c'era sempre stato qualcosa di verde, in estate qualsiasi tipo di fiore e in inverno un ramoscello di agrifoglio o pino.

Tutte queste cose diventano parte di te, pensò, e non potranno mai togliertele. Potranno rinchiuderti per tutto il tempo che vogliono in quella grigia prigione, ma queste cose resteranno con te, le case dell'infanzia e le persone, i tuoi primi successi, il tuo amore per Dan e il giorno in cui nacquero le bambine.

Il tè bollente le scaldò le mani che stringevano la tazza, ma il freddo continuò a scorrerle nelle vene. Era il freddo del terrore. E, riconobbe Sally in tutta onestà, non è solo il terrore per ciò che faranno a me, sebbene ci sia anche questo, ma è soprattutto un profondo dolore per le bambine e per Dan, e per i miei genitori, che hanno ancora un'immagine intatta della mia felicità. Se fosse in gioco solo la mia sofferenza, tutto sarebbe tollerabile e nonostante io non sia particolarmente audace, riuscirei a sopportarlo, proprio come Clive sopporta il cancro che prima o poi lo ucciderà.

Udendo il rumore di un'auto sul vialetto, Sally capì che doveva trattarsi di Dan; era uscito presto dal lavoro per andare a prendere la tata e le bambine alla festa. Stava portando confusione anche nella sua vita lavorativa; se avesse potuto, ne era certa, Dan avrebbe abbandonato il lavoro del tutto e sarebbe rimasto a casa a prendersi cura di lei. Quel mattino le aveva proibito di uscire e lei si era chiesta se questo dipendesse dalla sua aria malata o se, in qualche modo, lui avesse percepito il cambiamento che si stava verificando in lei, la sua decisione di parlare.

Quando guardò l'orologio, notò la data sul calendario sottostante. Era una data degna di essere ricordata, il giorno in cui la dottoressa Lisle le aveva detto che Tina era stata molestata, nonché il compleanno del mostro responsabile di tutto. Dietro quelle tende in seta rossa, c'era stato un forte vento di marzo come quello che fischiava ora. Qualcuno aveva espresso un commento sulla giostra, la copia di quella che aveva fatto incontrare lei e Dan. Le tornò tutto in mente.

Ma quel giorno, grazie al cielo, era degno di essere ricordato anche per una ragione migliore: finalmente, Tina aveva cominciato a migliorare. C'era ancora molta strada da fare, certo, tuttavia la direzione era chiara e inconfondibile.

L'intera famiglia irruppe in cucina. Subito la tata le mostrò un pollice rivolto verso l'alto, per dirle che Tina si era comportata bene durante la festa. Mentre sbottonava loro i cappotti della domenica, le bambine appoggiarono sul tavolo i sacchetti colmi di giocattolini in miniatura, bamboline di plastica, palline di gomma e altri tesori.

Tina aveva un annuncio da fare. «Ho detto a Jennifer che mia sorella è meglio della sua.»

«Che cosa te lo fa credere?» chiese.

«Perché mia sorella è più grande e conosce più parole. Sua sorella è muta.»

«Muta», disse Susannah. «Muta, muta, muta.»

Tina rise. «Giusto!»

Una risata da parte di Tina! Valeva oro. Oro, diamanti e perle. Il suono di una risata dimenticato da tempo, con le guance gonfie e gli occhi birichini che scintillavano.

Sally avvicinò a sé le due piccole e le abbracciò, le cullò e rise assieme a loro.

Sul volto di Dan comparve uno sguardo che le spezzò il cuore.

Quasi ogni notte, per quanto si sforzassero di riempire il tempo con qualcos'altro, tornavano al solito argomento.

«Non riesco a capire la sopportazione di Amanda», disse Sally al marito quella sera. «Vivere con quel peso tutti questi anni. E nessuno si è accorto che stava soffrendo e ha tentato di capirne la causa.»

«Ma hai detto anche tu che si era sempre rifiutata di parlarne.»

«Sì, l'orgoglio dei Grey, mi ha detto.»

«Orgoglio», ripeté Dan amaramente. «L'ha trasformata in una donna costantemente arrabbiata.»

«Aveva tutte le ragioni per essere arrabbiata... E tu non ricordi nulla?»

«Solo frasi qua e là, commenti scambiati a bassa voce dai servitori molto dopo che se n'era andata. La definivano una 'ragazza difficile'. Non ho mai dato troppo peso a quelle parole. Anche del giorno in cui se ne andò mi rimase solo un vago ricordo. Accadde tutto così all'improvviso. Nessuno mi aveva detto che non sarebbe rimasta ad Hawthorne con me. Riesco ancora a vederla nell'ingresso con le valigie e un cagnolino in un cesto. Io feci il possibile per non piangere, zio Oliver diceva che i ragazzini non piangono, ma ovviamente piansi, e molto. Fu difficile. Prima il disastro aereo e la scomparsa di mamma e papà, di loro non rimasero neppure i corpi, poi la partenza di Amanda. Fu difficile. Sì.» Dan annuì. «Con il tempo, però, come fanno tutti i bambini, superai la cosa. Tornai felice. Ad Hawthorne avevo una bella vita.»

«Non ti sembrava strano che non tornasse mai?»

«Be', c'erano quei parenti della California e io andavo a far loro visita tutte le estati. Amanda non voleva tornare a casa e zio Oliver diceva che andava bene così, che non bisognava spingerla a fare qualcosa contro la sua volontà.»

Sally provava una specie di conforto nel pensare ad Amanda. In qualche modo era sopravvissuta; perlomeno non era naufragata. Quindi, l'amore e l'attenzione che Tina stava ricevendo le avrebbero permesso di cavarsela meglio, di superare l'esperienza e non semplicemente di sopravvivere.

«Vorrei aver conosciuto meglio Amanda», disse Sally. «È una donna coraggiosa e credo anche molto buona. Ha ritirato la causa contro di voi e vi ha persino chiesto scusa.»

Dan si dichiarò d'accordo. «Invitiamola a fermarsi qui da noi appena farà un po' più caldo. Mi piacerebbe. Anzi, telefoniamole e chiediamoglielo subito.»

Sally alzò un braccio. «No, aspetta. Non sappiamo che cosa accadrà questo mese o il mese prossimo.»

«Stai tornando sul solito argomento, Sally e io non ho voglia di parlarne.»

«Dan, devi ascoltarmi.» La sua voce si fece molto bassa. «Non posso continuare ancora per molto così. Anzi, non ce la faccio più.»

Erano nella loro camera. Sally era sdraiata sul piccolo divano in fondo al letto e Dan si sedette ai suoi piedi.

«Ascoltami», le disse con serietà. «Dimmi la verità. Sei preoccupata perché Ian sa tutto. Ho ragione?»

«No, mi fido di Ian. Non farebbe del male né alle bambine né a me. Non sono preoccupata a causa sua. Sono preoccupata per me.»

«Sally! È stato un incidente», urlò Dan. «Ti stai torturando inutilmente. Non riesci a chiudere tutto in uno sgabuzzino e buttar via la chiave?»

«Non parleresti così se tu fossi un avvocato.»

«Per fortuna non lo sono.»

«Ma tutti noi dobbiamo rispettare la legge.»

«Non farmi la predica, te ne prego.»

«Non la sto facendo. Forse potrò sembrarti bigotta o qualcosa del genere, ma esiste anche la coscienza e la mia morde giorno e notte. Giorno e notte, Dan.»

«Meritava di morire.»

«Lo so, ma non per mano mia.»

«Mano tua.» Si chinò e le baciò le mani, mormorando. «Sally, mi ucciderai e ucciderai anche le bambine. Ti prego, non farci una cosa simile. E a te cosa servirà sopportare un processo ed essere giudicata e, Dio ce ne scampi, finire in prigione? Che cosa proverà?»

«Solo che i giustizieri non possono fare a modo loro.»

«Per l'amor di Dio, tu non sei un giustiziere. È stato un incidente!»

«Ci stiamo mordendo la coda, e io sono davvero stanca.»

Dan si alzò e abbassò lo sguardo su di lei. «Sì», disse. «Hai un aspetto infernale. Porterò te, le bimbe e la tata in qualche luogo caldo, dove tu possa restare sdraiata al sole, riposarti e ingrassare un po'.»

«L'hai già detto più di una volta, povero caro. Ma il sole non potrà cancellare i problemi. Devo parlare, proprio come alla fine ha dovuto fare anche Amanda.»

«Era una questione del tutto diversa.»

«Non proprio. Il fatto è che i pensieri crescono al nostro interno fino a occupare tutto lo spazio esistente, poi, in qualche modo, escono.»

«Abbiamo già discusso di questo altre volte e non siamo mai giunti a nulla. Vuoi parlare con Ian? Dopotutto, lui era suo padre. Forse a Ian darai retta.»

«Per favore, caro, come hai detto tu, ne abbiamo già parlato tantissime volte. È inutile. Mi costituirò lunedì.»

Dan si batté una mano sulla fronte. «Santo cielo, sto impazzendo.» Si allontanò, si voltò a guardarla, si allontanò ancora un po' e poi tornò indietro. «Non lunedì. Prima devi parlare con un avvocato. Questo è semplice buon senso e io lo pretendo. So che mercoledì Larson tornerà a casa per qualche giorno di vacanza, gli parleremo. Mi prometti che aspetterai?»

Non voleva piangere. Con grande sforzo, riuscì a ricacciare indietro le lacrime. «Sì, ma non lo farò perché mi convinca a non costituirmi.»

«Non ci spero neppure», rispose Dan con tono arcigno.

Nessun avvocato avrebbe mai tentato di convincerla a non costituirsi. Sally lo sapeva bene. Ma l'avrebbe guidata, dopodiché il destino avrebbe seguito il suo corso.

Fin dal mattino presto, Clive era stato in ospedale e ormai il pomeriggio stava giungendo al termine; era seduto a sfogliare riviste in una piccola anticamera adiacente allo studio del medico, una sala d'attesa privata per pazienti privilegiati, probabilmente. Il dolore alla schiena era tale che, nonostante continuasse a cambiare posizione, non riusciva quasi più a sopportarlo, così si alzò, ma non ottenne alcun sollievo. Il dolore si era diffuso alle cosce, aumentando poco a poco, giorno dopo giorno. Per quanti giorni? Dieci, undici? Aveva perso il conto. Il dolore lo stava accecando.

Qualcuno disse: «Il dottor Day la riceverà ora».

Clive entrò. Il dottore stava esaminando una piccola pila di documenti. Quando alzò lo sguardo, aveva un'espressione che non lasciava dubbi. Accadeva sempre così con le espressioni dei medici; c'era lo sguardo contento che diceva: «È tutto negativo», e poi c'era quell'espressione leggermente confusa che invece significava: «Ho brutte notizie e sto cercando il sistema migliore per comunicarle».

«Bene», disse Clive «Niente di buono, vero?»

«C'e sempre...» cominciò il medico, ma Clive lo interruppe.

«Scusami se oggi non sono molto gentile. Ma è una brutta giornata, è il compleanno di mio padre e io so che sto per morire, quindi, per favore, dimmelo in fretta, sono preparato.»

Il dottore rivolse i palmi verso l'alto e alzò le spalle, in quel tipico gesto che esprimeva fallimento.

«Mi dispiace tantissimo, Clive. Dannazione, è la cosa più difficile... D'accordo, parliamo chiaro. Le radiografie, la scintigrafia, la risonanza magnetica nucleare, tutto mostra che il tumore si è diffuso. È dappertutto, nelle ossa, nei reni, nel fegato, dappertutto.»

«Capisco.»

«Abbiamo provato. Dannazione, dopo l'asportazione del polmone avevo avuto l'impressione che stessi migliorando davvero. E questo per tutto l'inverno. E adesso, la sorpresa.» Ancora una volta, ripeté quel gesto. «È come un incendio violento, un incendio in una foresta che non si riesce a spegnere.»

Clive tenne la testa ben dritta. «Quanto mi rimane?»

Fino a quel momento, non aveva notato l'orologio nella stanza. All'improvviso, gli apparve particolarmente rumoroso. *Tic. Tic.*

«Potrebbe accadere in qualsiasi momento», disse il dottore.

Con fatica, Clive si alzò dalla sedia e trovò poche parole. «Grazie di tutto. Hai fatto tutto il possibile.»

«Dove hai intenzione di andare, Clive?»

«A casa. Altrimenti dove? Voglio essere a casa.»

«Volevo dire, come pensi di andarci?»

«Guiderà mia moglie. È tutto il giorno che mi aspetta nell'atrio.»

L'altro uomo sembrò sforzarsi nel vano tentativo di trovare qualcosa da dire e da fare. Si alzò e aprì la porta, strinse la mano a Clive e scosse leggermente il capo, dicendo: «Tutto il giorno che aspetta, questa sì che è una moglie paziente, vuoi che scenda e che le parli, forse potrei...»

«No, no. Non è necessario, ma grazie lo stesso.»

Poi Clive infilò rapidamente il cappotto e, nonostante il dolore, scese le scale di corsa.

Dopo che ebbe raccontato brevemente a Roxanne tutte le novità e dopo che ebbe ascoltato il solito sospiro e la risposta prevista: «Oh, ma anche i dottori sbagliano, nove anni fa hanno detto a mia zia che le restavano sei mesi di vita», Clive chiese un po' di silenzio.

«Hai ragione, ma queste sono tutte stupidaggini. Lo sai benissimo», disse con calma.

«Quando... quando ha detto il dottore che potrebbe...»

«Qualsiasi momento.»

Roxanne sperava che non accadesse in quel momento, in auto o comunque sotto i suoi occhi e Clive lo sapeva e non riusciva a biasimarla per questo. Al suo posto, avrebbe provato lo stesso terrore naturale, e ora tutto ciò che desiderava era tornare a casa e prendere qualcosa che gli alleviasse il dolore. Tuttavia, c'era anche una parte di lui che desiderava prolungare quel viaggio, dopotutto avrebbe potuto essere l'ultimo. *Mai più.* Era un'espressione straordinaria quando si era costretti a riferirla a se stessi, pensò. Scrutò avidamente il cielo, le pesanti nubi invernali, osservò il vento che infieriva sugli alberi e un cervo morto sui lati della strada. Quell'inverno aveva mietuto molte vittime, ma a maggio, vale a dire tra due mesi, sarebbe tornato il bel tempo, nuove foglie sarebbero spuntate e nell'aria sarebbe risonato il canto degli uccelli; poi la cavalla, fiutando la primavera, avrebbe cominciato a scalpitare.

«So che non hai voglia di parlare, ma stavo pensando che se vuoi mangiare qualcosa di particolare, potremmo fermarci al negozio. Ci metterei solo un secondo.»

Allungò una mano per afferrare quella di Clive. Quando lui in risposta la guardò, vide che Roxanne aveva gli occhi colmi di lacrime.

«Grazie, torniamo a casa.» Era profondamente commosso. Roxanne era così gentile con lui; mai in tutta la sua vita si era sentito tanto curato, protetto e aiutato. Senza fare rumore, si muoveva per la casa, gli portava da mangiare e da bere, prendeva per lui libri dagli scaffali e li riponeva, accendeva lo stereo e cambiava i dischi; quando non aveva bisogno di nulla, si ritirava tranquilla nella stanza che ora occupava e lo lasciava solo.

Una volta gli aveva chiesto se volesse ascoltare tutta la storia di lei e Ian, ma lui aveva rifiutato. Non voleva ravvivare quelle immagini mentali tanto dettagliate, già troppo brucianti e umilianti. In ogni caso, non aveva più importanza. Sì, pensò con malinconia, l'imminenza della morte aiuta a concentrare la mente.

Poi giunsero a casa, era tutto completamente buio eccetto per la luce in cucina rimasta accesa per Angelo, che si precipitò loro incontro per essere preso in braccio.

«Siediti sulla tua poltrona nello studio», gli disse Roxanne. «Starai più comodo che seduto al tavolo. Ti porterò la cena sul vassoio.»

Stava prendendo il controllo come sembravano fare tutti di fronte a una morte imminente; mentre ubbidiva, Clive si ritrovò ad analizzare le sue probabili emozioni poi concluse che dovevano essere un misto di paura naturale e vera compassione. Riusciva a immaginarla, la sera dopo il suo funerale, da sola in quella grande casa, con il cagnolino in braccio, a ricordare il giorno in cui si era trasferita lì, quando tutto apparteneva a lei.

Dopo che gli ebbe portato il vassoio e fu tornata in cucina per mangiare da sola, Clive le chiese di portare la cena nello studio e di stare lì con lui.

«Dobbiamo parlare», le disse.

Lei rispose con impazienza: «È ciò che desidero da quella notte. Lo voglio davvero, sai. Ho bisogno di raccontarti tutto».

«Non voglio udire nulla, non voglio dettagli.»

«D'accordo, niente dettagli. Permettimi solo di dirti che quanto è accaduto è stato davvero disgustoso. Ma *tu* dovresti capire cosa avviene quando ci si innamora...»

Clive la interruppe. Tu dovresti capire. Aveva sottolineato il «tu». Ma parlare di «innamorarsi» quando si era verificata una trasformazione totale, quando era iniziata una nuova vita e lui era diventato una nuova persona! Che cosa ne sapeva lei? si chiese. Non aveva mai vissuto dentro la sua pelle, la pelle di Clive. Non l'avrebbe mai saputo!

O forse sì, pensò. Forse le mancava solo il vocabolario necessario per esprimersi in modo corretto. In ogni caso, c'erano alcune cose più importanti di cui preoccuparsi in quel momento.

«Non è quello che intendevo», disse. «Io volevo... che cosa pensi di fare dopo la mia morte?»

«Me ne andrò. Non potrò certo rimanere qui.»

«Chi se ne andrà? Tu e Ian?»

«No! È tutto finito. Devi credermi.»

«Capisco. E il bambino?»

«Non so. Non ne abbiamo parlato.»

Teneva la testa china, mentre la luce le delineava il profilo. Un vero profilo greco, pensò Clive, una testa di forma classica.

Poi, all'improvviso, disse: «Non devi accettare neanche un soldo da lui. Te ne lascerò abbastanza io. Per il mondo, quel bambino è mio. Non punirlo ancora prima che nasca legando a uno scandalo il suo nome e non ferire Happy».

«Oh, no, non lo farei mai. Per me è un'amica. È quel tipo di donna... all'antica, non come me. Cioè, al posto suo, se mi accadesse una cosa simile, prenderei quel bastardo per quel che vale, cercherei di ottenere tutto il possibile e poi lo sbatterei fuori. Ma lei... se scoprisse quanto è successo andrebbe a pezzi e io cosa ne ricaverei? Una volta l'ho detto a Michelle. Stavamo parlando di Ian e me...»

«Non voglio saperlo. Se mi prometti che manterrai la tua parola, mi basta.»

«La manterrò. Credo che andrò in Florida e vivrò con Michelle. Questo se...»

«Se lei potrà continuare a frequentare la scuola? Sì, potrà farlo. Perché dovrei punire Michelle? È una cara ragazzina. Se ottiene buoni risultati lasciamo che vada a scuola e si costruisca una vita.»

Roxanne stava piangendo. «Non so, non so cosa pensare! Sei così buono, non credevo che esistessero persone come te. Vorrei poterti aiutare, fare qualcosa per te. Andrei fino in Cina, in Africa, ovunque...»

«Puoi fare questo. Vai al telefono, chiama Dan e Sally e quindi Happy e Ian.»

«Ian?»

«Sì, sì, Ian. Desidero che vengano tutti qui domattina alle dieci. È molto importante. Devono venire tutti. Dopodiché chiama il mio avvocato, Timothy Larson e digli che ho bisogno anche di lui. Il numero è sulla rubrica.»

La medicina stava cominciando a fare effetto, e il dolore era diventato sopportabile. Clive si guardò attorno nella stanza, osservò i rossi e blu smorzati dei vecchi tappeti, i libri, i dipinti con i cavalli e la fotografia della sua cavalla, che forse non lo avrebbe neppure riconosciuto.

Sperava che Roxanne avrebbe trovato una buona casa, dato che, senza dubbio, sia lei sia tutti i suoi averi sarebbero andati dispersi. Forse avrebbero potuto conservare la cavalla nell'attesa che Tina crescesse abbastanza da poterla cavalcare.

«Il signor Larson è via e tornerà mercoledì», gli riferì Roxanne.

«Allora di' loro di mandare un socio. Non importa chi.»

Quando tornò, Clive vide che era molto a disagio, così disse con dolcezza: «Hai l'aria spaventata, povera ragazza, ma non c'è nulla di cui tu debba preoccuparti, te lo prometto».

«Se lo dici tu. Però io vorrei sapere che cosa sta succedendo.»

«Capirai», rispose.

Erano tutti seduti in semicerchio di fronte a Clive. C'era un che di drammatico nella situazione, mentre lui presiedeva la riunione e tutti gli altri stavano in attesa. Gli unici a non avere l'aria afflitta erano Happy e il signor Jardiner, l'avvocato.

Ian continuava a giocherellare con il suo temperino d'oro; era seduto vicino ad Happy, mentre Roxanne si trovava all'estremità opposta del semicerchio. Forse era vero, pensò Clive, che fra loro era tutto finito? Lei aveva detto così e lui voleva crederle. Sembrava effettivamente così e i due erano molto attenti a non guardarsi. Le apparenze, tuttavia, erano ingannevoli. Profondamente ingannevoli.

Sally e Dan avevano entrambi un'aria logora e smunta; come se non dormissero da settimane. Clive si chiese quale fosse il problema. Erano due persone che non meritavano guai, sebbene il mondo non girasse così, anzi.

«Le ho chiesto di venire, signor Jardiner, perché desidero che quanto sto per dire venga ascoltato anche da un testimone responsabile.»

Il signor Jardiner, un giovane avvocato probabilmente

appena uscito dall'università, annuì con la dovuta serietà.

«Stiamo aspettando altre due persone. Ecco, vedo l'auto arrivare. Ti dispiace aprire la porta, Roxanne, per favore?»

Due uomini con un passo e un atteggiamento che esprimevano autorità entrarono e si sedettero. Clive fece le presentazioni.

«Gli agenti Murray e Huber della squadra omicidi, il signor Jardiner, il mio avvocato. Tutti gli altri si sono già conosciuti prima.»

Era come se tutto il semicerchio si fosse proteso in avanti, erano quasi sul punto di cadere o perlomeno tesi verso le punte dei piedi. Era quasi divertente osservare lo spettacolo dato che, come un burattinaio, lui aveva in mano le fila.

Huber cominciò: «Ha qualche traccia?»

«No, ho la soluzione», disse Clive.

Uno stato di allarme si diffuse tra i presenti, tutti spalancarono gli occhi, Ian smise di giocherellare con il temperino e Dan afferrò la mano di Sally.

«Come sanno i membri di questa famiglia, io sono un uomo malato. Mi restano solo pochi giorni di vita. In queste condizioni, qualsiasi persona ha pensieri molto seri.» Fece una pausa. Li lasciò aspettare. Avrebbe parlato a modo suo. «Mi sono reso conto che in futuro, magari anche tra qualche anno, qualche povero ladro vagabondo potrebbe essere fermato e sospettato per l'omicidio di mio padre. È possibile. Queste cose sono già accadute.» Lanciò un'occhiata in direzione degli investigatori. «Ho ragione?»

Huber riconobbe la possibilità. «Ma non è probabile», aggiunse.

«Comunque, vi ho chiesto di venire per sistemare la questione. Sono stato io a sparare a Oliver Grey. Io e solo io.»

Ci fu un lungo sussulto collettivo carico d'angoscia. Happy emise un grido acuto, Ian si alzò e tornò a sedersi mentre Dan fece per dire qualcosa, ma fu zittito dall'agente Huber, che alzò una mano intimandogli di tacere.

«Sì», riprese Clive, «è stato un gesto folle, isterico, comunque vogliate definirlo. Avevo intenzione di uccidere mio fratello. Erano successe delle cose... sì, alcune cose, ma non importa.» Fece una pausa, trasse un lungo respiro e continuò con voce bassissima, tanto che gli altri fecero fatica a udire.

«Presi la pistola. Non so dire che cosa stessi pensando o se davvero stessi pensando. Uscii nella neve. Ricordo di essere caduto sul vialetto posteriore che risale la collina. Mi tolsi le scarpe per non lasciare impronte in casa ed entrai dalla porta posteriore. Sapevo che mio padre andava a letto presto e che anche Ian avrebbe trascorso la notte da lui. Ovviamente era in ritardo non era ancora arrivato ma io non lo sapevo. Ero folle, impazzito, mi capite? Era quasi buio nella stanza, così scambiai mio padre per Ian. Sì. Mio padre. Ero impazzito, capite?» Clive continuò a passare con lo sguardo dall'uno all'altro, attraverso quel semicerchio sbalordito. «L'arma era un revolver calibro trentotto. È qui. Roxanne, accompagna gli ufficiali di sopra. Sullo scaffale più in alto nel mio studio, c'è un libro verde, *Principi di matematica*. È vuoto. Dentro c'è la pistola.»

Tranne per il signor Jardiner, che aveva cominciato a scrivere su un piccolo blocco per appunti, gli altri sembravano tutti storditi. Nulla infranse il pesante silenzio quando i tre andarono al piano di sopra. Al loro ritorno, il semicerchio si raddrizzò per osservare il libro aperto contenente la pistola.

Fu Murray a parlare. «Quindi voleva uccidere suo fratello, perché?»

Cosa rispondere? si chiese Clive. Perché per tutta la vita ha sempre avuto quel che voleva. Tutto.

«Perché?» ripeté Murray.

«Preferisco non dirlo, dirò solo che Ian non ha commesso alcun crimine. Da questo punto di vista è un uomo innocente.»

Era sufficiente. Non dovevano sapere di più.

«Sarebbe meglio rispondere, se può», disse con calma l'avvocato Jardiner.

«Posso, ma scelgo di non farlo. Avete la pistola e una confessione spontanea.»

Gli agenti non si lasciarono scoraggiare così facilmente.

«La sua difesa potrebbe risultare più semplice se ci spiegasse alcune delle ragioni alla base di quest'odio.»

«Non voglio nessuna difesa. Sarò morto prima che possiate convocare la giuria d'accusa.» Poi Clive lesse nei loro pensieri. «Non ho intenzione di suicidarmi», aggiunse.

La stanza, la casa, l'ampio giardino, nulla era abbastanza grande per contenere quella bufera emotiva che lo stava attraversando. Mentre scrutava i volti inebetiti uno dopo l'altro, con gli occhi che tornavano di continuo su Ian e Roxanne, disse: «Se qualcuno in questa stanza sa il perché, lo *sa* e basta. Non è necessario che lo sappiano anche gli altri». Il suo sguardo tornò a Ian. «Ora sono felice di non averti fatto del male, Ian. Davanti a te hai una vita ancora lunga. Ora ho parlato e posso andarmene in pace, più o meno.»

Huber chiese: «Pensava di utilizzare ancora la pistola? Di solito il presunto omicida se ne libera».

Clive non poté fare a meno di sorridere a quel «presunto». «L'avrei fatto se avessi trovato il modo giusto, ma ultimamente non sono più stato in grado di guidare e restare solo. Non fa nulla. Ora potrete confrontare l'arma con la ferita e chiudere il caso.»

In quell'istante, le sue orecchie, il suo cuore furono attraversati da un'eco: *ferita*. Rossa, lacerata, bagnata, un orribile squarcio. Poi, all'improvviso, gridò, come se nella stanza non ci fosse stato nessuno o se i presenti non avessero alcuna importanza: «Il mio caro papà! L'unico essere umano che mi ama, che mi ha amato davvero dalla morte di mia madre. Lui, che non ha mai fatto del male a nessuno su questa terra, che per tutta la vita ha sempre fatto solo del bene. Mio Dio, Dio mio!» Dopo queste parole, cominciò a dondolarsi avanti e indietro, piangendo.

All'improvviso, si alzò dalla sedia, e il dolore lancinante si ripresentò, più forte che mai, attraversandolo e spaccandolo, quasi spezzandolo in due. In piedi, fece un passo, come per sfuggire a quell'agonia. Poi inciampò e cadde a terra.

* * *

Quando l'ambulanza portò via Clive, Roxanne lo accompagnò.

«C'è posto solo per uno. Può venire la moglie», aveva spiegato il barelliere.

«Il medico dice che hanno ceduto le ossa», riferì Ian dopo aver parlato al telefono. «Si sono spezzate. Per lui non è stata una sorpresa.»

Il signor Jardiner, nonostante facesse del suo meglio per conservare la calma giudiziaria, era allibito come chiunque altro. Tuttavia, disse: «Senza dubbio, ha ceduto anche la mente di quel pover'uomo».

Sembrano le parole di un avvocato che si stia preparando alla difesa, pensò Ian, e si affrettò a dichiararsi d'accordo. «Sì, avevo notato qualcosa da un po', sebbene, non essendo un medico, incapace di formulare una diagnosi avessi preferito non parlarne. Ma era smanioso, non c'è altro termine, per quanto riguardava la vendita della foresta. Era prepotente, irragionevole, non proprio... be', non proprio in sé. Deve essere perdonato.»

Il signor Jardiner prese altri appunti. Happy, tremante e con le lacrime agli occhi, si strinse al braccio di Ian, mentre Dan, corrugando la fronte nello sforzo di ricordare, cercò di immaginare un Clive smanioso e prepotente. *Clive?*

Poi, all'improvviso, capì che Sally era stata liberata... certo, lo scoppio che lei aveva udito era di una pistola a salve. Nessuno terrebbe mai munizioni in quegli splendidi oggetti da collezionista in silver plated... Si trovavano tutti nell'ingresso, vicino alla porta da dove era stato portato via Clive, ma Sally era salita sulla scala di qualche gradino e ora sedeva là, sola. Stava assorbendo lo choc, lui lo sapeva, e pensò: Ora ti porterò via davvero, ci concederemo un'intera settimana solo per noi. Tina sta andando benissimo e potrà restare con la tata, un'intera settimana per noi due, affinché tu possa riprenderti, mia cara, mio tesoro.

L'agente Huber, dopo essere stato al telefono, raggiunse il gruppo.

«Al capo gli è venuto un colpo. In primo luogo si rifiutava di credermi. Cribbio! Non ho mai sentito nulla di simile in tutta la mia vit,a. Metterà due agenti di guardia alla porta di quel povero bas... di quel pover'uomo. Cribbio! Non ho mai sentito nulla di simile in tutta la mia vita.»

«Ovviamente», disse Murray, «sapevamo che era stata opera di una persona conosciuta, un dipendente infuriato per qualche ragione, o un membro della famiglia.» Arrossì e come per scusarsi di fronte ai familiari presenti, spiegò: «Può succedere anche nelle migliori famiglie, sapete. Per questo avevamo capito. La casa era piena di oggetti preziosi e non era stato sottratto nulla; c'erano persino dei contanti, sette biglietti da cento dollari. Sì, il proiettile è stato sparato da una trentotto, da questa piccola», continuò, tenendo il libro verde sotto il braccio. «Sì, come si dice, basta aspettare a sufficienza perché l'assassino si riveli.»

«Non sempre», gli ricordò Huber, «ma la maggior parte delle volte accade così.»

Se solo avessimo potuto intuire tutto questo tre mesi fa, pensò Dan.

Happy aveva davanti a sé l'immagine di quel corpo sul pavimento dell'ingresso, il corpo che avrebbe potuto essere quello di Ian, di suo marito, del suo amore, del suo unico amore.

Perlomeno, pensò Ian, Clive morirà convinto che papà fosse quell'uomo che noi abbiamo sempre conosciuto, mentre per me... io vivrò sapendo la verità.

Povero Clive. Non avevo sempre sospettato che in lui ci fosse qualcosa di strano? disse Sally a se stessa.

«Penso», dichiarò Huber, mentre i due si preparavano ad andarsene, «che dovreste concedervi qualcosa di forte.»

«Magari due bicchieri», aggiunse Murray.

Il signor Jardiner infilò il blocco degli appunti in tasca, indossò il cappotto e prima di andarsene diede a tutti alcuni consigli.

«Ci saranno dei giornalisti, ovviamente. Caleranno su di voi come uno stormo di rapaci. Non dite nulla. Lasciate che sia qualcun altro ad aprire la porta e dite sempre che la famiglia non è disponibile. Se vorranno potranno telefonare al nostro ufficio, e ovviamente lo faranno. I fatti sono semplici. Tutti sapevano che i membri della famiglia erano in disaccordo a proposito della vendita di una parte della foresta. Il cancro di Clive Grey ha raggiunto il cervello e, nel corso di un diverbio, il signor Grey ha perso il controllo. Non era responsabile. Ecco tutto. Quanto a voi, che cosa si potrebbe dire? È una cosa terribile, terribile! Non so come riferire tutto in ufficio.» Si rivolse con un cenno a Ian e Dan. «So che siete la terza generazione di clienti del nostro studio. Il signor Larson ne sarà sconvolto.»

«Sconvolto», disse Happy dopo aver chiuso la porta principale. «Forse è la parola giusta, perché non ne esiste una sufficiente.» Aveva gli occhi rossi e si soffiò il naso. «Come faremo a superare quanto è successo?»

I quattro rimasero in attesa nell'ingresso, inebetiti, pensò Sally, come naufraghi su un'isola deserta che devono decidere da che parte cominciare, se alzare una bandiera bianca per farsi notare, cercare cibo o costruire un riparo. La casa, dopo quanto era appena accaduto tra quelle quattro mura, era sinistra come un'isola deserta.

«Povera Roxanne», disse. «Erano sposati da meno di un anno.»

«Pensa», aggiunse Happy. «Agenti di polizia fuori della porta. Non credevo che avesse perso la testa a tal punto. Non me l'avevi mai detto, Ian, ed è strano che non l'avessi notato. Tu avevi notato qualcosa, Sally?»

«Non proprio, sebbene mi fosse apparso un po' strano.»

«Ridicolo». Dan era indignato. «Non c'è mai stato nulla di sbagliato in Clive prima che il cancro si diffondesse. Nulla. Vado all'ospedale, tu cosa fai, Ian?»

«Certo. Non è il caso che veniate anche voi, a meno che non vogliate farlo.»

Happy, sentendo l'esigenza di fare qualcosa, disse che sarebbe rimasta e avrebbe riordinato la cucina. «I piatti della colazione sono ancora sul tavolo. Credo che porterò il cane a casa nostra, Ian. Probabilmente Roxanne resterà via tutto il giorno e il cucciolo farà confusione se nessuno lo porterà fuori.»

Sally capì quel bisogno di avere le mani occupate, di

muoversi e fare qualcosa, sebbene non ci fosse nulla da fare. «Mi fermerò anch'io e ti aiuterò», si offrì.

Ian emise un profondo sospiro. «Un processo penale. Lo ucciderà se non l'avrà già fatto il cancro.»

«Vista la faccia che ha, non credo che il cancro impiegherà ancora molto», commentò Dan con aria seria e attonita. Poi tentò di immaginare, senza tuttavia riuscirci, che cosa potesse significare avere un fratello che ha desiderato ucciderti.

Quando le donne andarono in cucina, Ian disse con voce bassa: «Dan, vorrei restare un minuto da solo con Sally. Vorrei inginocchiarmi davanti a lei».

«Non è necessario. Hai visto quel che hai visto e hai tratto una conclusione logica.»

«Le ho fatto passare un periodo terribile. Dille quanto mi spiace, per favore. Dille che non me lo perdonerò mai.»

«Ian, stai tranquillo. È accaduto, basta. L'intera storia è orribile e non è colpa tua.»

«Non parli sul serio.»

«Che cosa intendi dire?»

Ian entrò in soggiorno. Dan lo osservò attraversare la stanza, fermarsi davanti al caminetto con il capo chino, dirigersi alla finestra, tamburellare con le dita sul vetro e tornare nell'ingresso con un'espressione di pura disperazione dipinta sul volto, una disperazione così profonda che Dan lo afferrò per le spalle e lo scosse con delicatezza.

«Avanti», disse. «Questa faccenda riuscirebbe ad abbattere dieci uomini allo stesso tempo. Voglio che tu vada a casa e ti riposi. Io andrò in ospedale e ti farò sapere che cosa succede. Forza.»

«Voglio parlarti. Mi scoppierà la testa se non parlerò con qualcuno e tu sei l'unico, l'unico con cui possa farlo.»

Di cosa poteva trattarsi? si chiese Dan. Quale confessione, quale tradimento stava per essere rivelato?

«Mettiti il cappotto, Dan. Ne parleremo fuori.»

Nell'angolo tra la casa e il garage, dove non si sentiva il vento, Dan rimase ad aspettare mentre Ian tirava calci a un mucchio di neve semisciolta sul vialetto. Era chiaro che, qualsiasi cosa Ian volesse dirgli, faceva fatica a cominciare o forse stava ripensandoci.

Così, con delicatezza, mormorò: «Se hai cambiato idea, dimmelo».

«No.» Ian lo guardò deciso negli occhi. «Devo parlare. È maledettamente difficile, ma devo farlo. Dunque, Roxanne e io...» A queste parole, riprese a sferrare calci alla neve. «Lei e io, capisci, ci conoscevamo già prima che Clive la sposasse. Non ne avevo idea, e sono rimasto davvero scioccato quando lui l'ha portata in casa come sua moglie. Non sono solo rimasto scioccato, non riuscivo a credere ai miei occhi. Avevamo rotto, ma non del tutto, non esattamente e lei si è sposata per farmi dispetto.»

Dan era allibito. «Clive lo sapeva?»

«Non lo sapeva fino alla notte in cui sparò a papà. Non sapeva che avevamo ricominciato, non gran che, solo un paio di volte, e che il bambino... Sai che è incinta, vero? Non è suo, ma mio.»

«Dio onnipotente», disse Dan.

«Tutto iniziò circa tre anni fa. Io l'avevo incontrata... be', non è importante, le cose accadono. È sufficiente guardarla per capire come possa essere successo. Puoi completare il resto da solo, o forse no, suppongo che tu e Sally... ma non conosco bene neppure voi due, le cose non sono come sembrano.» Ian fece una smorfia. «Questa è l'apoteosi dei luoghi comuni.»

L'ultima cosa che Dan avrebbe mai desiderato era ergersi a giudice. Non era nel suo stile e tuttavia, di fronte a quella rivelazione, non riuscì a trattenere una piccola autodifesa. Così rispose con tranquillità: «Sally è tutto per me. Tutto».

«Che tu ci creda o no, anche Happy è tutto per me. È per questo che avevamo litigato. Voleva che lasciassi Happy. Cristo, prima mi taglierei le mani.»

«E se Happy dovesse scoprirlo?»

«Non lo scoprirà. Roxanne non vuole ferirla perché Happy le piace. Happy è stata gentile con lei. È buffo, ma anche in Roxanne c'è qualcosa di buono. Penso che si sia meravigliata di se stessa. Non conosciamo neppure noi stessi, non credi? E questo è il secondo luogo comune.»

Ora che aveva cominciato a parlare, Ian sembrava incapace di fermarsi. «Non è una scusa, però talvolta penso che se io, se papà non mi avesse spinto a sposarmi quando ero ancora privo di esperienza, non sarei corso così tanto dietro alle sottane. Ripeto, non è una scusa. Mio Dio, se può essere una lezione, io l'ho avuta. Gesù! Ho distrutto la mente di Clive! La mente di mio fratello. Devo parlargli prima che muoia, devo...» Gli occhi di Ian si riempirono e le lacrime cominciarono a rigargli il volto. «Ma non posso farlo, non posso dire proprio a *lui* che cosa c'era tra Roxanne e me. Non ho mai avuto nessuna come lei. Sapevo che avrei dovuto farla finita, ma volevo che durasse per sempre. E poi sai che cosa è successo, Dan? È finito tutto. Queste cose finiscono sempre così. All'improvviso, accade qualcosa e la relazione svanisce. Dan, tu sei l'unico che saprà mai di Roxanne e di me. Questo dovrebbe farti capire quanto ti stimo. Te ne parlo proprio come tu mi hai parlato di Tina. Come sta?»

«Meglio. Molto meglio.»

«Bene. Grazie a Dio. Questa è un'altra cosa che mi fa impazzire. Quando Clive ha parlato di papà dicendo che non aveva mai fatto del male a nessuno, ho provato una profonda vergogna e ho sentito l'orrore attraversarmi la schiena. Ho pensato a Tina e ad Amanda. Lo so, leggo di queste persone, ma non serve. Non capisco. Non riconosco mio padre. Dio! Una cosa è scherzare con le donne, ma fare quel che ha fatto lui... » disse Ian con voce angosciata.

Dan rispose subito: «Tu non sei responsabile. Non ha nulla a che fare con te».

«Dan, non è stato facile vivere accanto a me. Irrequieto e colpevole e troppo stupido per riconoscere quanto avevo. Forse non ci crederai, è strano, ma sai, ho l'impressione che questi colpi siano serviti per farmi mettere la testa a posto. Mi sento, non mi sto spiegando bene, ma mi sento diverso. Sono diverso, vedrai.»

Il vento di marzo raggiunse l'angolo della casa. Piccoli rametti spezzati svolazzarono sul vialetto. Ian alzò il bavero del cappotto e tremò. All'improvviso, cominciò a battere i denti.

«Stai congelando», disse Dan. «Andiamo in auto.»

«No, sono i nervi. Starò bene, mi riprenderò.»

«Chiedi ad Happy di accompagnarti a casa. Questa mattina è stata troppo pesante per tutti e non è ancora finita.»

Il terzo giorno l'infermiera, che per un attimo era uscita dalla stanza, tornò e trovò Clive morto a causa di un'emorragia interna massiccia.

Pochi minuti dopo giunse Roxanne. Ian la seguì a ruota. Era un privilegio della moglie entrare per prima nella stanza da sola e lei lo fece, uscendo in fretta per lasciare il posto al fratello. Lui doveva ricordare e in quell'attimo fu certo che avrebbe sempre ricordato quel piccolo corpo, tutto pelle gialla e ossa, e quella piccola mano che si stava già raffreddando. E doveva rammaricarsi che suo fratello non fosse mai stato sufficientemente cosciente per condurre un'ultima conversazione.

Dopo che i medici se ne furono andati e le robuste guardie lasciarono il corridoio, Roxanne e Ian scesero al pianoterra e si diressero al parcheggio.

«Probabilmente ti stai chiedendo che cosa farò», disse lei. «Bene, ora te lo dirò. Parto. Non dovrai preoccuparti per me. Non voglio mai più rivedere questo posto. Mi sento sporca qui.»

«Anch'io non mi sento molto pulito», disse lui.

«Non c'è confronto tra noi. Perlomeno tu non mi hai mai mentito.»

«Non a te, ma a tutti gli altri.»

«Allora dovrai rimediare.»

«È troppo tardi per rimediare nei confronti di Clive, sempre che sia mai stato possibile.»

«I tuoi problemi con lui sono cominciati tempo fa, all'asilo. Se tu non fossi stato così maledettamente attraente, lui sarebbe stato una persona molto diversa. Il suo corpo gli ha giocato un brutto tiro.»

E il tuo invece è un dono degli dei, pensò Ian. Ma ormai Roxanne aveva perso il potere di seduzione che aveva avuto su di lui. Lo capì in quel momento mentre si trovavano a pochi centimetri di distanza. I suoi bei capelli scintillavano al sole e il suo viso a cuore era incorniciato da una sciarpa di seta stampata con delle violette; inoltre, avvertiva il suo inconfondibile profumo. Ciononostante, non sentì il cuore battere più forte.

Il suo sguardo si spostò all'addome di lei e Roxanne, rapida come sempre, se ne accorse e disse: «Non preoccuparti. Sono la sua vedova e il bambino è suo. Ha voluto così. Era un brav'uomo, e quando ha tentato di ucciderti era in preda alla follia».

«Sì, lo so.»

«Ha lasciato denaro sia a me sia a mia sorella. Venderò la casa e mi trasferirò in Florida. Terrò Michelle lontana dai bisticci e dal nonno ubriaco. Sarai felice di sentire che non torneremo mai più.»

Certo non poteva negare che questo gli faceva piacere. Tuttavia, dentro di sé non sentiva solo colpa e vergogna, ma anche compassione, così disse: «Mi fa piacere sapere che ha pensato a te. Non è quello che ti avevo promesso se avessimo venduto la foresta, ma...»

«Non porterai a termine la vendita?»

«No, ho mandato a monte l'affare.»

«E tutti quei soldi?» chiese curiosa.

«Ho perso qualsiasi interesse. Sono giunto alla conclusione che è folle volere così tanto. È come rimpinzarsi mangiando sei bistecche di manzo e sei torte, quando una porzione è più che sufficiente.»

«Come sei cambiato!»

«Sì», rispose lui, «è vero, ma ci ho messo un'infinità di tempo.»

«Vuoi sapere una cosa buffa? Anch'io sono cambiata. Ti amavo davvero, sai, e ora è tutto finito. Così», schioccò le dita. «Che tu ci creda o meno, ora sentirò la mancanza di Clive.»

«Lo so.» Non riuscì a dire nient'altro.

«Non ci vedremo più se non tra la folla al funerale o in qualche altra occasione ufficiale», concluse Roxanne. «Per questo te lo dico ora e ti stringo la mano: buona fortuna, ragazzo mio. È stato bello conoscerti.»

Sulla spiaggia, al sole, trascorrevano il tempo osservando le onde. Per tutta la mattina, Sally era stata immersa in un libro, il primo che riusciva a leggere dall'ultimo dicembre. Stava cominciando a funzionare. Ora, dopo che tutto era passato, lei continuava a stupirsi.

«Non riesco a capire perché Clive volesse uccidere suo fratello. Doveva essere davvero folle.»

«Non necessariamente», rispose Dan.

«E allora cosa?»

«Oh… nulla.»

«Mi stai nascondendo qualcosa. Hai uno sguardo misterioso.»

«Uh, uh.»

«Quel mattino, a casa di Clive, tu e Ian siete rimasti parecchio a parlare di fianco al garage. Di che cosa avete parlato?»

«Affari.»

«Dan Grey, non ti credo. Tu hai dei segreti.»

«Se è un segreto, Sally, non chiedermi di raccontartelo, perché non lo farò mai, mai.»

Sally lo sapeva, così non pose altre domande e, sdraiata sul telo da bagno, lasciò che il sole le riscaldasse le ossa. All'improvviso, fu Dan a rompere il silenzio.

«Non ti sembra incredibile quel che è successo quella mattina, tutta la scena? Potrebbe essere il titolo per un libro: *Il giorno in cui il nostro mondo venne ribaltato*.»

«Chi sa se la dottoressa Lisle ha mai supposto che fossi stata io a uccidere Oliver. Credo che Amanda ne fosse convinta.»

«Bene, ora sanno entrambe che non è andata così.»

«Perché allora Oliver si è accasciato contro il muro se non l'avevo colpito?»

«Probabilmente perché era terrorizzato. Sapeva di essere stato scoperto. Oh, Sally, pensa che il mercoledì dopo saremmo andati da Larson perché tu volevi costituirti! Quanto hai sofferto, quanto sei stata coraggiosa! Se ti fosse mai accaduto qualcosa...»

«Tesoro, non accadrà nulla.»

Dan si mise a sedere. «Torniamo in stanza. Siamo venuti qui per festeggiare.»

Sally rise. «Sono solo le due del pomeriggio!»

«Non me ne importa un fico di che ore sono. Avanti, o ti farò correre dentro.»

20

Settembre 1993

La grande casa era tornata a vivere. All'ingresso, sull'alto pilastro di pietra, c'era un'insegna scritta con eleganti lettere d'ottone: CENTRO DI RICERCA E MUSEO ECOLOGICO HAWTHORNE. Durante quel mite pomeriggio domenicale di fine settembre era in corso la cerimonia di dedica presso l'auditorium che era stato creato nel luogo dove i Grey una volta avevano cenato, letto libri e conversato con gli ospiti. Una folla occupava tutte le sedie mentre l'atrio era totalmente occupato da persone in piedi. Oratore dopo oratore, esperti provenienti da varie università, leader di comunità e infine il sindaco lodarono con grande eloquenza la lungimirante attività di Oliver Grey in favore della conservazione della terra, e dell'istruzione dei giovani.

«Ha sempre donato se stesso indefessamente. Tutti noi abbiamo beneficiato della sua lungimiranza e del suo buon cuore. Tra i suoi molti doni, questo edificio, assieme alla grande foresta che la sua famiglia ha tanto generosamente ceduto per sempre allo stato affinché venga conservata nella condizione naturale, costituiscono il ricordo più durevole.»

Alle spalle del sindaco c'era un ritratto postumo di Oliver Grey. Sally notò quanto fosse accurato, con l'espressione che in qualche modo riusciva a essere contemporaneamente austera e benevola. Com'era tutto straordinario quel giorno! Quando incontrò il sorriso di Dan sopra le teste di Susannah e di Tina, sedute in mezzo a loro, Sally sorrise in risposta. Avevano fatto tanta strada.

Dopo i discorsi, la folla si disperse nell'edificio per visitare le classi e le stanze dove era stata organizzata la mostra di animali, vegetazione e rocce. Il programma prevedeva che i Grey tenessero corte per circa un'ora sull'ampia terrazza, dove veniva servito il rinfresco.

Happy, bionda con i colpi di sole e un sano colorito roseo, era particolarmente bella e Sally glielo fece notare. «Il rosa ti dona», aggiunse.

«Sono gli abiti dell'estate scorsa, gli ultimi che riesco ancora a indossare.»

Happy era incinta ed era doppiamente felice perché aspettava un maschietto. «Sì, dopo tutti questi anni. Quanto ho desiderato un figlio! E Ian è così eccitato che stento a riconoscerlo.»

Era davvero un uomo cambiato. Qualsiasi arroganza era sparita e al suo posto era subentrata una sottile moderazione, come se di colpo fosse maturato.

Erano circondati da sostenitori, amici sinceri, cacciatori di celebrità e semplici curiosi; avrebbero dovuto trascorrere anni prima che il clamoroso omicidio Grey cessasse di far notizia. Così loro sopportarono con pazienza, stringendo mani e facendo quei brevi discorsi gradevoli che tutti si aspettano in simili occasioni.

«Vi ricordate di me?» chiese una donna. «Joan Lennon, tre case oltre quella di Clive e Roxanne. Per quel poco tempo, siamo stati buoni amici. Un'orribile tragedia! »

Sì, si ricordavano di lei.

«Sono appena tornata dalla Florida, mia madre vive laggiù e pensavo che potesse farvi piacere sentire che ho incontrato Roxanne.»

A quelle parole, si interessarono entrambe. Secondo Sally e Happy, era imperdonabile che Roxanne non avesse mai scritto, né avesse fatto sapere dove si trovasse, sebbene Ian e Dan non se ne fossero mai preoccupati.

«Mi ha chiesto di essere ricordata a voi. Ha un'aria davvero splendida. Be', l'ha sempre avuta, non è vero? Ha un bell'appartamento con la sorella, una ragazza adorabile che Roxanne tiene sotto la sua tutela. E anche un uomo più anziano di bell'aspetto che sembra fatto per lei. Ho sentito che si sposeranno. Sono contenta per Roxanne. Ha vissuto un'esperienza bruttissima, povera ragazza, e per di più ha perso il bambino. È stato terribile. Qualcuno afferma che si è trattato di un'interruzione volontaria della gravidanza, non di un aborto spontaneo, ma ovviamente voi ne saprete di più.»

«No», rispose Sally, «no.»

«No? Be', dopotutto sono affari privati di una donna, non credete?»

«Chi sa perché non si fa mai viva», osservò Happy dopo che quella donna se ne fu andata.

«Ho sempre avuto l'impressione che nella sua vita ci fosse qualcosa di tragico che intendeva tenere per sé», disse Sally. «Qualcosa di brutto di cui si vergognava.»

Messa a disagio da simili congetture, Happy si limitò a scuotere le spalle. Come Dan, tendeva ad avere una buona opinione di tutto e di tutti.

«Ah, Amanda e Todd», esclamò. Poi, quando furono più vicini, disse: «Siete in ritardo. Credevamo che aveste cambiato idea».

«Non sarei mancata per nulla al mondo», disse Amanda. «Questo posto malinconico si è trasformato in un luogo così vivo! Valeva proprio la pena di fare il viaggio. Inoltre desideravo che Todd vi conoscesse. Durante il nostro rapido matrimonio non avete potuto scambiarvi più di un ciao e un arrivederci.»

Sembravano ben combinati. Sally l'aveva deciso fin dalla prima volta che li aveva visti insieme. Gli occhi esprimevano tanto e a lei piaceva la luce che si intravedeva in quelli di Todd, da dietro le lenti degli occhiali. Ha più senso dell'umorismo di Amanda, pensò, e Amanda è così seria, così energica; si equilibreranno a vicenda.

«Dove sono le ragazzine?»

«La tata le ha portate allo stagno delle anatre con un sacchetto di pane vecchio.»

«Avete ancora la tata?»

«Per forza. Ho ripreso a lavorare, ora sto occupandomi di quel libro di foto di animali. È un lavoro enorme. E tu?»

«Sto allargando la casa. Todd ha contattato un famoso architetto e stiamo aggiungendo un'ala che ospiterà altre venti ragazze.»

Era bello parlare di vite attive, operose. Chiacchierarono finché Todd e Happy non si diressero verso un altro gruppo. Rimaste sole, le due donne tornarono quasi subito a quel pomeriggio di dicembre di tre anni prima.

Amanda voleva sapere che fine avessero fatto i mobili di Hawthorne.

«È stato venduto tutto all'asta a New York. La vendita è stata eccezionale. Tutti litigavano per accaparrarsi qualcosa. Il denaro va alla donazione e serve per pagare gli insegnanti, gli oratori e la manutenzione.»

Amanda osservò i prati e i giardini, quindi spostò lo sguardo sui muri di pietra dove rose rampicanti raggiungevano il secondo piano.

«Quella finestra, la seconda dall'angolo, quella era la mia stanza», disse.

Sally fu percorsa da un brivido e non fece alcun commento.

«Che ne è stato della giostra?» le chiese Amanda.

«Venduta. Assieme a tutto il resto. Credo che abbia fruttato più di settantacinquemila dollari.»

Amanda disse con esitazione: «Devo confessarti che una volta ho creduto che tu... tu sapessi qualcosa di...» Si interruppe.

Le due donne si guardarono per un istante, Amanda con l'espressione spaventata e imbarazzata tipica di chi sa di aver detto qualche parola di troppo. Sally, capendo la situazione, finì la frase per lei.

«Dapprincipio, hai creduto che fossi stata io a sparare a Oliver.»

«Volevo dire...» Amanda cominciò a balbettare. «Se...

tu avessi avuto… un motivo… No , è tutto assurdo. Per favore, dimentica quel che ho detto.»

Sally sorrise. «Stai tranquilla, ho già dimenticato.»

Quell'uomo era morto ed era del tutto inutile che qualcuno, persino Happy che era così cara, sapesse che cos'era accaduto a Tina, eccetto ovviamente Amanda, che *sapeva* davvero.

Spesso ricordava a se stessa quanto fosse fragile il filo a cui è appeso il destino di ciascuno. Se Clive non avesse perso la testa e impugnato un'arma, lei, Sally Grey, molto probabilmente oggi non si sarebbe trovata in quel luogo. Tina non sarebbe stata congedata dalla dottoressa Lisle e la maestra di seconda non l'avrebbe fermata per strada per dirle quanto sua figlia fosse brava e intelligente. Se, in quel negozio di antiquariato di Parigi, Dan non avesse osservato la giostra….

Se e altri se, fino all'infinito. Ma il presente è oggi, decise, bisogna sempre guardare avanti.

Così Sally alzò gli occhi e guardò le bambine, con i loro abitini bianchi, venirle incontro attraverso il prato. Tina teneva la sorellina per mano. Stavano ridendo. Alle loro spalle c'erano le rosse colline, la foresta e gli alberi nel loro splendore autunnale.

FINE

L'autrice

Belva Plain è una grande creatrice di best-seller. Interessata soprattutto alle storie famigliari e alle emozioni racchiuse anche nei fatti più comuni, si ispira alla vita di tutti i giorni, alle persone che incontra, ai propri vicini per creare i personaggi dei suoi libri, e si sente particolarmente gratificata quando le sue fan le confessano di riconoscersi nei protagonisti dei suoi romanzi. Amante degli animali, in particolare dei cani, che dormicchiano sotto la sua scrivania ogniqualvolta si appresta a lavorare, è indubbiamente una scrittrice «mattiniera», che ama dedicare alla sua arte le prime ore della giornata e ancora adesso preferisce al computer la penna, che le permette di pensare mentre scrive e soprattutto di muoversi all'aperto, nella bella stagione, con il suo taccuino in cerca di nuove idee e ispirazioni.

1

1970

SAPEVA di essere steso sul terreno perché sentiva l'umidità sotto la schiena e l'odore dell'erba fresca. Poi udì un suono ripetuto e smorzato, come un gocciolio costante di pioggia, eppure non era pioggia. Dopo un po' riconobbe lo stridio delle raganelle. Primavera. Raganelle.

Da un'oscurità che lasciava filtrare qualche sprazzo di luce gli giunse una voce, né brusca né confortante.

«Dove diavolo è l'ambulanza? Non verrà mica da Memphis o New Orleans, no?»

«L'ospedale è a una quarantina di chilometri da qui! Ehi, ti ho detto di non toccarlo.»

«Gli sto solo mettendo un'altra coperta. Fa un freddo cane.»

Girò la testa verso le voci, ma queste si erano già allontanate e non vide altro che la nebbiolina notturna nello spazio vuoto. Poi arrivò il dolore. Si lamentò.

«Sta' tranquillo, figliolo. Andrà tutto bene. Siamo della polizia. Hai avuto un incidente, ma andrà tutto bene.»

Il fascio di luce di una torcia disegnò un semicerchio

nel quale, per un attimo, intravide stivali, pantaloni e pneumatici; poi soltanto le voci.

«Il camion doveva fare almeno i centodieci, aveva un carico da lasciar giù a Marchfield, e poi di corsa a casa per qualche ora di sonno.»

«Come fai a dirlo? Non ci sono testimoni.»

«Semplice buon senso. Questo poveretto era sull'interstatale, aveva la precedenza.»

«Crepuscolo. Il momento peggiore. Non vedi quasi niente, credi di vedere, ma...»

«Be', non è affar mio. Ne discuteranno alla stazione di polizia. Però in questo momento non vorrei proprio essere nei panni dell'autista del camion.»

«Santo Cielo, da' un'occhiata all'auto. Mi sento male solo a guardarla. È come una lattina appiattita da un rullo.»

«Ce l'hai tu, vero, la patente di quel poveretto, Robb MacDonald?»

«Sì, Robb MacDonald.»

MacDaniel, avrebbe voluto dire. Il nome è MacDaniel. E mio padre, e mia madre? Ma chiederlo gli sarebbe costato uno sforzo tremendo, e se ne stette immobile con il suo dolore.

«Ma dove diavolo è quest'ambulanza? Quello potrebbe morire prima che arrivi.»

È possibile, pensò, che stia morendo?

Nei lunghi giorni d'ospedale, steso sul letto bianco, lottò per accettare una realtà che sfuggiva a ogni ragionevolezza. Stavano tornando a casa da Monroe, dove sua madre si era finalmente fatta togliere quel dente che per tanto tempo aveva trascurato. Si era appisolata contro la spalla di papà sul sedile posteriore. Spero solo che non abbiano sentito niente! No, gli avevano detto, stai tranquillo, non hanno sofferto. Il camion aveva investito la metà posteriore dell'auto e mentre lui, Robb, era stato sbalzato fuori dal posto di guida, loro erano morti sul colpo.

Poteva essere colpa sua? Tutto quello che ricordava era di aver visto i fari emergere dalla strada di campagna, aprirsi un varco nel fogliame e tagliargli la strada prima che lui potesse fermarsi, o girare, o fare qualsiasi cosa se non urlare terrorizzato... oh Dio, oh Dio!

Non era colpa sua, gli avevano detto. Doveva liberarsi di quel dubbio, toglierselo per sempre dalla testa e andare avanti con la sua vita. Insomma, era praticamente un miracolo che se la fosse cavata con una commozione cerebrale e con delle brutte fratture al braccio e alla spalla! Ma ne sarebbe guarito e per l'autunno sarebbe stato in condizione di assumere il suo nuovo incarico d'insegnante alla scuola superiore.

Nel frattempo, aveva parenti o amici che potessero assisterlo a casa durante i primi giorni? Era figlio unico e gli unici parenti erano dei cugini di secondo grado che si erano trasferiti su al nord o sull'altra sponda del Mississippi. Di amici però ne aveva che potevano dargli una mano – non che avrebbe avuto bisogno di grandi aiuti dopo i primi due o tre giorni, perché era già abituato ad arrangiarsi da solo, specialmente dopo il colpo apoplettico del padre che, per quanto lieve, l'aveva molto indebolito. Amici e vicini come i Wilton, quelli della fattoria in fondo alla strada.

«Bene, allora non c'è motivo perché tu non possa tornartene a casa domani», gli annunciò allegramente il medico alla fine della settimana. «È meglio telefonare adesso e prendere accordi. Dalle nove in poi possono venirti a prendere.»

Lily avrebbe spaccato il minuto. Il mattino dopo l'incidente era arrivata lì alle sette, molto prima che iniziasse l'orario delle visite. Non poté impedirsi di sorridere; lei era sollecita e fidata come una moglie affettuosa; in effetti lui pensava automaticamente a lei come a una moglie, e senza dubbio lei si sentiva tale. «Uscivano insieme» da quando avevano diciassette anni, durante l'ultimo anno della scuola superiore e poi quando erano al college battista a Flemington, dove si erano diplomati alla fine del semestre autunnale. Se non fosse stato per la mancanza di soldi, sicuramente a quell'ora sarebbero già stati sposati.

La tregua dal dolore fisico gli consentiva finalmente di riflettere su tutte le varietà del dolore emozionale. Da quando suo padre e sua madre erano morti aveva probabilmente pensato a loro in modo più profondo di quanto non gli fosse successo in tutti gli anni della loro vita in comune.

Certo, aveva voluto bene ai suoi genitori e capito la lotta che avevano dovuto portare avanti con la loro piccola fattoria e i magri guadagni; gli era dispiaciuto per suo padre quando aveva dovuto chiudere la pompa di benzina perché un abile concorrente aveva installato in paese una stazione di servizio con tanto di esperti meccanici; aveva dato una mano ogni giorno dopo la scuola; aveva guadagnato abbastanza da mantenersi durante tutto il periodo del college. A loro aveva dato solo gioia. Ma era abbastanza? Era tutta lì la vita, allevare un figlio ed essere contenti se lui lo era? Avevano avuto così poco per loro.

Pensava soprattutto a sua madre; probabilmente non aveva mai dormito per una notte intera. Vedeva ancora l'orologio sul suo comodino quando si svegliava presto: le cinque e un quarto. Giù al piano di sotto, lei stava già attizzando il fuoco e armeggiando con la padella. La porta del pollaio sbatteva nel fragile telaio quando lei andava a prendere le uova. Era una contadina. Si sarebbe sempre ricordato di quando gettava il mangime alle sue galline livornesi.

«La primavera è gialla», diceva mentre piantava le giunchiglie nel cortile e potava la forsizia.

Sicuramente qualche volta doveva essersi seduta a leggere, perché le capitava di citare dei versi: «Vagavo sola come una nuvola...» Come era possibile, date le circostanze della sua vita?

«Sei come tua madre», gli diceva papà. «Se potesse, starebbe sempre con la testa sui libri.»

Lily era come lei. Non si dice che l'uomo, senza saperlo, cerca sempre una donna che gli ricordi la madre? Sì, forse. Anche Lily sapeva essere attiva e vivace. Anche lei poteva sognare sui fiori, e spesso lo faceva. Con il suo infantile naso a patatina e la grande bocca sorridente, lui l'aveva soprannominata Viso di Fiore.

Era rosea e bianca, e così minuta che poteva cingerle la vita con le mani. Viso di Fiore.

«È bello vederti sorridere», disse il medico entrando.

Sono tutti così buoni con me, pensava Robb. I Wilton, Isaac e Bess, si erano presi cura di tutto mentre lui era all'ospedale, dall'organizzare i funerali al dare da mangiare alle galline. Loro e Lily, insieme con la madre di Lily, si erano occupati dei suoi pasti, fino a rimpinzarlo. E ora, dalla porta della cucina, ecco arrivare la ragazza e la signora Webster con altre cose da mangiare, coperte da un tovagliolo bianco.

«Pane di mais», disse la signora Webster, posando il piatto sul tavolo. «Ancora abbastanza caldo, se lo mangi subito. Scalda il caffè, Lily, e portalo nel portico. A Robb farà bene star seduto all'aperto. È stato fin troppo al chiuso.»

Commosso e divertito, Robb vedeva che da quando non c'era più sua madre lei era decisa a farne le veci.

«Ho già fatto colazione», disse. «Ieri sera il giovane Ike è passato di qui e ha preparato la caffettiera, così stamattina non dovevo fare altro che metterla sul fuoco. È sorprendente quel che si può fare con una mano sola.»

Con la signora Webster non si poteva discutere. «Be', puoi fare colazione due volte. Io sono di fretta perché a casa ho un sacco di cose da fare, ma Lily può fermarsi a farti compagnia. Verrò a prenderti verso le quattro, Lily.»

«Il tizio dell'assicurazione ha detto che sarebbe venuto alle cinque», le informò Robb.

«Sta' attento a non farti abbindolare.»

La signora Webster indugiò con la mano sulla maniglia. Lily lanciò a Robb uno sguardo d'intesa: avevano una certa familiarità con le sue partenze dilazionate.

«Immagino che venderai la fattoria e ti trasferirai in città, non è vero Robb? Mi sembrerebbe logico visto che ora hai quel posto alla scuola e che Lily fra una settimana incomincia a lavorare in biblioteca.»

Vero. Non si sarebbe certo messo a coltivare ortaggi, a vendere uova o a maneggiare la pompa di benzina. Avrebbe dovuto disfarsi della fattoria. Forse qualcun altro avrebbe saputo farla fruttare. Aveva questo pensiero nella mente, e si sentiva assalire da un'improvvisa malinconia, quando un gallo cantò. Era un piccolo esemplare dall'aria tronfia e arrogante; lo avevano chiamato Napoleone perché comandava tutte le galline. Con ogni probabilità, chiunque avesse acquistato la fattoria l'avrebbe subito messo in pentola per farci il brodo. La malinconia si fece più intensa. «Questo posto mi mancherà», disse.

«Per un paio di giorni al massimo», commentò la signora Webster. «Ti sistemerai per bene e inizierai una nuova vita.»

Robb sapeva che lei lo capiva, che aveva simpatia per

lui e che aspettava con gioia il matrimonio. Tutto si prospettava al meglio. Una volta che lui e Lily avessero avuto una casa loro, qualcosa di piccolo, accogliente, con tante finestre e tanti libri, nonostante le sue innate tendenze lei non avrebbe interferito. Era troppo intelligente per farlo. Sicuramente immaginava che loro due andavano a letto insieme da cinque anni, ma non aveva mai detto una parola al riguardo. Forse aveva persino organizzato che potessero starsene da soli per tutta quella giornata. Era il 1970 e il mondo era molto cambiato dai tempi della sua gioventù.

Non era stato da solo con Lily dal giorno dell'incidente, e la macchina della signora Webster non aveva fatto in tempo a uscire dal cortile che già lui correva da lei.

«Il tuo braccio!» Lily l'avvertì.

«Non preoccuparti, posso cavarmela benissimo con un braccio solo.»

Lily aveva voglia di fare l'amore quanta ne aveva lui. Sempre. E per lui era una bella fortuna, e lo sapeva.

«Qui dentro o laggiù?» chiese la ragazza.

Laggiù significava il piccolo fienile dei Wilton. Avendo costruito un nuovo capannone, più grande, da tempo i Wilton si servivano di quello vecchio come deposito di cianfrusaglie, macchinari e per metterci un po' di fieno. Era stato Ike, il figlio quindicenne dei Wilton, a suggerire per primo, con una strizzatina d'occhio d'intesa, che poteva essere «un bel posticino per te e la tua ragazza, per stare insieme e chiacchierare. Ma state attenti a non appiccare il fuoco al fieno». Era un bravo ragazzo, un po' monello, e ovviamente gli piaceva condividere un segreto con Robb, oltre a ricevere di tanto in tanto un regalino.

«Qui dentro», disse Robb. «È più comodo.»

Quando abbassò le veneziane, un'ombra verde chiaro calò sul pavimento e sul letto.

«Chiudo la porta a chiave, anche se non aspetto nessuno.»

Robb la osservò. Diversamente da lui, che di solito si spogliava con furia e gettava tutto sul pavimento, lei si toglieva con cura ogni indumento e lo ripiegava, per poi starsene in piedi nuda sotto la luce per farsi guardare. Il suo sorriso, come la sua risata, era ampio e radioso, ma si faceva presto sommesso, ammorbidendosi sulla bocca e negli occhi. Si precipitarono l'uno nelle braccia dell'altra.

CONTINUA

I libri di Belva Plain

La saga dei Farrell

Un indimenticabile best-seller che racconta gli amori, le sconfitte, i trionfi, le delusioni di tre generazioni di medici, dai primi del Novecento ai giorni nostri.

Il giardino che brucia

Nella splendida tenuta di Eleuthera, da più di trecento anni in mano a una turbolenta famiglia, si vivono amori clandestini e violenze, passioni ardenti e indimenticabili...

Al di là del fiume

Una romantica e avventurosa saga, nella tradizione di Via col vento, *ambientata nel suggestivo e opulento paesaggio del profondo Sud americano.*

La coppa d'oro

La storia dell'amore tempestoso tra Hennie e Dan, nell'ambiente degli immigrati ebrei della New York di inizio secolo, animata dal fervore politico.

L'arazzo

Dagli anni Venti le vicende di due ricche famiglie ebree si intrecciano attorno all'esistenza di Paul Werner. Intenso e avvincente, il seguito ideale de La coppa d'oro.

Più forte del tempo

Per Jennie, alle soglie del matrimonio, seguire la strada del cuore diventa improvvisamente la scelta più difficile. Dal passato emerge una terribile verità...

Nel sole della vita

Dominata dall'irresistibile forza dei sentimenti, si conclude la saga dei Werner, una ricca e affascinante famiglia già protagonista de La coppa d'oro *e* L'arazzo.

I tesori del tempo

Tre fratelli dal carattere forte, tre diversi approcci alla vita. Quando il successo sembra sfiorarli, il destino li sottopone a una dura prova.

L'alba di un giorno nuovo

Una drammatica storia di amore, odio e malattia che vede incrociarsi, per uno scambio involontario di neonati alla nascita, i destini di due famiglie.

Il silenzio di una donna

Per Lynn, il matrimonio con Robert sembrava l'inizio di un grande amore. Ma il marito si rivela violento tanto da spingere la donna ad affrontare se stessa prima che sia troppo tardi.

Un incontro, una svolta

Nulla turba la serenità di Margaret finché non ricompare Randi, vecchia fiamma del marito, frivola ed egoista, che le distrugge la vita. La donna però scopre di non essere sola...

Un colpo di fortuna

Il destino, attraverso vie inaspettate, realizza il sogno di Robb facendolo diventare un grande avvocato. Ma quando l'ambizione si trasforma in avidità, anche la fortuna cambia strada.

Una finestra sul domani

In seguito a una telefonata anonima, Hyacinth, fino a quel momento donna e artista felice, commette un'azione che rimpiangerà per tutta la vita.

I nostri anni migliori

L'indole e il passato di Cecile, Amanda e Norma sono assai diversi, ma le tre donne sono unite da quel sentimento unico che è l'amicizia. Un evento drammatico le costringerà al confronto.

Solo per amore

Quando nasce Bettina il matrimonio fra Donald, giovane avvocato, e la bella ma avida Lillian è già naufragato. Ma per l'uomo questa figlia è più importante di quanto credesse possibile.

Collana «Superbestseller»

Romanzi

708. M. Higgins Clark, *Un colpo al cuore*
709. D. Steel, *Il regalo*
710. J. Michael, *Le sorprese della fortuna*
712. N. Sparks, *Le pagine della nostra vita*
713. E. Segal, *Love Story*
715. S. King, *Incubi & deliri*
716. D. Koontz, *Lampi*
718. D. Steel, *Scontro fatale*
720. M. Higgins Clark, *Bella al chiaro di luna*
728. R. Cook, *Epidemia*
729. J. Higgins, *Nel covo dei serpenti*
730. J. Kellerman, *Amore violento*
734. M. Haran, *È sempre una questione d'amore*
735. A. Hoffman, *Il giardino delle magie*
737. J. Lindsey, *Amore per sempre*
740. S. Casati Modignani, *Caterina a modo suo*
741. D. Steel, *Cielo aperto*
742. G. Pansa, *I nostri giorni proibiti*
743. B. Bickmore, *Il bacio della luna*
745. M. Binchy, *L'amica del cuore*
747. J. McNaught, *Ritrovarsi*
748. W. Diehl, *Schegge di paura*
750. R. Wallace, *Braveheart - Cuore impavido*
756. D. Koontz, *Intensity*
758. B. Erskine, *La figlia della fenice*
760. J.A. Krentz, *Nel mare della passione*
761. J. Sandford, *La notte della preda*
762. B. Taylor Bradford, *Le maree del destino*
763. E. Adler, *Una donna senza ricordi*
764. D. Steel, *Fulmini*
765. J. Higgins, *L'angelo del destino*
766. R. Bachman (S. King), *L'occhio del male*
767. J. Michael, *La tela del desiderio*
768. M. Higgins Clark, *Una notte, all'improvviso*
769. D. Brin, *L'uomo del giorno dopo*
770. R. Daley, *Prove apparenti - Night falls on Manhattan*
771. J. Evanovich, *Tutto per denaro*
772. M. Higgins Clark, *Testimone allo specchio*
774. D. Koontz, *Ombre di fuoco*
777. D. Steel, *La promessa*
778. J. Fielding, *Frammenti*
779. J. Higgins, *Patto diabolico*
780. J. Kellerman, *Estrema difesa*
782. A. Ephron, *Un invito innocente*
783. S. King, *La sfera del buio (Serie La Torre Nera)*
784. C. Lim, *La ragazza della casa di Wu*
785. K.C. McKinnon, *Canto d'amore all'Harvest Moon*
786. D. Steel, *Cinque giorni a Parigi*
787. R. Cook, *Cromosoma 6*
788. M. Binchy, *Il lago di cristallo*
790. I. Johansen, *L'ombra negli occhi*
791. G. Pansa, *La bambina dalle mani sporche*
793. S. Sheldon, *Una donna non dimentica*
795. B. Taylor Bradford, *Un segreto è per sempre*
796. S. Casati Modignani, *Lezione di tango*
798. J. Green, *Non tutti gli uomini preferiscono le altre*
802. L. Spencer, *Un'estate per cambiare*
803. N.A. Collins, E.E. Kramer, M.H. Greenberg (a cura di), *Dark Love*
804. P. Margolin, *La testimone*
805. T. Hoag, *Il buio del cuore*
806. S. Khashoggi, *Il miraggio dell'amore*
807. S. Beauman, *La colomba dalle ali spezzate*
808. D. Koontz, *La notte del killer*
809. L. Sanders, *L'ultimo rischio*
811. O. Goldsmith, *Donne sull'orlo del successo*
812. S. Lord, *Una sorella per nemica*
813. S. King, *Desperation*
814. R. Bachman (S. King), *I vendicatori*
815. S. King, *Riding the Bullet - Passaggio per il nulla*
816. M. Binchy, *Il nuovo domani*
817. S. Isaacs, *La favola è finita - Lily White*
818. M. West, *Eminenza*

819. D. Steel, *Perfidia*
820. L.J. Rowland, *Shinjū*
821. E. Segal, *Un solo grande amore*
822. J. Graham, *Come vento sulla prateria*
823. S. Brown, *Il giorno del peccato*
824. S. King, *Mucchio d'ossa*
825. D. Steel, *Silenzio e onore*
826. S. Pottinger, *Taglio netto*
827. N. Thayer, *Più forte del cuore*
828. M. Higgins Clark, *Sarai solo mia*
829. J. Higgins, *Il volo delle aquile*
830. A.V. Roberts, *Il segreto di Liam*
832. D. Koontz, *L'uomo che amava le tenebre*
833. W. Diehl, *Lo spettacolo del male*
834. J. Mitchard, *Profondo come il mare*
835. R. Cook, *Sindrome fatale*
836. G. Magrini, *Sottile incantesimo - Magique*
837. P. Margolin, *Sospetti*
838. P.A. Whitney, *Una donna senza passato*
841. S. Sheldon, *Dietro lo specchio*
842. D. Steel, *Il ranch*
843. G. Pansa, *Ti condurrò fuori dalla notte*
844. S. Coonts, *Tornano gli incursori*
845. J. Michael, *Un gesto d'amore*
846. R.J. Waller, *Valzer lento a Cedar Bend*
847. J.R. Garber, *Vertigine fatale*
848. L. Spencer, *Le promesse del cielo*
849. B. Plain, *La giostra d'argento*
850. SARK, *Dolcissime donne selvagge*
851. D. Koontz, *In fondo alla notte*
852. J. Archer, *Quarto potere*
853. M. Halter, *Intrigo a Gerusalemme*
854. R.J. Waller, *I ponti di Madison County*
855. B. Taylor Bradford, *Un sogno tutto nuovo*
856. M. Palmer, *Terapia totale*
857. D. Bellomo, *La settima onda*
858. J. Fletcher & D. Bain, *La signora in giallo - Martini & follia*
859. J. Kellerman, *Solo nella notte*
861. C. Arnothy, *Sotto il cielo dell'Africa*
862. J. Kellerman, *Lo schermo buio*
863. O. Goldsmith, *Una mamma da sposare*
864. K. Lange, *Il rischio della bellezza*
865. L. Scott, *Fino a prova contraria*
866. D. Steel, *La lunga strada verso casa*
867. D. Steel, *Il fantasma*
868. S. Brown, *Il segreto di una donna*
869. J. Mitchard, *Il coraggio dell'innocenza*
870. C. Andrews, *Stato di salute*
871. M. Higgins Clark, *Ci incontreremo ancora*
872. J. Higgins, *L'anno della tigre*
873. J. Lindsey, *Dimmi che mi ami*
874. G. Magrini, *Come un diamante*
876. R. Cook, *Vector - Minaccia mortale*
877. M. Haran, *Una storia di famiglia*
878. J. McNaught, *Quando i sogni si avverano*
879. T. Hoag, *Giustizia negata*
880. M. Blake, *La danza dell'ultimo bisonte*
881. S. Coonts, *Destini di guerra*
883. S. King, *Insomnia*
885. I. Johansen, *Doppio volto*
886. B. Kingsolver, *Gli occhi negli alberi*
887. D. Koontz, *Tracce nel buio*
888. N. Sparks, *Le parole che non ti ho detto*
889. M. Binchy, *Ritorno a Tara Road*
890. A. Mark, *Le ragioni del cuore*
891. G. Pansa, *Il bambino che guardava le donne*
892. J. Michael, *Un certo sorriso*
893. S. Casati Modignani, *Vaniglia e cioccolato*
894. S. King, *Rose Madder*
895. B. Plain, *Il silenzio di una donna*
896. B. Bickmore, *La prima stella della sera*
897. O. Goldsmith, *I tre gusti della vendetta*
898. M. Gayle, *Avviso di chiamata*
899. L. Scott, *Giustizia sommaria*
900. D. Steel, *Un dono speciale*
901. R. Bachman (S. King), *L'uomo in fuga*
902. Phillip Margolin, *L'ultimo innocente*
903. S. Finnamore, *Prove tecniche di matrimonio*
904. B. Taylor Bradford, *Il potere di una donna*
905. K.C. McKinnon, *Le candele brillavano a Bay Street*
906. A. Vachss, *La seduzione del male*

907. B. Erskine, *La notte è un luogo solitario*
908. J. Lent, *Vento d'autunno*
909. J. Sandford, *Il punto debole*
910. D. Koontz, *Sopravvissuto*
911. M. Higgins Clark, *Accadde tutto in una notte*
912. A. Liu, *La casa delle colline dorate*
913. M. Palmer, *Cause naturali*
914. J. Fletcher & D. Bain, *La signora in giallo - Manhattan & omicidi*
915. J. Shields, *La mangiatrice di fichi*
916. J. Kellerman, *Buon viaggio bastardo*
917. D. Steel, *Dolceamaro*
919. C. Lim, *Lacrime di cristallo*
920. S. Pottinger, *A mente fredda*
921. F. Bardelli, *Ancora un tango*
922. J. Higgins, *Attacco al presidente*
923. B. Plain, *Un incontro, una svolta*
924. J. Archer, *L'undicesimo comandamento*
925. D. Bellomo, *L'ultima notte sul Normandie*
926. S. King, *La bambina che amava Tom Gordon*
927. M. Haran, *Qualcosa di mio*
928. R. Cook, *Invasion*
929. D. Kennedy, *Un amore senza fine*
930. J. Mitchard, *La relatività dell'amore*
931. J. McNaught, *Sussurri nella notte*
933. S. Coonts, *Cuba*
934. S. Sheldon, *L'amore non si arrende*
936. S. King, *Cuori in Atlantide*
937. N. Sparks, *Un cuore in silenzio*
938. M. Higgins Clark, *Prima di dirti addio*
939. B. Taylor Bradford, *L'uomo giusto*
940. D. Koontz, *Mezzanotte*
941. A. Trigiani, *Una stagione d'amore a Big Stone Gap*
942. S. Beauman, *Il segreto di Rebecca*
943. S. Brown, *Alibi di una notte*
944. C. Wilkins, *Il momento perfetto*
945. M. Binchy, *Come un dolce ben riuscito*
946. A. Linklater, *Il codice dell'amore*
947. M. Palmer, *Il paziente*
950. D. Steel, *Immagine allo specchio*
951. I. Johansen, *Occhi innocenti*
952. B. Bickmore, *Finalmente a casa*
953. L. Scottoline, *Il momento della verità*
954. P. Margolin, *La morte non ha fretta*
955. M. Allan Collins, *Era mio padre*
956. S. Coonts, *Hong Kong*
957. B. Kingsolver, *Una magnifica estate*
958. D. Steel, *Le nozze*
959. T. Holland, *Il custode del tempo*
960. M. Higgins Clark e C. Higgins Clark, *L'appuntamento mancato*
961. J. Sandford, *Preda facile*
962. G. Magrini, *Il falò delle bugie*
963. J. Fletcher & D. Bain, *La signora in giallo - Omicidi & fantasmi*
965. D. Koontz, *Falsa memoria*
966. D. Steel, *Forze irresistibili*
967. J. Kellerman, *Una vittima scomoda*
968. S. King e P. Straub, *La casa del buio*
969. M. Higgins Clark, *Sapevo tutto di lei*
970. J. Higgins, *Vendetta privata*
971. J. Fletcher & D. Bain, *La signora in giallo - Rum & delitti*
972. R. Cook, *Shock*
973. P. Margolin, *Prova d'accusa*
974. B. Plain, *Un colpo di fortuna*
977. S. King, *L'acchiappasogni*
978. S. Casati Modignani, *Vicolo della Duchesca*
979. M. Tornar, *Niente più che l'amore*
980. B. Taylor Bradford, *Amore lontano*
981. J. Reardon, *Il diario di Ellen Rimbauer*
982. O. Goldsmith, *Nemici per amore*
983. J. Lindsey, *Il primo bacio*
984. T. Matsuoka, *Nube di passeri*
985. F. Sherwood, *Il Vicolo d'oro*
986. V.A. Chandra, *Missione Kashmir*
987. J. Stanton Hitchcock, *Sussurri e crimini*
988. M. Andrews, *La felicità che cercavo*
989. P. Cogan, *La bussola del cuore*
990. D. Koontz, *Il cattivo fratello*
991. L. Scottoline, *Legittima vendetta*
992. S. Brown, *Gioco pericoloso*
993. D. Steel, *Aquila solitaria*
994. B. Kingsolver, *L'albero dei fagioli*
996. J. Graham, *La stagione dei fiori selvatici*
997. M. Higgins Clark, *Dove sono i bambini?*
999. D. Steel, *Granny Dan - La ballerina dello zar*

Finito di stampare nel gennaio 2005
presso la Mondadori Printing S.p.A.
Stabilimento N.S.M. di Cles (TN)
Printed in Italy

Gentile lettore,

la ringraziamo per aver scelto uno dei romanzi della ricca collana Superbestseller.

Per poter soddisfare sempre meglio le sue esigenze e i suoi gusti, le chiediamo di voler gentilmente compilare il seguente questionario. Se ci fornirà anche il suo indirizzo, le invieremo le informazioni relative alle nuove pubblicazioni del gruppo Sperling & Kupfer e alle iniziative speciali rivolte ai nostri lettori. Se invece preferisce registrarsi sul nostro sito www.sperling.it, riceverà nella sua casella e-mail la nostra newsletter informativa.

Ho trovato questo questionario nel volume dal titolo

....

Ho acquistato questo volume

☐ in libreria ☐ in edicola ☐ al supermercato

Numero libri acquistati in un anno: ....

Il mio autore preferito è: ....

Il mio genere preferito è

☐ Narrativa ☐ Narrativa per ragazzi
☐ Thriller ☐ Saggistica
☐ Narrativa al femminile ☐ Business

INFORMAZIONI ANAGRAFICHE

Età: Sesso: ☐ M ☐ F

Professione: ....

FACOLTATIVO

Nome ....

Cognome ....

Via .... n. ....

Città .... Provincia .... CAP ....

E-mail ....

Informativa ai sensi dell'art. 13 D. Lgs n. 196/2003

I suoi dati saranno trattati da Sperling & Kupfer Editori S.p.A. e dalle società con essa in rapporto di controllo e collegamento ai sensi dell'art. 2359 cod. civ. – titolari del trattamento – per evadere la sua richiesta di invio di materiale d'informazione libraria delle titolari e più in generale per finalità di marketing, attività promozionali, offerte commerciali e per indagini di mercato da parte delle stesse titolari.

Nome, cognome, indirizzo sono indispensabili per il suddetto fine. Il suo indirizzo di posta elettronica è necessario solo se desidera ricevere via mail i suddetti materiali.

Inoltre, previo suo consenso, i suoi dati potranno, altresì, essere comunicati a soggetti operanti nei settori editoriale, largo consumo e distribuzione, vendita a distanza, arredamento, telecomunicazioni, farmaceutico, finanziario, assicurativo, automobilistico, e a enti pubblici e Onlus, per propri utilizzi aventi le suddette medesime finalità.

Responsabile del trattamento è il Responsabile Dati presso Sperling & Kupfer Editori S.p.A. L'elenco completo e aggiornato delle società in rapporto di controllo e collegamento ai sensi dell'art. 2359 cod. civ. con Sperling & Kupfer Editori S.p.A., delle aziende terze a cui i dati possono essere comunicati e dei responsabili è disponibile al seguente indirizzo e-mail: privacy@mondadori.com.

I suoi dati saranno resi disponibili agli incaricati preposti alle operazioni di trattamento finalizzate all'elaborazione e gestione dei dati.

Ai sensi dell'art. 7 D. Lgs. n. 196/2003, potrà esercitare i relativi diritti, fra cui consultare, modificare e cancellare i suoi dati o opporsi al loro trattamento scrivendo a Sperling & Kupfer Editori S.p.A. Ufficio Promozione - Via Durazzo 4 - 20134 Milano.

Acconsente che i suoi dati siano comunicati ai suddetti soggetti terzi e da questi utilizzati per le finalità e secondo le modalità illustrate nell'informativa? sì ☐ no ☐

La preghiamo di tagliare lungo la linea tratteggiata e di inviare in busta chiusa e affrancata a:

Sperling & Kupfer Editori S.p.A. Ufficio Promozione
Via Durazzo 4 - 20134 Milano

Prova d'acquisto
88-8274-241
2005